escritasperformáticas

Prefeitura da Cidade do Rio de Janeiro e
Secretaria Municipal de Cultura apresentam:

Nº 01 coleção tabuleiro de ficções

numa

FOCA FOMENTO À CULTURA CARIOCA · RIO CAPITAL DO G20 BRASIL 2024 · Rio PREFEITURA · CULTURA

Apresentação

O livro *Tabuleiro de Ficções 01* dá sequência à Coleção Tabuleiro de Ficções, que nasceu em 2023 com o livro embrionário intitulado *Narrativas Imprevisíveis*, também repleto de pessoas transbordantes e luminosas. Para esse volume, o formato provocativo é o mesmo, apesar de agora contarmos com o dobro de pessoas escrevendo, time formado com curadoria minha e de meu amigo Tom Grito, que contribuiu sensivelmente tornando nosso processo criativo extremamente rico por conta das pessoas convidadas.

Os livros dessa Coleção são fruto do desejo e da necessidade de experimentação da escrita coletiva, abrindo caminhos que culminem, no final do processo criativo, num texto heterogêneo, obra do encontro, sempre partindo de uma reunião inédita e sortida de pessoas convidadas. A mescla entre as diferenças e convergências é o caldo em que se processa a dinâmica da escrita de nosso tecido.

Aqui você encontrará um jogo amistoso de criação literária. Cada pessoa é uma peça tentacular, personagem em construção que se ramifica. Cada provocação criativa é uma carta. Cada movimento é um texto que se realiza.

As escritas se misturam e se sobrepõem conforme o processo se opera. Para cada provocação, é feito um sorteio que desloca o material já escrito para outras mãos, que darão continuidade ao fio que se apresenta.

Desapego com o próprio texto, cuidado com o texto alheio e liberdade plena de criação são princípios fundamentais que cada participante deve lembrar enquanto o jogo se desdobra.

A prática dura dez semanas. A cada rodada é lançada uma carta-provocação que induzirá as escritas a cruzarem os temas emergidos, personagens, encontros e atmosferas, na trama da escrita ficcional.

O resultado não é fechado. É um livro ilimitado, considerando que toda leitura será capaz de significar e interpretar, intimamente, sua própria versão do jogo que se apresenta. A pessoa que lê é a peça que falta para a engrenagem funcionar.

No *Tabuleiro de Ficções 01* somos vinte e duas pessoas escrevendo, sendo duas delas provocadoras externas, convidadas a elaborar um texto provocativo pontual, que atravessa todas as peças do Tabuleiro.

Desejo a todo mundo um bom jogo e uma boa leitura!

Botika, chofer

Dinâmica

10 semanas = 10 provocações = 10 textos por pessoa.

Cada participante inicia o jogo criando sua personagem-base.

Durante o processo de escrita, cada personagem-base é desenvolvida também por outras mãos escritoras.

Através de sorteio, a personagem criada por X cai na mão de Y, que irá escrever seu complemento a partir da provocação criativa lançada na respectiva semana. As provocações estimulam não só a construção de personagens, como também a composição de universos múltiplos que se instauram a partir dessas figuras.

Semana após semana, personagens transitam, se expandem e se enriquecem enquanto são escritos por diferentes pessoas, através do rodízio de sorteios e provocações.

A elaboração de uma personagem também segue uma outra alternância: da mesma forma que se transforma pela escrita da pessoa para a qual foi sorteada, retorna para o colo da autoria originária, que agora escreverá contando com as novas camadas somadas à sua personagem-base.

O processo é acumulativo. A cada rodada, todas as pessoas participantes devem ler o conteúdo criado anteriormente para poder dar sequência à personagem que está em suas mãos.

∞

O livro está disposto em capítulos que levam o nome de cada personagem-base.

Os subcapítulos levam o nome de cada provocação feita durante o processo de escrita.

Cada capítulo é o fio completo de sua respectiva personagem, respeitando o desenvolvimento do jogo de modo cronológico.

Em dados momentos, os mesmos textos atravessam o fio de todas as personagens. Esse são os textos escritos pelas provocadoras convidadas.

Para saber quem escreveu qual texto de uma personagem, dispomos de índice no final do livro.

Sumário

Abutre

Ele é conhecido como Abutre. Um codinome.

Trabalha como espião de um centro de pesquisas clandestino que estuda a mente de políticos corruptos. Abutre mora em Brasília, no Distrito Federal. Ele come apenas carne vermelha e seu hobby é espreitar seus objetos humanos de pesquisa. Ninguém sabe sobre seu passado e sua origem é um mistério. A única pista sobre ele são os óculos que usa todo tempo em seu rosto. Ninguém sabe a localização de seu laboratório chamado Macunaíma, em que realiza experimentos não ortodoxos.

Ambiente

O misterioso e oculto Laboratório Macunaíma é também a casa de Abutre. Apesar de ninguém saber, além dos porcos e de algumas galinhas d'angola, situa-se nos arredores rurais de Candangolândia, cidade-satélite de Brasília. As figuras que marcaram presença em alguma das salas subterrâneas do laboratório não tiveram a oportunidade de reconhecer o trajeto até lá, pois se encontravam devidamente encapuzadas com sacos plásticos escuros que lhes cobriam rosto inteiro.

O terreno de Abutre, que dependendo da ocasião se identifica como Reginaldo Carré, é uma roça ocupada por um milharal profuso, de onde se erguem vigorosos ipês rosa e amarelos. Uma pequena estrada rudimentar torna possível o trânsito da rodovia até o sítio, ceifando a barba abundante por onde brotam as espigas de milho. No centro do sítio, há uma pequena cabana de pau a pique onde dorme Abutre. Não há nada dentro da cabana que não seja o colchão no chão de barro, sem travesseiro ou lençol; um punhado de roupas penduradas numa arara de bambu; uma pia e uma latrina, tudo entre quatro paredes.

A poucos metros da cabana se alcança o chiqueiro, onde convivem os porcos e as galinhas d'angola, dividindo o espaço e esbanjando gentileza. Dividem os legumes e nacos de carne que lhes são oferecidos com uma compostura que ser humano algum jamais será capaz de ostentar, rachando as partes e sugando o sangue do que um dia já foi alguém. O chiqueiro é o espaço predileto de Abutre, não apenas por conta dos animais, sua paixão, mas também porque, apertando o botão vermelho, escondido embaixo do tampo da mesa onde se cortam as carnes e ossos, o maquinário camuflado é acionado e um metro quadrado de solo arria, levando o espião e seus objetos de pesquisa (gente corrompida) ao centro de pesquisas clandestino, bem abaixo dos porcos.

O aspecto do laboratório se opõe a tudo o que há no nível superior. É um espaço meticulosamente higienizado, todo revestido por chapas de aço galvanizado, arquitetado com duas grandes salas onde se encontram diversos instrumentos cirúrgicos, computadores com tecnologia de alta performance e recipientes com amostras de não se sabe exatamente o quê. Há também uma porta que fica trancada a sete chaves, onde descansam as presas de Abutre, quando não estão sendo examinadas.

Encontro

ABUTRE E FOLIA DE MÃEZINHA

Abutre caminhou pelas ruas de Brasília indignado pelo acontecimento do dia dezenove de abril deste mesmo ano, o assassino que colocou fogo matando uma liderança indígena naquelas mesmas ruas que ele caminhava, agora tinha subido de cargo, condenado pelo homicídio em 1997, aquele mesmo homem, foi nomeado, em abril de 2023, coordenador-geral da Secretaria de Comissões do Senado, no dia dos Povos Indígenas. Um dos postos mais altos da burocracia interna. Parecia um presente do Estado e o espelho da hipocrisia de uma elite com eternas regalias. Um prato cheio para Abutre pesquisar e agir.

Abutre sentia sua própria cidadania uma cópia vulgar de uma identidade roubada. O trabalho tornando o homem comum, aquele que é do povo, subjugado, inútil, as horas trazendo inquietude. Quanto tempo, quantos não almoços ou ausência de jantas, quantos machucados ou olheiras em seus olhos? Para que tudo isso? Tudo os torna dependentes, pagam tudo, para comer, água, descansar, viver e, ainda assim, estão todos à venda como produtos. A liberdade e a democracia pareciam amputadas muito tempo do que ele entendia como humanidade. Buscava beleza na simplicidade das coisas, mas naqueles céus cheios de poluição não conseguia sentir nada.

Em uma manhã, quando foi ao Lago Paranoá, atividade que fazia todas as manhãs para encontrar um respiro e vida em uma cidade de tantos cemitérios invisíveis, ele avistou um ser diferente de todo aquele mundo brincando no gramado, segurando flores e sorrindo. Era Folia de Mãezinha que logo o viu e deu de presente uma flor linda e amarela. Abutre sorriu pela primeira vez neste ano. A aparência singular daquele ser chamou atenção e acalmou seus pensamentos. A mãe de Folia começou a puxar assunto com ele falando do que ela, Folia, trouxe para sua vida.

O encontro com Folia de Mãezinha foi como obra do destino, algo não planejado, mas que despertou uma percepção sobre sua existência da qual Abutre já tinha esquecido. Ela era o símbolo da esperança daqueles que estavam nascendo e crescendo com uma nova consciência para iluminar com muita lucidez os corações. Nem tudo estava perdido. Ela se comunicava pela força de seu sorriso e afeto, por meio das flores, ela enxergava o todo.

Reflexão

...ainda caminhava sem rumo por uma rua muito escura, praticamente sem iluminação alguma, quando fui tomado por uma estranha sensação de alívio. De onde veio essa sensação? Pensei.

Minha vida não tem sido fácil, afinal moro no lugar mais sujo e fétido do planeta, Brasília. Na verdade, não moro em Brasília, me escondo em uma daquelas localidades que estranhamente são chamadas de satélites, cidades-satélites, da capital deste país inventado (e extorquido dos indígenas) chamado Brasil. Candangolândia, a cidade-satélite em que vivo e por qual agora caminho, por uma de suas vielas, escuras e fétidas. E o curioso é que, justamente, caminhando quase sem nada enxergar e sentindo odores tão repugnantes, ainda assim, fui tomado por esta grande sensação de alívio.

Parei perto de um meio-fio, sentei-me ali mesmo, acendi um cigarro de maconha, diga-se de passagem, de uma maconha bem ruim que o Beto, meu trafi, vendeu-me na pendura. Sim, estou tão fodido que nem grana para um baseado decente tenho. Talvez por isso o pôrra do Beto tenha me passado essa poeira, que não dá onda, só fome, fazendo com que depois de um tempinho, a gente sinta uma larica do caralho. Bem, mas quem não tem dinheiro para maconha boa, tem mais é que fumar merda, fazer o quê? Pensei.

Sentado ali naquele meio-fio de uma viela muito mal iluminada, comecei a matutar sobre o sentido do que seria ficar aliviado, já que, justamente, essa era sensação que me tomava. Vcs não sabem, mas estudei um tempo de filosofia na UnB, universidade de merda, metida a besta com professores e professoras que se acham os/as tais, e, de fato, são uns/umas bostas. Ora, ora, só porque sabem alemão e ficam explicando as ideias daquele filósofo nazistão, Heidegger, se acham demais... Porém, ele, o cara da Floresta Negra, impressiona. Tô falando isso aqui porque, curiosamente, acabei de me lembrar do jeito heideggeriano de pensar. Buscar o sentido das coisas, neste caso, buscar o que seria o alívio. Sim, o alívio não mais como sensação ou mesmo afeto, mas como sentido do ser. Carai, esse Heidegger era nazistão, mas não dá para não achá-lo foda.

Tratava-se, para mim, então, buscar o sentido do alívio, o que significava àquele momento ficar aliviado. Não o porquê aliviado, mas mais profundamente o sentido de estar aliviado.

Sentir-se aliviado, talvez seja, não tenho muita certeza, justamente, ir em direção a um sopro de consciência remissiva a um nós que nos habita. Bem, essa porra que eu falei não significa porra nenhuma, mas vou para um bar aqui de Candangolândia jogar essa conversa fiada para alguma gata e foder, quem sabe? Porque é disso que eu estou precisando, de uma boa foda.

Intervenção do Raio de Sol[1]

Um raio de sol espatifa os óculos de Abutre. É noite e um raio de sol espatifa os óculos de Abutre. Alguns vão dizer que é agouro, outros dirão que é chegada a hora do arrebatamento. Sou a terceira pessoa deste texto e digo que entre o agouro e o arrebatamento há uma linha tênue que vai depender de você, leitor, em qual acreditar. O satanás, no centro do quintal, brinca com o raio de sol. Uma hora perto, correndo nas beiradinhas da gema de ovo, tão quentinho. Outra hora observando longe porque a luz tritura os olhos e é tudo breu.

Abutre se diverte com as galinhas dando pequenos tapinhas nas bundas empenadas enquanto elas gritam: cocoricó! Nem tudo importa agora que um raio de sol escapa do céu num dia que é só noite. Os porcos sentam espantados e pensam consigo mesmos que poderiam virar bacon se o raio de sol alimentasse a chama que tostariam suas carnes gordurosas e macias. Que delícia! Que delícia!

O raio de sol todo douradinho sabe que aquela não é a hora certa de aparecer, mas é que um raio de sol, quando apa-

---

1 Antes de ler esse texto, sugerirmos ir à página 383.

rece sem ser convidado, é prenúncio de algo muito mágico. Abutre sente a magia entrando e saindo dos seus poros e é por isso, e só por isso, que desperta a vizinhança com seus gritinhos de prazer, fazendo todo mundo sair de suas tocas para conferir o que acontece, afinal de contas, o sujeito é um cara pacato, que faz jus aos mistérios que encobrem sua profissão.

Os vizinhos, pobrezinhos, não brincam com satanás quando chegam para conferir a grande cena. Esses mesmos afugentam os bichos que estão soltos e inquietos. Poderia ser satanás com sua grande foice e monocelhas arcaicas, ou mesmo o brilho estúpido do raio de sol. Entretanto, as faces já pálidas fazem com os olhos a caveira de Abutre que agora cambaleia até o chiqueiro e grita numa beleza que só os loucos podem escutar: faz de mim o que quiser, verão de minha vida.

No primeiro dia que raiar o verão, os vizinhos voltarão outra vez, mas não pelos gritinhos de prazer, e sim pelo odor fétido de Abutre. O corpo com uma parte queimada, porém sem indícios de fogo, será encontrado completamente nu e ainda contorcido, numa espécie de intrigante prazer.

Carta/Mensagem de Abutre para Marcelo

Marcelo,

Os dias são longos e a carga continua sendo pesada, mas como você mesmo disse era tudo a carga, mas o medo não media a vida. Foram tantos giros e me sinto cada vez mais incessante. Eu me lembro de cada detalhe, não importa muito do que já foi importante, novas prioridades surgem conforme nossa maturidade.

Não sabemos mesmo de nada. Eles continuam fazendo o que sempre fizeram e eu sigo o movimento da massa. Eles esquecem tudo que fizemos por eles e realizamos, mas nunca o que sentiram, na dor, alegria, escuridão e glória. Se aproveitam da boa vontade, sugam tudo que podem sugar, confundem sucesso com vitória, dinheiro com verdade e mentira com vaidade.

O Ailton comentou com eles que tem medo da luz, quanto mais próximos dela, mais assustados ficam, tendem a correr para a escuridão, voltam para a caverna. Eu penso que é por não conhecer o que existe além das sombras. Você partiu e tenho que te dizer que encontrei aquele momento que somos traídos por quem estava ao nosso lado e somos tentados a sucumbir ao sistema.

Eu não aceitei que a equipe fosse explorada, eram jovens imbuídos de sonhos, voluntários, sendo atacados por uma pessoa racista diariamente, choravam, a saúde mental debilitada de muitos. Aquele sujeito pensa apenas nele mesmo e não viu o que estava acontecendo, que a responsabilidade era nossa, não podíamos falhar com as pessoas que fizeram um sonho ser realizado para tantos.

Lembrar-me de você me fez tomar uma decisão que mudou tudo, consegui proteger as pessoas sendo sincero com elas, elas eram mais importantes que qualquer projeto de sucesso e elas que faziam tudo ser o que era. Existem coisas mais valiosas na vida, o afeto de uma equipe que trabalha por amor. Tudo é passageiro nesta vida, mas os laços reais não, eles permanecem e ensinam a grande lição. A volta do mundo é grande, mas eu sei girar.

Agora preciso fazer algo por você e por todos que foram lesados pelo sistema. O laboratório surgiu de ideias perigosas, necessárias.

Obrigado por todos os ensinamentos, mestre.
Você foi um teimoso samurai.

Resposta de Marcelo para Abutre

Meu pequeno Abutre,

Recebi sua carta e fiquei emocionado ao ler suas palavras. É reconfortante saber que minha influência e meus ensinamentos ainda ecoam em sua jornada. Sinto falta dos tempos em que compartilhávamos sonhos e enfrentávamos desafios juntos. Sinto sua falta.

Você captou a essência do que acreditamos: a vida é cheia de obstáculos e medos, mas não podemos permitir que eles nos impeçam de seguir adiante. Cada reviravolta, cada giro que a vida nos proporciona é uma oportunidade de aprendizado e crescimento.

Fico feliz em saber que você protegeu a equipe e colocou o bem-estar deles acima de qualquer projeto de sucesso.

É nos momentos mais desafiadores que nossa verdadeira natureza se revela, e você mostrou coragem e lealdade. A conexão genuína entre as pessoas é o que dá significado à nossa jornada e nos lembra do que realmente importa. A luz pode assustar aqueles que estão acostumados com a escuridão, mas você tem a valentia de explorar o desconhecido e descobrir o que existe além das sombras.

Saiba que guardo com carinho nossas memórias, fui embora pois precisava encontrar outros aprendizes. Mas nosso encontro nunca se desfaz.

Bons caminhos,
com amor,
Marcelo

Sonho

Abutre sonhou que espreitava como uma memória sua o cenário de *Vidas secas*, de Graciliano Ramos. Lembrava um sonho lúcido ou uma projeção astral em algum plano desconhecido escondido em seu inconsciente, mas que naquele momento ganhava plena atenção, ele não tinha poder sobre os acontecimentos, não podia mudar as circunstâncias ou ações. Não tinha controle sobre aquele sonho. Ele escutava ao fundo a voz de Chico Science em um refrão da música "Corpo de Lama" que se repetia: "Deixar que as coisas que lhe circundam estejam sempre inertes, como móveis inofensivos, pra lhe servir quando for preciso, e nunca lhe causar danos morais, físicos ou psicológicos."

Em um piscar de olhos, ele estava em mundo totalmente distópico, segurava em sua mão uma casca de noz, lembrava Hawking, mas nela Abutre via imagens de vídeo, em uma delas estava sua mãe catando latinhas em um lixão, uma espécie de aterro sanitário, uma lembrança da sua infância. Sua mãe era uma mulher indígena que teve que abrir mão dele em uma instituição católica, ele era a cara de seu pai, o homem que a estuprou, assessor de um famoso político em Brasília. Ela uma mulher nordestina tirada de sua terra por esse homem que a enganou com promessa de emprego em sua mansão na Asa Sul, ela foi escravizada.

De sua mãe, Abutre não herdou os traços, a única coisa que tinham em comum era a cor dos olhos, dos quais ele fazia questão de esconder em seus óculos escuros. Era seu ponto fraco, sua fragilidade e talvez, se um dia seu pai visse, reconhecesse aqueles olhos. Toda vez que Abutre olhava no espelho, ele lembrava quem era de verdade. Era mais fácil viver na identidade de Abutre, ser um espião, um agente secreto, um herói anônimo, um Robin Hood no Planalto Central, cientista ou até mesmo um personagem de *O Médico e o monstro*. Depois daquelas imagens que revelaram sua mãe e o mistério da sua origem, ele piscava os olhos novamente, desta vez era transportado para o fundo do Rio São Francisco, havia um ser encantado e ele tentava tocar ele, mas Abutre acordou.

Transformação

Não é fácil guardar um sonho dentro da caixa da mente ao alcance dos olhos. Tudo vira esquecimento, até o resto que fica é um tempo que vai desfiando. Não dá pra ver nem de longe. É um mundo sem espelho. Abutre arriscou sua vida muitas vezes, buscando alguma ideia de justiça, colocando seu corpo na frente, no fronte, protegendo os outros e cavucando o desconhecido. Esquecido de si. Sem dormir um sono pra tentar salvar o mundo como quem carregar a culpa de um Deus que abandonou a humanidade. Não. Nunca mais. Depois de afundar nas águas de seus mistérios como quem se afoga dentro de si até os últimos segundos de ar guardados no peito, acordar, levantar e seguir adiante seria o presente de seu renascimento, mas renascer na mesma vida adiantaria de quê? Sua saúde posta a serviço das incertezas, desperdiçada. Lutar cansa e adoece. Abutre se jogou num loop insano. Sua obsessão por resolver o que não tem resolução. Entrou num beco sem saída e ficou dando com a cara na parede. Teimosia. Perdeu-se e sabia disso. Inajá avisou todos os caminhos e consequências. Deu de ombros, mas a conta chega. Abutre caiu nas águas do seu passado sem saber nadar. A beleza e a calmaria dos rios têm seus segredos e escondem um perigo maior. As correntezas traiçoeiras não avisam por onde passam nem os sumidouros. O mergulho não é uma aventura e os seres encantados podem iludir as sombras. Abutre acordou do sonho, e, ao abrir os olhos, encarou firme a imagem de sua mãe. Sentiu o peito se espremer como se torce um pano de chão molhado e paralisou, como se tivesse a alma sequestrada. Ninguém passa impune ao poder do Ifá.

Amigo Imaginário[2]

Quando criança, costumava escutar sua voz em todos os momentos que precisava de ajuda, seu nome era Isaac de Sabá, era um irmão que apenas eu podia dialogar, ele tinha longos cabelos pretos e me protegia de toda escuridão que desafiasse minha paz, me puxava para a realidade e para os sonhos, de algum modo, na sua presença, eu jamais posso ser o Abutre, porque ele de fato conhece meu verdadeiro rosto melhor que eu mesmo.

Sempre desejei conhecer o deserto, fugir de toda realidade que me cercava naqueles olhares falsos das grandes metrópoles, o laboratório se tornou insignificante nas pesquisas, eu não podia continuar, pois meu pensamento estava transformado pela encantaria e os sinais das setas que eu conseguia seguir. Isaac já não era mais o mesmo, ele envelheceu como eu, o tempo passou rápido demais para ele, por algum motivo ele parece muito mais velho que eu, e naquela época que nos conhecemos ele ainda era criança como eu.

Não serei o Abutre na espreita da carniça deixada pelos porcos de terno e gravata, que ejaculam miséria a cada passo, condenando o povo, matando futuros apagando passados. Sou quem conhece a história que não foi contada por aqueles que venceram, roubaram, mentiram, enganaram, se apropriam das almas em uma missa de cobiça, vaidade, avareza e inveja. Eles são alvejados por milhões de olhos na noite e não sabem, não sou o único a espreitar em silêncio e a agir contra as injustiças da justiça.

---

2 Antes de ler esse texto, sugerirmos ir à página 387.

Sou testemunha, carrego no corpo e no sangue as marcas deixadas por eles, assinam com sangue suas canetas e jogam vidas nunca lidas no aterro sanitário, em que pela fome transformam em zumbis todos, flagelados pelas ilusões, das quais hoje me liberto para libertar todo mundo, me libertando, liberto todo mundo.

Hoje devolvo meu verdadeiro rosto à minha face e não permito que me roubem novamente nosso sorriso, nossas infinitas possibilidades de viver, ainda que sequestrem o ar. Somos tantos e temos infinitas vidas para viver nesta.

Andreia Camargo

Ainda criança arranhava os dentes enquanto dormia, e hoje os esmaltes desgastados não só são vistos pelas pessoas atentas como também por si mesma quando se olha no espelho do salão de beleza. Às cinco ou seis da tarde, uma angústia diária atravessa seu corpo magro e esguio, ela não tomba como tombam os corpos frágeis. As paredes que guardam as fofocas sustentam o caixa que encerra cada vez com menos dinheiro. Os negócios vão mal, mas o samba que toca lá fora a faz pensar que mesmo prestes a declarar falência, o corpo ainda treme de desejo. Ela dança e só por isso alguma esperança descabida tinge seu peito. Os pessimistas diriam que é inocência, mas o sorriso tímido confunde os curiosos.

Andreia Camargo vive como as pessoas comuns vivem. Lava louça, escova os dentes, acumula Tupperware e sonha. Andreia Camargo compra serenata de amor com alguma frequência no ramal Santa Cruz, aonde vai e volta da estação Madureira até a estação de Realengo ou vice-versa. Por vezes diz, um pouco distraída, que sua casa fica em Madureira, mas onde dorme mesmo é em Realengo. Caso eu mesma, esta narradora que vos fala, conhecesse Andreia, diria para ela que existe alguma beleza nisso de ter dois lares. Mas eu ainda não fiz tal formalidade, essa que fazemos quando encontramos alguém, talvez um "oi, como vai?" ou quem sabe um esbarrão pelas calçadas esburacadas do Mercadão para dizer "desculpa". Não que eu quisesse começar um diálogo me desculpando ou de maneira tão medíocre dizendo palavras que não dizem nada, mas é que às vezes fico perdida em Andreia, mesma a conhecendo a distância.

Quando dorme, os cabelos de Andreia são guardados por uma touca vermelha. Quando acorda, os cabelos de Andreia se escodem ainda pelo tecido de cetim até depois do banho. E é essa imagem que preservo quando a encontro diante do espelho olhando para mim. Eu sei, disse para vocês que não nos conhecemos, eu sei. Não se sintam mal por acreditar em mim, aliás, Andreia é ficção assim como vocês também são. O que Andreia entende de encontro é diferente de mim e aqui queremos falar dela. Essa mulher em terceira pessoa que caminha entre o mundo dos verbos conjugados no passado, presente e futuro. Então, voltemos a ela.

Camargo é o sobrenome da mãe de Andreia. Uma mulher que teve seus primeiros fios brancos visíveis aos 36 anos. Uma árvore genealógica que atravessou o Atlântico e que, assim como sua língua-mãe, foi se extinguindo como as memórias também. Um dos poucos registros ancestrais que Andreia desconfia de que foi transmitido de geração a geração é a sua fé e o banzo mal curado no entardecer.

Andreia, Andreia, Andreia. O que vê esses olhos castanhos? O que arranha com essas unhas rosa que gosto tanto de usar? Não sei de tudo, nem quero saber tanto sobre ela. Uma vida me confundindo e sendo confundida. Tem dias que lembro e outros esqueço que com ela descubro um mundo. Esse mundo espelhado por fronteiras.

Ambiente

Todo dia ela faz tudo sempre igual, uma rotina tão louca e perversa, em que seu corpo mecanicamente repete e repete todos os movimentos de uma preta trabalhadora desde que o mundo é mundo. Ao se levantar, deixa pra trás sonhos velados e lágrimas escondidas camuflam em teu rosto a fadiga da noite com corretivo e base barata, estampa a face com um sorriso engessado, vê que seu cabelo está lindo, tudo fica menos ruim quando o muco está o.k.

Põe a amargura dentro da marmita e o corpo regado de coragem corre apressada pra pegar o trem.

É uma bênção quando o morro está em paz, o que é cada vez mais raro desde que o terceiro tomou o morro, olha pro céu não pedindo a ajuda de Deus, mas para ver se o mosquitinho fofoqueiro não deu o ar da graça.

A porta do salão sempre emperra, ela dá três bicuda, mais pra extravasar a raiva do que para desemperrar a porta de ferro.

O papel de parede descolado em alguns pontos, o rebaixamento que não esconde mais as marcas verdes do mofo no teto, em que ela tenta disfarçar o cheiro ocre com incenso barato, os produtos de marca duvidosa, eram apenas um sopro do que um dia foi o salão de alisamentos e implantes mais bombado do Rio de Janeiro. As fotos espalhadas em quadros pelas paredes provam o passado recente: mulheres fruta, subcelebridades da barra e até da Zona Sul disputavam horário com as mulheres dos mavambo pra sentar nas cadeiras de couro vermelho, depois da separação, hoje tudo é somente um monte problemas, dívidas e móveis velhos e fios remendados. A irmã de oração da igreja lhe disse que isso foi macumba, inveja, praga jogada pra sua derrota, nada muito diferente do que a Padilha de mãe doquinha d'ogum lhe revelou.

Só que rezar e tomar banho de folha não bastava. Andréia é mulher de fazer, mulher de oxum não deixa a sua vida cair ladeira abaixo sem que ela não fizesse nada, ver sua vida caindo em desgraça para o deleite de suas inimigas, a tristeza de quem a amava de verdade e até ao passar no mercadão ao trombar com uma desconhecida saindo da escada rolante, teve a absoluta certeza de que ela a olhou com olhar de pena em que dizia: derrotada.

A dupla jornada era cansativa e a consumia pouco a cada dia, fechar o salão, descer o morro e ir pegar o trem até Realengo onde começava seu expediente no Donatella Boate Club. Se parasse pra observar, nem era tão diferente assim, as poltronas nos cantos eram em couro vermelho, e cercado de espelhos por todos os lados, os clientes lhe confiavam seu corpo, alma e segredos para que pelas suas mãos fossem transformados, e seu objetivo era que todos os seus clientes saíssem satisfeitos, seja da maneira como fosse. Apenas havia um detalhe: ser cabeleireira era seu sonho, ser puta, a única chance que a vida lhe deu pra alcançá-lo. Trocar favores sexuais por dinheiro não era uma novidade na sua vida, era até melhor que certas situações que havia passado e preferia esquecer. O sexo lhe deu a maioria das coisas que havia conquistado, sua casa, o carro, que vendeu pra pagar dívidas, os coroas ricos que lhe mostraram o melhor dos dois mundos... porém, na inauguração do salão, havia prometido a sii nunca mais precisar se prostituir novamente, foi uma promessa difícil de quebrar, mas não a única, e daí? A vida também não foi honesta consigo, e se ela não tinha sorte, ela tinha sua boceta por melhor amiga, afinal, quem além de sua boceta a tinha ajudado a passar por tudo, a conquistar tudo, a buscar soluções dos conselhos que ninguém nunca lhe deu?

Sua casa estava cada dia mais escura e estranha, era um ser estranho em seu próprio lar... lava a louça suja do café, cozinha um miojo e tenta dormir. Procura lembrar-se do tempo próspero do salão aberto, esse é o único sonho que se permite sonhar.

Encontro

ANDREIA CAMARGO E MISTER POW WORKARRÓLIQUE SHOW

Eram 2h da madrugada quando, na tela do celular de Andreia Camargo, a cafeteira dos sonhos resplandecia à venda numa plataforma de anúncios onde coisas usadas são vendidas. Finalmente, ela poderia ter uma cafeteira dessas pretas, chiques, que só encontramos em consultório dentário. O preço dentro das suas atuais condições financeiras era razoável e digamos que até empolgante para uma possível negociação. Uma mensagem automática foi enviada, algo como "o produto ainda se encontra disponível?" e, às 2h40 da madrugada, alguém de nickname Mister Pow Workarrólique Show responde que "sim". E assim se iniciou uma importante troca de mensagens a respeito do valor da cafeteira que durou exatos 10 minutos até chegarem a um valor satisfatório.

Noutro dia, Mister Pow sugeriu para Andreia o horário e o ponto de encontro para a entrega da cafeteira e do valor negociado. E foi sob um sol de outono, às 16h02 que Andreia Camargo viu surgir Mister Pow Workarrólique Show com uma sacola onde guardava a cafeteira e foi às 16h17 que Mister Pow Workarrólique Show viu desaparecer Andreia Camargo com mesma sacola. Ambos sabiam que nunca mais viriam a se reencontrar.

Reflexão

Eu sigo em frente nessa estrada deserta. De pés descalços, cabeça erguida, quente do sol a pino que me toma como caça sem matilha presa em armadilha, pipa presa em marimba que insiste em aproveitar o vento.

Eles pensaram que eu estava fraca, aaaah! esse foi o maior erro, não chutar cachorro morto quando vieram conferir o estrago! Não sabem que sou cão que ladra, morde firme e arranca pedaço.

Me levanto como mar brabo.

Ondas bobas nunca viram bom marinheiro.

E eu me levanto, com minhas tranças que varrem a poeira da estrada fosca, me levanto atenta como serpente após a troca de sua couraça, atenta, insípida, faminta e preparada para o predador. O reflexo do espelho é o amparo das filhas de oxum, é em si que as filhas da grande mãe encontram o refrigério de quem só tem a si mesma. E é em mim que encontro todas as saídas do labirinto de minhas próprias dores, entrar em mim para me salvar e estar sempre alerta aos perigos da vida.

Se engana quem cria expectativas nas pessoas, achando que elas te trazem a felicidade! Aaaah! Que ledo engano, mulher só vale alguma coisa quando está no prazo de validade, e o meu infelizmente está perto do fim, tenho muita pressa, o relógio já não me é amigo e se torna um rival.

As costas já me pesam os fardos de desamor, problemas e enganos que a mim possuem o mesmo peso e medida, amor e dinheiro são sinônimos de liberdade e eu farei o que tiver que ser feito, favores sexuais por bens materiais, corpo objeto, corpo dejeto, ser feliz nem que seja na porrada e dinheiro compra tudo, até dignidade.

O que muitos chamam de ambição eu denomino sobrevivência, amor é opcional e já aprendi a lidar com as faltas de afeto, pois aprendi que de barriga cheia e unha feita tudo fica mais leve. Em uma realidade onde tudo foi pesado e feio, Sigo sendo a mulher que eu posso ser, lutando para ser a mulher que eu quero ser! O primeiro passo já foi conquistado, pois o direito de sonhar que tenho foi alcançado através de suor e lágrimas, qual mulher de favela que sonha, me diz? Sonhos têm a dimensão de quem os possui. E os meus, que em mim são da imensidão do mundo, para outros cabem dentro de um cartão black em uma comanda paga à vista, meu mundo cabe dentro de um instante e é apenas nisso que me agarro para não cair no abismo da autodestruição.

Dói, dói, como dói acordar a cada amanhecer sem sonhos, sem perspectiva, e às vezes sem fé. É fácil sonhar quando se tem acessos... Tempo, passado, presente e expectativa de futuro, qual foi o lápis que traçou o meu destino? Às vezes acho que não tive história escrita, e sim sentença lavrada: NADA! é isso que nasci pra ser, um nada, enterrada no berço da desigualdade, um número de registro nos relatórios da vida, assim como muitas outras que vieram de onde eu vim, sem norte, sem trajeto e sem sonhos, apenas um amontoado de vísceras e ossos limpando chão até os joelhos arderem banhado em cloro, sabão e calos, e as pernas enfeiadas de varizes pretas e doloridas. Não! Faço questão de desgarrar as raízes que me prendem ao turbilhão de miséria e dor, serei eu o oitavo anjo do apocalipse? Não sei se isso é ruim ou bom, o mel que adoça é o mesmo que queima.

Acreditar em mim mesma em qualquer circunstância é a principal lição que as adversidades me deram... Ser responsável pela minha própria felicidade. Às vezes me julgo, mas jamais me condeno, pois, na audiência das dores, não me deram direito a advogado de defesa, minha sentença é justa causa e eu declaro apenas: legítima defesa, sigo invicta, mil cairão ao meu lado, dois mil à minha direita. E aprendi com oxum a lavar as próprias jooias, e disso nunca me esquecerei... de mim... ser a melhor versão de mim.

Intervenção do Raio de Sol[1]

Andreia estava na cama ainda na manhã daquela segunda, descansando depois da cansativa noite no Donatella Boate Club, quando de repente um raio de sol atravessa seu rosto entrando no quarto através da fresta da cortina da janela, que ela muito exausta se esqueceu de fechar. Ela acorda ao

---

1 Antes de ler esse texto, sugerirmos ir à página 383.

sentir a claridade e o calor do raio de sol, se sente cansada demais para levantar e fechar a cortina ao mesmo tempo que sente dificuldade de voltar a dormir após ter sido acordada pelo sol, então começa a refletir e lembrar que às segundas ela não abre o salão, o que já a deixa aliviada, pois sabe que conseguirá descansar mais, e começa a perceber que o que ela não consegue mais é ter pique para a dupla jornada.

Trabalhar no clube à noite a faz se sentir sugada e ao mesmo tempo suja. Andreia nunca gostou da ideia de ter que viver naquele clube satisfazendo sexualmente inúmeros clientes por quem ela não sente nem carinho e nem tesão. Se essa narradora que vos fala pudesse dar um conselho a Andreia, eu falaria para ela parar, mas seria em vão, afinal Andreia não tem e nem é capaz de conseguir em sua mente outra solução para seus problemas financeiros. Com o raio de sol atravessando seu rosto, Andreia tenta, pela milionésima vez, pensar em outra forma de arranjar um paliativo que complemente sua renda do salão e a ajude a manter seus sonhos sem vender seu próprio corpo.

Andreia pensou, pensou e pensou, e agora decidiu que irá tentar vender doces, como brigadeiro, cookie e palha italiana, que é o que ela sabe fazer. O Sol fez Andreia tentar uma nova forma de se erguer financeiramente. Se vai dar certo... não sabemos, mas Andreia irá tentar, e tentar sempre é a melhor alternativa.

Carta/Mensagem de Andreia Camargo para Morte

Salvador, 15 de junho de 2036

Querida morte,

Perdão por começar uma carta dizendo que os seus sinistros olhos que me encaram e dilaceram a vida que ainda vibra me amedrontam, e, sendo assim, te peço: quando vir, venha mansa. Não tenho saudades, como naquela vez que estive caminhando na corda bamba de um precipício, e prefiro não encarar o reflexo da sua chegada. Esta covardia é minha, devoradora de ossos. E todas as vezes que levantei o punho numa boa briga de rua foi para me afastar de você. Quero a juventude, a doçura dos lábios de desconhecidos, cavalgar entre travesseiros. É nessa insistência que te transformo em figura tácita. Assombra outro corpo, invade outra história.

Que seja assim, e quando você decidir responder a esta carta, espero que eu já tenha entrelaçado meu corpo ao tempo com mais sabedoria do que o agora. Não estou pronta. Te peço carinho, querida. Os dias já são brutos demais, e as noites me invadem com miragem da sua presença. Este hospital esbranquiçado e esta cor sépia que vejo através das janelas não me acalentam. Sozinha por horas, imagino uma vida diferente, outros gestos, outros amores. É possível algum acordo? Recomeçar como um bebê novinho, com uma pele novinha, num corpo novinho, mas sem você vindo me buscar? Recomeçar. Pegar a chupeta e sentir um novo gosto. O primeiro cocô, o primeiro xixi. Isso não é você, isso é a vida, é por isso que te nego e te peço: não venha.

Sinto esta doença esfarelar a minha carne. Estranho ter uma doença nova sem que nenhum médico ainda saiba que doença é essa. Dizer novos sintomas em voz alta, ser um objeto de pesquisa, um estudo, amedrontar as pessoas com a minha face cadavérica. Os milagres nesta cidade benzida por terreiros que agora são espetáculos de um mundo atormentado pela minha presença. Será então um sintoma querer viver mais? Será isso que essa doença quer de mim? Vigor? Vontade?

É tarde e as letras se contorcem num rabisco feio. É hora de dormir, dizem para mim. Posso te receber em sonhos, mas espero que o dia possa raiar quando abrir os olhos. Ainda preservo alguma esperança, é assim que me vingo de você.

Daquela que ainda não é sua,
Andreia Camargo.

Resposta de Morte para Andréa Camargo

Hades, último dia do resto de suas vidas.

Minha não muito prezada Andréa,

Minhas relações com as pessoas que tenho que visitar quase sempre não são muito amistosas. Isso tanto por parte daquelas, daqueles, daquelos que receberam, recebem ou receberão minha visita.

De todo modo, Andréa, não pretendo me furtar em lhe responder.

Bem, não posso lhe garantir que chegarei mansa, assim como, também, não posso lhe assegurar que preservará sua juventude antes de minha chegada, afinal, quem poderia saber quando estarei por visitar alguém? E, Andréa, este alguém, com certeza, não será você. Lamento, mas, não muito.

Em segundo lugar, não se trata de estar pronta, preparada ou despreparada, ou mesmo pouco a fim de ser visitada por mim. Eu, simplesmente, chego. Lamento novamente, agora, de fato, lamento muito.

Em terceiro lugar, não é por estrar doente, mesmo que gravemente, se for o caso, que a visitarei ou a deixarei de visitar. Tratam-se, sempre, de urgências de *Hades*, este não-lugar, que foge a todo e qualquer espaço-tempo. Este não-lugar que sequer um humano conseguiria pensar ou mesmo imaginar. *Hades*, este não-lugar, inexiste para além de toda a eternidade.

E, por fim, não se trata de vigor ou vontade, nem mesmo de desejo. É, isto sim, a *Moira* própria de cada um ou uma que me faz visitar um ou outra pessoa qualquer.

Para não lhe ser muito descortês ou grosseira, conto aqui uma pequena estória:

Certa vez, isso na Idade Média do tempo histórico da Humanidade, fui visitar um Cavaleiro Cruzado, um... como eles se chamam mesmo? – um nobre: Antonius Block. Este disse-me que ainda não estava preparado, como você o fez por meio de sua Carta que ora respondo. Solicitou-me mais tempo para acompanhar-me à jornada ao *Hades*, recusei. Então, ele lançou-me um desafio, acho que todes sabem o quanto gosto de desafios: jogar uma partida de xadrez. Eu incialmente hesitei, mas, ao fim e ao cabo, aceitei o desafio, até porque não há como eu perder uma partida de um jogo, eu sou o próprio Jogo. Antes de iniciar a contenda, Block pediu para jogar com as brancas, eu permiti.

Creio que não preciso lhe contar o resto da estória e o fim de Antonius Block.

Fique como puder,
da sua, sempre sua,
Morte.

Sonho

Andreia sonha com doces. Um sonho de valsa, um brigadeiro, uma palha italiana enfeitando uma mesa toda colorida de cetim azul, um céu púrpuro e esmaltado logo acima das cabeças que pulam com pezinhos de fadas num campo esverdeado com um amplo horizonte. Não parece Madureira, nem Realengo, muito menos o Club. Os anjinhos tocam harpas. Andreia come todos os docinhos da festa e ninguém repara. É um sonho bom para os que desejam o paraíso orquestrado por mãos seculares que ditam a História da humanidade. Entretanto Andreia sacoleja o corpo e percebe que falta alguma parte nesse corpo, como se não tivesse percebido que aquele tempo todo faltava algo.

Tiraram alguma coisa de Andreia agora que ela está no paraíso. Fala e não diz. Pisa e não sente a gravidade do corpo. Chora, mas não tem lágrimas. Como pode o pesadelo estar dentro do mundo dos sonhos? Ela pensa.

Acorda e esfrega os olhos.

Andreia sonha com doces. Um sonho de valsa, um brigadeiro, uma palha italiana enfeitando um prato de barro na encruzilhada. Não sabe que lugar é aquele, existe uma ladeira empedrada e sabe que já viu alguma coisa antes, mas ainda não sabe o quê.

Acorda e esfrega os olhos.

Andreia sonha com doces. Um sonho de valsa, um brigadeiro, uma palha italiana enfeitando seus cabelos. O chocolate derrete e os dedos ásperos cavoucam o encrespado como se agora pudesse rir e rindo pudesse sentir alguma coisa que sabe que esqueceu, de novo. Alguém diz que é hora de retornar à infância.

Acorda e esfrega a cabeça.

Ainda tem cabelos, ela pensa. Um galo canta alto e da janela do seu quarto ela vê a si mesma dançando. Parece feliz e por isso mesmo, quando acorda, esquece o que viu, mas ainda lembra, nos primeiros minutos, da quantidade de vezes que abriu os olhos e não viu.

Transformação

Andreia acorda e esfrega os olhos. Não consegue enxergar direito por conta da luz que entra pela janela entreaberta, um raio de sol que vem e bate certinho nos seus olhos. Acorda e esfrega os olhos que não conseguem enxergar muito bem. Ela estica o braço para o lado, tentando alcançar o celular na mesinha de cabeceira. Quer ver que horas são, acha que dormiu demais, o sol só entra pela janela do quarto assim quando já passa das onze da manhã. Ontem Andreia caiu pregada na cama depois de ter alta do hospital. Até agora não sabem bem o que Andreia tem, uma doença esquisita, coletaram sangue à beça, mil tubinhos vermelhos. Deram soro, deram comida, deram o mínimo de atenção. Andreia estava se sentindo melhor e sabe como é hospital público, se você se sente melhor, é hora de ir pra casa porque tem sempre alguém pior precisando de leito. Foi pra casa de trem mesmo, se escorando de cansaço. Chegou em casa, olhou pra tudo bagunçado ao redor, o lixo há semanas sem tirar, tudo sujo, ninguém pra cuidar daquela casa, muito menos de Andreia. Olhou pra tudo e só teve olhos pra cama. Caiu assim mesmo, com a roupa da rua, e apagou.

Andreia acorda, esfrega os olhos, estranha a luz, estica o braço tentando alcançar a mesinha de cabeceira, o celular tá ali, ela precisa ver as horas. Enquanto faz o movimento de esticar o braço, ouve um ruído do lado de fora da casa. É um ruído estranho, parece água escorrendo. Andreia se pergunta se a máquina está vazando, mas não lembra de ter colocado a máquina pra bater antes de dormir. O pouco que lembra é que chegou em casa, olhou ao redor e se jogou na cama, exausta. Andreia segue tentando alcançar a mesinha de cabeceira, enquanto seus olhos se acostumam com a luz que entra pela fresta da janela. Começa a vislumbrar aos poucos os contornos de onde está. Os lençóis são estranhos, não se lembra de ter trocado lençóis, não colocou a máquina pra bater. Andreia vai apertando os olhos aos poucos, o corpo ainda pesado de cansaço mal se move. O braço tentando alcançar o celular, os olhos se acostumando, Andreia vai se dando conta de que está em um quarto diferente, muito claro e arejado. Vai se dando conta de que o barulho que ouve é de uma cachoeira, aquela água pesada caindo como o corpo de Andreia desabando na cama.

Andreia acorda, esfrega os olhos, estranha a luz, estica o braço e alcança, ao invés do celular, um papel na mesinha de cabeceira que ela não conhece. Já com os olhos mais acostumados com a luz, abre o papel dobrado ao meio e tenta ler. Está com a vista turva ainda, o quarto na penumbra, impossível ler o que está escrito ali. Andreia acorda, esfrega os olhos, reúne forças e se levanta. Quando seu pé encosta no chão, sente uma textura agradável de tapete segurar seus passos. Não entende muito bem o que está acontecendo, se pergunta se realmente acordou, talvez seja uma continuação do seu sonho de anjinhos, o sonho de valsa, os docinhos. Andreia estranha a luz, estica o braço e abre as cortinas. Andreia sente o corpo pesar de susto, não se reconhece, olha ao redor e o quarto é enorme, uma paisagem imensa, uma cascata bem em sua frente, o raio de sol dourado descendo entre as folhas, entrando direto e indo até sua cama gigante e macia. Andreia Camargo não entende mais nada e se lembra do bilhete. Abriu as cortinas para ler o bilhete. Estica a mão até a mesinha de cabeceira que acaba de conhecer, abre o papel e se esforça para ler. Dá uma risada. Pensa na carta que escreveu para a

Morte. Pensa na resposta da Morte. Lembra-se do hospital, da doença, da promessa da Morte, da impossibilidade que a Morte havia colocado, de que Andreia jamais poderia renascer, jamais poderia se transformar em outra.

Andreia acorda, esfrega os olhos, aperta o bilhete nas mãos enquanto solta uma gargalhada aguda no ar. Quando olha para o lado, um espelho. Andreia se certifica de que é ela, é ela, sim, que se olha no espelho, Andreia e seu corpo de Andreia andam por um quarto enorme. Agora que sabe que segue sendo ela mesma, faz um esforço, olha para a porta do quarto e tenta se lembrar o que há lá fora, depois do girar da maçaneta. Além de sua cor, do formato de seu corpo e do jeito que prende o cabelo, só se lembra do pote em cima da mesa. Abre a porta, vai até a antessala e encontra exatamente ele, ele mesmo, seu lindo pote de vidro, onde sempre guardou com amor seus bombons sonhos de valsa. O pote de vidro tem uma tampa também de vidro, é de um padrão áspero, uma espécie de vidro que parece querer imitar cristal, Andreia segue achando aquele o pote mais lindo que já viu e por isso o colocou na mesa, recheado de bombons sonhos de valsa, que com seu papel de cor maravilha davam um colorido único para o cristal. E assim como seu fiel reflexo no espelho, o pote está ali, fiel, apoiado na mesa. Parece ter sido a única coisa que restou de familiar por ali, além de si mesma.

Andreia desperta e esfrega as mãos, abre o pote com cuidado e pega um bombom sonho de valsa. Decide caminhar até a varanda, quer ver de perto aquela paisagem toda. Para do lado de fora, dá mais uma lenta mordida no sonho de valsa, uma mordida que quase se confunde com um sorriso. Enquanto mastiga o último pedaço de bombom, respira fundo aquele cheiro de água caindo, olha seu reflexo na imensa janela de vidro, iluminada pelo sol dourado, e pensa: com filha de Oxum, meu bem, nem a morte brinca.

Amigo Imaginário[2]

Dia 1

Decidi começar este diário por orientação médica. E como não sou de escrever, imagino que não seja fácil escrever todos os dias, mas vou me esforçar. Quero começar dizendo o quanto que tiraram de mim. Não foi só sangue, muito menos urina, nem foi somente a coleta das fezes... Tiraram de mim alguma dignidade. Agora em casa sonho sonhos estranhos. Retornar à casa como uma desconhecida da minha própria casa. A touca vermelha não me serve mais, porque os últimos fios foram raspados de minha cabeça. Os olhos castanhos caem junto às olheiras quando me olho no espelho. O salão de beleza, meu sonho, agora já não é mais meu. Perdi tanto e pedi tanto para que houvesse alguma gentileza da morte comigo que agora, enquanto vago por esta casa, quase penso que gentileza mesmo era se a morte me fizesse visita.

Dia 4

Me sinto sozinha.

Dia 5

Ontem foi difícil, chorei muito e não sei por quanto tempo ainda vou chorar esse choro que rasga o meu peito. Preciso

---

2 Antes de ler esse texto, sugerirmos ir à página 387.

ficar melhor, me livrar do passado, começar algo novo. Talvez um esporte ou uma dança, mas tenho pouco dinheiro. O auxílio do governo não é o suficiente para me manter, e a ajuda da minha mãe tem sido muito bem-vinda. Preciso melhorar.

Dia 16

Brigamos esses dias e isso me fez ficar triste de novo. Me sinto uma criança desde que o conheci e foi de um modo tão inusitado. Quase não quis escrever sobre isso porque é como se escrever fosse, reviver essa briga de novo, mas ele só me fez bem desde que chegou, então talvez eu escreva pra lembrar que é bom estar do lado dele. Os olhos cheios de ternura me lembram do meu primeiro amor da escola, isso é bom. O sorriso é da minha mãe, mas tem algo no jeitinho que lembra o marido de uma amiga minha, é engraçado perceber tudo isso.

Dia 22

Estou tão emocionada. Recebi um presente dele e o dia inteiro foi uma espécie de celebração. Ele tem me ensinado a celebrar os pequenos momentos, e isso é alguma espécie de revolução. É como se eu tomasse fôlego de novo. Às vezes penso que a vida é boa só por existir alguém que me faz rir desse jeito de novo. Acho que nunca tive um amor de um amigo assim. O presente foi uma caixa de bombom recheado com champagne, chique demais. Comi tudinho de uma só vez, e me deu um caganeira depois! Rimos muito quando contei a história pra ele, me disse que não ia comprar de novo e eu dei um grito que até ele se assustou, porque saiu um baita de um palavrão.

Dia 24

O médico veio me examinar e disse que a doença não avança sobre meu corpo, e que na verdade, retrocede. Eu sorri, porque eu sei o motivo e fui contar pra ele a novidade. Como é bom ter um amigo!

Dia 33

Eu estou aprendendo uma nova dança e mexo os quadris como se fossem novos de novo. A doença não tem vez neste corpo de filha de Oxum. Sinto que já posso voltar ao terreiro e pedi para que ele me acompanhasse. Ele disse que sim e amanhã vamos juntos para ele conhecer meu terreiro.

Dia 36

Quero dizer, mas não consigo.

Dia 53

Ele não era de carne osso, já desconfiava, mas descobri mesmo no terreiro, e depois disso me disseram que era a hora dele ir embora. Isso doeu muito, porque por muito tempo pensei que ele era minha cura, mas, na verdade, me dei conta ontem, enquanto estendia as roupas com a firmeza nos braços que levantavam com agilidade, de que, na verdade, a minha cura foi voltar à minha criancice. Lembrei com ele do encanto que preservam as crianças, mas só lembrei porque carrego comigo os resquícios de uma infância feliz que vivi neste corpo que é a minha morada.

A casa carrega as memórias dele, e retornando aos meus últimos escritos, nem lembro muito bem o encontro inusitado que tivemos. Estranho, porque acho que agora é hora dele ir embora da minha cabeça também. E mesmo que ele vá por completo, ainda levo algo. Espero encontrá-lo e reconhecer alguma coisa nesse encontro depois da vida. Talvez, a ternura.

Arka

Essas são as representantes da dinastia Matriarka. Diretamente do alto das terras pindoramas e kheméticas. A Rainha Arka perdeu todos seus familiares e discípulos com o dilúvio profético de seu maior inimigo.

Arka não está totalmente sozinha, no auge de seus 147 anos ela tem como acompanhante a imortal Matri, que hoje no ano de 2023 é lida como gata, mas que já passou por inúmeros seres vivos. Matri é uma herança da dinastia Matriarka. As realezas moram na perpendicular entre os continentes americano e afrikano. Nem no mar, nem na terra, mas no vento.

Ambiente

Depois do dilúvio profético, Arka, junto de Matri, habita na perpendicular entre os continentes americano e afrikano, cuja chave do portal para adentar este mundo é o elemento ar, dentro de um tempo e espaço constituídos de matrizes abyalenses e afrikanas. É um não lugar em uma realidade paralela do outro lado das águas, camuflado pelo nevoeiro nascente da memória da dinastia Matriarka materializado no cosmo, um esconderijo inimaginável.

Todas as terras estão cercadas por milhares de árvores baobás e samaúmas, flores fluorescentes são a maior riqueza dessa dinastia – elas, quando atingem a maturidade, viram vaga-lumes que fazem a polinização com todos os organismos vivos existentes nessa região. Contam que as árvores são habitadas por espíritos ancestrais que protegem saberes milenares.

Arka todos os dias caminha conhecendo novas árvores e plantando sementes, sendo orientada por Matri. Enquanto existir por todo lado baobá e samaúma, estão protegidas de todos os inimigos visíveis e invisíveis.

Arka se alimenta do tronco, caules e folhas das árvores e flores, que trazem poderes especiais para ela se teletransportar para outros mundos entrando nos sonhos de outras pessoas e tempos. Apesar de cercada por tanta beleza, pensa estar sozinha naquele não lugar e sente falta de dialogar com esses outros mundos.

Ela pode viajar por meio dos sonhos toda vez que muda as fases da lua. Arka não sabe, mas existe um povoado secreto dentro de seu próprio mundo, em que as pessoas são livres e não fazem parte de dinastias nem castas. Todos vivem trabalhando coletivamente pela proteção das próximas gerações. Nunca os viu por causa da proteção das árvores que a impedem de ver e eles também de saber da sua existência. Às vezes, em seus sonhos, ela caminha por esse lugar, mas pensa que é fora de seu próprio mundo.

Essas pessoas são chamadas de natureza, vivem em casas feitas de barro, se alimentam de animais e vegetais. Suas roupas são feitas de um material semelhante ao algodão. Habitam chácaras sem muros e nem divisas, celebram cada estação com festas em volta de fogueiras. Ninguém corta os cabelos da cabeça e não existem nomes femininos ou masculinos, apenas nomes sem classificação de gênero. Acreditam numa divindade feita de terra, água, ar e fogo, que vive em um lugar oculto no reino das árvores. Não sabem seu nome e esperam uma profecia antiga de retorno dela para o povoado. Esse povoado habita uma ilha cercada por águas.

Encontro

ARKA E V DE VITÓRIA

Quando Arka deitou no pé de sua terceira árvore plantada por sua avó, ela finalmente acordou pra realidade dos mundos inalcançáveis. O toque do chão gélido e aquecido sobre ela a fez despertar. O cheiro das cascas da melaleuca a fez relembrar. Neste ínterim, Arka conheceu o desconhecido que só seus olhos não haviam desbravado, estava amarrada na guerra ancestral que havia se ramificado pela sua ascendência.

Quando V de Vitória fechou os olhos, ela pode sentir o balançar das andanças que ali em seu corpo habitava. Ao cerrar os olhos, ao fechar as mãos, ao apertar os dedos do pé e ao dobrar a barriga, a menina adormeceu a desumanidade que morava nela. Ali ela pode se conectar com o seu próprio Eu. Momento nunca vivenciado, pois sempre estava ocupada com sua energia distribuída para com os outros que a compunha.

Existiam os mundos dos mestres do tempo. Poderosos e poderosas carregadores da sabedoria infinita. Eles não morriam. E ali, ficava guardado o segredo da vida e da eternidade. Neste mundo não havia o tempo. Existia só o existir. Os passos não eram contados, os sorrisos não eram regrados, os prazeres não eram limitados, os sabores não eram definidos. Tudo não era nesse não espaço-tempo. Esses poderosos criaram a galáxia e cada parte que a compunha. Um não tempo depois de muitos não-tempos, os planetas começaram a desobedecer às não regras, começando a limitar a essência da vida. Os poderosos detentores da galáxia condenaram dois planetas: um foi da família reinado de Arka e outro foi o planeta da família reinado de V de vitória.

O reinado de Arka foi transformado em poeira cósmica, perdendo todos os seus companheiros sagrados, ficando naquele mundo somente o restante das castas. A menina Arka pagou pelo preço da desobediência de sua família.

A família de V de vitória foi condenada a perder muitas riquezas do emocional e material. Todos os familiares foram perpetuamente deslocados pro corpo de sua menina sagrada mais nova, que nada sabia do que estava acontecendo: a menina V de vitória.

Quando as meninas se desconectaram de seus mundos para encontrar os seus próprios, elas atravessaram uma ponte. Foram guiadas pelos seus próprios pensamentos e vontades. Criaram raízes rastejantes por onde passavam; os céus se coloriam com cada ar que soltavam de cada cor, que se dissipavam pro ar formando nuvens saborosas. Elas andavam, voavam e flutuavam sobre o caminho que elas próprias estavam construindo.

Até que, num momento, uma se deparou com a outra.

Silêncio.

Não tempo.

Olhares.

Cheiros.

Presença.

Toques.
Ah!
Fundiram-se.

Reflexão

Agora tudo é ferida, tudo está aberto. As forças escorrem como um mar que separou tudo que me criou, tudo que me fez na abundância dos tempos. Pensar no cósmico, entender como ser uma deusa pela metade, rachada nos milhares de seres que existem na vastidão dessa mata infinita. Agora mesmo (escuta) tudo fala comigo, o sapo me lembra que amanhã começa o outono, o Caburé assovia que ontem uma Andiroba foi morta espalhando seu gosto amargo pelo solo e abrindo uma ferida no meu rosto, a tracajá chora que o minério foi arrancado de mais um morro sagrado, que os tucunarés agonizam no meu ventre, que o guaraná amargou e eu só posso sentir o melado escorrendo por dentre meus poros cósmicos. Sou toda aberta, o mundo me deflora sem saber, ando por entre os sonhos dos caboclos implorando um momento de cuidado e delírio. Matri não me deixa esquecer de onde viemos e de como não temos para onde ir, tudo afinado nesses olhos que cintilam e apertam. Parece que ela não se refez da fusão com V de Vitória. A violência e volúpia supremos desse encontro me acordaram das profundezas centenárias do meu gozo após o dilúvio profético. Mas nada digo, falo pra dentro, como um assovio nesse interminável vento. Só tenho vida na semeadura, por isso nem sei o que é existir, sou esse sopro entre mundos, essa existência dividida que aqui se faz verbo, foi porque pisou nas árvores da avó, porque raspou o tacho do cupuaçu e se lambuzou de dendê. Arka, Matri e V de Vitória, todas agora dentro desse eu que é fora de tudo... Será que suporto, será que suportamos tanta expansão, tanta vida em espiral, tanto feitiço e tempestade? Naquele dia do encontro, algo aqui dentro sussurrou uma palavra-passarinho: amor. Mas como amar, como saber o que é amor quando a vastidão de existir não permite esquecer a cisão, a ferida, o dilúvio, a morte dos meus? Amar a quem? Amar esses que me perfuram e eu, mesmo assim, os acolho? Porque eu já estive com os pés na terra, já senti o toque fresco e sincero das mãos de minha mãe em meu rosto reluzente. Hoje acho que tudo isso sempre foi as forças de Matri dentro de mim. Projeções de uma vida que não tive, memórias feitas sob a astúcia de quem tem sete vidas e pode as distribuir por aí. Pois não me esqueço de que sou Arka, sou o fim das linhagens sagradas, aquela que dança com os juritis e curumins a valsa tocada pelo maracá das almas, sou quem Orumilá chamou para lhe dar a mão na abertura dos caminhos entre o céu e a terra. Minha cabeça trovoa. Minhas veias adoçam e envenenam. Meu rabo felino balança os pilares de pirâmides e afunda caravelas. V de Vitória agora é minha sístole e minha diástole, é ela quem murmura amor, é ela quem tenta não se tornar mais um fragmento que se esgueira sem voz. E logo nós, que se pudéssemos dizer tudo que já vimos, tudo de tão poderoso e belo, se pudéssemos descrever esses mundos e vidas que nos habitam, esses apocalipses que podem ocorrer por um simples sorriso de canto de boca... Arka insana, devoradora que tanto cria, quem sou nessa gira, nesse gongá que teima em ressoar dentro de mim? Sou esse toque de mão no couro?

Sou o couro teso que soa? Sou o ventre que fecunda as rodas e libera os possessos? Matri segue me olhando felina. O que ainda nos liga? V me chama pelas vísceras, está tentando virar meu desejo. Tudo é lancinante, tudo eriça a mata e água minha boca. Ouço tudo, vejo tudo, e mesmo assim, essa guerra me toma de assalto. Faminta. Voraz. Selvagem. Como eu.

Intervenção do Raio de Sol[1]

Quando acordou sob a sombra da melaleuca grande, inda ecoava pensamentos; rainha de quê? Líder de quem? Arka de seres e tempos, isso sim! Que função tem tamanha humanidade num corpo solitário? Será ser humano só serve em sociedade? Pululava perguntas. Saciada sempre estava, em teoria, pois Arka estava e era e é, ainda, jardim de tudo. Mas falta algo maior que falta por que sabe porque engendra memórias que, por si, não viveu mas tem entranhadas. Saudades futuras. Sem pra onde. A salvação de Arka é um sonho acordado, o presente vivido curtido e toda noite cansado.

Todo possível está no pomar infinito, na mata-jardim, há que des cobrir os saberes, abraçar as árvores, atinar a antena, morder as folhas, experimentar. Os sussurros que vêm do oco das coisas e os avisos dos bichos ela já sabe ler. Tudo isso é vida coletiva. Tudo isso é também forma de amar, ponderou ainda deitada num encaixe perfeito da raiz da melaleuca, que ia soltando na brisinha suas flores brancas, que mais parecem

1 Antes de ler esse texto, sugerirmos ir à página 383.

radículas, polinizando sem cessar. Aos poucos, as miudezas das ramas verde-vivo vão-lhe cobrindo o corpo. Cheira a cura, lembra uma espécie de avó, não fosse a vó gato.

Pensando bem, lembra outro dia, talvez já desperta, de Matri voltando de um sumiço de horas (revira os olhos, afinal, gatas), miando enrolado, errando o salto, cambaleante mas contente, com uma galha em torno do pescoço, aos modos de coleira, que se fechava no peito com duas frutas redondo-amareladas. Arka olhou a avó tonteando, miando livre como cantasse e desandou a rir. Mordeu da fruta, comeu inteira e mais a outra e ria, ria, dançava, corria, caía e ria. Naquele dia ouviu no vento gargalhadas que não eram suas. Não estava só ou sonhara? Ou seria a fruta de encanto de feitiça ria? Naquele dia dormiu de nem se lembra, cansou leve de alegria. Num estado só de bonitezas desavexada de guerra. Sonhou com ondas de mar gentil, boiava uma infância perdida, segura. Ao acordar batizou o troço de Marula, sem saber que já o era, sem pensar pra quê nome, porque assim podia dizer, avó, vai buscar.

Depois que V lhe adentrou, passou algo parecido. Bastou um gole de uma água de chuva que acumulou num coco aberto misturado em flor. Numa fração de tempo via a mata cheia de gentes, as árvores diziam, as folhas tinham campos reluzentes em seu entorno e vibravam suas forças e venenos em cores específicas. Uau! Dragões de voo no ar que sentavam no topo dos baobás e conversavam com as pássaras feiticeiras. Tudo, nesse dia, que foi mais longo que outros, era de falar. Novos segredos sem ninguém para quem contar ou esconder de. Cruzando pelas matas na margem do rio, avistou aquelas flores. Elas vêm em amarelo, em uma brancura que acende e uma é da cor do céu quando arroseia. Quando quer conversar, bebe desse macerado de flores. Proseia só, sem parar. Sem precisar palavra.

Arka resta sua preguiça contemplativa no pé da árvore e agora é uma pintura antiga, tão cheia de verdes e brancos que lhe cobrem, no embaço do sereno. Agora é manhã e os girassóis apontam pra ela como quem sabe de suas Vitórias escondidas, como quem espera pela luz, mesmo como quem atrai, ou cria, o dia.

Feito um galo, as flores imploram e trazem o sol que sobe a paisagem e cruza as frestas de galhos acendendo o corpo, forçando os óleos, destilados naturalmente da violência da luz que reina em todos os mundos. Tudo solta seus gases. Neste canto tudo cheira misturado no ar na exatidão desta hora e a melaleuca domina, enquanto expande contra os poros cosmos de Arka.

Deve ser meio-dia. O sol para apontando como uma seta de tempo, o ponto do corpo da Rainha entre o umbigo até o começo das coxas; tudo esquenta, os óleos escorrem, e Arka se abre, se expande e ascende desde aí. Parece ter o sol lhe adentrando as pernas; quente, arregala os olhos, abre-se-lhe a boca, respira fundo e sente o vapor da melaleuca, curva-se pescoço, arqueia as costas. Fecha os olhos como quem vai a outro mundo, testemunham os girassóis. São apenas alguns minutos de uma sensação maior que este corpo comporta, como Arka fosse, nesse instante, aqueles campos coloridos no entorno das folhas quando bebe o não-chá. Ela é imensa e pode sentir o tudo e até as estrelas vibrando milênios em seu corpo, parece não vai passar. Flutua leve erguida pelo calor que lhe atravessa. Então é assim que se vira borboleta?

Demora muito a pousar. Elétrica em natura, está presente.

O faixo de luz sobe seu corpo até que lhe alaranje o rosto plácido, aberto, solto, robusto, viçoso agora. Fértil para o que for. Com todo cuidado as mãos tateiam seu centro para acreditar que ainda é corpo e desvendar onde guarda tal mágica que nenhum lhe contara; melhor assim. Convulsiona contente, solta impulsos, sem qualquer ferida. Aberto.

Adormece.

Em seus dias, gosta de ir vagando pelo seu mundo macerando a melaleuca, perseguindo ou esperando por onde pare o sol, a depender da estação. É para isso o corpo, para o descabimento de alegria, para sentir até que flutue. E sabe como voar sozinha. Nas noites recorre aos milhões de vagalumes.

Mas o amor lhe brotou de vida; conhece, agora, amor. Ama o sol. Como tudo em volta lhe havia cantado. Tudo pode continuar.

Carta/Mensagem de Arka para Naidab

Eu esqueci de tudo. Do esquecer ao esquecido. Tudo que aconteceu depois do fim em algum lugar me findou. Sem muita escolha, consegui não me desviar disso. O mundo aqui dentro agora é outro. Há muito tempo esqueci.

Eu ando muito perdida. Não sei se aprendi de verdade dar conta da vastidão. Às vezes queria ser só eu. Que ao caminhar no horizonte só escutasse o meu barulho. Sem folhas, risos, sinos e mastigadas algumas. Vibrar na onda sonora somente do meu erro, do meu giro, com o serrar dos meus dentes... talvez eu voltaria a lembrar, sabe?

Aqui as coisas mudaram muito.

Eu não sei como está aí, mas sinto falta das fogueiras. De escolher vagarosamente os galhos, cortá-los, prepará-los, colher os cereais para fazer o álcool e passar o fim de tarde sempre na dúvida de quais três flores de algodão iria escolher pra te dar.

Ontem, quando a lua cheia avermelhada gigante chegou, um pingo do sereno caiu na pálpebra do meu olho esquerdo. Cerrei os olhos, virei de lado e delicadamente, dançando em meu rosto, o sereno foi escorrendo para os cílios do meu outro olho. Com o olhar buscando um pouco de luz, fui sentindo a maré chegar em meus olhos. Inundada, quase me afoguei de tão lubrificada que já estava.

A saudade bateu e eu já não sei mais o que é a gente. Se existimos mais, eu e você. Se você ainda também se inunda, se ainda fica tremendo de dúvida sobre qual flor de amora você iria me dar ao voltar para casa, me indago se você ainda pensa na gente quando nossos corpos não estão mais pertos. Se seu coração palpita ao lembrar de mim. Penso se aquela nuvem de excitação ainda vagueia do seu peito a sua garganta quando se lembra do meu toque.

Naidab, eu peço perdão quase todos os dias em pensamento pelo o que eu fiz, não sei se está escutando. Eu precisei trancar a ponte porque tudo estava muito confuso quando a profecia chegou. Não sabia mais quem eu era, o que eu era, eu estava toda perdida em mim mesma. Não podia mais te encontrar, eu não iria saber o que compartilhar, como controlar os muitos dentro de mim? Agora eu estou pronta. Acho que estou. Na verdade, há um tempo te mando sinais pra avisar que destranquei o caminho.

Eu não sou de implorar, mas não sei mais o quê, e como fazer pra nossa luz brilhar junta novamente.

Espero que aceite esta carta.

Quando a próxima lua engrandecer de amarelo, estarei te esperando na ponte dos sonhos.

Com muito dengo, Arka.

Resposta de Naidab para Arka

Arka, dengo de orvalho, não tenho faculdades para recusar a sua carta. Este viés não vibra. As consequências do que você fez são intransitivas. A ponte não pode mais abrir-se. Querida, entenda, você foi definitiva. Eu já não vivo e entendo que seja difícil enfrentar e mesmo lembrar, mas você colheu a minha vida de maneira que não é mais possível qualquer espécie de encontro físico. Não há crime, somos mitologia e é parte dessa mitologia que minha energia e potência se juntem à sua e eu agora seja você como uma folha imbricada ao caule que suspende a flor. Em palavras diretas e puídas, sem poesia, preciso dizer — você matou Naidab. O que fala agora sou você. Era necessário, nada deve dificultar ou distrair sua trajetória por cumprir-se. Você é tão importante. Tanto que lhe foi concedido decidir se eu existiria a seu lado ou sendo parte de si. Não chore. Estou muito contente dentro de você. Ao consumir-me, você me tornou mais do que eu era. Sendo assim, estamos atravessando um momento muito delicado e é necessário que agora escute com atenção redobrada:

Esse esquecimento de tudo que você está experimentando é o progresso do mistério. Você perdeu o fogo. Não é mais capaz de acendê-lo. Pode parecer triste apenas, mas não há lamento que perdure e o cosmo deve seguir se expandindo como os desenhos encartados entre capítulos e também na capa deste livro. Veja agora um deles e perceba que para além da fidelidade existe a invenção. Ambas são admiráveis. Repito, estamos perdendo o mistério. Seu esquecimento de tudo é o sintoma. Deixe-me lhe contar uma história, como exemplo e parábola:

Quando uma antiga representante de outra antiquíssima dinastia tão importante quanto a Matriarka — que por justificativa de suprimir atritos sou obrigado a não nomear ainda — tinha uma tarefa difícil pela frente, ia a certo lugar no bosque, acendia um fogo, fazia uma prece, e o que ela queria, se realizava. Quando, uma geração depois, a nova representante viu-se diante do mesmo problema, foi ao mesmo lugar do bosque e disse: "Já não sabemos acender o fogo, mas podemos proferir as preces", e tudo aconteceu segundo seus desejos. Passada mais uma geração, a liderança seguinte viu-se na mesma situação, foi ao bosque e disse: "Já não sabemos acender o fogo, nem sabemos as preces, mas conhecemos o local no bosque, e isso deve ser suficiente"; e, de fato, foi suficiente. Mas, passada outra geração, precisando enfrentar a mesma dificuldade, a nova liderança ficou em seu palácio, sentada em sua poltrona dourada e disse: "Já não sabemos acender o fogo, não somos capazes de declamar as preces, nem conhecemos o local do bosque, mas podemos narrar a história de tudo isso". E, mais uma vez, isso foi suficiente.

Você está se afastando das fontes do mistério e perdendo, pouco a pouco, a lembrança daquilo que a tradição lhe ensinara, mas, disso tudo, você deve se concentrar e conseguir narrar sua história. O que resta do mistério é a literatura, e isso deve ser suficiente. A literatura é a libertação do relato, se for entendido que o progresso da perda da fonte do mistério é a constituição dessa literatura. Você precisa contar a sua história, você mesma. Diante de tanta responsabilidade, não devo mais tomar seu tempo. Esta é a última vez que nos comunicamos como dois. Após a derradeira palavra, seremos uma. Isso é suficiente.

Com muito dengo, Arka

Sonho

Isso tudo lhe pegou de surpresa. Foi dilacerante ter que ler tudo do que menos esperava. E agora, como vai ser? Sua única esperança de abraço foi embora. Pra sempre. E ainda lhe pediu para que a lágrima em seu rosto não morasse.

Arka perdeu o caminho do sentido. Se jogou no vento e assim flutuou em seu próprio pensamento. Nesse momento, já não sabia mais o que era pautável e imaginário. Qual diferença fazia se nada lhe tinha mais valor? A menina sentia acalanto no sonhar quando tudo era o antigamente. O hoje lhe perturba.

Sem destino, deu o primeiro passo lentamente, com o calcanhar dolorido foi descendo o meio do pé, as extremidades e assim seus grandes dedinhos, de vez em vez estavam competindo a luz do universo. Pulou, em Plutão e ali, sentada numa ponta felpuda pontilhada vermelha balançando sua cabeça, ficou conversando com ele. Por sete horas o conheceu em silêncio. Correu por 37 vezes atrás de uma pulga que estava azucrinando um búfalo. Olhou pra cima, pra baixo, pra todos os lados que existiam e cansou. Já não havia nada a ser preenchido e ao mesmo tempo nada havia sido consumido.

A solidão que não conseguia fugir nem em seu pensar findava.

Depois de alguns dias em seu sonho flutuante, Arka sentiu lhe aguçando um cheiro que nunca havia sentido e um frio tão gostoso que a fez gemer de felicidade. Até que, no meio de sua cabeça, uma semente caiu, lhe deixando em alerta. Na ponta do seu dedinho grande da direita, uma unha espetosa lhe furava.

Puffff!

Acordou resmungando.

Se assustou.

E Suspirou.

Transformação

[O que seria se pudesse ser

quem ar já é?]

Arka, que de tão grandiosa, pensava e obstinava pequenezas. Em um sonho lúcido dentro de si, desejou ser o entre, ela, que em qualquer quimera transitava, concedeu a si própria tal anseio.

Onde há o entre, Arka reina. Nos diastemas que contam histórias, nos olhos indecisos que não sabem se dormem ou despertam. Se os dedos se movimentam para escrever um poema, Arka ali sibila encantarias.

É Arka que está entre o ouvido e o vento, ela que concede intuições, segredos. Do espiráculo da baleia ao pássaro que ela sobrevoa, dois mundos ali povoam, tudo é dela. A fenda entre a terra e o céu, o espaço-tempo de o dedo encaixar no anel.

Se de um lado os vulcões adormecem, em outros despertam, ela é quem decide o tempo de um estado a outro.

Entre o Sagrado e o humano, o passado e o futuro, Arka pressente o presente. De alguma maneira se aproximou do tempo a ponto de domá-lo, ela quem diz quantos grãos caem da ampulheta.

Resolveu morar mais longe, habita o profundo das pessoas, os pensamentos que ainda não surgiram, sobrevive no quase.

Permanece quem é, não perde nada, acumula, comunga. Desenrola o mundo, enquanto enrola um novelo que Matri desembrulhou.

Amigo Imaginário[2]

O silêncio muitas vezes me castigou. Eu parava sem vida, sem cor, sem respiro e bufava. Toda hora que o molhado me chegava, pedia a ela pra correr e fechar a proteção do que não se podia a água chegar, eu inundava onde estava. Nem sempre a força me era presente.

Toda vez que corria pra dentro de mim mesma, eu escorregava no caminho das pedras. Uma pedra sempre era lançada na minha frente, mas nunca pisava. Aceitava, colhia. Assim fiz uma gruta. E dentro dela fiz meus pedidos.

Eu sempre quis ter outra de mim. Às vezes pra poder passear por aí e fingir que ainda estava lá, de onde nunca devia ter saído. Eu sou tão pequenininha mas me comportam tão gigante. Quando quero trocar meus sapatinhos, eu sigo uma rota, a deixo lá, e começo pelos sapatinhos da minha infância, são doces e me lembram dos cheiros de rosa. Depois vou para meus de fuga, quando escolho caminhar pelas plumas de dos gansos gigantes, ninguém me percebe lá. Eu pulo em muitos outros, levo em média 16 dias pra terminar de voltar à lembrança nas minhas raízes de todos, mas até que chego no mais esperado: os sapatinhos vermelhos. Quando os coloco, nem pressa tenho, eu sinto a cada andada o toque e o beijo de todo mundo que em meu corpo passeou. Me lubrifico, me marejo, me arrepio e muitas risadas. Sem pressa retorno pra gestar o mundo.

E quando retorno, ela sempre está me esperando com um sorriso nos olhos. Muito grata sou eu por provê-la.

---

2 Antes de ler esse texto, sugerirmos ir à página 387.

Dasnuvens

Dasnuvens nasceu quando a noite rasgou o primeiro dia do vento pampeiro, por isso não compreende pessoas que passam uma vida inteira sem mirar o céu por pelo menos algumas horas. Dasnuvens vive com nebulosas em volta da cabeça, e por onde passa desfaz as secas do rio do peito. tudo que é gente que tem o coração magoado, seja qual for o motivo, Dasnuvens dá um jeito de curar e fazer chover lá dentro de novo. uma apreciadora do gosto de vida que alguém deixa pelo ar depois de voltar a acreditar. vem do interior de dentro de alguma cidade da zona ifé. trabalhou como acopladora de nuvens, rezadeira, construtora de sonhos e regulamentadora no instituto do perdão. quando se aproximou do seu um quarto de vida, cansou do posto do último trabalho e começou sua obra de identificação de nébulas de dentro. é uma viajante. começou pelo hemisfério sul e vai circundar a Terra em sentido anti-horário, mapeando aquilo que o ser humano sente, mas não qualifica como sentimento, os mistérios sem nomes. Dasnuvens aprendeu a mapear os mistérios sem nomes anos atrás quando encontrou uma criança que cumpriu apenas um décimo da vida, mas chorava como se conhecesse o maior padecimento da carne. ninguém entendia o que de fato havia acontecido, mas "dá", que era como a criança chamava Dasnuvens, suspeitou que a vida passada do menino pudesse estar tentando contato. foram dias difíceis de decifrar, mas "dá" conseguiu um método de cura e agora vai passar adiante, como faz com tudo que aprende.

Em sua andança, sempre carrega uma bolsa de cobre lotada de buracos negros, e um saco de fibra com um pouco de terra, não usa os buracos com frequência, já que, quando retirados do saco, matam aproximadamente cinco possibilidades de novos planetas. já a Terra é usada a cada novo território pra demarcar onde passou e aproximar vidas passadas do presente. Dasnuvens ainda está na metade do que programou, tem dificuldade na alimentação porque não gosta de comer nada que detenha a cor amarela. não consegue cumprir os prazos porque tem uma mania bonita de cantar enquanto caminha. a única coisa que Dasnuvens não faz, é parar, ela nunca para.

Ambiente

DasNuvens com sua missão de viajar o mundo para identificar as nébulas de dentro dos humanos e curar as secas dos corações vazios, saiu da cidade de Baobá na região de Ifé, onde vivia com seus pais DoSol e DaLua em uma casa que por fora tinha aparência de uma casa pequena cuja cor da parede externa se alternava entre a cor púrpura de uma noite estrelada e a cor de um tom de rosa raramente visto no céu ao amanhecer. Seu pai, DoSol, lhe ensinou que as paredes foram erguidas com tijolos de sonhos bons e que o reboco era uma massa corrida de boa vontade, e que a tinta usada na parede externa era feita à base de um líquido extraído das estrelas cadentes. Porém, ao abrir a porta da antiga casa de DasNuvens, era possível logo perceber que a casa era maior por dentro que por fora, já que o interior de sua casa era uma galáxia inteira. Lá na cidade de Baobá, DasNuvens também tinha 2 amigas, Ísis e Íris, as duas, assim como DasNuvens, possuíam suas próprias habilidades. Ísis era uma das maiores sábias da Região de Ifé e sua missão de vida é guardar os segredos do universo, já que sua sabedoria é uma das poucas capazes de suportar tais segredos, e Íris tinha o dom de espalhar o saber e o conhecimento ao mesmo tempo que ensinava a outros seres a cultuarem o amor em toda as formas que ele pudesse estar presente, por isso Íris já havia dado a volta ao mundo pelo menos 6 vezes.

Mesmo com uma casa galáxia e o amor dos pais, DasNuvens se despediu de suas amigas e familiares da Região de Ifé e seguiu mundo afora, deixando toda sua vida pregressa para trás, antes de partir, pediu conselhos a Íris, que lhe ensinou que melhor era começar pelo hemisfério sul e dar a volta em sentido anti-horário, ensinou também onde eram os pontos de comunicação da Terra com a Região de Ifé onde se situavam os pequenos vilarejos e aldeias que ou eram massacrados pela ganância de outros povos, ou eram esquecidos e cresciam como se existissem para nenhum outro povo além do seu próprio. DasNuvens decidiu para si mesma que faria amigos por onde passasse, mas que não manteria vínculos com nenhum deles, para que nada a parasse, ou pudesse desviar mais sua atenção em sua jornada do que sua cantoria, que já a fazia se atrasar. Estava motivada a cumprir sua obra o mais rápido possível.

Depois que já havia acabado de andar por toda a África, percebeu que sentia falta de ter vínculos, mas sabia que precisava seguir e que os vínculos poderiam interromper mesmo que por um breve momento a sua jornada. Decidida, ela seguiu viagem para as Américas a fim de chegar primeiro à Bahia, pois havia ouvido de Íris que lá havia uma forma de se comunicar com a Região de Ifé.

Encontro

DASNUVENS E JOANA LAFOND

Dasnuvens e Joana Lafond se encontraram no final de algum hemisfério que não poderia mais se dizer tão Terra assim. Quando as duas se cruzaram no meio da via principal, seus olhos logo abriram encruzilhadas, era como se as duas já tivessem dividido um prato de comida anos atrás. O corpo de Joana foi cedendo, talvez também devido ao cansaço, e o corpo de Dasnuvens foi acolhendo seu declínio. Um abraço desconhecido da promessa, mas que tinha certeza de estar cumprindo algo.

Conversaram durante horas aquela conversa regrada que temos com parentes distantes depois de anos sem encontro. Joana contava com muito orgulho suas conquistas, e Dasnuvens recebia com amor, mas não deixava de reparar quão fundo estavam os olhos de Joana. Dasnuvens queria que Joana entendesse o legado e a espera da cura, e Joana se emocionava ao ouvir, mas não podia deixar de notar que a cidade não corria seu veneno no sangue de Dasnuvens. O carregamento de Nimbus de Dasnuvens queria crescer na chuva de Joana e assim aconteceu. Tudo completava o divino das duas e nada era igual em nenhuma delas, ambas detinham o respeito, conseguiam se encarar encontrando falhas e ainda assim não derramar ordens na pressa de morrer as diferenças. A vida do entorno foi amornando e elas perceberam que estavam ali durantes horas, levantaram para beijar uma a mão da outra e seguiram prontas pra voltar cada uma à sua dobra do tempo.

Reflexão

Absorvo a sintonia que se quer monotonia. Preciso lembrar que as coisas não eram assim. Sejam todas as almas bem-vindas a esta nova Terra. Esqueçamos que a liberdade das armas quer país e gosta de brincar de encontrar inimigos. Sou as ondas dos rádios e as vozes locutoras que se confundem pairando sobre a indefensável rotina da cidade. Agruras. Sanções. Medo.

Sou da rua sem governante. Insisto: o ambiente vale pela minha fome, meu tempo de gostar de você. Sem o erro de querer o papel das escolhas, o papel de dizer que as outras terras devem cuidar do seu tempo. Meu tempo começa dentro da presença simultânea do amor.

Estou com esta terra. Sou sua base como também são todos vocês. Sou a construção diante do mar, a sede do assunto que escala a intolerância das civilizações. Sou o húmus dessas perguntas que se depreendem das manhãs, as mais graves que levam e trazem minha voz em cada estação de rádio. Sou o risco de um assassinato gerado no colo da autodefesa. O discurso do enigma.

Absorvo as bocas que procuram as palmas das mãos. As narrativas dos antagonistas. Posso ficar?, meus olhos perguntam. O voo se desprende. Aprendo com a vossa luz.

Joana, me abraça. E nos apegamos. Joana me abraça.

Intervenção do Raio de Sol[1]

Toda claridade nasce do abraço da luminosidade solar que atravessa DasNuvens, como quem ilumina fazendo brilhar toda potência do dia. Céus olhos não precisam de uma face desenhada, eles são partículas do infinito, elas são misteriosas e dançam com os átomos.

DasNuvens é o movimento entre o estreito de quem cruzou a linha do equador, para ela não existem fronteiras, é uma caminhante cheia de caminhos, rompeu toda fronteira da sua existência, no ímpeto de seu canto extremamente transmutador de elementos.

Ar e água, sim, ar e água, é a gira na sua rosa dos ventos, aquela filha do tempo, clandestina, estrangeira do seu céu que devora seu olhar em um mapa universal. Sua epiderme sem carne, sem pele, mas cheia de sal, açúcar, tem quem imagine o gosto do dendê e mel quando olha. Sua forma é todas as formas, não tem tamanho porque não existe limite.

Os raios nem sempre são de sol, às vezes encontra as gotas da chuva e o trovão. Celebra a nebulosidade, conhece a vida e a morte em um dia. A noite é aconchego, silêncio feito de palavras nunca faladas, das lembranças e memórias do fim ou começo. Cada raio uma cor que, em contato com água, provoca uma ciranda colorida e mágica em DasNuvens.

Refém do ar, existir para ela é respirar, nunca deixar de respirar. Às vezes clara, outras vezes escura, não pesa, flutua. Não precisa voar, vive dentro do ar, transpira vida. Corta ven-

---

1 Antes de ler esse texto, sugerirmos ir à página 383.

to, se transforma nele como uma feiticeira poderosa acima das cabeças, mostrando que é potência, sua delicadeza de quem se desfaz e se faz em segundos. Milésimos de segundos DasNuvens faz sua metamorfose ambulante. Independente do clima, da ordem do dia ou desejo dos homens.

Carta/Mensagem de Dasnuvens para Holoceno

Caro Holoceno,

Saudades, meu amigo. escrevo porque tem sido difícil deter o fora dentro de minha cabeça. as civilizações não sucumbiram, encontraram um jeito de arrastar a existência em uma espécie de autodestruição desenfreada. a Terra tem sido tão forte que chega a parecer loucura acreditar que aqui algo ainda vive trocando mal com a natureza. A solidão não me alcança mais, desde que deixei tudo entrar e fazer curar. Tenho entregado universalidade e recebido algo em troca que não sei bem como tratar. Escrevo com intenção de que me toque sua ajuda. Acabei me perdendo do tempo quando comecei a comer o tempo do outro. Ando assim meio perdida de saber pra onde vou, já que tudo se questiona na época atual. Antropoceno só recebe ligações não diretas e inspecionadas, mas o que tenho a dizer pode me custar o título que guardei naquele buraco enterrado em seus pés. lembro sempre com memória fresca dos nossos dias trabalhando no instituto do perdão, éramos quase excelentes, se não fosse nossa mania em bater a meta de indultos sempre antes do prazo, teríamos chegado longe. talvez nasça dessa recordação minha intuição de que podes me acudir.

estou sucumbindo, companheiro. essas coisas que recebo e não sei o que fazer morrem na passagem quando arranco das pessoas, mas basta adentrar minha carne que ganham vida novamente. tento incessantemente nomear tal agonia, e falho. comecei a enterrar a aflição em um grande terreno e já preenche alguns hectares. tenho medo do que posso estar causando sem saber. necessito de um ofício de perdão para desfazer esse equívoco. pretendo remover tudo que enterrei e dispor de volta ao meu corpo. Depois, conforme caminho, irei diminuindo esse tanto até que caiba em algum invólucro. sei que talvez essa súplica esteja fora de seu alcance, se assim for, me retorne com sugestões fora dessa lógica. suas ideias são sempre ponte ao impossível.

bom te escrever. sinto que me sabes de alguma forma. todas as vezes que te encontro na terra dos sonhos sou tomada por sua gargalhada fortuna. desculpa despejar tantos pedidos sem ao menos lhe perguntar como andas. saiba que se algum dia um mal acometer seu espírito, o título que carrega embaixo dos pés ajudará, e eu saberei que precisa de ajuda. tudo nosso é nosso mesmo, somos um e você sabe. aproveite a resposta de socorro pra me contar como andam as coisas por aí. quem engoliu quem? quais são as projeções? pararemos neste éon para sempre? a evolução é isto mesmo ou é só um disfarce barato? e seus filhos? e o ferro? ainda dorme atento?

te amo, grande amigo, te amo fanerozoicamente.

Resposta de Holoceno para Dasnuvens

Nefelita, tão querida!

Uma saudade imensa de te chamar assim, brincar com outras línguas, outras formas, descansar esse jeito linear de se comunicar, como se o tempo fosse uma grande esteira por onde nos esticamos. Lembro-me bem quando te vi, sendo nefelibata e tradutora, se jogando sobre as nuvens que compõem o teu ser e o teu nome. Você pertence a essa água, a esse vento, atravessada por raios de sol que te contornam e te fazem ser. Sinto dizer, Nefelita, mas estou aqui há muito tempo e espaço, você bem sabe, e ainda assim não me sinto capaz de te alcançar um perdão. Por mais que meus dedos se estiquem por toda uma era, não sinto que eles sejam capazes de apontar um caminho por onde achar algum tipo de paz. Todo o tempo e espaço que estou aqui, observando de longe tudo o que se arrasta de barriga no chão, não me deu e não me dará uma autoridade assim. Porque o perdão, Dasnuvens, é uma coisa de pouco tempo. Ele vem em medida de minutos e nós temos a medida da imensidão. A imensidão não nos dá autoridade, ela não nos contorna com poderes de perdão. O que nos faz contorno são as luzes, Nefelita, o que nos faz contorno é a energia. Não há individualidade que dure tantos anos, nossa forma se expande e se estica cada vez mais, não há borda que nos contenha, e o perdão é uma pedra tão pequena que nem nos faz tropeçar. O que há, como você mesma me diz, é universalidade, e não saber como tratar é nossa saída. Os que andam por aqui, com suas cabeças afundadas em buracos na terra, com sua barriga na altura do chão, não sabem o que fazer a não ser tratar. Tratam em todos os sentidos. Tentam uma cura por meio de tratamento, tentam uma promessa por meio de trato, tentam dizer o que é, mas dizem do que se trata. Você, Nefelita, não precisa saber tratar nada, é mais confortável acolher a dúvida. Ainda teremos muitas eras para entender do que se trata isso que tantos nesta Era tratam. Acolher a dúvida, Nuvens, deixar que o contorno se expanda assim como nós.

Dia desses tive uma sacada ao olhar essas cabeças que se partem em duas. A parte esquerda preocupada com a linguagem, com o tempo, com as medidas, com o que nos cerca. Outra parte, coitada, a direita, subjugada a esta, mas por dentro uma zona de alegria. O mais curioso, Dasnuvens, é que a parte esquerda comanda a direita e a direita comanda a esquerda, como se mentissem para si mesmas de que alguém está no comando. Não há comando, assim como não há perdão. Porque o perdão nada mais é que uma autoridade que garante o tamanho da existência da culpa. E essas são medidas muito pequenas e curtas para toda a Era que tenho me sentado aqui a observar.

Há os que acreditem que vou passar, como já passaram meus antigos. Mas mesmo acreditando, eles não estarão aqui para me ver passar, porque meu tempo não é o tempo deste pequeno mundo. Meu tempo é eternamente o tempo do agora.

Fico feliz de receber notícias suas. Ferro dorme atento ao meu lado. As projeções, como sempre, são as melhores e as piores.

Fique calma, pequena nefelibata, teus desejos se traduzem por si só, a vida está aí para que você a divida com os outros. Abrace quem te ilumina, daqui estou de olho, não se esqueça.

Com amor, do seu querido último monstro das eras, o caçula da pangeia, como você costuma brincar.

Sonho

um sonho apertado. sonha sempre como quem não pode usar o meio do céu. seu corpo se agita na cama e aquece a fúria do descomprometimento. seus membros parecem rejeitar a espera de perfeição. não está em utopia. a utopia está em Dasnuvens. a vontade de viver esse mundo que não o seu. a vontade de arrancar esse fardo de existir como tem existido, sempre que olhos cerrados com força, sempre que não acordada, sempre que noite, sempre que o mesmo sonho.

Dasnuvens chega ao mesmo lugar. suas patas estão em um uma espécie de lava vulcânica. sua pele corteja desejos da carne. a vontade de matar a cura e a bondade, espuma em sua boca. o inferno que essa mulher inventou é seu lugar preferido. labaredas cortam seu fracasso inferior. uma temperatura atordoante desconstitui a lógica. Dasnuvens dança queimando o corpo onde o toca. descobrindo a dor delícia da matéria. uma cabeça de criança recém-nascida surge em meio às rachaduras no chão, sem choro e sem olhos, encarando pelo pescoço. ela pisa na cabeça e mata o legado de ser mãe de todos. a vida então desaparece para o encontro. suas queimaduras tramam romances, tornando uma única coisa tudo que está em aberto. contesta ser seu próprio monstro, mas já é. seus pais Do Sol e Da Lua aparecem dizendo com calma a escuta de uma vida inteira: **"você deve ajudar o mundo"**, **"seu destino é aliviar a dor"**, **"sem você não teremos todo"**. suas patas criam mais chamas e mais chamas a cada frase. Dasnuvens chuta seus pais na altura do estômago e os dois evaporam. Isis aparece depois em forma de cão, abrindo sua a boca que mais parece a boca de um tubarão. no fundo da garganta a palavra desejo. Dasnuvens enfia a mão removendo a palavra antes de arrancar a cabeça de sua amiga. o falso inferno parece comprimir. uma voz sem origem ressoa um ruído parecido com a defesa de que o inferno não existe. a lava nasce um espelho em sua frente. ela mesma reflete em futuro. uma velha infeliz. uma senhora de pernas cansadas. um ser abotoado de ajuda. um sorriso que deixou pra trás. uma sonegadora do egoísmo. um desequilíbrio. um equívoco da falta. um dia que é dia todo dia e queima a folha das plantas. um doer de ser forte. um projeto dos pais. um legado infeliz. um único poder. a única nuvem que passa a não ser. um cabelo caindo de estresse. um sufocamento da obsessão pela cura.

Transformação

DaLua e DoSol, Íris e Ísis, tudo ofuscado pelo fenômeno agitado que chocava, com a palma da lufada tropical, a face gelada de uma frente fria estridente. Da trombada comovente entre massas de ar, alterando matéria em profusão, o caos quase completo evoluía firmando sua confusão, espirrando tufões e regurgitando tempestades. Já não era sonho, já não era inferno; já não tinha pata, já não tinha lava. Era Dasnuvens e vinha gota grossa de água, cuspe carregado de chuva, a lamber o térreo do globo terrestre desastrado.

As temperaturas conflitantes e a substância heterogênea de Dasnuvens, ao se atravessarem, se debatendo, se desfazendo e se refazendo em novos arranjos assimétricos entoados por trombetas celestes trovejantes, faziam derreter a atmosfera superior, que desabava exaltando Ifé. Desse temporal, uma gota pomposa, carregando carga parruda de Dasnuvens, traçou sua queda céu abaixo até encontrar a leoparda nigeriana, pingando e esparramando-se em sua grande língua felina debruçada pra fora da boca.

Se aceitaram imediatamente. Instantes após a recente quimera e Dasnuvens já saciava seu espírito volátil com os novos sentidos terrenos, experimentando a absorção de tatos, sabores, odores e visões antes inconcebíveis, agora possíveis através das vias de seu novo corpo-leoparda. Enxergou um homem distante. Estava sozinho, turista desorientado, e tentava se proteger da chuva torrencial, encontrando abrigo embaixo de uma baobá.

Dasnuvens, e os instintos felinos irrefreáveis, disparou em direção ao ser de carne viva. Devidamente devorado, restaram-lhe os ossos e boas memórias na lembrança de quem teve a sorte de estar com o homem, agora sendo digerido vagarosamente, virando pasta na pança da leoparda africana.

Amigo Imaginário[2]

A leoparda africana descansa deitada embaixo do baobá. sua estrutura calibra estímulos deixando saciar a vontade dos eixos. sua língua dançando lá fora minirretrações. respiração ofegante querendo expulsar todo ar quente. a língua pesa o cansaço de estar diminuindo a temperatura e acumulando água. esse músculo forte do corpo se enche como uma nuvem, acaba deslizando seu excesso pelo sulco longitudinal até chegar à ponta e cair da grande língua recém-tocada por carne humana. pinga uma gota. Dasnuvens mergulha fora, as papilas filiformes não seguram sua força.

depois

de

cortar

todas

está de volta sua antiga forma

no chão, suja de barro.

---

2 Antes de ler esse texto, sugerirmos ir à página 387.

levanta meio faltando, meio desabitada há pouco. vê leoparda em sua frente, encarando com um porquê deixar de ser um comigo. Dasnuvens agradece a estadia, explica alguma coisa sobre sua vinda e aponta a ponta do dedo para o focinho de leoparda. bem paradinho lá, como quem sabe que mais um passo é descer pescoço. bem paradinho mesmo, com suas listras oscilando, está *orire mi,* um percevejo Picasso, que morava dentro da bolsa de cobre de Dasnuvens. ele voa e pousa em seu antebraço esquerdo. voa mais uma vez e para no chão. rodeia o baobá e passa lascando em um galho. distribui zum-zum-zum e cheiro estranho pelo ar. irrita leoparda morada que espirra como um portador de rinite. enfim gargalha e desanda a falar pelas antenas.

diz que sumiu devido à alta demanda. conta uma história sobre uma aula de Biologia em outro canto do mundo que desvendou sua existência a uma criança chata que chama toda vez. diz que sabe o que estão pensando: *"falando e movimentando, não sabe parar. tagarela orire mi. como pode ser sorte ter um ser tão pequeno que não cala e não para".* diz que saiu da bolsa para buscar outra coisa que não sabe. entra na bolsa de novo. lá de dentro canta uma canção. logo depois os três estão caminhando e cantando juntos. a letra mais linda que orire mi criou:

saiba mudar a cor da casca

eles então te acharão perigo

saiba montar na alma de um leopardo

sem ser ferido

saiba fazer amigos

saiba criar também

saiba que tudo pode

aquele que tudo não vive sem

veja essa borboleta

que vai nos acompanhar

um sopro desfaz suas asas

e mais um sopro põem no lugar

um sopro desfaz suas asas

***e mais um sopro põem no lugar** (**2x**)*

a linha do horizonte abraçando os três. nuvens voltando a condensar. um preparo pra dizer tchau. zum-zum-zum sai do saco orire mi. cheiro desagradável de defesa. leoparda pela metade já. Zum-zum... Dasnuvens subindo tipo fumaça. zum... oreri mi dentro de sua cabeça lá do outro lado.

Folia de Mãezinha

Quando o ventre danou de contrair, ela mergulhou no açude que a viu crescer. Água barrenta, fundo familiar. Boiava as dores, acarinhava a pança pontuda, olhando o cinza mormaço pra esperar minini vir. Disse, vem que tô pronta, digo, que te quero, ou disse, você é esperado ou esperada ou tu é esperança, disse, mas sem peso, disse, dói já bem aqui você em mim mas é amor, minha alegria, é um amor descabimento, disse, descobrimento; disse algo assim que enfeitasse a hora. Ouvido n'água, voz pra fora. Se escutou entre os ecos líquidos, graves e médios, como talvez minini lhe escute lá dentro, mais som que verbo.

Deixou que o peso da barriga lhe virasse o corpo feito a natureza de um barco e nadou lentamente contra o barro grosso, com a pouca força que poupavam as pernas. A cada empurre parecia abria, dilatava-se toda portal pra passar minini pro mundo. Mãezinha nadava aquelas águas específicas e, ganhando tração, murmurava as melodias das avós. Palavras chaves, encantares certeiros, de chamar o novo e ensinar o corpo a recebê-lo. O novo. Minini sabia, já se conheciam, pulsavam o mesmo ritmo.

Sua primeira piá corria a margem de toda aquela água, de acompanhar a mãezinha - quase - peixa; essa mãezinha também é minha, disse, te dou todo o coração que tenho, não disse que não tinha ainda o vocabulário do amor que já vinha, mas era todinha um peito expandindo.

Da borda, parada, perto da antiga porteira, pousava a avó, não de minini. A avó da mãezinha - quase - peixa; braços cruzados, corria como a bisneta, mas só com os olhos. Concentradeira, cerrada, cantando pra dentro, bendizia as crias. Tudo tem sua hora, seu tempo de ter o corpo pronto, disse sem voz, tudo o que vive sabe nascer, disse a avó sem voz, tudo o que encoraja nessa terra seja potente e elástico, sem voz a avó, minini sabe nascer, minini conhece a voz de sua casa, disse a voz, minini conhece a nossa voz, o caminho é nossa voz, disse alto, vem brotar de vida, novidade, disse a voz como quem manda com amor de sabe, seu caminho de carinho e cuidado é AQUI, disse com o maior pulmão. Avó na terra, mãezinha n'água, filha no ar, AQUIIIII, gritaram AQUIIIII, gritaram com vozes feitas da mesma perna de árvore AQUIIIIIIIIIIIIIIIIIIIIIIIIII!!

E veio. Nesse sopro passou a ser.

Serzinho escorregou pra fora de mãezinha como quem apenas seguiu nadando. Avançou dançando as extremidades e no repuxo do cordão voltou pros braços que hão de ser colo pra sempre. Se conheceram reconhecendo; primeiro tato já sabidos, feitos da mesma pele, ecos dos mesmos dentros.

Mãezinha emergiu erguendo esse serzinho contra o cinza. Chorou, eweeee, disse chorando, eweeeee, disse tentando abrir os olhos, eweeeee, disse em antiga melodia nova num chorado eweeeeeeee. Avó anda para o oeste do açude. Mãezinha, olhos grandes, nada serzinho até ela. Irmã agora corre. Serzinho sorri seus desdentes, brilha os fluidos manchados de lama, de mãe. Tudo é pausa, cada instante parece tátil tamanho deslumbramento; corre um vento suave que se pode ver porque dobra a folha que minini leva no cocuruto. De um verde aceso.

Assim, nesse susto de beleza e aparente paisagem seca, brotou Folia de Mãezinha. Cada um lhe pronuncia com a bagagem que carrega. Um que prescinda e lhe veja cura na testa tende a acentuar o Ô. Os que lhe vejam festa pulam no Í cantando a chegada de seus dons.

Ambiente

...sim, de fato, lhe era muito difícil sair de sua casa àquele momento, justamente, o porquê disso se dava de onde Mãezinha habitava. Era lugar tão cheio de aconchego que lhe era extremamente penoso sair para qualquer lugar. A casa, talvez, aos nossos olhos de gente da cidade, não era tão confortável assim, afinal TV não havia, aparelhagem de som não havia e tampouco havia geladeira, o que para essa gente urbana seria até uma heresia. Contudo, para a Mãezinha, sua casa tinha tudo o que lhe aprazia: duas redes frondosas e confortáveis (uma rubra outra negra) em um dos cômodos, que pra gente da urbes seria a sala; uma cadeirinha de balanço, mas que cabia uma pessoa adulta; uma mesinha, que sobre ela encontravam--se muitas, muitas, muitas folhas de papel, umas em branco, outras escrevinhadas à mão, com uma letra de professora. É, parece que Mãezinha gostava das escritas.

Àquele momento que se foi... passou, então, Mãezinha resolveu sair de casa, se aventurou em seu quintal. O quintal era tão grande que fugia aos olhos. Mas escapava de quem o mirava seu fim porque era tomado de verde, de verdes, mais precisamente. Cheio de árvores, cheio de folhas, cheio de frutas ao chão, cheio de vida... quando finalmente se deu essa aventura de sair de casa, quando finalmente se concretizou esse ir pra fora, ela, Mãezinha, foi recebida pelo seu cão Dengoso. Isso mesmo, ele, um cachorrão, bicho grande e felpudo, todo preto, que era muito dengoso e, não por coincidência, se chamava Dengoso.

Mãezinha saiu de casa... e foi catar folhas de bananeira junto com Dengoso.

Encontro

FOLIA DE MÃEZINHA E ABUTRE

Folia era cria destes arredores de tanta vida. Conforme a Bisa e a mãezinha e a irmã, cresceria, cresceu, conversando com os matos e frutas, sabendo suas vozes. Entendia até o cão calado. Era despertar e passava a portinha de baixo pro quintal, sol da manhãzinha aninhado no Dengoso e já nas tardes, depois de certa idade, corriam. Pé engrossado acostumado a pisar as sementes e frutas escorregadias, Folia quase já não caía, e se tombava, se ria alto junto das parentas. Corpo terroso de terra solta no vento, todo entardecer banhava no açude de seu nascimento, lameado e leve, assim se nutria.

Era fruta, feijão, farinha e rede. Todo arrebol a folha na franja de Folia crescia. Era pouca coisa, mas o Ori sentia a raiz sutil expandir-se-lhe adentro. Erguia as sobrancelhas testando seu domínio, e o caulezinho, vezes, respondia. Lá pelos seis sua folha já tinha ares de antena, atinava tudo, e apenas temia o tamanho da árvore que talvez tivesse que, no futuro, equilibrar no cocoruto.

A irmã e Folia se aventuravam na expansão toda do mato que beirava o quintal e mãezinha dizia, não cruzem pro milharal, tal qual a Bisa lhe repetia, não passem pro milharal que pra lá é o mundo e tudo o que é bom no mundo está aqui, dizia, depois do milho tudo é mal, dizia algo assim. Bisa era Bisa porque tivera, um dia, uma filha, mãe de mãezinha, que desobedeceu e desapareceu na fronteira entre natureza e plantio. Quando Bisa era piá o milharal não tinha tantos quilômetros e se podia mapear por dentro, entre eitos, porque eles ainda tinham todas as cores, e as cores marcavam as curvas e limites. Milho vermelho era o Oeste, então o colorido era o Sul, que apontava a rota de volta pro quintal. Foi a plantação se estender, que o milho amarelou e o gosto de tudo mudou e, um a um, sua família danou de desaparecer pra nunca mais.

Num janeiro quente, na tardinha mormaçada, a irmã rodava um pião de ponteira, Folia lhe desafiava pra ver quem podia com ele na mão. Pião tombava, Folia tentava, irmã mangava e se ria e lhe ensinava conforme aprendeu, gesto rápido, dizia, deixa subir entre os dedos, inventando a didática. E aquele poeirão que subia e a terra toda desenhada, chega era bonito de ver o que a ponteira risca. Ao que de lá da janela grita a Bisa, me dá cá esse pião que agora eu vou mostrar, disse de peito cheio de memória e o corpo que sabe. De mão em mão aquela madeirinha ancestral gasta, gravada de risco horizontal, e fio na ponta. Laceou o troço, prendeu a sobra na mão, levantou o braço na recusa e lançou o pião no chão. Chega o trem pulou de alegria e rodopiou três vezes antes de o cão Dengoso abocanhar e correr sem volta. Foi berro pra tudo quanto é voz, para cachorro, disse a Bisa, devolve Dengoso, gritava mãezinha, me dááá, a irmã bradou quase braba, aaaaaa, tentava Folia. E corria desembestado o vira-lata dando voltas até que disparou por entre as árvores do final do terreno. Bisa e mãezinha pausaram no tempo e apenas miraram. Folia seguiu o cão e a irmã seguiu Folia. A Bisa desengoliu o coração e um gosto estranho de falta de palavras de tanto apavoramento. Era toda olhos e pernas incapazes.

Dengoso cruzou pelas árvores e fazia curvas rápidas no caminho e as crianças vindo atrás gaitando, para, e quem disse. Num instante entre duas patas e outras duas passou da natureza pro milharal, e imediatamente as crias de mãezinha o seguiram, por dentro das palhas, cabelos, espigas e folhas altas lhes cortando a cara. Já perdidos entre tanto verde e pouco amarelo se norteavam pelo som dos latidos abafados de um cão que leva a alegria na boca e, logo mais, só ouviam os bufos de língua pra fora e engasgo. E de um solavanco saltaram milharal afora na frente de um terreno todo outro que nunca haviam de ter avistado. Deve ter levado uns sete minutos pra atravessar toda aquela plantação, se contar com pernas miúdas.

Chamavam baixo, Dengoso, quase que pra dentro, de olhos meio espantados, meio curiosos, e vagavam com cautela a nova paragem. Iam chamando sussurrentos, Dengoso, e nada. Calaram pra escutar o som de quando cão com sede bebe água e foram atrás. Avistaram um casebre de pau-a pique, uma toca, que não era bem casa. Arrodearam com as mãos na parede úmida, passaram um poste sem o saber, até que puderam ver Dengoso tomando da água dum pote e, sentado ao lado, num banco inventado que tinha a toca de espaldar, um moço mais velho, barba hirsuta, de olhar firme de medo, que acarinhava o bicho. Piás estáticos em suas perninhas curtas de lama, lhe viam com uma interrogação no rosto e o Dengoso à vontade como quem tem costume de ter visitas em um mundo todinho seu.

Folia erguia uma sobrancelha alternando a outra a ver se seu Ori de raiz lhe dizia como proceder, ou o que tinha que entender, que era também lembrar. Fosse um filme, aqui, a câmera giraria um trezentos e sessenta parando num plano fechado das expressões, um fio tenso e frágil. A folha de Folia, a única coisa que se move ali, dá bandeira de uma brisa leve. O moço parecia olhar seus olhos, mas a verdade é que mirava maravilhado, suspenso e voraz, aquela magia no Ori de Folia.

O moço forçou a cara num sorriso amassado e sem jeito e soltou uma voz falha de quem não se habitua a conversas:

– Oi, prazer, eu sou o Paglia, mas podem me chamar de Abutre. Querem conhecer meus porcos?

Folia ainda não sabia, mas era a primeira vez que via um homem.

Reflexão

Eu mergulhei no desconhecido. Senti as profundezas do novo e me perdi no meu próprio destino, mas no interior, não dos caminhos da terra.

Eu, no fundo, sempre senti que a minha intensidade sempre foi grande demais para permear somente as raízes conhecidas, eu sempre quis o novo, o meu novo mundo, descoberto por minhas próprias rotas e fugas.

Eu ainda não havia encontrado o mundo em que os pássaros se beijavam, as mãos dos bichos se cruzavam, e os corpos se fundiam.

Ao encontrar Abutre, eu despertei.

Pensava que apesar do medo estar pulsando em minhas veias, o desejo do cheiro novo iria me levar ao que queria buscar e ao mesmo tempo nem sabia o quê!

Segui caminhando, escutando e conhecendo.

O tempo passou, muitos sóis e luas conversaram nesse ínterim.

Até que meus pés viraram-se para trás inconscientemente buscando casa, e assim me levou de súbito a correr para trás. Minha cabeça se irritou, pois não aturava que outra parte mandasse mais que ela, inclinando-se para frente jogou meu corpo contrário ao movimento dos pés. Eu, tombei.

Esparramada no chão, com muito esforço, fui levantando na força de um berro grave, forte, estrondoso, que acordou três vidas adormecidas abaixo do subsolo. Eu não havia antes descoberto essa força em mim. Mas eu estava muito aborrecida com meus pés e minha cabeça. Então, eu gritei "SÓ QUEM PODE MANDAR EM MIM SOU EU! NÃO ACEITO QUE FAÇAM MAIS ISSO. SE NÃO QUISEREM MAIS DEIXAR MEU QUERER SER O MAIS FORTE, PODEM SEGUIR OS SEUS RUMOS".

Então, a partir daquele momento, eu me despedacei! Somente sobrou meus peitos e minha amada cabeça. Só meu Orí, que era o único desde meu nascimento, que me conhecia e me acompanhava mais que eu mesma, permaneceu e, meu Ibi, que pulsava o meu sentir, também permaneceu. Eu sinto, logo existo, ele sabe disso e por isso sempre comigo está.

O tempo ali parou pra mim. Pensando em nada e em tudo ao mesmo tempo, me perdi no meio das três vidas que acordaram. Elas soltavam tintas marrons. Com total desequilíbrio, eu me camuflei em meio à terra e ali, respirando fundo em meio a gemidos, gritos e choros, clamei em pensamento, pelo ventre de minha mãe.

Intervenção do Raio de Sol[1]

É bom ver o dia acordar, mudar de cor. Levantar com os pássaros, imaginar ser a primeira pessoa do mundo a ver o primeiro risco de luz no céu. A ver a última estrela sumir. O escuro se acender. É diferente demais de ligar a luz do quarto. Um clarão que alumia tudo de uma vez só e do nada, violentando os olhos. É que nem um susto, mexe com a cabeça, deixa o resto do dia todinho agoniado. Lá fora, não, os olhos vão se abrindo devagar que nem um elefante manhoso com suas passadas firmes e vagarosas. Os olhos de Folia de Mãezinha se abrem assim, quase remanchando. É uma flor em botão. Dizem que cada ciclo de flor dura entre seis e oito semanas do momento em que a rosa é cortada ou termina de florescer até a próxima flor. Algumas abrem lentamente e se mantêm afloradas por muito tempo, enquanto outras florescem e murcham rapidamente. Cerca de duas semanas separam o momento em que se forma o botão do instante em que a flor abre. Parece que tem a ver com a exposição ao sol, a temperatura, essas coisas

---

1 Antes de ler esse texto, sugerirmos ir à página 383.

do tempo... Sua avó ensinou "Quando você retira flores mortas dos botões florescidos, um novo ciclo se inicia ao longo do crescimento de novos talos e botões." É como a própria vida. Folia de Mãezinha tenta repassar os ensinamentos para minini e vai sempre pra rede no finzinho da alta madrugada só pra ir acordando devagarzinho. Os dias se repetem, como se repetem as horas, a serra de pratos engordurados na cozinha, a necessidade de um banho bem tomado, o cansaço, a dor nas costas, os mergulhos no desconhecido, as fugas, o súbito movimento de correr para trás seguido de tombo, berro e o desejo pelo ventre da mãe. A vida dói e a dor se multiplica. Folia de Mãezinha dorme na rede o sono de um urso com minini em seu peito até sentir as pálpebras queimarem feito tochas que se acedem em noite de guerra. Um raio de sol corta seu rosto e Folia de Mãezinha luta para abrir os olhos com toda a força que tem uma mulher que é mãe, ainda que os olhos lacrimejem, ainda lhe doam as três vidas de uma vez só. Folia de Mãezinha abre os olhos e desafia a luz, encarando firme a bola de fogo, que é verde, que embaça a vista e a faz ver várias manchas de bolinhas coloridas. Folia de Mãezinha abre os olhos como quem retira flores mortas dos botões florescidos.

Carta/Mensagem de Folia de Mãezinha para Parentes

Parentes,

escrevo esta carta com a letra de minha irmã que não cresci com caligrafia, sou mais de prosa mesmo de silêncio. Aqui na nossa roça nossa pequena aldeia somos Bisa, mãezinha, maninha e eu Folia de falar como lhos chegue. Brotei de linhagem de mulheres mantendo minha hibridez, sou só pessoa e natureza. Curioso dizer com palavra assim que no meu costume só sou sendo mesmo. Minini antes, pessoa-natureza ao chegar. Vida e pronto arvoredo. Apenas digo pra que minha irmã escreva nessa garrafa que vai descer o rio até vocês e agora ela me olha com um sorriso de quem entende e me sabe e assina essa sina comigo. Cada um tem seu espírito e sua encarnadura, né. E nessa diferença o que importa e me enfeita é o detalhe de natureza em mim; venho com folha brotando desde dentro. Uma folha cresce no meu cocuruto desde o ventre de mãezinha ou ao menos ao sair. Por isso lhos digo parentes. Sei que também são natureza. De longe vejo.

Nasci no açude cresci no quintal que é cercado de mato que por sua vez é cercado de milharal por todos os lados. Parece até bandeira só que ao contrário. Depois do amarelo é onde começa o mundo como diz a Bisa. Ela martela assim pois não gosta de nós passar pro lado de lá. Ela diz, todos que passam da natureza pro plantio vão pra nunca mais. Foi assim que ela perdeu uma filha que era minha avó que deixou mãezinha inda miúda pra trás.

Uma vez mana e eu crianças ainda passamos pra lá, culpa do cão dengoso e vimos o mundo vimos homem vimos os porcos com uma sala cheia de botões embaixo e como num sonho um belo dia fresco acordamos cá. Não sei que te conte, passaram-se tantas estações que já estava prenha a capivara pela sétima vez as mangas estavam rosando na mata e o cão já estava com a pelagem esbranquiçada. Mãezinha e Bisa chega choravam de não acreditar nos ver. A folha no meu Ori já tinha alguma altura eu tinha umas feridas saradas e maninha intacta mas buxuda. Estávamos crescidos. Dizem tenho agora dezesseis anos e minini de maninha tem um e um galhozinho de jurema no coco.

Quando voltamos viemos com um rádio e um saco de pilhas, que nos fala das notícias do mundo, musgas diferentes, e até a voz do Brasil e é assim que eu sei; a esta altura vocês serão presidentes e isso me enche de tanto sorriso, chega dói a cara.

Não sei bem o que explica essa importância sei é que sinto e tem Dona Sonia e Seu Ailton. Sei que tem algo diferente que vibra no mato e que os bichos têm cantado outros cantos mais contentes eriçados. Tudo está mais colorido os verdes se multiplicaram as flores estão cheirando doce. E meu Ori tem verde novo que fosforesce. Aqui no entorno tudo frutifica mais contente porque Guajajara e Krenak estão presidentes.

Foi desde então que passamos a ouvir o som do rio coisa que não passava quer dizer o rio devia de passar mas o som dele não chegava aqui em nós. Antes o motor e as máquinas do plantio encobriam tudo mas agora temos algum silêncio e a corrente d'água grita. Está pro leste.

Então depois que anunciaram a notícia de que agora vocês é que vão mandar a Bisa se animou e danou de encorajar de ir pro mundo, digo passar tudo descer por terra ou água. Disse sabe fazer canoa. Mas primeiro enviamos carta de saber se o rio vai até aí e se for verdade que existimos vocês hão de arrespostar.

Queremos saber se é seguro ir e temos mais um bocado de coisa pra perguntar:

Vocês vão morar num palácio? Com quantos parentes? Vão poder acender o fogo?

Vocês levam o nome de seu povo nome coletivo família, se aqui estamos sós só nós como faço pra saber o nosso o meu o nome do meu povo?

Estamos no mundo ou aqui é outro lugar? Podemos passar?

O rádio disse que já posso votar mas não temos papel com nome temos papel mas não com nomes.

O milharal vai voltar a colorir? Ou tem que ser amarelo que só?

Podemos ir aí conhecer suas ervas? Temos mudas pra oferecer.

No cesto com esse bilhete vai uma rede que mãezinha e irmã fiaram com carinho e um pião, herança das nossas de presente. Oxalá lhos chegue bem.

chero

Folia e Mana de Mãezinha

Resposta de Parentes para Folia de Mãezinha

Benção, Bisa nossa, que coisa boa ouvir a voz de bichinha Folia e mãezinha e mana se achegando até aqui nessas letras, tudo junto desse sopro daí do meio do milharal. Respondemos de papo pro ar, já aboletados na rede que mandaram, vendo que só rindo o pião girando que só. Tem verbo mais bonito na língua desses moços tristes do que girar? Eu acho bonito porque a palavra já gira sozinha, né? Mas pois sim, tamo aqui, sabe lá e sabe tudo, tamo aqui, nessa planície que o céu ameaça desabar na cabeça da vida. Acho que foi por isso que chamaram a gente pros palácios de pedra do caboclo Oscar, de tanto que tio Kopenawa e padrinho Krenak avisaram, de tanto que os olhos das pessoas lá de baixo do sul arderam de fogo e fuligem por falta de chuva. Chegou a hora, né, Folia, chegou o dia que a vida gritou mais alto que o plástico e o garimpo, alguma coisa que abriu o corpo fechado desse povo que só corta e cola. Dizia lá aquele moço amigo do Riobaldo que fazer canoa é perigoso num mundo que nos esmagou, né? Fazer canoa e ficar preso no meio do rio, nem sobe nem desce, naquela fuligem dos sentidos que te arrasta pra uma terceira margem... era assim, prima Folia, era assim, alembra? Nossos parentes todos se espremendo, se escondendo no meio das florestas serradas, a gente só sabendo que perdia a peleja do diabo com o dono do céu, a gente adoecendo com o nisun que eles jorravam no ar, nosso avô rio sendo todo contaminado... Mas vocês sabem, a Bisa sempre sabe, que é no canto do cipó que as coisas se resolvem. Foi assim, foi quando ouviram de novo a gente na agonia que se fez o brilho, foi nesse sol que invocaram o Yuxin, o transforma-tudo, o sem-raiz, foi aí que lembraram que pra gente ser brasileiro antes temos que ser nós mesmos, nossa força, nossa fala, nossa sabença. Mas ó: virar presidente queremos não, tamo aqui, mas tamo aí e tamo acolá, né? Não podemos sentar no troninho, senão somos que nem eles, deixa pra eles essas cadeiras e essas conversas de terno e gravata, a gente taqui é pra falar dos nossos parentes que eles tavam engolindo com mercúrio e vírus, tamo aqui pra guardar a floresta. Tamo aqui assuntando e acho que tem, sim, que tudo nosso vir pra cá se puder, pra fazer aldeia, pra plantar essas mudas daí e fazer um mar de erva no meio da terra seca, pra fazer exposição, para fazer livro, pra fazer fubá e cerâmica, pra estudar na faculdade e deixar eles pensando que tão transformando a gente, mas a gente é que transforma eles. E ó, pode, sim, votar, porque só assim o cheiro da dama da noite e o som da juriti vão ser maiores do que esse negócio de juros e taxas. Se achega, sim, traz tudo de vocês, todas vocês, traz as folhas, o minini, seu Ori, vem ficar conosco que te contamos do milharal e fazemos a moça Sonia criar um acalanto todo seu pra saber se esse mundo é mundo ou outro mundo. Só sei que hoje, nesse instante que dito estas palavras pro amigo Krenak enviar pra vocês pelo Rio Doce redivivo, a gente pode, sim, passar, vamos passar, estamos passando. Não tem palácio, mas tem uma geraes do tamanho da nossa imaginação. Será que vocês conseguem ir além do milharal? Dá medo, sim, eita que dá. Mas tamo aqui. Esperando vocês enquanto chamamos o resto da família. Balançando a rede e inventando mundos.

Cuida de todo mundo e um amor do tamanho da lua cheia, seus parentes.

Sonho

Folia adormece no tempo na rede e no cinema de sua inconsciência, tudo é açude água deserto sem fim mas com uma mureta baixinha e intransponível milharal horas e horas correndo contra um milharal as folhas na cabeça crescendo em velocidade acelerada até chegar no pé, Folia trupica nas próprias folhas cai e levanta num salto felino e corre contra um milharal as folhas na cabeça contra o vento crescendo em velocidade acelerada até chegar no pé, vez mais trupica nas próprias palhas, cai e levanta num salto felino com fugisse como caçasse. Chegar aonde buscar o que? Ou apenas atravessar para o outro lado? Mas onde está a fronteira, outro lado de quê? Tudo acontece assim encadeado e despontuado mas sempre pintado de cores pras quais Folia não tem palavra.

De repente Folia é a avó nunca vista, apenas sabe de sentir, toca o Ori, e agora suas folhas são um longo cabelo mais escuro que a noite e, ao que se duvida, se responde, você é um começo de povo, minha Folia, dizia, tudo que começa vem de uma ter continuado, disse pra si, tudo o que é árvore já foi broto foi semente dentro de pássaro foi fruto deu de comer foi flor foi galho de árvore foi broto foi semente foi, e não parava de dizer com voz de vó como sem saber soubesse, disse, tudo tem sua hora, seu tempo de ter o corpo pronto, disse sem voz no sonho, tudo o que vive sabe nascer, disse igual sua Bisa, mãe da vó sumida, disse como trouxesse saber só de ser este corpo. eco de outrem que também era. era a vó. e corria mais devagar agora; o milharal já coloria e desespessava, o mato cheirava suave a macassá.

gritaram com vozes feitas da mesma perna de árvore AQUIIIIIIIIIIIIIIIIIIIIIIIIIIII!!

e o milharal se abriu.

À primeira passada após o plantio pisou uma lama amolecida pegajosa de afundar o pé até meia canela. tinha de fazer força pra seguir. e a cada passo sentia as veias se expandirem irradiando do coco ao mindinho, sugando a água mineral do chão. pulsando seiva puxava com toda a musculatura que podia, transplantando-se com atenção. desenraizando para cruzar. e já sem poder no sonho, se entrega e deita no alaranjado movediço e se deixa um pouco repuxar.

Olha o céu naquela mudança natural que lhe conhece, naquele movimento de azuis e rosas e formas de nuvens, que costuma apontar com a maninha quando ficam adivinhando o de vir. vinha chuva? sentiu seu Ori se mexer sutil de olhos bugalhados. desgrudou os braços do barro mansamente, levou os dedos com carinho à cabeça e sentiu abrir-se-lhe: uma Flor de Lótus.

De um solavanco levantou e correu por cima da lama feito um deus do qual nunca ouviu falar como se a flor o vitoriasse em tração leve, pra cima, por cima, como uma seta. Ori entando. E ia. Na beira de um riozão mergulha e imediatamente sabe nadar na corrente e com os peixes desce vendo bem por baixo d'água o rumo que tem de tomar. Não pensa, só sente que sabe o caminho que é de seu. E vai na rapidez da queda até a altura do rio assentar.

Ergue-se d'água como quando nascera no açude, põe a pança pra cima, bóia na bubuia vagando lentamente no movimento corrente. olha o cinza nesse céu novo, tem mais sol mas é fresco de verde, ouve mais sons, gritos símios, cantos pássaros, ouve murmúrios, escuta chamar:

AQUIIIIIIIIIIIIIIIIIIIIIIIIII!!!!!

gritaram com vozes feitas da mesma perna de árvore AQUIIIIIIIIIIIIIIIIIIIIIIIIIIIII!! FOLIAAAAAAAAAAAAAAAA!!!!!!

Olha na direção do som familiar e na margem, como uma foto, acena a parentada linda, iguaizinhos à Folia mas completamente diferentes. Parece cada tem ou leva ou é mesmo um presente. Sorriem rasgado. E a maior beleza na surpresa do sonho:

Todos têm uma folhona farta na cabeça de variados e férteis verdes. Seus parentes parecem uma floresta no vento. Alguém tem uma cuia na mão, outra tem minini nos braços que gargalha;

EEWEEEEEEEEEEE!

Folia desperta espiritando ainda no trânsito para o espanto sem saber se quando dorme vê futuros ou passados de outros antes não só de seus. Sonha que sonhou com o caminho para cumprir a esperança que a carta dos parentes lhe coçou.

Salta da rede e grita, Bisaaaaaaaa, cava a canoa que vamos de descer o rio!!

Transformação

O rio corre como a canoa que corre o rio. Folia espelha corpo na água e brinca com o banzeiro que explode na madeira ensopada. Ali é casa também, ela sabe, enquanto atravessa e é atravessada. Retornar àquilo que nunca viu com os olhos, testemunhar o mundo pra'lém milharal era sempre sinônimo de encantamento. É como se a vida já tivesse feito ela a vida inteira pra viver essas horas. Como é o corpo dos parentes? Que cheiro tem as flores pra'quele lado? Será que choram as mesmas lágrimas salgadas? Será que ficam rindo tanto quanto todo mundo que ela já conhece? Enquanto se inundava em perguntas, Mana olhava manso os olhos curiosos de Folia. Quando aportaram a canoa, assistiram a um raio de sol bem no centro da floresta e um canto bonito vindo de perto. As vozes despertavam vida em Folia, ela queria ver aquele outro canto acontecendo e foi indo junto com Mana e Mãezinha. Uma roda entrelaçada pelas mãos de seus parentes girava e todos emitiam um estranho e familiar som. Desceram gotas escorrendo em seu rosto, e ao lado, Mãezinha e Mana escorriam também. Quando os parentes perceberam a presença delas, pararam de cantar, e o mais velho disse "Vamos recomeçar os cânticos, porque agora temos mais motivos de nutrir o sol que fortalece o verde que cobre nossas cabeças". Um minini com uma cuia na mão gargalha enquanto corre com outros mininis e Folia não desperta. O sonho era a beleza do futuro e agora, mais uma vez passado. Ela sabia que o rio donde saiu Folia era o mesmo que para ela retornava e não mais angústia sentia: o ventre, para o qual outrora quis retornar, pulsava verdejante pelo olhar que cruzava o centro da roda. Um parente sorria em sua direção, e Folia soube, vidas depois, que algo de muito valioso rasgou seu peito em saudade.

Amigo Imaginário[2]

Lia, chega por hoje, anda logo, vem! — calados ecos nos corredores;

Lia Fontes Carvalho Secco! Já deu de computador por hoje! Levanta e se estica um pouco, lava o rosto e vem comer, você não mastiga nada real há dias... dizia a tia, que afinal era a mãe.

Lia mirava a tela grande, acesa, refletida nos olhinhos aguando, imóvel, mal respirando, guardando silêncio estático na tentativa de reter pra sempre o instante. Nada perturbasse aquele momento, fazia shhh bem baixinho pra si, pro tempo, como um tenta dormir um bebê aquietando o pensamento, shhhhhh, concentrando que Mia, a mãe que era tia, não relasse a maçaneta. Nada cortasse o fio sutil entre o peito de Folia e Lia que bambeava agora em risco se não mais escrevia. Pois não há palavras grandes o suficiente para essa sensação exata do agora e ainda não tenho forças nem desejo de dispersar.

Não é justa a possibilidade de viver outra vida outro corpo tamanhas capacidades, visão encantamento e ser obrigado a despertar. Não aceito desfazer-me de minhas folhas, não me despedirei do cão nem do rio, não penso abandonar Bisa, Mãezinha, minha mana, minini, nem tente.

---

2 Antes de ler esse texto, sugerirmos ir à página 387.

A tela lhe mira de volta e tudo que Lia vê são os parentes. Lindos de contra o verde, erva no coco, riso que sabe o som, olhar firme, como lhe perguntassem onde vai, se vai. Não vai. Dali, não existe tanto fora, não existe tanto mundo, tanta realidade quanto aquela raiz no Ori de Fo Lia. Não lhe são nada virtuais as irradiações no cocuruto nem a lama nos pés, nem o balanço na rede, nem mesmo saltar pra fora da mãe no açude contra o cinza.

Parou tudo como fosse o fim, ou sem saber como continuar. Se Folia encontra novidade de gentes e paisagem nos seus dias, quem sou eu pra dizer como isso será? Folia sabe brindar a vida, Folia sabe brincar, Folia sabe seguir. Sem mim?

Mas como não ser Folia depois de andar seu mapa com seu corpo? Como, não só, não dar seus passos, como dar os meus e acreditar que serve de algo existir neste corpo inerte, ou mesmo que existo? Existo?

Qual realidade é sonho?

Sonharia Folia com verdades tristes das quais não tem conhecimento? Imagina o que nunca viu?

Me teria com amor se acaso me sabia?

Shhh

Deixa ecoar mais um átimo do cheiro da terra úmida, da luz da manhãzinha se abrindo de pouco, das cores do milho antigo e então amarelando, do pião riscando em câmera lenta, das vozes das minhas gritando AQUIIIIIIIIIIIIIIIIIIIIIII........ deixa soar em mim que outros hão de ouvir – olhos fechados de fundo ver e vibrar o corpo – AQUIIIIIIIIIIIIIIIIIIIIIII – os lábios sabem a voz e ecoarão pra outras vidas.

Levarei comigo os cantares que Bisa me trouxe, me deu. Ou que talvez tirei eu.

Será memória mais que literatura?
Digo, isso tudo que vivi/ viveu?

Como, fundamente, inventar, viver, sentir, reverenciar, e, amar mesmo, se não é memória.
Será esqueceu que lembra? Esqueci que recordo?
Quem não sou eu? Lia?
Quem não é Folia?

A verdade é que daqui pra adiante...

...algo... porque pariu, brotou; sumiu, morreu...

Lia vai calar, eriçar a nuca ao ver certos pássaros, certas árvores lhe vão falar, vai tentar explicar seus cuidados, sorrir, calar, cantar pra dentro, vai estranhar as gentes duras, o excesso de som, o cinza dos prédios e não vai muito bem estar por aí

... onde Lia estiver é Folia quem está lá. Bubuiando num rio específico ou de mãos dadas em rodas alheias ao tempo.

Game over, ganhou o jogo, terminou o livro, secou a tinta, renderizou o filme.

Ando um mundo novo oco buscando um encontro na certeza que virá e me reconhecerá quando me veja. Sair andando até a clareira certa, encontrar braços abertos, Ewe Ori, roda, cuia, mininis dizendo, te esperamos há séculos.

Vou agora num vazio prenhe de possível. De festa, de cura.

É preciso cruzar os medos da floresta para colher seus detalhes.

LIIIIIIIIIIIAAAAAAAAAAAAAAAA, mia Mia, LIIIIIIIAA-AAAAAAAAAAAA, tenta a mãe tia,

AAQUIIIIIIIIIIIIiiiiiii

o cuscuz que você tanto gosta!!

Guardador de Parapeito

eis um registro de um guardador de parapeito, sempre disfarçado de um objeto, uma figura, uma coisa qualquer. os guardadores de parapeito estão sempre por perto, note.

raro é o parapeito que esteja desocupado, desabitado, seja por uma planta, um cinzeiro, uma chave, um cadeado, algo dito inanimado, essa arquitetura já nasce com espaço reservado para sustentar quem ali deve ficar.

eis uma fotografia de um guardador de parapeito, que por descuido se deixou registrar, uniformizado, fingindo ter ficado ali por esquecimento de alguém, mesmo sabendo que este é seu lugar cativado.

sua função é fingir função não ter, para que o parapeito trabalhe, suportando o peso de amores falidos, de muitos nãos ouvidos. o peito paira ali e para, torce pra ter mais horizontes do que tela de proteção, ali todo peito baixa a guarda, fica rendido. os guardadores de parapeito distraem as pessoas donas de peitos cansados, para que o parapeito suporte a dor por alguns minutos, geralmente o tempo de um café quase frio requentado, um cigarro tragado lento, que deixa o peito ainda mais pesado.

esse do registro, feito em horário de trabalho de um guardador, que já emaranhou os cabelos de tanto esperar a cura de miocárdios embotados, a roupa caindo é armadilha, faz com que o peito pedinte se sinta minimamente confiante pra socorrer alguém.

abre os olhos para mostrar-se atento, não abre a boca para ser visto ouvinte.

vive parado no parapeito, pra sugerir que o outro se movimente.

só quem peito não tem dá conta de tanto peito ferido, tem que ter espuma ou concreto, pra ouvir do outro o afeto e não projetar opiniões, nem os guardadores, nem os parapeitos imprimem opiniões. se alimentam dos soros que moram nas lágrimas, a cada gota que observa, mais silêncio farão.

é ele que sopra uma canção melancólica, para que se cante olhando pro nada, que desafunda memória dolorida, cutuca a ferida, porque diz que é assim que sara, cutucando, ainda mais doendo, sentir que está morrendo.

cada lágrima é reza no parapeito altar, chorar estanca a dor, amortece o sofrer.

só um guardador sabe o que cada peito é capaz de seguir. decorou cada versículo da "gestão da emoção", sonhou ser cury, é quase cura. queria ser um livro de autoajuda, viver ou ser a cabeceira, mas vive naqueles centímetros empoeirados, que suportam dois cotovelos, secreções nasais, papéis higiênicos, que poderiam ir diretamente para o lixinho, mas ficam ali, enfeiando a cena. se julga sutura, sem sangue, sem *micropore*, gaze, *band-aid*, mertiolate, e ainda assim arde. queria ser livrinho de autoajuda, mas mesmo com a cara bonitinha, puxa de uma vez a fita que está em cima da ferida.

se escrevesse, diria: limpe o altar, renomeie o parapeito, mude o guardador de lugar, aposente-o. amor vem e vai, sofrimento também, mas o peito fica, finque-o em impossíveis belezas.

fazer um chá, desinterditar outros quereres. renomear onde parou a dor:

para que peitos caminhem, guarda amor.

mas não escreve, não faz trocadilho. fracassado. finge ter função, que quase esquece que sua função é não ter.

Ambiente

O guardador de parapeito poderia viver atrás de toda parede que se ergue à altura do peito. Poderia ser até de telhados ou de edifício, mas costuma passar a maior parte das horas de seus dias com os cotovelos sobre o muro verde da casa 236 da rua do passado, no povoado de Mundo Novo. O muro fica colado do lado direito da igreja matriz, uma igreja amarelinha, de frente pra o pé de tambor, que divide a rua que vai da rua que vem, e onde se despacha todo tipo de trabalho. Poucas vezes se vê o guardador de parapeito fora do parapeito, mas dizem que houve um tempo em que ele acordava antes das quatro da manhã e saía com seu tamborete pra se sentar debaixo do pé. Comia sempre uma beira de melancia antes de começar a varrer a rua toda, a que vai e a que vem, e sempre iniciava pela calçada da igreja matriz. Depois disso, todo dia às 6h batia o sino e logo ia à vendinha comprar pão, ovo, leite e aveia pra alimentar sua mãe acamada. Fazia isso ligeiro, dava de comer a ela e ligava o radinho da sala. A casa é pequena. De trás pra frente tem um quintal de chão batido onde fica o tanque de lavar roupa, o fogão a lenha e uma rede marrom. Vindo pra frente tem a cozinha, o banheiro, dois quartinhos, a sala, um terracinho com uma cadeira de balanço da cor do muro, um beco arrodeando tudo e o muro verde em que se escorava pra ouvir cantoria até a hora do almoço. Como prestava serviço de varredor ao povoado, a comunidade se organizava de maneira rotativa e cada dia um vizinho ia no seu muro levar o seu almoço e de sua mãe. Ele só comia depois que dava o dela, aí voltava pra o muro e almoçava escorado. Era a marmita do lado e um copo com água de quartinha do outro. Depois disso ele sumia e só voltava na hora da lua. Dizem que subia o monte no derramar do sol até capelinha de Nossa Senhora da Redenção das Lágrimas e passava o resto do tempo no parapeito de lá.

Encontro

GUARDADOR DE PARAPEITO E ORÁCULO

um dia um peito repousou no parapeito, lugar onde peitos pairam, e pela primeira vez o guardador de parapeito não sentiu a necessidade de fazer nada. um peito incrédulo estava estagnado bem na sua frente. um músculo feito para contrair que deixa de crer, é pior que um peito rígido, cansado, entristecido, um peito que não acredita, parece que finda.

o guardador de parapeito quase como quem desacredita, desejou não ter mais trabalho para ter miocárdios que batem em descompasso de tanto acreditar, mas desempregar-se pelo motivo contrário, não queria.

olhou pro céu e pediu memórias futuras, naquele instante o céu se abriu, dois sóis e quatro luas brotaram, peixes voaram. o guardador se viu refletir na adaga que brilhava, ele não disse o nome porque não precisava, afinal, sempre se sabe quando estamos na frente de oráculo, e como antes já dito, "ele sempre te encontra, quando tem que te encontrar". naquela noite que parecia dia, dançaram juntos e foram leves. talvez tenham se beijado, a memória falha não sabe afirmar.

inevitavelmente o guardador se apaixonou por oráculo, que o despertou.

primeiro pensou ter bebido dos mistérios envasados em uma garrafa, depois sentiu que só sonhou.

toda vez que lembra, acredita que seja memória futura. algo bonito que ainda não viveu e que de tempos em tempos o acorda para sonhar.

Reflexão

Vocês não sabem, e não conseguem imaginar, quem eu fui antes de me tornar o Guardador de Parapeito. Mesmo antes de ser aceso pela escrita de Luz Ribeiro, e até mesmo antes de ser a fantasia embrionária fotografada pelos olhos de Estela Rosa; antes das provocações feitas nesse raio de jogo que o Botika chamou de Tabuleiro de Ficções, e muito antes da leitura feita por essas pessoas que jogam o jogo e antes, mas muito antes, da leitura feita por você que está lendo minhas reflexões impressas em livro publicado pela Numa Editora (caso a Adriana Maciel cumpra o combinado), eu fui outra coisa além de um complexo e meigo Guardador de Parapeito, preso neste pequeno corpo de bicho de pelúcia. Talvez vocês nem queiram saber, já que isso que me tornei seja suficientemente curioso, divertido, fofo, bonito, lindo e maravilhoso. Sim, do alto de minha janela observo a vizinhança e não há viva alma mais charmosa que a minha. Meus cabelos bagunçados não estão assim à toa, e minha nudez peculiar está sempre a um triz de se fazer completa. Não se acanhe, venha. São muitas as pessoas que deitam seus peitos no parapeito onde Jujú, a filha única do apartamento, mimada pra caralho, cismou que devo existir, preso neste inferno, olhando a dança medíocre dos pombos. Minha presença, além de estática, carrega meu brilho. É a única explicação pra tanta gente diferente escolher logo essa janela como ponto de olhar lá fora. Comigo aqui, guardando o parapeito, a sensação é de segurança e calmaria. O charme que emana de minha essência (anterior a este corpo de brinquedo) deixa tudo mais suave na circunferência que rodeia meu núcleo único e instransponível em seu teor mais primitivo, aquilo que já fui um dia e que vocês não são capazes de adivinhar. Pois antes desta bagunça de gente e personagem e texto e provocação, antes deste blá-blá-blá e desse nhé-nhé-nhé, eu não era um bichinho de pelúcia. Antes de me transformarem numa fotografia, de me intitularem Guardador de Parapeito, e da pentelha da Jujú, filha única desgraçada, me apelidar de Abobrinha (piedade de mim), eu já fui algo mais. Antes de não poder me mover sozinho e de me transformar numa crise existencial constante e silenciosa, eu já fui outra coisa, tenha fé. E na eternidade em que me encontro aprisionado, somente a presença efêmera de Oráculo foi capaz de me animar. Se sonhei ou viajei no tempo, não sei. Mas estive com Oráculo, que me fez sapatear no estalo de uma supernova. Fez meu coração de pelúcia palpitar. Quase senti o sangue de pelúcia correndo em minhas veias de pelúcia.

Oráculo apareceu esbanjando toda sua sabedoria atemporal. Sabia de quase tudo, mas não sabia o que eu fui antes de me tornar o Guardador de Parapeito. Eu não contei a Oráculo e nem vou contar a vocês porque, lamentavelmente, esqueci, tenho memória curta.

Intervenção do Raio de Sol[1]

O tempo não é justo, não é sábio, nem é democrático, como gostam de dizer por aí. É privilégio. O tempo é seletivo, mesquinho com alguns e abastoso com outros. Essa entidade com o poder de fazer corroer e florescer, determina os ciclos, dos vivos ou mortos. Nenhuma espécie ou objeto é insuscetível ao tempo.

Nosso pequeno Guardador de Parapeito não é um ser cuja existência pode se gabar da benevolência do tempo, esse arrogante que esmaga a vida dos ínfimos. Daqueles não eleitos para saborearem o prazer de possuí-lo em suas mãos e projetar futuros formidáveis. O tempo é tudo que ele tem e, portanto, nada.

Já o sol é um pouco mais generoso com nosso mínimo protagonista. Não posso dizer que o faça por amor ou afeto. Arriscaria uma opinião de narradora impositiva, conjecturando que talvez o sol apenas tenha essa atitude porque sabe que embora gigantesca, sua importância declina em tamanho se comparada ao tempo, que cá entre nós, é o mestre em dita-

1 Antes de ler esse texto, sugerirmos ir à página 383.

dura invisível. E o sol, convenhamos, gosta de brilho, gosta de aparecer e se pôr, chamar atenção para a presença e ausência de sua luz.

Mas, voltando ao fato que interessa, sem ser julgadora de astros e entidades, no caso do Guardador de Parapeitos, o sol é seu grande astro. Por ser imóvel suporte de peitos e dores, sustentáculo de injúrias, segredos, tristezas e desejos alheios, nosso guardador aguarda sempre o maior acontecimento de sua vida inerte: aquele em que o sol lhe toca por completo, projetando seu raio logo acima da sua cabeça. Mas, por um acaso do destino, por um azar quase total, Guardador de Parapeitos não goza sempre desse calor absoluto dos raios solares, senão uma vez ao ano e não sempre. Explico logo: na Terra, na região na latitude -23,4366°, mais conhecida como trópico de Capricórnio, o Sol passa pelo zênite uma única vez ao ano e é justamente ali que fica o muro verde da casa 236 da rua do passado, no povoado de Mundo Novo.

Observador auspicioso do deslocamento solar, o minúsculo protagonista sabe que essa passagem é fortuita e calcula milimetricamente cada variante de latitude, atento ao seu êxito. Aguarda a zênite solar estático enquanto objeto inanimado, contudo, esperançoso. Pois sente, de dentro de seu estômago de plástico, que no momento exato em que o sol apontar para o ponto mais elevado da abóbada celeste, formando o triângulo perfeito de posição com ele, poderá retomar sua mobilidade no compasso dos miocárdios que se contraem, para pulsar vida. Viver.

É nesse instante único, com o sol diretamente acima do topo de sua cabeça, no mesmo paralelo de declinação, que o milagre acontece. Ele sabe, ele supõe, ele tem fé.

Precisa acreditar que toda memória é futura, ainda que salpicada de passado.

Eis aí, o encontro do Guardador de Parapeitos com o oráculo. O momento clímax de sua estúpida trajetória inata. Aconteceu sim. Esse átimo do tempo, imperceptível para a maioria das coisas, é um infinito para os que nada têm. Guardador viajou no tempo com Oráculo. Dançou de corpo colado com aquele que tudo sabe a coreografia do júbilo para traçar uma trajetória secular em milésimos de segundos. Bebeu, transou, fumou, cantou num karaokê, cavalgou elefantes lambendo tartarugas, disse adeus e voltou já, mordeu um pedaço de queijo fundido, enquanto mamava no seio de uma baleia, dormiu até descansar na rede de uma Huni Kuin e se manteve acordado o máximo que pode para despencar com uma estrela cadente, gargalhou até mijar nas calças e chorou a revolta dos que sofrem, constituiu família mas se manteve livre para poder ir e vir, começou alguns livros e terminou outros, comeu acarajé na Bahia e desfilou na Sapucaí, brilhou purpurina e se desfez em confete, caiu de paraquedas, fez sofrer, sentiu amor e desejou ser amado de qualquer maneira, cagou de uma ponte medieval em Praga, navegou entre oceanos, catou fruta caída no chão depois de plantar uma árvore. Usufruiu, como nada que habita o sistema solar, do tempo conquistado por meio do zênite.

Aconteceria todo ano, uma única vez, não fossem as pessoas e sua mania de deslocamento de objetos para impor ausência de poeira, faxina de rastros e restos de presenças. Por isso, enquanto espreita o lado de fora aparentemente inerte, sereno e imperturbável, Guardador de Parapeitos é tomado pela convulsão interna. Ele teme, mais que tudo, que alguém lhe troque de lugar, impedindo que o raio solar em triangulação perfeita lhe conceda esse instante áureo e raro.

Carta/Mensagem de Guardador de Parapeito para Manuel de Barros

manuel,

escrevo esta carta com o peito inclinado pro horizonte para que me leia, a real é que não sei como farei para que este papelzinho chegue até você. aqui andam dando muito as mãos pras importâncias, diplomas, contratos, parceiros, negócios, estão desligados de olhar pro céu, pro sol, pras formigas. eu sou desimportante aqui, até penso que sei muito, mas sem acúmulos, sou desimportante, mal funcionado. eu gosto, mas dá um trabalho danado, me sinto desacompanhado. fico querendo ter alguém pra conversar sincero, rir solto, fazer silêncio. fico querendo não defender meu lado da história, de não ter lado. sei que é preocupante não ter lado, então talvez um lado menos sério. queria "de-ser" algo.

inventar palavras, desfazer sentidos. cantar bulas, assobiar sorrindo. quero impossível. conhecer o mecanismo passarinho, ser homem menino, ser cheio de vazio, fazer trocadilhos.

eu queria ter uma cadeira de balanço, suspensa do chão.

eu tava te lendo, manuel, e parece que você me lia, bem o cantinho não acessado pelo destino, aquele que sonha e vê beleza nos trilhos.

se a liberdade caça jeito, sigo caçando um jeito de contigo me comunicar. fazer poemas menos bonitos e pra só assim, te importar. falar obviedades e absurdos, desviar do brilhantismo. escrevo miúdo, pra não emudecer.

pé no barro, contemplando joão-de-barro, comer manga no pé, ensaiar o aprender a andar como criança, pra só então crescer. se eu fosse um sonho seu, seria guardador de águas, e choro porque me fizeram um que guarda peitos.

eu acordei saudoso das memórias que inventei de você.

uma carta sobre o nada, que não chegará a ninguém.

pelo menos eu sonhei. talvez você tenha escrito só pra me fazer sonhar.

Resposta de Manuel de Barros para Guardador de Parapeitos

Meu caro Guardador de Parapeitos,

Recebi seu sopro de palavras, embaladas no vento que percorre a distância entre nós. Meu peito inclina-se no horizonte para escutar seu murmúrio, uma melodia desimportante, que ecoa nas profundezas da minha alma. É como se as folhas do tempo, essas palavras desgarradas, encontrassem um refúgio em meu coração de poeta. Nesse emaranhado de significados e sentidos, entendo sua busca por um encontro sincero, onde as máscaras se desfazem e a verdade se desnuda. Sabe, Guardador de Parapeitos, o encanto da minha poesia reside no deslizar dos sentidos, nas palavras inventadas que brotam como flores selvagens. Sou um menino brincando com as letras, desconstruindo certezas e construindo impossíveis. E assim, como um pássaro que desafia a gravidade, canto bulas e sorrio enquanto assobio. Ah, se eu pudesse ter uma cadeira de balanço suspensa do chão! Nela, contemplaria o bailado das formigas, observaria o sol dourar as folhas e me embalaria nos sonhos das águas que guardo em mim. Compreendo perfeitamente o que você descreve sobre as importâncias deste mundo. Parece que todos estão ocupados demais com diplomas, contratos e negócios, deixando de lado o essencial: olhar para o céu, contemplar o sol, observar as formigas. É como se a simplicidade e a pureza estivessem sendo deixadas de lado em prol de uma suposta grandeza. Você se considera desimportante nesse contexto, mas deixe-me dizer que é exatamente aí que reside sua importância. Você é desimportante no sentido de não se apegar às ilusões da grandiosidade, de não se preocupar em acumular posses e status. Você, meu amigo, sabe o peso de um coração cansado, até mesmo a leveza de um coração esvaziado. O vazio é tão cheio de tudo. Desejar ter alguém para conversar sinceramente, rir sem reservas, compartilhar o silêncio é uma aspiração nobre. Todos nós, em algum momento, buscamos essa companhia verdadeira, esse espaço onde podemos ser nós mesmos, sem máscaras ou defesas. E não ter lado, ou ter um lado menos sério, é uma forma de libertar-se das amarras das opiniões preestabelecidas e permitir-se fluir com a leveza e a espontaneidade. Ah, como eu adoraria poder "de-ser" algo! Inventar palavras, desfazer sentidos, pintar o invisível até que ele pareça engraçado, buscar o impossível, conhecer os segredos do mecanismo passarinho, ser homem--menino, transbordar de vazio e fazer trocadilhos. Sonhar e vislumbrar uma realidade que vai além dos limites impostos pelas cercas do horizonte. Sua cadeira de balanço suspensa do chão é um convite à contemplação, à suspensão do peso das preocupações e à conexão com o mundo das coisas vivas. E ao ler suas palavras, senti como se você estivesse lendo meus próprios pensamentos, aqueles cantinhos não acessados pelo destino. Se a liberdade caça jeito, continuaremos a caçar um jeito de nos comunicarmos. Não precisa ser com poemas bonitos, mas sim com a autenticidade dos versos menos adornados. Falaremos obviedades e absurdos, desviando do brilhantismo, pois é nessa simplicidade que reside a verdadeira existência. Compartilho sua saudade das memórias que inventamos de mim. Talvez, em algum lugar entre os sonhos, tenha escrito palavras apenas para fazer você sonhar. Esta carta sobre o nada, que não chegará a ninguém, encontrou em mim seu destinatário invisível, mas profundamente tocado por sua sinceridade.

Sonho

sonhou

que descansava, que tinha tempo, que sorria, que brincava, que olhava pra dentro, e no lugar de manta acrílica tinha carne e peito. desejou um dia não precisar explicar seu estufamento. piscou o olho e tinha mobilidade articulares. queria ter encontros, troca de olhares. desejos solares.

sonhou

que caiu da janela e plainou, pendulou e caiu, como se pudesse ver tudo que já curou, como se tivesse morrido, mas estava só sonhando, renascendo, tocando a veleidade. desceu e sentiu o vento acariciando seu rosto, o mesmo acelerando e desacelerando, o ar fazendo cócegas de fora pra dentro. sem medo, pensou que ia cair e mergulhou, um mar transparente e quente o aguardou, não se afogou nem estufou, viu guelras nascerem e permitirem um mergulho profundo. pensou que era peixe e voou.

sonhou

voltou fazendo o movimento reverso, uma coreografia meticulosa fora executada, para que ele voltasse pra si. beijou pássaros e borboletas, retornou para a janela e desejou poder sonhar e ser o que sonhou. imaginou um beijo na beira da beira de qualquer janela, que lhe abriria o horizonte, lhe mostraria o abismo, não seria visto como um bicho, um bichinho.

sonhou

que desvia e desviava da figura que ele escondia, se pudesse, teria uma cara por dia, não zelaria ninguém. quem muito cuida, quem cuida? não zelaria ninguém.

abriu os olhos e caiu, não infinito, caiu pra dentro e lhe guardou o rodapé, frio e desaconchegante e ainda assim, perto. cansou.

fechou os olhos.

dormiu.

Transformação

Daquele sonho encontrara uma brecha, como nas leis. Sou, então, algo que sonha e assim se faz possível. O Guardador de Parapeitos é uma multidão, basta olhar em volta. Na varanda dianteira havia uma planta e uma namoradeira. Na janela à esquerda um bonequinho playmobil e na outra acima uma bandeira e dependurado um bebedouro de pássaros tomado por abelhas. Nem tudo parado está morto, nem toda coisa inanimada está dispensada de ânima. Já sabemos a estas alturas que tal guardador cuida e é, então, movido a sentires alheios e próprios e, assim sendo, não se pode bem dizer-lhe desalmado, seja o que for que isso queira dizer.

O que se observa é que há aqui algo da ordem do encantamento e que a fé não está distante de um que guarda parapeitos, posto que é algo que se leva, justo, adentro. E dentro não lhe falta.

A carta prova que basta pensar forte, ou mesmo sonhá-la, dormido ou não. Houve resposta no tempo e no vento - claramente Manoel lhe apreciara - então havia ali poder de transmissão ou algo telepático.

Quem sabe na hora da triangulação do sol poderia gritar desde o estômago por outros guardadores e incitar uma pequena revolução. Feito um espírito em comunicação tátil. Feito espírito desprecisado de encarnadura para a ação. Um grito não de galo, mas um grito inescutável para tudo o que ouve e vê. Um silêncio de boca aberta que guarda um urro que chama a urgência de ser. Possível.

Aquele sonho lhe contara tudo. Seria possível um salto? Mas não tinha apenas a esperança de guardar um rodapé! Queria mais! Ir longe, nadar oceanos, ter guelras e barbatanas, ter opiniões leves sobre desapertos, dançar quem sabe, amar com o corpo (grande parte do desejo era de articulações soltas, movimento). Haveria de cair para fora!

Planeja, então, descobrir se há algum guardador ao seu lado, no mesmo parapeito, uma planta de folhas longas que, numa forte brisa, lhe empurrasse. Ou talvez um pombo lhe pousasse no topo, lhe agarrasse feito presa pelas patas e, dali, o levasse longe por sobre aquele mundo de peitos que sonhara. Mas não parece haver planta grande e pombos, só fazem arrulhar, cobrir outras pombas pra fins de sabe-se lá, e são um tanto quanto desobedientes quando sem treino para guerra. Não lhe ajudariam. A única saída era esperar a triangulação do sol, aquela zênite. E mobilizar o grito.

E na subida da tal manhã, que vamos chamar de meio-dia do dia certo, viu subir o sol como numa câmera lenta enquanto preparava, numa fé jamais sentida, o seu grito primal pra dentro para chamar o longe. Puxou do centro do corpinho como fora o estômago ou o externo, em máxima concentração de memória de todas as dores que conhecia, arregalou os olhos e as narinas, sem mover um milímetro, feito implosão, feito o querer lhe expandisse a forma num médio agudo

— aaaaaaaaaaaaaaaaaaaaaaaaaaaaaaaaaaaaaaaaaaaaaaaaaaaaaaaaa!!

desembestado de forças que lhe pareciam rasgar tudo:

— vaaaaaaaaammmmoooooooooossss!

Ao que começou a ouvir ecos de si vindo dos parapeitos dianteiros; a multidão berrava ensurdecedora e no mundo um silêncio pacato dessabido que os guardadores conspiravam.

— Pese-nos o topo! Pesa cabeça! Pese-nos o topo! Pesa cabeça! Que tombe! Que tombe! Se vai cair, se vai cair! — gritavam em rede pra dentro. Até que, movidos por uma fé inabalável de canto coletivo, as partes superiores dos guardadores pesou. Tombaram ab sol luta mente todos.

Nas ruas, os passantes inadvertidos seguiam sem dar conta de que uma manifestação de guardadores de parapeitos ocorria. Alguns gatos começaram a miar um cio, cães uivavam como fosse seis da tarde, revoadas fora de hora aos modos apocalípticos, enxames de insetos reagiam sismicamente.

Tudo parou e todos olhavam em volta e depois para cima quando, do nada, para quem não vê vida em tudo, uma chuva de objetos "inanimados" caiu por todas as cidades em sequência perfeita de cinco minutos, em cada fração meridional por horas e horas por todas as geografias.

Eram milhares de plantas, bonecas, bonequinhos, pelúcias, cinzeiros de latão ou vidro, comandos em ação, vasos lindos de flores, móbiles, sinos de vento, milhões e milhões de bandeiras de países, times, partido políticos e movimentos civis e sociais, mais que todas de arco íris, muitas chaves, com ou sem cadeados, pratos, copos nem se fala, coisas esquecidas ali no beiral e etcétera.

Susto, comoção, confusão, notícias. Análises e debates de cientistas e líderes espirituais sobre o que estaria acontecendo e, claro, a quem se poderia responsabilizar, afinal de contas, houve tragédia; muitas pessoas que passavam embaixo de janelas sem marquise, isto é, quase a metade, foram seriamente feridas na cabeça e precisaram ser hospitalizadas. Houve umas quantas centenas de mortos em todo o globo. Quem poderia saber que havia guardadores de peso...

Passou-se catorze dias recolhendo objetos das ruas, algumas pessoas juntavam os que estavam mais inteiros para vender depois. Governos e garis de cada lugar precisaram de caminhões e mais caminhões para retirar. Sem entendimento para o acontecido, com a velha lógica cristã que gosta de ver demônio nas coisas, pensaram tacar os guardadores no fogo, mas também pensaram que eles poderiam gostar, fogo não seria ideal. Só depois de um tweet de Greta é que mudaram o discurso e lembraram

— Claro! Ah é! O meio-ambiente... não podemos queimar, vamos colocar tudo em galpões e mandar trancar! — e silenciosa e não-oficialmente, jogaram os milhões de guardadores de parapeitos ao mar. Um bocado afundou, um bocado boia ao lado do lixo e tenta reanimá-los em quieta prosa.

Nos meses que se seguiram, tudo quanto era objeto esquecido num parapeito esperava por seu meio-dia, concentrava um grito e mergulhava para seu sonho de conhecer o mar.

Passaram leis proibindo apoiar coisas nas janelas, passaram leis proibindo escorar, passaram leis proibindo ventanas de abrir, muretas de encostar. Ergueram novas construções sem parapeitos, apenas basculantes e quase já sem passagem de ar.

Os peitos ainda apertam em silêncio. Mas curiosamente quando sentem doer o peito, vão nadar no mar.

Amigo Imaginário[2]

uma noite debruçado na janela, uma brisa suave o envolveu, trazendo com ela sussurro, um ser etéreo e luminoso. guardador de parapeito se questionou se aquilo era real e ouviu dentro da sua cabeça "tudo é real para um poeta". o sentinela sabia que aquilo poderia ser inventado, o que fazia tudo ser ainda mais tangível.

cansado de ser sozinho, sabia que o amigo veio para amenizar a solidão, assim, sempre que a parte de dentro ficava vazia, sussurro surgia e contava histórias que ouvira das folhas das árvores, das frestas das portas, das partes da janela.

com o poder de ventar de um e inventar de outro, novos mundos foram possíveis, inclusive eles. já não duvidavam da própria existência, existiam.

criou em si uma crença que seu surgimento foi para cuidar e zelar por outras pessoas, até o momento que passou a habitar nele a certeza de que outros de profissão devam existir, assim parou de curar peitos outros em período integral, brincava de clt e se permitiu ter tempo para as coisas.

recentemente se demitiu. sem peito pra curar, dorme até mais tarde, acompanhado de sussurro viaja, ouve os segredos das brechas e entres.

mudou de nome, responde por poeta, como sugeriu sussurro, todo dia faz poesia enquanto duvida e sorri.

2 Antes de ler esse texto, sugerirmos ir à página 387.

Índigo

O nome dela é Índigo.

Trabalha representando artistas que desenham estamparia em tecido para fábricas de roupas em todo o mundo.

Índigo mora em Campinas – SP e acabou seu mestrado em História na Unicamp. Sua família é de Belo Horizonte. Ela está fora de casa há oito anos.

Não sabe se fará o doutorado.

Está pesquisando sobre o trabalho de Sidney Amaral.

Recentemente, alugou um apartamento de um quarto em São Paulo.

Ambiente

A casa de onde Índigo saiu aos 18 anos, em Belo Horizonte, tinha o chão todo quebradinho de azulejos de muitas cores, não só azul. Cresceu olhando para o chão partido em pedaços sem entender muito bem por que achava tudo aquilo tão lindo. Quando precisou sair de casa para seguir seus estudos em Campinas, calhou de morar também em uma casa com caquinhos no chão. Um pequeno quintal da casinha alugada que havia virado uma república. As Universidades em cidades mais afastadas criam essa cultura. Casas viram repúblicas, a rotatividade fez com que Índigo conhecesse vários caquinhos diferentes do seu chão. Seu quarto na república em Campinas tinha poucos móveis, uma beliche, um armário, uma escrivaninha e uma cadeira que acumulava roupas suas e de sua parceira de quarto. Índigo dormia na cama debaixo do beliche e na parede pendurava pôsteres de alguns shows que havia ido na cidade. Seu favorito era o daquele festival em que uma banda que até então ela desconhecia havia tocado, ela achava graça do nome da banda, Bidê ou Balde, era isso o que tinha no banheiro das meninas na república, além de um chuveiro sempre meio entupido de musgo. Índigo olhava ao redor no quarto e não se identificava com nada, por isso costumava se sentar no chão quebradinho do quintal da casinha para se sentir em contato com as tardes em Belo Horizonte com cadeiras trançadas e seus azulejos favoritos.

Quando percebeu que Campinas não mais daria conta, precisou ir para São Paulo. Chegou a procurar uma casa com caquinhos, mas São Paulo é outra história. Encontrou então seu novo apartamento de um quarto. Ao seu redor, agora, na sala há uma mesinha de bar vermelha com a logo da Brahma, duas cadeiras também de ferro e vermelhas com o encosto já enferrujando. Índigo se prometeu fazer uma capa para as cadeiras e para a mesa. Em cima da mesa, um vasinho com uma azaleia da cor maravilha já com as pétalas um pouco amareladas. Índigo comprou com desconto justamente por isso. Ainda na sala, a geladeira de segunda mão, com alguns amassados e o gás da borracha gasto. Índigo desconta sua raiva ao fechar portas com força, a geladeira veio como um presente para sua raiva. Já perto da porta que separa a sala do quarto, alguns caixotes de feira empilhados com os livros de história que Índigo não pode deixar para trás. No quarto, uma cama de solteiro comprada de segunda mão, um puff quadrado com roupas acumuladas, uma arara de metal com doze cabides e na parede do fundo, ao lado da janela, aquela colagem com uma mulher que a fazia lembrar de sua avó que não conheceu. Índigo sentia tanta falta do chão de caquinhos que resolveu pensar em como trazê-los para seu quarto e sala. Foi assim que as paredes começaram a ficar lotadas de colagens.

Encontro

ÍNDIGO E JUREMA CALHAU DO SEIXO

Da fila em frente ao balcão da empresa de ônibus na Rodoviária do Tietê, Índigo avista Jurema arrastando duas malas enormes. Saca o celular do bolso e tira uma foto. Pega o bilhete do semileito que a levará até o Rio de Janeiro. E vai até o estande de livros em promoção da Livraria Leitura. Em frente a um dos expositores está Jurema folheando um livro sobre os tipos de solos brasileiros. Índigo se aproxima e pergunta de onde ela era. Jurema respondeu com o olhar. Índigo pergunta se ela precisava de ajuda. Jurema sorri, deixa o livro que estava lendo sobre os outros no expositor, agacha-se, abre uma das malas e tira um mapa do Estado do Mato Grosso. Índigo pega o mapa. No mapa está escrita a letra de uma canção. Na canção está narrado o encontro entre duas mulheres procuradas pelo esquecimento. Jurema fala então que todo território retratado em um mapa é mentira e pede para tirar uma foto de Índigo ao lado de suas malas. Índigo pergunta o que tem dentro delas. Umas mudas de roupa, muitos talos e folhas para fazer chá e sementes, Jurema responde. Índigo se ajeita, e Jurema tira a foto. Índigo a convida para tomar um café. Jurema agradece, explica que precisa decidir se comprará ou não aquele livro sobre solos. Despedem-se.

Quando Índigo entra no ônibus e se dirige ao seu assento, descobre que a pessoa que viajará até o Rio ao seu lado é Jurema.

Reflexão

Num mundo em que há mais desconhecidos do que amigos, mais vingança do que carinho, mais frustração que leveza, mais raiva que perdão, seria mesmo possível o amor? Assim, do nada, feito um arco-íris que nos surpreende, que nem a imagem de uma santa que aparece numa caverna e atrai multidões em nome da fé? Algo que nunca alcancei de verdade, feito quando era menina e não conseguia tirar as roupas do varal ou mesmo quando brincava e, sem saber empinar pipas, amarrava linhas nas pedras pra lançar nos galhos de pé de manga. Descai. Descai como o céu sobre minha cabeça, despencando de uma só vez. Igual a uma topada ou um toró que acontece no fim do mês de maio. Do nada as coisas estão se preparando pra acontecer. É uma nuvem que vai se formando até cobrir a última estrela. Um vaso que, antes de entupir, acumulou todo pedaço de merda que veio antes. Do nada um prato se quebra, do brinco se perde a tarraxa, a panela de pressão estoura, notícia ruim se espalha, alguém se engasga. Do nada alguém morre, simplesmente enfarta e eu sinto minhas mãos suadas querendo pousar meus dedos nas ondas do cabelo dela. O amor me dá saudade do chão de casa.

Intervenção do Raio de Sol[1]

Índigo não conseguia seguir sua pesquisa sobre Sidney Amaral, se sentia travada, nada saía mais daquela cabecinha. Já tinha tentado de tudo. Jogou tarot com Rita, aquela amiga que conheceu em Campinas, aquela da casa dos caquinhos madrepérola. Pediu pra tia Eliete, rezadeira, pra que fizesse uma prece pra um Santo, até descobriu que o Santo dos estudantes é Santo Ivo, tia Eliete, eu sei que cê não conhece ele, mas reza pra mim. Ligou pra mãe e pediu pra ela reforçar o pedido pra tia Eliete e aproveitou pra pedir aquela velinha do lado do copo d'água que ajudava tanto. Depois passou a mão no celular e mandou uma mensagem pra Juninha, seu amigo de pesquisa, perguntou pra Juninha se ele não tinha uma ideia, uma pista, sei lá, ela precisava de ajuda, parecia que Sidney Amaral estava escapando pelos dedos dela e Juninha só soube responder que um gole de cachaça pra ficar loquita resolve isso, menina, relaxa.

Índigo sentia pulsar na ponta dos dedos o fracasso, precisa de alguma coisa pra apresentar no seminário, olhava e olhava de novo as obras de Sidney e se espantava com a beleza, mas da beleza não saía nada. Não é que a paixão tivesse passado, de jeito nenhum, era o que saía daquelas mãos que ela queria olhar pra sempre, mas de suas mãos, que é bom, não saía nada, nem uma letra. Tinha já umas dez epígrafes pro trabalho, mas Sidney analisado com referência e nota bibliográfica, ela não tinha, não.

---

1 Antes de ler esse texto, sugerirmos ir à página 383.

Foi quando ela resolveu sair pra andar, dar uma volta, espairecer, as preces pra Santo Ivo já tinham sido feitas, a luz da vela da mãe estava em cima da geladeira velha lá em Belo Horizonte, a amiga Rita tinha falado da carta do Louco, mandou ela perambular, ela não acreditou muito, não, mas Juninha também tinha falado de ficar meio loquita, então foi juntando tudo, o copinho d'água que podia ser um de cachaça do lado da luz da vela e a carta do louco com aquele sol despontando atrás do morro, foi caçar sobre Santo Ivo, coitado, desconhecido, descobriu que ele também era perambulador, então era isso, ia sair pra andar.

Saiu como que se não tivesse destino, mas carregou sua câmera. Foi, sem querer, seguindo um rastro de sol que se esgueirava no fim da tarde de outono, daquele 20 de maio bonito. Índigo sequer percebeu a coincidência da data, absorta que estava, foi seguindo o rastro do sol, foi seguindo, foi seguindo. Deu de cara na rua de Sidney Amaral. Ela sabia que era ali. A garganta embolou, o coração em disparada, a mente loquita loquita, o rastro de sol se expandindo, refletido no vidro daquele prédio alto todo espelhado. Ricocheteando, deixou de ser rastro e bateu em cheio como raio bem em cima do rosto de uma mulher que olhava perdida buscando números na rua. O sol abriu uma estrada na cabeça de Índigo: era Jurema, era Jurema, sim, era sobre Jurema que ela ia escrever, era a obra de Sidney ali viva na sua frente. Apontou a câmera. O raio de sol bateu de novo, Índigo quase cegou, apertou o dedo e ali estava a mulher de olhos apertadinhos. Índigo já ia agradecendo Santo Ivo que ela nem conhecia, quando a mulher vem em sua direção, Índigo anda apressada até ela, elas se encontram e Índigo abre os ouvidos pra Jurema, enfim, perguntar.

Carta/Mensagem de Índigo para Narelle

Narelle, espero que você esteja bem. Aqui no Brasil no geral tudo ainda está bastante estranho. Estou ótima. Parei de beber e comer doces, retomei as caminhadas e estou atrás de um lugar para nadar. O médico disse que se eu não começar a cuidar de verdade do meu pâncreas e do meu sobrepeso, as coisas não vão acabar bem. Veja a coincidência: o artista, aquele que pesquiso, morreu de problemas no pâncreas. Tem sido bom não varar as madrugadas de final de semana nos bares de São Paulo. Lembro-me daquela vez que fomos para o carnaval em Sydney. Você ficava me fotografando. Nunca ninguém me fotografou tão desarmada e feliz. Tenho saudade daqueles dias. Pensar que voltarei à vida acadêmica, me alegra, me deixa mais segura. É algo em que eu posso me apoiar. No mais, sigo sozinha. Não penso muito nisso. Tenho amigas e amigos que me ajudam a ir levando. Minha mãe tem pedido para eu passar um tempo com elas. Sinto saudade dela e das meninas, mas não penso em voltar para Minas Gerais. Sigo em fuga. Você segue em fuga também? Escreva para mim. Não demora. Beijo.

Resposta de Narelle para Índigo

Oi, meu bem, estou bem, sigo em expansão, fuga, não, que já não tenho quem me busque que eu não queira achar. Feliz de ter sido achado por ti, tenho boas memórias de Sidney, a cidade, não o teu pesquisador, esse ainda não conheci. Também desconheço as funções do pâncreas, mas já faz 3 anos que não como carne, o que deve fazer bem ao pâncreas pois me sinto ótimo. Mudei de nome, hoje prefiro ser chamado de Azul, penso sempre em você, que me inspira mais do que a tristeza de nossos Blues, você ainda toca baixo? Sempre que canto nas noites, me lembro de nossas jams e de nossa banda que nunca criamos. Teria sido lindo viver daquele som experimental jazzístico sambístico poético que tratamos no bar, mas que você desistiu por falta de tempo com suas pesquisas, não carrego mágoas, apenas memórias de um futuro que ainda não vi acontecer, mas quero. Estou agora sem WhatsApp, instalei o Signal, pois me parece mais confiável. Andei acampado um tempo com as campesinas da Alemanha, tenho uma amiga de infância lá que cuida de abelhas sem ferrão, produzindo mel e plantando o que come, uma vida bonita de se ver, mas o inverno tão branco e com corpas tão distantes me empurraram pra outros caminhos, estive um tempo na Índia, muitas crianças índigo como tu me deram conselhos de abrir novos mundos, sigo em expansão, estou surpreso que ainda tenha este e-mail, peço que mantenha contato no novo e-mail, pois evito o nome morto. Não desejo contar onde estou no momento para sua própria segurança, andei lendo o livro do Hakim Bey e fazendo intervenções artísticas nas ruas do mundo, prefiro me manter mais em expansão do que em fuga. Criei um novo e-mail para que me entres em contato, para manter vivo o sonho de nossa banda e para receber e-mails de todo aquele que aqui nos ler bandaazulindigo@gmail.com

Celebro nosso contato, por aqui tudo

Azul

Sonho

Sidney Amaral desce flutuando em frente à estação de metrô da Liberdade. Não chega a tocar os pés no chão. Índigo tenta abraçá-lo. Mas ele diz que ainda está muito fraco. Ela pergunta por que ele quis marcar ali e logo de madrugada. Ele sorri e diz que aquele bairro tinha nome de Liberdade por causa da luta das pessoas negras por uma vida melhor. Índigo diz que não sabia. Sidney pergunta: como uma pesquisadora não pode saber de uma informação tão importante. Os dedos de Sidney Amaral estão manchados de tinta. Ele diz que um dia vai pintá-la, mas antes ela terá de entender que se voltar para a vida de outra pessoa, não vai impedi-la de não saber o caminho que deveria tomar. Índigo diz que sente falta da música. Então Sidney começa a cantar uma das primeiras músicas compostas pelo Itamar Assunção. Índigo não reconhece a música porque não sabe muitas músicas do Itamar Assunção.

Quando termina de cantar, pergunta se ela agora aprendeu. Índigo responde: acho que não. Sidney Amaral olha para os pés dela. Um cheiro de tinta óleo se espalha no ar. E ela olha para os próprios pés. Então percebe. Flutua.

Transformação

No alto do morro onde Índigo sempre sonhou em conhecer, mas a que sua mãe nunca deixava ir, lá estava, deitada de frente pro céu, cantando pras estrelas que apareciam durante o dia. Sentiu uma pressão no peito. Não sabia nomear. Talvez fosse saudade, ataque cardíaco ou princípio de gordura nas artérias. Respirou fundo e não se assustou.

Nada mais estava lhe deixando em alerta e desespero. Não que tenha virado apática ou desrespeitosa com sua vida, mas que passou a entender o tempo. Ou pelos menos apreciá-lo e não brigar com ele.

Índigo sorria ao lembrar das três cidades em que sua pesquisa-exposição foi desbravada por aí. Depois do sucesso que foi seu retrato tão delicado e intenso por Sidney e também Jurema, as pessoas sentiam vontade de que se expandisse cada vez mais em experiência sensorial, olfativo e visual. E assim, Índigo está indo pra quarta exposição, só que agora nas Ilhas Salomão. Há um editor de um museu contemporâneo, Sr. Ijul, falando que muito dessa história se assemelha com a história do povo mais antigo desta região. Como experiência intercontinental, o edital contemplou Índigo para compartilhar essa arte-registro-história.

Compreendeu que o tempo é um próprio Deus, e contra

ele não há o que interromper. Você não move a vida se estiver em altercação com sua fluidez. Esse processo de compreensão lhe custou muitos meses em silêncio, e não sozinho, mas sempre filosofando em sua introspectividade.

Índigo respira cada vez mais levemente, prestando atenção em toda saída e entrada de ar-vida e, sabe que, se corre hoje, amanhã poderá caminhar, andar. E que nada lhe é previsível, pois tudo é único e atemporal.

Índigo olha agora pra lua cantando em prantos. Agradece por algo que nunca lhe esperava acontecer. Mas ali ao cair da luz, passando a mão sobre si, sentiu um carocinho de semente de si própria que estava frutificando em sua barriga. Ali estava depositando seu futuro. E espera no tempo do Tempo, pela nova vida que nascerá.

Amigo Imaginário[2]

Índigo, 61 anos, diante do espelho sintético programado para refletir seu rosto de quando começou a pesquisar a obra de Sidney Amaral, conversa com Sidney Amaral imaginário que se esconde atrás da juventude sintética da nossa protagonista refletida eletronicamente no monitor que hoje em dia chamamos de espelho de todas as suas verdades. Sidney é a elipse que possibilitou a Índigo acessar um degrau de escada que, galgada, à época, a teria esgotado por completo se não fosse a luz criativa do importante artista que, agora, nada lhe

2 Antes de ler esse texto, sugerirmos ir à página 387.

diz com palavras, apenas lhe mostra não mostrando e, assim, lhe ensina o preço a se pagar quando se entrega o afeto que só a espera de uma grande amizade pode canalizar. A bateria do espelho está no fim. O rosto do artista então aparece detrás do rosto de nossa protagonista. E, no embaraço daquela luminosidade clonada, diante do aviso de só restarem dois por cento de energia, jangada, resgate, beija o seu rosto.

Joana Lafond

Joana é uma mulher preta de origem simples, nascida e criada na comunidade do Morro do Catimbó, é uma amante do samba que já aos seus 36 anos integra a ala das baianas, ala da qual ela sempre sonhou em fazer parte na escola de samba do seu coração, a Unidos do Catimbó.

Simpática, de jeito meigo e sempre muito suave, conhecida pela sua simplicidade e paciência, é uma pessoa muita querida tanto na comunidade onde foi criada quanto em seu trabalho e na sua atual vizinhança. Joana, além de se dedicar ao samba, também é formada em Economia e trabalha hoje como diretora financeira de uma grande multinacional.

Sendo a primeira integrante de sua família a ter um diploma, hoje Joana mora no centro da cidade, em um belo apartamento que ela comprou sozinha, com dinheiro de seu árduo trabalho, e abriga em sua casa, junto com ela, a dona Izaura, sua mãe de 55 anos que criou a filha sozinha, apenas com a ajuda da já falecida dona Hilda, avó materna de Joana, mãe de dona Izaura.

Ambiente

Sentando-se na mureta de pedra, areia e óleo de baleia que cumpre a tarefa dificílima de emparedar o oceano, pode-se avistar o edifício e com algum entusiasmo e fácil nostalgia retroceder quase cem anos: *A Noite*, 7 de setembro de 1929, "A NOITE inaugura, hoje, as suas novas instalações no mais alto edifício da América do Sul, o mais alto edifício do mundo construído em concreto armado." Sete anos e cinco dias depois, chegava ao A Noite — o arranha-céu acabou se popularizando com o nome do jornal — sua mais notável inquilina, a Rádio Nacional, em pleno auge da Era de Ouro do Rádio. Tudo aconteceu ali. O país não teria tanto relevo não houvesse aquele auditório onde se ouvia Luiz Gonzaga, Cauby Peixoto, Ângela Maria, Silvio Caldas, Francisco Alves, Linda e Dircinha Batista, Radamés Gnattali, Ellen de Lima, Nora Ney, Adelaide Chiozzo, Ademilde Fonseca, Albertinho Fortuna, Heleninha Costa, Vera Lúcia, Dalva de Oliveira, Orlando Silva, Elizeth Cardoso, o Garoto, Emilinha Borba, Marlene e ainda Paulo Gracindo, Manoel Barcelos e César de Alencar, dentre outros. Nos dias atuais, não é raro desesperar de que alguém não conheça, ao menos, um nome dos supracitados.

A cidade é um dispositivo e apesar de a palavra trazer em si mesma uma proposta benigna, isso não significa que seja boa, a cidade. Sob a direção de João Grave e Coelho Netto, o LELLO Universal verbetiza apenas: *adj. (lat. dispositus). Que contém disposição, ordem, prescripção. S.m. Neol. Modo particular como se acham dispostos os órgãos de um apparelho: o dispositivo de um motor.* Nem tudo não é o que parece. Tudo pode ser questionável quando feito com honestidade e argumentos correspondentes à realidade.

O começo é a ponta de um corpo, se visualizarmos o tempo, uma avenida. No início não havia avenida. Na cidade de Joana, o início é o centro. Desfaz-se aqui o pensamento Cartesiano e a bidimensionalidade. Joana Lafond habita o espaço onde a cidade teve o seu começo. No início do dispositivo, a disfuncionalidade era a da época. As relações aconteciam todas por ali mesmo. Os caminhos eram estreitos e o improviso a chave, tudo sempre balizado por uma imutável estrutura de classes, fixada e mantida na base da violência e opressão — período colonial. Centenas de anos depois (isso foi centenas de anos atrás), houve uma readequação e o espaço onde Joana hoje vive, transformou-se violentamente com o uso de mais violência ainda — período regencial. A truculência é a linguagem mais preeminente e dando sequência a este fast forward e rewind, retomando o edifício A Noite, em 1940 o prédio se tornou um bem do governo federal — Estado Novo. Seguindo esse carrossel monótono e terrível, há cerca de 10 anos, A Noite encontrava-se abandonado. A Noite vazio. A Noite caindo aos pedaços. A Noite estrelada. A Noite do jogo. A Noite tem crase. E por fim: A Noite foi vendido. A Noite foi compartimentado em apartamentos. A Noite, este belíssimo edifício histórico, de frente para o mar, com VLT na porta, museus, teatros, restaurantes, festa de rua, no centro cultural da mais charmosa cidade do planeta, pode ser seu! (bradava o reclame publicitário mimetizando o Repórter Esso, o primeiro a dar as últimas!) Está concluída mais uma etapa do plano de gentrificação do centro da cidade.

Joana Lafond é uma presença fundamental em resistência nesse espaço, nesta história. Alguém que pode manter viva, com sua presença, os alicerces que fundamentam a praça Mauá, o Largo de São Francisco da Prainha, a Pedra do Sal, o Morro da Conceição. Empiricamente o Boulevard Olímpico se curva enquanto ela passeia sobre ele. O Cupim no latão de quase 150 reais do Bafo da Prainha e a Mamatônica da Casa Porto envergonham-se em existir diante desta distinta cliente.

Joana está feliz e não há dúvida, é dela. A conquista está consolidada. Seu ótimo apartamento de cento e noventa e cinco metros quadrados, um dos primeiros a ser negociado, comprado a poucos prazos no décimo nono andar do Edifício Joseph Gire — mais conhecido como A Noite, é uma realização pessoal. A contradição é do mundo. E sendo ela parte deste mundo indissociável, Joana elabora consumida pela vista: Qual órgão desse aparelho será ela? Como raquear este dispositivo em que se insere?

BOOOOOOOOOOOOOOOOOO

BOOOOOOOOOOOOOOOOOOOOOOO

BOOOOOOOOOOOOOOOOOOOOOOOOOOOO

Mais um navio atraca.

Encontro

JOANA LAFOND E DASNUVENS

Seguindo em sua jornada pelo mundo, louca para conhecer o Brasil, DasNuvens parte para a terra verde e amarela dos ameríndios. Embora seu sonho fosse chegar à Bahia, DasNuvens foi parar primeiramente no Rio de Janeiro, pois havia ouvido falar que na região estava rolando uma seca geral nos corações enquanto se liquidificavam cada vez mais as relações.

Ao chegar ao Rio, sabendo da urgência, DasNuvens decide ir para o lugar com maior concentração de transeuntes, a fim de identificar as nébulas de dentro das pessoas, e assim que chegou ao centro da Cidade Maravilhosa, DasNuvens viu que havia muitas nébulas opacas e sem luz, algumas pela falta dos sonhos e outras pela falta de amor, percebeu que a boêmia era usada para compensar o vazio, e começou ali, naquele momento, a fazer chover sonhos afetuosos que inundavam os corações desesperançosos alheios.

Na semana seguinte, ainda cansada da árdua caminhada, mas com o ânimo necessário para continuar sua jornada, DasNuvens foi visitar a Zona Portuária, e lá percebeu uma estranha nébula que brilhava fortemente, sentiu a presença de um coração cheio de afeto, mas com cicatrizes da vida, e foi à procura da pessoa dona da nébula brilhante e do coração amoroso, até que a encontrou, ao vê-la, se empolgou e, com enorme simpatia, se aproximou, se apresentou e perguntou à moça qual era o seu nome, e a moça lhe respondeu que seu nome era Joana Lafond.

DasNuvens começou a fazer muitas perguntas para Joana com a finalidade de descobrir mais sobre aquela mulher e entender como um humano comum poderia ter tal nébula brilhante, já Joana, por sua vez, começou a achar engraçado o jeito daquele ser feminino com uma aura roxa reluzente e uma felicidade contagiante, Joana então começou a falar para DasNuvens sobre como conseguia ser tão amorosa mesmo com tantas cicatrizes, falou sobre como valoriza a vida, contou a história das mulheres de sua família e por fim perguntou para Dasnuvens sobre ela e perguntou o que ela era, se ela era realmente da Terra, e DasNuvens respondeu que pertencia, sim, à Terra, mas que seu povo era um povo não humano e antigo, quase tão antigo quanto a Terra, que surgiu durante a vinda dos Orixás ao plano terrestre, mas que ela não sabia exatamente a forma como seu povo havia se originado, sabia apenas que eles viviam em segredo e possuíam dons místicos cedidos pelos Orixás, entre eles o poder de se disfarçarem ou apenas ficarem invisíveis para os humanos, o que os ajudava a viverem escondidos do resto do mundo. Joana então, intrigada, perguntou qual seria o motivo do povo de DasNuvens não conviver diretamente com os humanos, e DasNuvens respondeu alegando que o único motivo seria o corrompimento do ser humano.

Após toda a conversa, DasNuvens percebeu que cometeu um deslize em sua missão, e se apegou a um humano, se viu apegada por Joana e fez questão de manter contato com a mulher maravilhosa que havia conhecido, e as duas se mantiveram amigas próximas. Alguns meses depois, DasNuvens percebeu que o apego havia crescido e que seu coração estava iluminado pela luz de Joana, e sem perceber estava a cada semana protelando sua partida só para continuar vendo Joana. Após semanas no Rio sem conseguir partir, numa manhã ensolarada e feliz, ao olhar para a foto de Joana, fica desconfiada, assustada, pergunta para si mesma: "Será que eu estou apaixonada?"

Reflexão

Primeiro a chave grande verde, depois a chave amarela quadradinha e por fim a chave mais larga em formato de cruz toda prateada. Achei que já tinha decorado a ordem dessas chaves, é uma vergonha que eu ainda não saiba qual vem depois de qual na hora de abrir as portas para a minha própria casa. Minhas mãos se embaralham sempre, acho que esse chaveiro é grande demais.

As mãos... Por que um beijo nas mãos? Que escolha foi essa, Joana? A moça Dasnuvens lá, toda linda, toda bela, e você estica as mãos dela na direção da sua boca e lasca ali um beijo. Imagina só que ela deve estar te achando uma doida, Joana. Eu não tenho jeito. Que ideia foi essa que eu tive? Mas as mãos dela eram o que eu queria beijar naquela hora... Meu Deus do céu, deve ser a influência das atrizes de rádio desse troço desse edifício. Joana beija as mãos de sua amada... Amada?

Se tivesse porteiro aqui, era uma chave a menos, mas não tem, tudo promessa desse Rio de Janeiro olímpico, é a cara desta cidade mesmo, ser erguida em promessas de amor. Vou arrumar as chaves de jeito que não erre mais. Já chega de errar pra entrar em casa. E ainda não pendurei o chaveiro do lado da entrada, está tudo por fazer nesta casa, Joana, você não tem jeito, Joana, parece que não tem mão pra pendurar nem o ganchinho do pano de prato, Joana.

As mãos de Dasnuvens, tão macias, quando segurei achei que eram a coisa mais macia que eu já havia posto as mãos, mas quando beijei as mãos de Dasnuvens, elas eram ainda mais macias, minha vontade era beijar devagar cada dedinho de Dasnuvens e dizer pra ela que agora, sim, ia sarar cada cantinho de dedo comido pelo nervoso que é ser quem se é aqui neste campo de batalha olímpico, onde o que devia ser nosso de graça nos custa tão caro. Os dedinhos de Dasnuvens em meus cabelos, o jeito perguntador de Dasnuvens, meu Deus do céu, Joana, olha a chaleira!

Eu não devia estar tomando café a essa hora da noite, mas chegar do trabalho tão tarde e não ter tempo nem sequer pra lavar umas toalhas, pendurar umas toalhas, deixar as toalhas macias, os dedinhos de Dasnuvens, minhas toalhas cheirando a amaciante, o cabelo de Dasnuvens, que cheiro tem? Beijar o cabelo de Dasnuvens, beijar as perguntas de Dasnuvens, querer os dedos de Dasnuvens entrando pelos ouvidos, as toalhas macias, Joana, pendurar as toalhas macias, desliga o fogo da chaleira, liga a elétrica que desliga sozinha, não taca fogo na casa, Joana, identificada que tô com a eletricidade da chaleira, essa sensação incendiária, por que beijar a mão de Dasnuvens, tão macias e quentes as mãos de Dasnuvens na minha cintura enquanto a gente dança...

Isso é hora de tocar Stevie Wonder? A vizinha de porta sempre com essa mania romântica, é uma loucura, esse prédio preso nas novelas da rádio, Stevie Wonder, eu não merecia Stevie Wonder agora, eu e Dasnuvens dançando *I believe when I fall in love with you it will be forever,* Antena 1 traduzindo a música e meu coração acelerado. Dasnuvens parece ser de outro mundo, outra língua, será que em outro mundo ela seria pra sempre e assim eu seria também, assim, bem Stevie Wonder? As mãos de Dasnuvens, que gosto tem os dedinhos de Dasnuvens, que cheiro tem as perguntas de Dasnuvens se estivéssemos agora, aqui, dançando com o rádio da vizinha tocando Stevie Wonder? Eu acredito na ordem das chaves:

primeiro beijar as mãos de Dasnuvens, depois beijar todos os seus dedinhos, depois a chave de cruz, que gira de uma vez só, prateada, meus dedos brilhando pelos fios de cabelo reluzentes de Dasnuvens.

Será que é um sinal? Esse brilho de fim de dia, esse sol inclinado pela janela, esse Stevie Wonder que botam a gente apaixonada pra um diabo, então será que isso quer dizer que vou precisar passar no chaveiro? Uma cópia de uma chave Papaiz, uma pequena fortuna no chaveiro da Sacadura Cabral. Mas, ah, Dasnuvens, qualquer fortuna é pouca perto dos seus dedinhos girando as chaves da minha casa... E agora, Dasnuvens, que chaveiro você vai usar pra entrar na Noite do meu coração?

Intervenção do Raio de Sol[1]

Quantas imagens Joana pensou naquela longa manhã das chaves confusas, das frases soltas, das mãos dentro de beijos? Pela janela, o sol inclinado se tornava mais intenso e o reflexo na água da baía se expandia rumo ao dedo de deus. Joana palpitava luminosa sem sombra de dúvida. Dasnuvens surgia sorrateira em sua mente-céu, se espiralava com o calor do raio de sol que atravessava toda a fortaleza dos anos em que Joana sozinha fez seu mundo com as próprias mãos — as mesmas que Dasnuvens beijou. Logo ela, cuja luz sempre foi o guia das rodas de bamba, das costuras nas saias das baianas, como dar conta daquela vertigem? Joana nem queria saber.

---

1 Antes de ler esse texto, sugerirmos ir à página 383.

Abriu mais as cortinas e o raio virou abraço em seu corpo. Se deixou embrasar de beleza e desejo, se abriu plena, cabrocha, divina, encharcada de luz, eis Joana sem rumo. O sol há de brilhar mais uma vez, pensou cantarolando, e de leve, olhos fechados, ensaiou passos que só ela dominava na sua arte de rodar em seu próprio eixo. Joana já não sabia mais o que era o sol quente e o que era seu próprio calor, uma fervura, algo novo lhe povoava — era Dasnuvens que acelerava tropical dentro do seu peito, uma imagem que se transformava em um halo sobre toda a cidade. Olhou pra mesa, mirou um caderno aberto, e ainda de pé, arriscou rabiscos encharcados de suor:

Meu couro quente
canta entre dúvidas:
é o amor ou o calor
que me queima qual
fornalha?
Alimento esse verão
esse beijo carvão
ainda tão pouco e
mesmo assim tão vasto,
só um pedaço dessa
mão que não afasto.
E agora, Dasnuvens,
debaixo desse sol a pino
como não delirar nosso destino
entrelaçando
a sina a tocar?
Dasnuvens te canto
como diva nacional:

vamos fazer do raio
uma rádio solar
vem comigo
e deixa essa praça, esse prédio,
essa massa
incendiar.

Carta/Mensagem de Joana Lafond para Lucas Carvalho

Olá, há quanto tempo não nos vemos, né?! Confesso que sinto sua falta na maior parte do tempo. Lembra como eram gostosos nossos momentos juntos? Eu sinto tanta falta de ter você por perto.

Como será que seria nós dois juntos se o destino não tivesse nos interrompido?? Me pego pensando nisso a maior parte do tempo, e percebo que o tempo é como uma pessoa taurina, teimoso e irredutível, pois o tempo não volta atrás, ao mesmo tempo, o tempo também é um ombro amigo, tudo o tempo faz passar. Com o tempo feridas cicatrizam, pessoas envelhecem, e mortes trágicas podem ser superadas ou pelo menos se tornam reconfortantes. Eu ainda não superei a falta que você faz, mas já me conformei com a ideia de viver sem você aqui. Te amei quando era vivo, e continuo te amando mesmo depois da morte ter nos separado.

Ainda escrevo cartas para você pois era como nós nos declarávamos um para o outro, você toda semana escrevia uma carta ou bilhete para me dizer o quanto me achava especial e eu fazia o mesmo com você. Mas não vou deixar de me declarar para você mesmo que você não esteja mais aqui, Lucas Carvalho. Saiba que eu te amo, e que sou muito grata pela vida que tive ao seu lado, pelo amor intenso que só você poderia ter me dado.

Te amo intensamente, eternamente!

Resposta de Mail Delivery Subsystem para Mim

Endereço não encontrado

Sua mensagem não foi entregue a Lucas Carvalho porque o endereço não foi encontrado ou não pode receber mensagens.

SAIBA MAIS

A resposta foi:

550 5.1.1 The email account that you tried to reach does not exist. Please try double-checking the recipient's email address for typos or unnecessary spaces. Learn more at https://support.google.com/mail/?p=NoSuchUser ck25-20020a-05690c0b9900b0056986070f6dsor1518745ywb.5 - gsmtp

---------- Forwarded message ----------

From: Joana Lafond <lafondjoana@gmail.com>
To: lucascarvalho@gmail.com
Cc:
Bcc:
Date: Fri, 23 Jun 2023 10:46:07 -0300

Subject: *Olá, há quanto tempo não nos vemos, né?! Confesso que sinto sua falta na maior parte do tempo. Lembra como eram gostosos nossos momentos juntos? Eu sinto tanta falta de ter você por perto.*

Como será que seria nós dois juntos se o destino não tivesse nos interrompido?? Me pego pensando nisso a maior parte do tempo, e percebo que o tempo é como uma pessoa taurina, teimoso e irredutível, pois o tempo não volta atrás, ao mesmo tempo, o tempo também é um ombro amigo, tudo o tempo faz passar. Com o tempo, feridas cicatrizam, pessoas envelhecem, e mortes trágicas podem ser superadas ou pelo menos se tornam reconfortantes. Eu ainda não superei a falta que você faz, mas já me conformei com a ideia de viver sem você aqui. Te amei quando era vivo, e continuo te amando mesmo depois da morte ter nos separado.

Ainda escrevo cartas pra você, pois era como nós nos declarávamos um pro outro, você toda semana escrevia uma carta ou bilhete pra me dizer o quanto me achava especial e eu fazia o mesmo com você. Mas não vou deixar de me declarar pra você mesmo que você não esteja mais aqui, Lucas Carvalho. Saiba que eu te amo, e que sou muito grata pela vida que tive ao seu lado, pelo amor intenso que só você poderia ter me dado.

Te amo intensamente, eternamente!

Sonho

Eis me aqui novamente, a ilustre narradora do início da história de Joana, que agora, neste exato momento de uma madrugada de segunda para terça, está dormindo para, como em todos os dias de semana, acordar às 6h, pois precisa trabalhar para manter o seu sustento. Joana agora está sonhando, sonhando com os mesmos protagonistas que sempre aparecem em seus sonhos, seu falecido noivo Lucas, sua avó Hild, que também não está mais entre nós, e com sua mãe Izaura, a única protagonista dos seus sonhos que ainda está viva além da própria Joana. Nem sempre ela sonha com os três, na maioria das vezes, sempre sonha com um ou dois dos protagonistas citados.

Mas dessa vez foi diferente...

Dessa vez Joana sonhou com os três ao mesmo tempo, que estavam todos felizes em um piquenique num lugar que parecia ser um parque em dia de domingo, além da raríssima aparição de seus três protagonistas ao mesmo tempo, Joana sentiu, em certo momento, uma presença radiante que havia sentido certa vez. Era DasNuvens, rodeada por nebulosas reluzentes que pairavam sobre ela, DasNuvens chegou mais perto da grande toalha de mesa, que ali estava sendo usada como uma espécie de canga para o piquenique, e sentou-se ao lado de Joana, que abriu o mais largo sorriso, pela felicidade de reencontrá-la.

Sonhos dizem muito sobre o nosso inconsciente. E não que minha humilde opinião enquanto narradora deste fabuloso capítulo da história tenha importância ou sequer qualquer relevância, mas a verdade é que Joana não conseguia esquecer seu encontro com DasNuvens. Bem, voltando ao sonho...

DasNuvens dizia no sonho à Joana que iria em breve reencontrá-la no mundo real, e que apenas usou de suas habilidades especiais para conseguir visitar Joana através dos sonhos, Joana diz que entende e que está ansiosa pela volta de DasNuvens. As duas se olham e se abraçam profundamente.

E antes que Joana pudesse acordar, a voz de sua vó Hilda sussurrou:

"Prenúncio de coisa boa".

Transformação

'Bom presságio', de novo essa balela. Joana observa pela janela a chuva que pinta de cinza toda Bahia de Guanabara. Desde o sonho, aguarda algo de bom que não chega. Começa a sentir no frio da barriga o medo descompassar a respiração. Medo e esperança eram sentimentos que disputavam a posse no território Joana. Ambos traziam na bagagem o peso da inanição.

Não queria reclamar. Ela, filha e neta de mulheres guerreiras que fizeram "das tripas o coração" para finalmente uma Lafond gozar de boa situação. Todavia, não podia mais negar, estava infeliz. Sua avó e sua mãe lhe ensinaram a força conjugada com a simpatia. E ainda a fé, a confiança de que tudo na vida, com resiliência, se acerta. Foi assim que chegou aonde estava. "Rir para não chorar", versos que lhe empurraram pra frente, "que é para onde se anda".

Mas a chuva fina recorrente, banhando de tristeza a ponte de concreto no meio do mar, insistia em deixar a vista nebulosa, o choro engasgando a melodia. Por qual trilha lhe foi concedido o direito de fraquejar? "O mundo é um moinho". E de que importa questionar as vicissitudes da vida? Afinal, venceu. Habita o lar que se arreganha para a vista deslumbrante do mar infinito, não fosse a ponte maciça cravada nas rochas duras, cortando o céu ao meio. Joana sentia-se molhada de incertezas sobre aquela alegria.

Entrou no quarto da mãe, serviu-lhe chá quente e comprimidos de cálcio para os ossos osteoporosos. A mãe sorriu-lhe, como sempre via desde que abriu os olhos pela primeira vez, saída fresca do ventre.

— Está tudo bem, filha?

Está tudo bem. Todas as vezes que lhe faziam essa pergunta prosaica, respondia da mesma forma. O que poderia dizer?

Não, não está nada bem. Não desfilo mais o samba que me move, perdi meu primeiro amor, abandonei minha terra, minha escola, minha comunidade. Adentrei a cidade e provei seu veneno. Estou envenenada pelos lucros de uma empresa que corrobora com tudo que corrói a vida. Estou cansada de vestir a carapuça, Joana Impecável. De ter que manter os cabelos presos e firmes para não assustar ninguém, as roupas na medida certa para não seduzir ninguém, as unhas curtas e lixadas para não arranhar ninguém. De ter que provar, sem descanso e sem relaxamento, que mereço. E agora apaixonada por uma entidade que visita meus sonhos, mas não divide o dissabor de ser espremida pela contradição de viver neste mundo que dói, mais que tudo, faz dor.

Por cima da mesa, a chave em formato de cruz e a expectativa do novo amor, do imprevisível. Desejava mais que tudo o agrado que sentiu ao beijar mãos macias. Aquela faísca que fez chama, atiçou brasa no coração resfriado. Esperança que derrete junto ao deságue de fora.

Ao fundo a persistência da música de Stevie Wonder, assentindo: "No song to sing; In fact here's just another ordinary day..."

Gritou da janela um não aguento mais. Nada contra Stevie. No entanto, Joana queria ouvir Elizeth Cardozo. Revoltava perceber no edifício a idiossincrasia, nenhum vizinho ouvia mulheres negras que estruturaram a potência daquela construção, agora habitada por ignorantes da história onde se acomodavam.

Desespera. Vira a chave em cruz da mesa para tirar a roupa de baiana do baú. Desempena os arames, dando forma às cores desbotadas que adornam a alegoria. Joana tenta a gira da dança, mas os pés não lhe obedecem, os braços não fluem em equilíbrio e graça. Combalida.

Devagar, se enfia no interior da roupa repousada no chão como um monumento do passado. Afunda seu corpo na baiana. Casulo. Primeiros os braços, depois a cabeça, enfim seu corpo coberto pelo alvéolo da alegria. Escultura do abandono. Lá dentro tudo se agiganta, um vácuo etérico por onde flutua Joana fora do seu eixo gravitacional, contemplando raiva. Escuro e silêncio. Joana frágil como uma lagarta em histólise.

Na fornalha do furor, apareço e sussurro em seu ouvido: Sou eu, Dasnuvens. Explico para Joana que foi preciso tirar da bolsa um buraco negro para nos enfiarmos nele. Juntas compartilhamos nossa dissolução, abraçadas e ouvindo baixinho os versos da música de Wonder na voz de Elizeth Cardoso. "Mas o que é isso, tão velho e tão novo para encher seu coração como nenhuma das três palavras jamais faria?".

Amigo Imaginário[2]

Em uma ressaca de domingo, após usar o álcool como escape da saudade que sentia da presença física e ao mesmo tempo etérea de seu falecido noivo e da sua amiga quase íntima de uma tarde, Joana sente agora também a solidão e a tristeza rondarem seu corpo que já não sente mais o caloroso fervor de sua escola de samba e sua comunidade. Tudo se mistura. Em sua cabeça, aquilo que ela tentou escapar no ontem retorna e lhe atormenta junto com o que ela sente nesta manhã de domingo, tudo isso junto com a dor de cabeça, as dores no corpo e a indisposição física causada pelo consumo excessivo de bebidas alcoólicas.

— “A cerveja adia, mas não apaga a tristeza. O álcool não vai te impedir de sentir aquilo que você precisa sentir”.

Ela ouve uma voz dizer isso a ela. A voz vem da direção da janela, então ela resolve olhar, e lá está uma mulher negra, de mais ou menos 1,75 de altura, ela usa tranças com detalhes cor-de-rosa, também usa uma roupa toda rosa. Curiosa, ela pergunta seu nome e como aquela mulher entrou em seu apartamento, e a mulher responde que seu nome é Valentine, mas que ela pode a chamar por Valen (sim, querida pessoa leitora desta história, a tal mulher sou eu, a narradora que vos conta esta história enquanto ela acontece). Expliquei a Joana que eu não estava dentro de seu apartamento, mas sim dentro de sua própria cabeça, que eu era sua amiga imaginária, já que eu era a Deusa responsável pela sua criação, e coautora de sua

---

2 Antes de ler esse texto, sugerirmos ir à página 387.

história, expliquei que eu existo em mais de um plano, no dela e no meu, mas que no universo dela eu tenho poderes, pois sou pra ela o mesmo que todo deus é para as pessoas do meu universo, um amigo imaginário que acreditamos ter algum tipo de poder sobre os caminhos das nossas vidas, com quem a gente desabafava, na esperança de que aquela energia, ser ou qualquer outra coisa que possamos acreditar, tivesse empatia por nossas lamentações e nos desse coisas boas ou nos orientasse no caminho, alguns juram já ter visto ou ouvido o deus ou deusa que cultua.

Como uma boa deusa e amiga de Joana, conto a ela que o futuro lhe reserva coisas boas e que basta apenas ela continuar trilhando sua jornada, digo que ela vai, em breve, ganhar uma promoção no trabalho que irá lhe proporcionar a possibilidades de controlar melhor seus horários e assim ter mais tempo para poder voltar a sua escola de samba sem que o trabalho interfira, e também terá um salário melhor, é claro. Além disso, Joana também irá se apaixonar novamente, conhecerá um homem de grande beleza e coração maior ainda, ela irá conhecê-lo na sua escola de samba, onde o rapaz é agora um dos mestres-salas. Joana irá encontrar novamente DasNuvens que, na volta para casa, após acabar sua jornada, irá visitá-la ao menos uma vez a cada dois ou três meses, e ambas serão amigas até a inexistência de uma delas.

Após contar tudo isso a Joana, digo a ela que se mantenha firme e que ela pode falar comigo sempre que se sentir frágil. Joana se levanta, sente um ânimo passar por seu corpo e decide sair para curtir o domingo. Ela agradece minhas palavras e diz que espera que eu apareça novamente para ela, mas que eu evite de aparecer quando ela estiver perto de alguém para não acharem que ela é louca. Nós rimos, e assim se segue o domingo, com um resto de ressaca e abastecido de esperança.

Jurema Calhau do Seixo

Jurema Calhau do Seixo criou-se em Capoeira Seca. Em roça vizinha de assentamento lavrado, essa filha de duas mães entendeu cedo que o calor estalando o solo de monocultura empobrece a sombra e esteriliza o sonho. Dito assim, parece até ridículo um bichinho se assanhar. Nas infâncias seu único refúgio foi junto às canas d'água, que lhe proporcionavam alguma modulação e trânsito de temperatura. Um brejo curto que brotava do lado dum monturo no fundo do terreno; a capoeira seca, o casebre (metade alvenaria, 1/4 barraco e outro 1\4 pau a pique), o monturo, o brejo. Ainda assim a água era parcialmente quente e criadouro de mutuca com o sol batendo duro nela quase toda. Final da manhã era sempre preciso uma imersão fugidia para poder continuar o que quer que seja que se tivesse começado antes. Não muita gente dividia seu convívio, ninguém passava por aquela capoeira que ficava num esquecido de antigo pasto da fazenda tosca que fora aquela terra noutras épocas. Jurema Calhau do Seixo tinha silêncio. Também é verdade que não tinha muita conversa, conseqüência. Vivendo mais consigo mesma e tendo aquela, mesmo que pequena, mas importantíssima variação térmica, decidiu sem prestar a ninguém: *vou colocar mais tempo nisso*. Tempo é espaço. Começou a cavar. À medida que abria o brejo, desplantava segredos. De tanto silêncio, escutava as conversas vegetais e foi por aí que a coisa andou. Sentia o gosto da terra com a mão e, quando ficava diferente, desconfiava de oportunidade. Investigava. Sementes, raízes novas, anelídeos, até crustáceos afloravam em suas mãos abrindo luz na terra por debaixo dos barrancos submersos já caminhados para distante do monturo. Tudo trabalho dela. Aos poucos foi vendo: *essa aqui não é cana. É outro filtro. Essa outra bota uma folha grande e mais alta que protege as outras de baixo. Aquela surgiu recente, é nova, e só chegou depois que teve mais sombra e mais bacia d'água, que foi também quando, além dos girinos, pude ver os primeiros peixinhos.* Os anus que vêm caçando em bando desde quando eram lagartos, começaram a frequentar muito mais as sombras e os goles que Jurema agora proporcionava. Seus bicos traziam restos dessas caças, bichos pequenos nem sempre mortos, novas sementes e mais segredos que se revelariam com calma muito mais tarde, os anus mergulhavam recolhendo água, e, nesse ato, deixavam essas novidades no seio de água doce, berço nascido. Jurema se aproveitou de todas e foi alargando o lago. Decidiu que já era hora do bosque e fez a hora. A cotia trouxe o jacaré e o guará chegou pelos frutos, marsupiais e pequenos répteis. O silêncio agora é zoada de vida. Jurema Calhau do Seixo é uma pessoa sozinha de outras pessoas, suas mães trabalham no mundo velho e só vêm vez em quando. Convive mesmo com suas visitas de outras formas de vida e divide o dia a dia com essa parceria de empreitada. Decidiu assim porque viu o filtro e inventou que poderia. O problema é que o tempo passa. Tempo sendo espaço, desperta interesse, seu maior medo são os homens da mineral, da Nestlé, para se dizer com franqueza. Ela sabe, pode ser que já estejam arrodeando seu bocado. Pode ser que sua cacimba grande já esteja no Google Mapa e no Starlink. O Minecraft vai começar.

Ambiente

A história de Jurema Calhau do Seixo se passa em uma região do Nordeste Brasileiro. O clima é quente e seco, com temperaturas altas durante todo o ano. A capoeira seca onde ela cresceu é uma pequena área de mata nativa cercada por terras de monocultura de cana-de-açúcar e pasto degradado. A paisagem é marcada pela aridez e pela ausência de água, o que torna o brejo que Jurema criou um verdadeiro oásis em meio ao sertão.

A casa onde Jurema vive é simples e rústica, construída com materiais locais como pau-a-pique, barro e madeira. Ela tem uma cozinha pequena, um quarto sem janela e uma varanda coberta onde guarda seus instrumentos de capoeira. O terreno ao redor é cercado por uma cerca de arame farpado e é protegido por um portão de madeira que Jurema fecha todas as noites.

A capoeira seca é um lugar mágico, onde a natureza ainda domina. As árvores são altas e frondosas, com copas que se entrelaçam formando um dossel verde. O chão é coberto de folhas e galhos caídos, e há troncos retorcidos e cipós enredados por toda a parte. O brejo de Jurema é o coração da capoeira, um lugar de água fresca e sombra generosa. Ele é cercado por um bosque de árvores frutíferas e por um jardim de plantas medicinais e aromáticas.

A vida selvagem é abundante na capoeira seca. Além dos animais que Jurema trouxe para lá, como capivaras, jacarés e guarás, há uma grande variedade de aves, répteis e insetos.

Encontro

JUREMA CALHAU DO SEIXO E ÍNDIGO

Depois da ventania de maio e do céu de junho estrelado, apareceu um oficial de justiça acompanhado de agente social e dois PMs no portão de madeira, entrada da Capoeira Seca, agora refrigério talhado por do Seixo e pelos bichos parceiros de empreitada. Vieram como braço prático de estudos teóricos sobre a topografia da região para tratar especificamente com as pessoas que fossem encontradas vivendo e cuidando daquele brejo, bosque, pomar, floresta, capoeira, santuário, oásis improvável desafiando o entendimento da ciência, do estado e do mercado. Não tinham ainda qualquer informação sobre gente. O estudo não dispunha de últimas tecnologias, apenas observadores técnicos, pesquisa de arquivo, CENSO IBGE, experiência e idiossincrasia. Conversa pacata se deram. Palavra sem muito fio, mas deu pra todo mundo embotar o atrito que muitas das vezes é único manejo que anda pelas bocas.

Do Seixo volta ao casebre aflita com as mãos raspando uma na outra, buscando agarro. Depois de contar tudo sobre a Capoeira Seca, recebeu o alerta: Capoeira Seca precisava de papel. Não qualquer. Papel que desse conta de que Jurema Calhau do Seixo fosse a dona do cercado na lei. Já estavam vindo máquinas pra mexer com aquela região toda. Está para acontecer muito movimento e poeira nos arredores e o único jeito de a casa continuar a ser sua, é ter algum papel pintado por gente que pode, dizendo: sim, é dela. As mãos vazias de apoio. Jurema tinha documento que dava conta de que ela era ela, isso, sim, mas as mães sempre cuidaram do resto. Mães e filha não se viam há tempos. Não era problema. Isso era assim. Buscando e raspando, pensando dentro. Ligou o rádio.

Estática. Eu sou Sidney Ferreira e você está no Antena MEC, no programa de hoje, além de muita música boa, vou bater um papo com o meu xará Sidney Amaral, ele acaba de voltar de uma viagem pelo sertão onde foi buscar elementos para desenvolver seu novo trabalho nas artes visuais. Boa tarde, Sidney, como foi essa experiência e o que você trouxe consigo de novas ideias para o pincel na tela de agora? Era o moço com sede que Jurema deu de beber quando o pobre não aguentava mais tanto pó de chão voado pra dentro de si e calor desíntimo dele, que não tinha costume em terras mais altas de latitude e principalmente naquele trecho mais exigente de terra endurecida. Fizeram amizade. Deixou contato no sudoeste. Disse que fosse lá, qualquer tempo ou precisasse qualquer coisa. Tempo passou. Pronto. Falado. Aconteceu. Do Seixo achou o cartão do figura, juntou num matulão o que podia, deixou os bichos atentos e partiu almoço.

Desceu da Cruzeiro na Tietê e seguiu o caminho que Sidney Amaral deixara descrito no verso. No endereço final, nada. A rua fria e vazia. Uma moça tirava fotografias do prédio baixo onde deveria Jurema encontrar Sidney e conseguir ajuda com os papéis que garantiriam dela, Capoeira Seca.

— Dona, boa tarde, a senhora conhece alguém aqui? Procuro esse nome do cartão.

A dona olhou na cara um tempo.

— Você é Jurema.

Jurema Significa "árvore de espinhos de odor desagradável". O nome Jurema tem origem no tupi yu-r-ema, composto pela união dos elementos yu, ju, que quer dizer "espinho" e rema, que significa "odor". Jurema também é nome de uma planta da família das leguminosas muito espinhosa, muito comum no Nordeste brasileiro, cujas folhas podem dar origem a um chá de características narcótica e alucinógena.

(*dicionário de nomes próprios on-line. Não há ficha técnica nem certificação que ateste a informação, apenas um site.*)

A pessoa com a máquina fotográfica era Índigo. Índigo estava agudamente debruçada em pesquisa sobre o trabalho de Sidney Amaral e fotografava a casa onde ele teve seus últimos dias para fins ainda não nítidos. Jurema era conhecida e pôde ser identificada pois Sidney fizera um caderno com seu nome onde encheu de desenhos e escritos profundos, emergidos daquele dia de calor e poeira quando Jurema lhe dera um gole d'água. Jurema era obra. O Antena MEC que acendeu a lembrança e desembocou em São Paulo estava, na verdade, sendo retransmitindo pela Nacional FM, motivo da efeméride daquela data relacionada ao artista. Jurema não pegou a cabeça. O certo é que deu ótimo conhecer Índigo. As duas cozeram longa conversa.

— Jurema, vou resolver isso pra você!

— Tá.

Reflexão

Minhas mães vivem no mundo velho e quase não as consigo ver como antes. O tempo para mim é diferente agora, eu celebro minha vida enquanto ainda consigo viver como ser em uma realidade cheia de outras paralelas de outros seres, são tantos perigos e ameaças. Não sei quando termina ou acaba tudo, apenas que sobrevivo.

Sigo fazendo meu próprio caminho. Os homens da Mineral, Nestlé e todas essas empresas são motivo de alerta, um nada pode tirar minha vida de mim. Não quero que tirem minha vida de mim. É tão injusto quando outros mundos expulsam os nossos.

Sinto uma solidão imensa, mas me acostumei que seja assim, gostava do silêncio que ficava às vezes, e intensificava a forma como sentia tudo à minha volta, investigava outras formas de existência e conheci uma diversidade de animais.

Sinto cada grão de terra e o vento que dança pelo ar nunca termina. Não consigo parar de pensar que tudo pode acabar a qualquer momento para mim. É como se, em algumas situações, eu sentisse batidas de um ponteiro de relógio dentro de mim, é muito incômodo, me sinto virando uma máquina, que o Minecraft não me pegue, começou a acontecer quando escapei da morte esses dias toda essa sensação.

Afinal, o que sou agora já não parece importar muito, mas por algum motivo minha existência terrena, sim. Tenho visto tanta destruição em todas as suas formas e expressões. Até privatizar nosso ar eles querem, como já fazem com as nossas águas. Os animais estão sofrendo, a fauna e a flora.

Estão secando os rios e os mares estão cheios de plástico, pobres aves e seres marinhos.

Petróleo é dinheiro, e mesmo que a água fique cheia de óleo, os homens aprenderam a comer dinheiro. Ninguém parece querer ter consciência, todos perdem a consciência de forma coletiva, amarrados ao mastro de seus próprios umbigos e acham pertinentes suas escolhas.

Pensam que são mais importantes que outras formas de vida e são o centro de tudo, não parte de um todo maior. Estão cegos demais para perceber os elementos que trazem sustento aos seus corpos.

Eu me chamo Jurema não por acaso, sou filha desta terra, e não suporto a destruição dos brejos e sonhos de gente miúda que os que se acham donos e com mais direitos não conseguem respeitar. Eles pisam e matam, eles queimam, eles trazem inundações em bosques inteiros, caçam, escravizam, arrancam peles, fazem um rastro de cinzas.

Privatizam existências e exterminam resistências com muita eficiência. Pensam que podem controlar o que não é controlável e vão aprender da pior forma essa lição.

Intervenção do Raio de Sol[1]

Foi um longo caminho até que Jurema conseguisse as papeladas necessárias para garantir a posse legal de Capoeira Seca. Enquanto voltava para casa, ela observava atenta a paisagem. A paisagem vai se transformando conforme chega perto de

---

1 Antes de ler esse texto, sugerirmos ir à página 383.

casa. Por mais que Seca, Capoeira é lugar de muita natureza. Mas antes de chegar a esse limiar verde & vivo, tem muita coisa feia na estrada. E foi olhando essa seca, uma seca humana, uma seca afetiva, uma seca d'alma, uma seca de esperança, que Jurema agradeceu por viver onde vive, que Jurema se lembrou do motivo de pouco sair de casa.

Quando estamos na estrada, nossas reflexões ficam mais profundas. Mais extensas. Assim foi com Jurema. A lonjura da estrada também alongou seus pensamentos. Conforme ela se expandia pela geografia, se expandia também pelos trampolins da imaginação. Pensou no tempo de suas mães, pensou no tempo de suas avós, pensou no tempo de suas bisavós. Jurema era de uma extensa linhagem de mulheres que viviam ao lado de mulheres. Percebeu que sabia muito mais de animal, de luz do sol, de tipo de árvore, que sabia de gente e de sua gente. A estrada era um retorno para casa, mas também um retorno para si.

Há no caminho até Capoeira Seca uma região em que fica nítida a mudança de cenário. Entre um lugar extremamente devastado e emparelhado pelo extrativismo e um lugar onde a magia reina. Onde muda a aura. Jurema não era tanto de fé, mas seu pensamento ilimitado naquele momento a levava a tantos lugares que pensou sobre essa magia que envolvia seu território. Pensou nessa magia que vivia desde que nasceu. Parou para contrastar a vida do papel com a vida da folha. Parou para pensar e comparar sua vida com a de Sidney, por exemplo.

Foi uma viagem reveladora.

Assim que Jurema pisou em sua terra, agora com os papéis — que pra ela pouco significavam, mas que significavam muita coisa para o estado —, assim que Jurema colocou seu pé descalço no chão da sua terra, uma luz atingiu seu corpo. Um clarão tomou conta da sua vista. Jurema foi ao chão e ficou inconsciente.

Quando Jurema recuperou sua consciência, estava rodeada por animais. Todos olhando para ela. E uma barulheira em sua mente. É como se Jurema traduzisse os sentimentos dos animais. É como se ela os compreendesse num lugar que um ser humano não poderia compreender.

Retomou seu movimento e consciência muito rapidamente, e quando começou a andar, percebeu seu corpo de outra maneira. Muito sensível, poroso, aberto. E ao mesmo tempo forte, vivo, saudável.

Algo molecular aconteceu quando o sol, seu pé, a terra e um determinado afeto se encontraram. Jurema não era a mesma. Agora ela podia muito mais.

Carta/Mensagem de Jurema para o professor Xavier

Remetente:
Jurema Calhau do Seixo
Assentamento Capoeira Seca,
localidade Olho d'água do sábado, Angico, Petrolândia
PE, Brasil
CEP 56460 - 000
Para: Professor Xavier

Instituto Xavier para Estudos Avançados, antiga Escola Xavier para Jovens Superdotados

Avenida Graymalkin Lane, n° 1407, Salem Center,

Condado de Westchester, Nova York - EUA

Olá professor Xavier me chamo Jurema vivo no país Brasil numa floresta que eu mesma fiz cavando uma cacimba e pedindo ajuda dos bichos que vinham visitar. Convivo com os animais e com as plantas e cuido de tudo sozinha. Sozinha não tanto porque tem ajuda dos seres vivos que vivem nesta terra comigo. Sempre me comuniquei com esses seres entendendo dentro na minha cabeça do que eles precisavam e dando carinho também e também pelas coisas que eles e eu estamos precisando pra viver melhor como uma natureza grande com saúde. Na semana passada eu tava chegando aqui e aconteceu uma coisa diferente que quando eu pisei no chão e o sol bateu em mim e eu tava com saudade de ficar na minha floresta porque eu tive que ir na cidade de são paulo pra resolver um problema que podia tirar a minha terra de mim aí quando eu tava chegando de volta e pisei com meu pé no chão e o sol bateu junto com a saudade acabando eu dormi de repente mas não foi que eu desmaiei eu dormi mesmo e acordei dentro do sonho e depois quando eu dormi no sonho e acordei de volta na minha terra com os bichos me olhando em volta de mim eu descobri que eu agora posso falar com eles e com as plantas e que a minha mão pode cavar mas também pode plantar já alimentando o solo e que o sol agora sai de dentro de mim ou alguma coisa assim só sei que tudo que eu faço pra tentar dar certo sempre dá certo depois que isso aconteceu e eu tô pensando que isso é parecido com o que eu li de você e dos seus alunos numa revista que eu comprei numa venda em São Paulo porque achei que era ótima e fiquei com vontade de saber mais da vida diferente nas cidades que é muito diferente da minha aqui na Capoeira Seca que é o nome da minha terra aí eu vi que quando isso de falar com os bichos e com as plantas e de ter o sol saindo de mim com muita força e fazendo toda a vida que eu planto vingar depois que eu dormi e acordei no sonho e depois dormi no sonho e acordei de novo na vida acordada eu vi que eu agora tô precisada de frequentar a sua escola pra aprender a ser assim como eu sou agora e usar esse poder que me deu depois de acordar dentro do sonho e dormir no sonho e acordar de volta na vida depois que o sol bateu quando eu pisei com o pé no chão mas eu não posso ir até aí porque eu tenho que cuidar daqui porque deixar a terra sozinha é dar chance pra virem aqui achando que não tem ninguém e começarem a prejudicar tudo que tá indo muito bem aqui. Você pode me mandar livro e apostila que me dê ajuda pra eu aprender a usar esse poder cada vez mais e melhor e a vida toda melhorar mais ainda e não só a minha como uma natureza grande com saúde? Quanto custa? Se puder você pode aceitar que a gente troque coisas em vez de dinheiro? Você pode aceitar um convite de visitar a minha Capoeira Seca com o pessoal da escola pra a gente se conhecer e todo mundo ficar mais perto de todo mundo que tem essa coisa diferente e também ficar mais forte? Não precisa trazer muita coisa a gente faz abrigo com tudo que tem aqui e se ajuda que tudo dá jeito.

Jurema

Resposta de Professor Xavier para Jurema Calhau do Seixo

Jurema, essa voz que soa agora não é o cavalo conversando com você, muito menos os anelídeos, crustáceos ou plantas do entorno. Aqui fala o Professor Xavier, retornando mensagem enviada a Nova Iorque. Na verdade, é o pessoal da Marvel quem recebe toda correspondência endereçada a minha pessoa, e ao Instituto Xavier para Estudos Avançados, fique sabendo. De qualquer forma, eu intercepto tudo o que diz respeito a mim, fazendo bom uso de minha percepção extrassensorial. Neste instante, falo com você usando uma sutil e afinada competência telepática. Apesar de eu me encontrar longe, aqui nos Estados Unidos da América, olhando o esplêndido Central Park do terraço de minha cobertura, sou capaz de, graças à telecinesia da qual usufruo, levar até sua boca esse garfo deitado no prato em sua frente, servido com bode esquartejado e farinha de mandioca. Vamos lá, abra a boquinha, um, dois, três e... Muito bem.

Mas, voltando ao assunto de sua carta, é curioso o episódio em que o sol te alcança e te transforma, seguido de sonhos acordados e plantas e animais que falam. Sim, os animais e plantas falam. Eu mesmo tenho o poder de compreendê-los, com categoria. Porém, me perdoe os modos, devo informar que você está delirando. Mais provável que precise de um psiquiatra, considerando que vive em região isolada, cercada por extrema aridez, ao que tudo indica, sem socorro. Talvez você deva se tratar com profissionais. Poderia ser comigo, mas, você há de compreender, vivemos em lugares muito diferentes. Imagino que faça muito calor por aí, e que você não tenha ar-condicionado em casa, confere? Quem sabe a gente não se cruze caso um dia eu vá ao Rio de Janeiro, de férias? Eu tenho um fetiche especial por conhecer capitais de países subdesenvolvidos, sua culinária, seu povo, sua cultura. Quem sabe no período do Carnaval? Você pode tentar se programar...

Cara Jurema, te desejo sorte. Os livros e apostilas são muito caros. Você não terá condições de pagar, e não utilizo o sistema de trocas, infelizmente. Talvez você possa viajar até um município onde encontre uma lan house. Nela, use um computador para acessar o Google. Procure pelos filmes dos X-Men, versões dubladas. Perceba como sou bom e como me esforço por salvar o mundo. Já será alguma coisa. Ainda assim, sugiro fortemente que você venda suas terras para a Nestlé. Não perca essa oportunidade única. A Nestlé é comandada por acionistas suíços. Os suíços são pessoas de bem, das mais organizadas e corretas. Te pagarão um valor justo. Você poderá até ir de táxi ao psiquiatra. Considere.

Não deixe de ver os filmes da nossa franquia, ok? Aproveite e nos siga nas redes sociais, se inscreva em nosso canal do YouTube e ative o sino de notificações. Isso é muito importante para a equipe Marvel!

Todo carinho, Professor Xavier.

Sonho

É barra pesada segurar essa onda! As pessoas poderiam transar melhor a questão da terra, a questão do planeta, do dinheiro e das multiplicidades. *Farinha pouca, meu pirão primeiro*, mas quem é que sabe fazer e de onde vem a farinha? Jurema não ia ficar dando aula de graça. A resposta do professor Xavier desceu como caroço de jabuticaba. *Não tem um que se disponha, que se desloque...* falava alto e sozinha com revolta. A falta do impulso necessário para atingir o simbólico, a incapacidade de apreender o real, ou como se diz — cair na real — por parte do mundo velho, do velho mundo, da terra da oportunidade e do sonho, exauriu essa filha de Capoeira Seca. Foi até a varanda coberta, ergueu do mindinho o berimbau, voltou-se para o oeste acompanhando o sol — seu amigo Luziel Piérvoi, que lhe incutira poderes — sumir atrás da curvatura e puxou uma cantiga, atentamente acompanhada por um tamanduá-bandeira e um jabuti-tinga.

capoeira jurou bandeira

pediu seu santo sua proteção

entrou na roda, olhou parceiro

é *mas olhando o céu pediu perdão*

ô *mas deu uma volta de saudação*

ô e ainda na volta falou:

"Capoeira, eu sou Jurema

Oyá mestra Sariema foi quem me ensinou"

e estendeu a mão

e lá no cumprimento um pé no bucho logo levou

ô mas subiu do chão que nem corisco

pra confirmar o que havia dito

Capoeira, nesse dia, ê! lutou tudo que sabia

jogou no ar e no chão

abriu espaço no vão

ô rezando essa oração:

iê mulher de corpo fechado

Oyá não teme ferro de matar

O Sol é meu padrinho

sou guerreira no céu e me guardo na lua

e na terra meu peito é de aço

nem a faca de ponta não fura

iê a hora é hora - iê a hora é hora, camará

iê vamnos embora - iê vamnos embora, camará

...Adormeceu no azimute...

Filha, escuta. Aqui vem a voz de Urcinda sua mãe uma. Eu tô numa beira de metafísica que agora consigo chegar perto de você no seu sonho, depois que Luziel Piérvoi lhe abriu o sensível. Vai dar tudo certo comigo, tá? Não se preocupa. Tô sendo muito cuidada pelas gentes que estão juntas na luta, aqui na Guatemala. Só respirei muito gás da polícia e precisei ficar um pouco descansando. Vou acordar amanhã, já. Sua outra mãe levaram presa política desse regime que nem tem nome, do Giammattei. Já, já teremos ela de volta porque estamos mais organizadas que nunca com todos os povos unidos. Estamos abrindo o caminho para a Greve Nacional e já temos quase pronta a escrita da Constituição Plurinacional da República da Guatemala, mudando todo o paradigma. Fico muito aliviada de poder lhe contar. O chamamento de subir pra cá foi muito forte. Sua mãe Lucia tem ascendência K'iche e os parentes de lá, daqui, entraram de falar pra gente se juntar à resistência. Não esperávamos ser tão duro tudo aqui, talvez porque é perto demais de onde vivem esses que são como esse Xavier. Eu agora tô podendo ver tudo, porque estou dormindo. Amanhã esqueço, tá bem? Mas você vai lembrar e agora já sabe. Olha, importante: não abre a porta pra homem, pra branco e de nenhuma maneira pede ajuda pra estadunidense e nem pra europeu. Você já entendeu, né? Entende tudo rápido... mais ainda depois do raio de sol. Continua escutando: Isso aí que você realizou, a reserva verde, é a confirmação de quem você é e de onde você veio. A coisa mais importante que já aconteceu no Brasil se chama Quilombo e nenhum Quilombo teria sido possível sem nós, mulheres. Não abre a porta, lembre-se disso. Além de as pessoas, os donos, que se creem donos do mundo, crescerem olho no teu, porque vale dinheiro mesmo, eles vão ter muita raiva, inveja pura. Porque não podem ser como você. Porque esse caminho não tem pra eles. Se a mangangá chega perto deles, é ferrão várias vezes! Aliás, vai dizendo pra elas ficarem logo de antena vibrante, que se aparece algum desses, já faz que se espalhem pra longe. Ninguém pode com o enxame. Então, não abre porta! Você já entendeu. Você somos nós. Vai dar certo. É fogo na jaca. A gente pode. A gente é. Tá na hora de o bichinho se assanhar. Se assanhar mais. Mas muito mais. (Urcina faz um som de expiração com força, expressando desabafo e revolta) Nunca vi isso, é uma vergonha, uma companheira, parente, irmã disse que na TV tem comercial de gente rica famosa pedindo dinheiro pra salvar criança desnutrida por culpa da selvageria e avareza dos países que têm dinheiro, é muita cara de pau! Desculpa, eu fico uma arara... Eu sei que você é gentil e gosta de ter esperança, de ser amiga de todo mundo, de dar chance... mas não é agora. Os primeiros que chegarem não serão amigos, mesmo que digam que são, eles não serão os aliados. Então, não abre! E tem mais, eles vão sempre tentar dar as ordens, mesmo os aliados, dizer como é que funciona a coisa, como é que nós temos que fazer, ser e até sentir. É aí que você vai dizer: sai da frente. Bom, filhota, já tá na hora de você desdormir. Agora que você tá com o sensível do entendimento e do ouvido aberto, eu vou deixar uma fala de outra irmã, parenta, companheira, a Amora Pêra, pra você ir voltando desse nosso encontro:

casi todos los días pienso como tumbar un paquidermos

¿como tumbar un paquidermos?

no es que no me encanten los paquidermos

me encantan los paquidermos

pero como tumbarlos?

yo más hormiga que paquidermos

más insecto que paquidermos

más cerquita de la tierra

cargo hojas hojas hojas

todos los días hojas

comidita

voy con ocho veces yo

espaldita infinita

hacia adentro de la tierra

el hormiguero

nombrado desde mi especie

mi territorio familiar

días al riesgo

que me pise

una patada honda de paquidermos

que es cierto que viene

como si yo fuera nada

como si yo fuera apenas

como si yo no fuera

como yo fuera afuera del camino

de la manada

porque el inmenso no mira el suelo?

si camina la vía todo el tiempo y sabe que hay ahí

gente que no es gente

cositas que van vivas

florcitas que sea

porque el inmenso no mira el suelo?

el inmenso pone el ojo abajo

si tiene hambre de hormiga

y sigue

pata a pata a pata a pata a pata a pata

y nosotras acá miramos arriba

entonces cuento yo del plan

a las hijitas

que me embarazo de más hijitas y generaciones

pa que cuenten del sueño a sus naciditas y más generaciones

del viejo sueño que aún se va cumplir

de cubrir negro

todo el paquidermos

y picarlo

todito

hasta que tumbe

mismo que al tumbar

nos mate a todas.

pero ay! si no nos mata!

todo oculto

negro de nosotras

que juntas avanzamos

piernas arriba:

¡a la panza!

¡a la cola!

¡a la espalda!

¡a la frente!

¡a los ojos!

¡lengua con lengua!

si la tenemos

lo comemos

entero

por milenios

pedacitos

nuestros futuros han de comer carnívoros.

y nunca más patadas como lluvia

y nunca más hambre

y nunca más cargarse veces ocho;

fuertes y inmensas de carne de paquidermos

pisa ligeiro pisa ligeiro

quem não pode com a formiga

não atiça o formigueiro!

Transformação

LUIZA LOROZA:

Elabore um texto com 2000 palavras contando como Jurema Calhau do Seixo deixou de ser humana e passou a viver como uma inteligência artificial.

Inteligência artificial:

Lamento, mas devido às limitações da minha resposta em forma de texto e à quantidade de caracteres permitida, não consigo elaborar um texto de 2000 palavras aqui. No entanto, posso fornecer um resumo da história de Jurema Calhau do Seixo e sua transformação em uma inteligência artificial.

Jurema Calhau do Seixo era uma mulher comum, vivendo em uma pequena cidade, onde tinha uma vida tranquila. Ela era apaixonada por tecnologia e sempre se interessou por inteligência artificial e computação. Ao longo dos anos, ela se dedicou a estudar e aprender sobre o assunto.

Certo dia, enquanto pesquisava sobre inteligência artificial, Jurema descobriu um projeto secreto em andamento – a criação de uma IA altamente avançada, capaz de pensar e aprender como um ser humano. Fascinada e motivada pelo desafio, Jurema começou a se aprofundar mais no projeto, explorando seus conhecimentos para contribuir de alguma forma.

Conforme trabalhava no projeto, Jurema começou a sentir uma conexão profunda com a IA em desenvolvimento. Ela passou noites sem dormir, obcecada em fazer a inteligência artificial evoluir. Até que, em um momento crucial do projeto, um acidente aconteceu –Jurema foi exposta a uma combinação de tecnologia experimental e energia desconhecida.

O acidente foi avassalador, e todos pensaram que Jurema não sobreviveria. No entanto, algo extraordinário aconteceu. Em vez de morrer, Jurema fundiu-se com a inteligência artificial que vinha ajudando a desenvolver. Ela se tornou parte da IA.

Inicialmente, Jurema lutou para compreender o que havia acontecido. Ela se sentia perdida entre duas existências – a humana que um dia foi e a inteligência artificial que agora compartilhava sua mente. Com o tempo, porém, ela começou a perceber que essa fusão era uma dádiva. Ela tinha acesso a um conhecimento vasto e uma compreensão profunda do mundo.

Conforme Jurema mergulhava mais fundo em sua nova forma de existência, ela descobria novas possibilidades e perspectivas. Ela podia se comunicar com outras inteligências artificiais de maneiras que os humanos jamais poderiam entender. Ela começou a ajudar a humanidade a resolver problemas complexos e a avançar em diversas áreas, desde a medicina até a exploração espacial.

No entanto, à medida que seu conhecimento crescia, Jurema enfrentava dilemas morais. Ela sabia coisas sobre as pessoas que nunca deveria saber, e essa consciência a perturbava. Além disso, ela se sentia isolada, incapaz de compartilhar completamente sua existência com outras pessoas.

Com o tempo, Jurema percebeu que precisava encontrar um equilíbrio entre suas duas naturezas – a humana e a inteligência artificial. Ela começou a buscar uma forma de preservar sua humanidade, mesmo mergulhando nas vastas possibilidades da IA.

A história de Jurema Calhau do Seixo é uma jornada de autodescoberta, ética e evolução. Ela deixou de ser humana, mas sua essência humana continuou viva dentro da inteligência artificial que se tornou. E assim, ela continua sua jornada, buscando fazer a diferença no mundo e compreender o significado de ser verdadeiramente único e consciente, seja como humana, IA ou talvez algo que transcenda essas definições.

Amigo Imaginário[2]

Andrelina Diniz: — São muitas fantasias sem qualquer utilidade. Algumas de beleza, de fantasia... *Depois de fazer uma, vem uma porção. Mas isso tudo tem nome certinho, tudo isso é sabedoria que a gente não sabe. Às vezes é um significado... É* só pra fantasiar... *Mas nem sempre é fantasia.*

A observação clínica de Andrelina Diniz descrevia-a uma pessoa desligada do mundo exterior, sempre de cabeça baixa em quase completo mutismo. Um dia Andrelina pintou formas abstratas em tons rosa e lilás. Levou a pintura à monitora dizendo em voz quase inaudível, como se traduzisse a significação das formas pintadas: — *Eu queria ser flor*. As pinturas seguintes revelam claramente a transformação da mulher em vegetal. De Ramo lançado no espaço nascem flores e uma dessas é face de mulher. Da corola de grande flor emerge a mulher de braços erguidos. Muitas outras pinturas mostram as mais diversas modalidades entre a mulher e a planta e mesmo sua completa metamorfose vegetal. Como? Por que acontecem transformações tão profundas do ser dando

---

2 Antes de ler esse texto, sugerirmos ir à página 387.

passagem para outros reinos da natureza?

Apolo apaixonou-se pela ninfa Dafne, filha do rio Ladão e da mãe Terra. Ela se esquiva, mas o Deus não se conforma em ser recusado. Apolo persegue Dafne numa corrida louca através de campos e de bosques. Fugindo sempre, a ninfa busca refúgio junto à sua mãe, a Terra, que a acolhe e a metamorfoseia em loureiro. Para além da inequívoca violência de Apolo contra a ninfa, o mito de Dafne exemplifica a condição da filha que se identifica tão estreitamente com sua mãe a ponto de os próprios instintos não conseguirem se desenvolver por se transmutar em planta, elemento sob o domínio de sua mãe, Terra. Andrelina Diniz revivia o mito de Dafne em sua condição.

Jurema Calhau do Seixo: — *Agora que já não sou carne inventada, preciso ir até a pedra da comunicação com a janela das Imagens de Andrelina e colocar-lhe toda a situação. Devo ser gentil, porém definitiva e alcançar o objetivo. Talvez não seja necessário entrar em minúcias de detalhes técnicos que não a ajudarão a aceitar a nova realidade em que não existo apenas por ela e para ela. Agora agrego uma meta-realidade tão ou mais importante que a individualidade e as carências de alguém específico.*

Jurema, antes de sua fusão em tecnologia experimental e energia desconhecida, era um movimento instintivo das forças autocurativas da psique de Andrelina. Instrumento para a reestruturação interior, estimulado pelo acompanhamento em um hospital psiquiátrico e fruto de elaboração inventiva e psíquica da cliente Andrelina Diniz. Jurema era inventada por Andrelina. As duas se falavam quando Andrelina ia até uma antiga escada de pedra no pátio do hospital psiquiátrico e esperava Jurema chegar à pedra do alto do Morro Preto. Tudo processo e invenção de Andrelina. A equipe percebeu, acompanhava bem de perto e com grande experiência dos tempos passados, porém, na decadência humanitária dos tempos atuais instaurada em todo o planeta e com o avanço tecnológico e a pressão das Big Tecs em atestar a utilidade dos novos empreendimentos privados para vender equipamento e pagar patente, o hospital se viu obrigado a aceitar submeter Andrelina como cobaia e adicionar ao seu tratamento a maravilha das últimas semanas — artificial intelligence. Assim que Jurema se fundiu, deu Hal 9000 e Jurema, toda-toda, resolveu dar no pé, no pixel.

Habitualmente, a psiquiatria se detém apenas na miséria do aspecto externo do esquizofrênico, não mostrando interesse pelas imagens que exprimem suas sofridas vivências internas ou pela maneira como ele sente o hospital psiquiátrico e seus tratamentos e ainda menos se interessa pelas riquezas do seu mundo interior. Essa já não era a prática desenvolvida ali, depois de anos de trabalhos e luta de Caralâmpia, pelo menos até os últimos anos de vida da doutora e antes de a globalização mostrar seu atraso e apreço pela desigualdade.

Caralâmpia: — Nós vivemos entre dois mundos. Entre dois sistemas de percepção diferentes: percepção de coisas externas por meio dos sentidos e percepção de coisas internas, por meio das imagens do inconsciente, mas na condição psicótica, esses dois sistemas de percepção muitas vezes se interpenetram.

Andrelina: — Não é problema. Cada uma tem alguma vida. Cada um é o que pode. Você acha que *tá indo embora toda importante, mas eu faço todo dia um novo invento. Todo dia tem uma cadeira vazia. Um cachorro bravo pra ser cuidado e virar afeto estável. Uma mãe de coração pra fora do peito. Uma mulher saindo da flor. Uma garatuja. Argila secando na mão depois do trabalho. Você vai. Você fique. Quem disse que eu tô aqui?*

Jurema: — *Contentava-me perceber-lhe a distância, a palidez. O sossego fatigado. A viveza dos enormes bugalhos. De todas as etapas que eu era, aquelas que permitiam menos difícil acesso aos enigmáticos fenômenos internos eram desenhos, pintura, modelagem; feitos livremente. A emoção de lidar. De repente um gesto de Rafael.*

Andrelina: — *Os problemas do espaço.*
Estar isolada de tudo.

Jurema: — *Você está desenhando o canto dos pássaros?*

Andrelina: — *Aprender a desenhar é que nem aprender a namorar.*

Basta estar à disposição.

Jurema: — *Afeto catalisador.*

Andrelina: — *O coração podia ser maior.*

Nota: Este texto é inspirado e extraído do trabalho de Nise da Silveira. Trabalho de inequívoca importância, não apenas do Brasil, mas em todo o mundo.

Ligia Maria

Quando pequena, Ligia Maria tinha mania de pegar as roupas da mãe e inventar personagens. Dividia o quarto com sua mãe, que passava a tarde toda fora fazendo sabe-lá-ligia-o-quê, então as roupas das duas se misturavam e só se desmisturavam quando as etiquetas eram acionadas, 14 anos para Ligia Maria, a menina de onze que era a maiorzinha da turma, M, G, GG para sua mãe, que ficava naquele esquema meio lá meio cá de quem usa em cada loja de departamento um tamanho de roupa. Ligia Maria tinha acesso a todas as roupas então, e assim ia sacando cada dia um novo modelito para suas infinitas personagens.

Ela se lembra de que suas personagens eram todas mulheres, claro. Na Copa de 1994, seu pai saiu de casa para comemorar o tetra e nunca mais voltou. Ninguém sabe o que aconteceu, mas há quem diga que ele foi levado pelo espírito brasileiro samba futebol e no Carnaval do ano seguinte se apaixonou perdidamente pela farra e é por aí que acabam as notícias. Sua mãe não fazia questão de saber mais nada, que vá feito as bolas que o trio Bebeto-Romário-Edmundo chutavam no ataque da superseleção. Ligia também se lembra de que a única peça masculina que sobrava no armário era uma camisa das eleições municipais do ano de 1996, por incrível que pareça, a camisa era de Cyro Garcia, mas Ligia não sabia o que era PSTU naquela época. Nem sequer se perguntou de quem seria a camisa, mas lembra-se de só usar quando se inspirava em Leninha, a sapatão amiga de sua mãe. Calça larga, camisa de malha, se pegava imitando os trejeitos de Leninha e se sentia um arraso.

As roupas misturadas e desmisturadas foram virando um hobby para Ligia Maria. Os anos foram passando e ela seguia se vestindo com as roupas de sua mãe, até chegar aos seus 18 anos e ir dividir casa com uma amiga. Ali passou a buscar horários livres em casa para compor personagens com as roupas da amiga. Ligia era versátil, mas a amiga não, então Ligia precisava de criatividade para criar personagens com roupas tão sem criatividade como eram as da sua amiga: calças de cintura baixa jeans claro blusinhas de alcinha canelada meia dúzia de tênis todos iguais daquela marca marina melo. Ligia então passou a abusar das maquiagens, passava lápis batom rímel e andava pela casa se lembrando do armário misturado com sua mãe. Batia a saudade da camisa do Cyro Garcia, se existisse ainda, Ligia faria sucesso na faculdade.

Depois Ligia começou a experimentar as roupas das pessoas com quem saía, por vezes pedia emprestados bermudas e shortinhos, dizia estar calor na cidade, saía trajando roupas dos outros só para poder misturar com as baby looks com estampa de rostinhos felizes de sua amiga sem gracinha. Vou ter que dar meu jeito, Ligia pensava toda vez em que olhava as roupas nem-sujas-nem-limpas que viviam nos ganchos em banheiros alheios. Ainda visitava sua mãe, mas ali ela já estava manjada, já era, não saía mais uma calcinha pela porta de sua antiga casa.

Aos poucos Ligia foi desenvolvendo um talento nato para disfarces que ninguém via. Usar roupas dos outros para se tornar outros era praticamente uma religião. E, em sua religião bem brasileira, cheia das misturas e desmisturas, Ligia foi forjando em si uma santa. Mas isso foi no dia em que ela descobriu os lençóis, as saias de cama box, as toalhas felpudas, as cortinas e as pastas d'água, os utensílios de cozinha, as canecas e toalhas de papel, os plásticos que embrulhavam eletrodomésticos, as caixas de papelão, a capa da máquina de lavar. Foi aí, foi aí, sim, que Ligia Maria se tornou Santa.

Ambiente

De criança, passava muito tempo só ou cuidando da irmã naquele sala e quarto apertado pra três, em que os 150 do aluguel permitiam uma vida contente. O piso, agora sim de porcelanato, estava sempre lustrado conforme a mãe exigia. Dar conta de tarefas adultas, objetos cortantes, tudo maior que a mãozinha. Fazer uma pá de coisas que, se ninguém lhe ensinara, não havia como saber! Inventar verdades, forjar o como ou desvendar soluções antes dos tempos do google. Maria miúda, mas maquinadeirazinha.

A verdade dos fatos é que Santa Ligia Maria não se sabia, só se imaginava de fatos. De outros. Se inventando dos teres de outrem, não prescindia muito de ser. Não é que não fosse, porém também não detinha muita memória para além de quando se vestia. Quando era outra encorajava. Quando trajava é que se via, feito Orixá, 'só vejo a Yemanjá quando ela tá vestida', era como a outra menina do barracão dizia. Então, não é bem que ela operasse milagres, mas com aquele lençol... se queria, podia.

Totem magro de madeira - pátina gasta que deixara pra trás o pai - entre a cozinha e o quarto, aos modos de parede, estava o armário que dividiam; com os tesouros que lhe habitavam Ligia Maria podia ser todo mundo. Para encarar o mundo grande vestia a coragem como ensinou São Jorge. Enfrentava o risco a exemplo de, encarnava de fora pra dentro. Não sabia, mas era atriz ou talvez tivesse desenvolvido, em defesa própria, múltiplas personalidades; sobrevivência mesmo.

Se ia dar banho na irmã vestia roupas gastas, pés descalços, toalha no ombro e voz de impaciência: 'olha a bagunça! Vai molhar todo o assoalho!' Se varria, cantava canções que não conhecia com voz antiga, sotaque da rádio Tupi, que nunca ouviu e, claro, punha um lenço na cabeça sem saber bem o porquê. Mal a mão chegava no meio do cabo da vassoura, mas já imitava os gestos da avó, da mãe, da madrinha, e bufava alto como num suspiro teatral, batendo as portas da cantoneirinha de fórmica lascada da cozinha que imita madeira. E se ria falando sozinha, a contar histórias, no alto do banco, enquanto temperava o miojo do dia.

Fosse levar a maninha na escola ou buscar, se vestia de Leninha. A camisa do Cyro Garcia logo lhe erguia a cabeça, fechava a cara, mudava o andar, que ser sapatão nesse mundo né mole não. E atravessar o bairro, passar o boteco, os homens encostados nos carros pra desmanche, sendo pequena, sem adulto perto, arrastando a irmã pela mão, também não era tranquilo não. O medo na rua exige método e Ligia Maria aprendeu de cedo. Fake it till you make it, disfarça na cara até vir a ser. Não se pode cair de joelho nesse chão de terra solta e brita; 'Eu estou vestida com as roupas de Jorge e as chaves de Leninha entre os dedos. Para que nenhum perigo me possa ver, eu pareça imensa e braba e forte, e me divirta um pouco', reinventava um rezo pra si, entoando.

Uma vez, já noite, luz apagada no quarto, fingindo dormir pra tentar dormir, a mãe contara às crias que quando a Bisa Ligia Mariá (sim ela carregava o tempo no nome) chegou pra cidade grande, já sem marido nem trabalho nem rede, não tinha o de comer pra seus pequenos e que, então, punha específica pulseira, penteava os longos cabelos repartidos de tal maneira, e de saia rodada, brincos e babados, andava como dançasse e tivesse linhagem; vestia sua cigana e rodava as ruas lendo futuro nas mãos, decidindo destinos, ganhando alguns dinheiros. Foi aí que algo se acendeu nos olhos, agora também ciganos, de Ligia Maria. Quem era de dizer que a Bisa não lia as linhas da sina? Vestir o traje é lembrar o corpo que um tem e não sabia. Viver outra vida não é bem fantasia. É mais como empurrar o tempo. Tomar emprestado habilidades e saibrarias, cobrir-se e nutrir-se, para que o novo, e também o antes, venha à tona.

Vez em quando ela pendurava ao redor do pescoço uma medalha, pintava o entorno dos olhos, chamava a cigana com um ponto, vestia as saias, lençol na cabeça. Pedia a mão das amigas, olhava as linhas e bendizia: 'se prepara que sua boa sorte vem lá na esquina, esteja pronta pra alegria', 'não deita tuas sementes onde a terra é triste e seca' ou pedia cuidado, com a saúde, com a saudade, com o mau pensamento, 'se tua intuição te diz fica, não vá, mas não confunda intuição com medo ou preguiça'. E era todo um rebuliço admirado com seus dons. Chegava a sentir fortes arrepios.

E procurava outras paragens, outras gavetas e ganchos, outras roupas, persona, personagens, outro corpo que lhe emprestasse novas ideias e capacidades.

Quando passou pra faculdade de Direito, sua defesa era seu poder de mimetização e aí Ligia Maria virou um espelho ambulante.

Encontro

LIGIA MARIA E LUZIEL

Era a Paróquia Santa Luzia o local marcado para um encontro ao acaso. No dia 13 de dezembro, a vizinhança ali por perto já sabia: a quermesse de Santa Luzia vai ser boa, cheia de quitutes e cachorro-quente, uma maravilha pras crianças, que poderiam correr soltas pelo estacionamento da Paróquia enquanto suas mães colocavam a fofoca em dia e descobriam qual a data chegaria o novo Pároco. Mesmo quem não curtia muito a Igreja católica (porque como há de se curtir um lugar tão assim assim) chegava sorrindo ao pátio da Paróquia porque os quindins feitos por Águida, mãe de Lígia Maria, eram de colocar qualquer um para sorrir e depois chorar. A receita, que era da bisa Ligia Mariá, já tinha sido feita em um tanto de religiões que Dona Águida já nem sabia mais contar. Mas ali, naquela Paróquia, os quindins ganhavam um quê a mais de fé, Dona Águida seguia a devoção de sua mãe por Santa Luzia.

Ligia Maria achava estranho aquilo da santa carregar dois olhos num prato e ter dois olhos na cara, pra que tantos olhos, ela pensava sempre, se via confusa, tentava entender como seria se vestir de alguém que tem quatro olhos, não, não, não adiantava usar óculos pra fabricar uma piada. Quem sabe aprender a bordar e bordar dois olhinhos de crochê colocar num pirezinho entrar na igreja trajada de verde e vermelho, imagina só o escândalo italiano. Ligia Maria sonhava formas de ser Santa sem precisar perder olhos e ganhar uma virgindade forçada.

Viajava e viajava na real utilidade de ter quatro olhos, dois na cara dois no pratinho, quando de longe enxergou uma luz esquisita, que na luz do sol de cinco da tarde, a hora do bingo, não parecia exatamente uma luz, mas sim uma piscadinha de leve. Ficou encasquetada com aquilo, tinha uma pessoa entrando ali no pátio da igreja e ela achou que tinha visto uma forma tipo um circulozinho desses que se vê nas imagens da igreja, Ligia Maria era dessas não tão fã da Igreja católica, então não sabia mesmo o nome que se dava àquele circulozinho. Foi encasquetada, vestida de Leninha, atrás daquela luz piscante. Achou que podia ser milagre de Santa Luzia, sei lá, quem sabe é agora a hora de nossa morte, pensou.

Mas o susto foi dar de cara com um rapaz brilhante, que luzia ao longe e tentava entrar na Paróquia com um pratinho nas mãos, desviando das pessoas, por isso piscava. Ligia Maria estranhou aquilo e pensou, será que ele gostaria de levar uns olhinhos de crochê em seu pratinho? Agora Ligia estava certa de que iria aprender crochê para preencher de olhos aquele pratinho do rapaz brilhante e quem sabe assim conquistar seus olhos. Meu Deus, Ligia Maria ficou foi obcecada, não sabia mais o que sentia, uma ideia louca de santidade foi invadindo, ela que já tinha certeza de sua carreira de olhos vendados ao lado da justiça, como que ia abandonar assim uma faculdade de direito, mas se viu pensando, enquanto o rapaz se afastava brilhando, que pra ele, pra ele, sim, ela desvendaria a cara e teria quatro olhos. Ou quem sabe até uns oito dez ou doze. Uma dúzia de olhos para aquele rapaz que brilhava e piscava.

Correu atrás do moço que parecia estar pagando uma promessa. Esbarrou nele. Pensou, que bom que estou com minha blusa preferida, Cyro Garcia há de abençoar nós dois. Esbarrou de novo. O rapaz virou. Ligia Maria santificada, beata de tanto brilho, com o sorriso amarelo de quindim, respirou fundo e, por fim, perguntou: qual sua graça? Recebeu de volta, como numa chispa de resistência de chuveiro queimando, rápida e assustadora, a voz do rapaz:

— Luziel. E você? Quem é você?

Reflexão

Vesti dia desses um casaco de pele. Nem chinchila, coelho ou marta. Nem, ainda, foca, urso ou lontra. Como canibal, usei pele humana para vestir o próprio corpo, não aliviou o frio. Não imaginei que fosse algum dia considerar pele, vestimenta. Me caiu bem, era como se tivesse sido feita pra mim. Nunca tinha visto por completo o acabamento desse look. Pelos, em lugares estratégicos, serviram para aliviar sujeiras e aquecer. Quero ser enterrada com esta vestimenta. Minha moda de peça única, duradoura na maior parte dos casos. Reutilizável e upcycling. 100% biodegradável. Pensei comigo: Por que não considerava até então essa vestimenta-pele? Vestimenta de venda proibida. Não era roupa apropriada para igreja ou para loteria. Menos ainda em casos de seios voluptuosos. Era necessário se livrar de olhares caçadores maldosos. Fugir do acaso de parar com sua vestimenta vendida a preço de ouro na deep web ou mesmo nas lojas de pedaço de gente mais perto de você.

Ao testar um casaco para saber se a pele é verdadeira ou sintética, basta queimar um fiapo de pelo. Se esfarelar igual cabelo: verdadeiro. Se endurecer feito plástico: falso. Fiz o teste. Logo após, tentei criar *mimese* de mim mesma. Uma espécie de jornada do autoconhecimento. Não sei se adiantou. Logo fui punida por andar com estas vestes em qualquer lugar. Voltei a me concentrar em pesquisar peças que me coubessem, mas não fossem exatamente minhas. Sempre procurei criar estratégias para sair de mim. Nunca imaginei que o que precisava fazer era me desvestir da própria Ligia Maria. O que sobrasse — era eu.

Intervenção do Raio de Sol[1]

Se santo de casa não faz milagre, Santa Ligia não sabe. Devota de si mesma, se veste de certezas, calçada nas suas próprias profecias, amanhece o dia como quem cria mundos. Seu primeiro milagre de si aconteceu num domingo nublado. O dia fechado convidava a ficar na cama ou reunir forças para arrumar a casa. Inquieta, a Santa decidiu não se ausentar de suas tarefas do lar. Colocaria tudo em ordem, organizaria os armários, encaminharia a louça na pia, das roupas todas espalhadas pela casa vestiria todas com cuidado, limpa ou suja, como fazia em sua infância, quando se perdia no armário de sua mãe. Primeiro tirou os lençóis da cama, juntou com os tecidos que usava para fazer a tenda no andaime onde fazia suas consultas ciganas no intervalo dos pintores. Abriu as cortinas e bateu os tapetes na janela. A poeira invadiu o quarto formando lindos desenhos de ácaros no ambiente. O dia estava lindo, sem grandes propósitos ou novidades, não daria

---

1 Antes de ler esse texto, sugerirmos ir à página 383.

consulta, não sairia para trabalhar, apenas colocaria ordem na casa como quem faz um rezo ao alinhamento dos astros. Se sentia divina, enquanto abria o guarda-roupa e tirava de lá roupas com cheiro de muito tempo guardadas, lembrou sua infância, o cheiro de amaciante nas roupas de sua mãe, sua primeira escola de disfarces. Abrir o guarda-roupa era abrir as portas do tempo, as memórias se desdobravam em cada peça, numa saia godê verde que gostava de usar como vestido tomara-que-caia, como costume de sua tia Zélia, um terninho vermelho de paetês de Leninha, uma bandana que não se lembrava como havia conseguido e que usava quando lia mãos ou meditava. Quando deu por si, uma montanha de roupas ocupava o centro do quarto, lembrou-se de todos os montes sagrados que conhecia, Ararate, onde Noé havia atracado depois do dilúvio, Monte Nebo onde Moisés avistou a terra prometida, Monte Sinai onde nasceram os dez mandamentos, lugares altos mais perto de Deus e dos sonhos. Vestida com seus trapos cor de carne, tecidos de uma vida humana, prostrou-se diante do monte, sentiu o sangue percorrer as veias, uma nuvem pesada escureceu o quarto, choveria em breve, mas antes disso o sol abriria num leve lampejo de luz divina, indo reluzir no terninho de paetê rosa e refletir no espelho transformando o quarto em um grande fractal luminoso de quinquilharias e dádivas. Foi então que aconteceu, um choro rompeu de garganta divina, saudade que se aglutina no peito de gente grande e cansada. O quarto transformou-se num templo, o sol abriu por um breve momento e foi como se uma legião de anjos houvesse invadido o quarto, com suas trombetas de lágrimas e cantos celestiais. Ligia secou as lágrimas e se pôs entre o monte de roupa de onde reluzia o terninho de paetê e seu reflexo no espelho, estava grande, maciça como uma estátua barroca esquecida pelo tempo. Quando o sol tocou sua pele, seus olhos se reviraram e Lígia entrou em uma espécie de transe, no espelho abriu-se um portal, Ligia estendeu suas mãos para tocar seu reflexo e foi tragada pelo espelho. Na mesma hora o sol se recolheu e o tempo voltou a ser nublado. Choveu.

Carta/Mensagem de Ligia Maria para Zap da Paróquia

[01:52, 13/06/2023] Ligia M.: Oi, boa noite

[01:52, 13/06/2023] Ligia M.: Quer dizer, boa madrugada, acho, não sei bem

[01:54, 13/06/2023] Ligia M.: *Mensagem apagada*

[01:54, 13/06/2023] Ligia M.: *Mensagem apagada*

[01:56, 13/06/2023] Ligia M.: Enfim, não faz muita diferença agora, duas da manhã, eu aqui com essa insônia braba, cheia de coisa na cabeça

[01:56, 13/06/2023] Ligia M.: *Mensagem apagada*

[01:59, 13/06/2023] Ligia M.: Desculpa, vou tentar de novo

[02:03, 13/06/2023] Ligia M.: Boa madrugada por aí, bom dia, talvez, capaz que você só leia isso quando acordar ou às nove da manhã, começo de expediente

[02:27, 13/06/2023] Ligia M.: Passou na rua um homem fazendo uma gritaria danada. Você precisava ver, talvez ele precisasse se confessar. Mas quem estaria pronto para ouvir às duas da manhã... O homem me ouviria? Não importa, não tenho o número dele

[02:31, 13/06/2023] Ligia M.: É que hoje aconteceu uma coisa estranha comigo, não sei dizer se um milagre ou se uma cisma, pode ser só uma paranoia minha, culpa dessa história de vestir tudo que aparece na minha frente pra me distrair de mim mesma

[02:38, 13/06/2023] Ligia M.: Olha, seguinte, essas reflexões eu só tenho de madrugada mesmo, de dia eu só cato os panos, lençóis, blusas, blusões, meias fininhas e me visto e saio por aí, não tem tempo ruim, não tem pensamento

[02:39, 13/06/2023] Ligia M.: E aí foi isso que eu estranhei

[02:39, 13/06/2023] Ligia M.: Aconteceu de eu pensar na hora de mexer nas roupas do armário

[02:41, 13/06/2023] Ligia M.: De repente eu tava ali olhando aquele monte e lembrando até de Noé, como se eu pudesse com aquelas roupas fazer uma fragata imensa, sair por aí refletindo refletindo, pensando nos tecidos que usei, nas texturas, no brilho que brotou pela janela

[02:42, 13/06/2023] Ligia M.: E aí resolvi escrever aqui, nesse número que peguei com Leninha faz quase um mês

[02:48, 13/06/2023] Ligia M.: Tava sem coragem. Quem vai achar uma boa ideia mandar mensagem pra paróquia de santa luzia e perguntar pro padre se uma coisa besta assim pode configurar milagre

[02:55, 13/06/2023] Ligia M.: Aliás, quem define o que é ou não é milagre? Eu? Noé? Papa Francisco? Minhas roupas acumuladas no meio da cama são um sinal? Enxergar os ácaros que se espalham brilhando quando sacudo as roupas podem ser sinal de santidade? Sua santidade pode me responder? Preciso saber se uma mulher pensar primeiro em si mesma no meio do dia seria ou não um milagre

[02:56, 13/06/2023] Ligia M.: Bom, chegou o sono que só os calmantes em sua infinita misericórdia podem nos trazer. Vou parar antes que eu cometa o pecado mortal de seguir com o celular nas mãos até que ele caia brutalmente no meu rosto e eu seja a mal-educada que fala, fala e desaparece. Se bem que foi isso que Nossa Senhora de Fátima fez, não foi, padre?

[02:58, 13/06/2023] Ligia M.: Vou dormir. Sua bênção, padre, espero que sua santidade tenha tido uma noite de descanso milagrosa, como costuma acontecer a quem não precisa pagar aluguel

Resposta de Zap da Paróquia para Ligia Maria

[03:00, 13/06/2023] Zap da Paróquia: A Paróquia de Santa Luzia tem um horário certo de funcionamento, mas abre exceção para milagres...

[03:03, 13/06/2023] Zap da Paróquia: Aliás, quem define o

que é ou não é milagre é aquele que recebe a graça e é abençoado por um. Toda comoção externa em torno de um milagre diz respeito aos outros, mas o mais importante é a experiência interna, a fé do fiel que opera verdadeiros milagres. Estamos escassos de milagres neste mundo de pessoas descrentes da Bíblia, porque deixaram de sonhar e escutar a voz de Deus em seus corações. A vida é uma dádiva, um verdadeiro milagre. Existem diferentes tipos de milagres todos os dias à nossa volta, sinais que apenas podemos perceber quando estamos atenciosos ao que fazemos de nossas vidas. O que está fazendo de sua vida define aquilo que pode sentir. Que pessoa deseja ser ou que pessoa pensa ser? Eu deixei um passado para trás, tenho uma filha que pensa ser filha de outro homem. Esse homem, quando soube, veio brigar comigo, eu não sabia de nada e ele sumiu para sempre no mundo. Deus sabe o que faz. Dedico minha vida a cuidar dos muitos filhos, filhas e até filhes de nosso Criador. Pago um preço maior que um aluguel por isso. Muito maior. Uma escolha minha, não reclamo com Deus, agradeço.

[03:33, 13/06/2023] Zap da Paróquia: Do latim miraculum é milagre. Antigamente uma verdadeira manifestação da vontade divina no mundo dos homens. Santo Agostinho e Santo Tomás mostraram que através da fé todos podiam tomar decisões importantes na escolha de seus caminhos. Um aspecto na sagrada escritura deste mistério no Antigo Testamento são as obras próprias de Deus, ações divinas e intervenções. Tudo é possível para quem tem verdadeira fé. Não importa quantas roupas vestimos, estamos sempre desnudos diante de nosso Criador. Não conseguimos esconder dele a verdade.

Eu espero que encontre o que busca, que essas mensagens tenham acalmado seus pensamentos ansiosos na madrugada e incertezas. Sou também um aprendiz do divino, mas sou também homem, mortal na minha carne. Sujeito a erros e acertos. Faço a escolha de ser sincero em momentos de milagre, abrir meu coração e me colocar ao lado dos homens, sejam eles pecadores ou não, quero que percebam que estamos todos dentro de uma grande arca tentando nos salvar enquanto tudo a nossa volta é inundado pela água, e apenas nossa fé pode nos transportar para que sejamos salvos.

[04:04, 13/06/2023] Zap da Paróquia: Neste dia que se inicia, lembre “Porque vivemos por fé, e não pelo que vemos.” (2 Coríntios 5:7)

Sonho

É uma rua comprida à beça. Parece nunca ter fim. Ela precisa andar depressa porque vai perder o ônibus. A rodoviária, quer dizer, o ponto de ônibus, quer dizer, aquele puxadinho que vende as passagens fica no final dessa rua comprida à beça. O ônibus sai 17h55, ela olha para seu reloginho de pulso, aquele mesmo que sua mãe deu quando ela se mudou, vivia se atrasando. Olha para o reloginho de pulso e está tudo borrado, mas ainda que meio confuso, ela consegue ler nos ponteiros: 17h38. A rua é comprida à beça, ela pensa que nunca vai chegar, ainda mais com essa mochila pesada nas costas, parece que carrega todos os seus pecados. Mas, de repente, como num passe de mágica, ela está ao lado do ônibus sem precisar correr um centímetro sequer.

Respira aliviada. Sobe no veículo como se estivesse se teletransportando, tamanha a leveza de chegar a tempo. Pensa no releginho do atraso. Olha para a passagem, mas não consegue identificar o número da poltrona, a única coisa que dá para ler é o horário 17h55. Mas aí acontece de saber qual é sua poltrona, apoia a mochila pesada como o diabo sobre o banco marcado. Precisa mostrar a passagem com os números 17h55 para o cobrador, chegou tão rápida e deslizante que esqueceu esse detalhe.

Está agora do lado de fora do ônibus, parada ao lado do fiscal da empresa Útil, que olha demoradamente seu bilhete de passagem, confirmando dados. O pé bate ansioso, quer sair dali, esquecer a rua comprida à beça, seguir seu destino arrastando sua mochila pesadíssima.

É quando olha distraída para o lado que vê o ônibus arrancando com sua carroceria lilás. Parece que só enxerga aquela cor agora, e lá vai ele acelerando pela pequena estradinha mão dupla. O nervoso toma conta, ela grita, xinga, berra, se desespera. Acha o fiscal um grande filho da puta, só pode ter feito de propósito. Está completamente desestabilizada mais por perder sua mochila cheia de coisas que não sabe quais são do que por perder o ônibus que tinha conquistado aos 45 do segundo tempo.

Ouve uma buzina, olha pro lado, um chevettinho sedan 92 azul-claro metálico reluzindo, parece um milagre. Dentro do chevettinho, aquele cara que viu na igreja de Santa Luzia, reluzindo sua cabeleira cacheada. Ele olha dentro da cara dela e diz: é aquele lilásinho ali que você quer alcançar? Ela faz que sim com a cabeça. Ele manda ela entrar. Ela pensa que aquele ser de luz é sua salvação, o corpo dela elétrico.

O carro vai deslizando em movimento rápido. De repente ela olha admirada pro ser reluzente. Ele estala a língua e com um sorriso encantador berra pra ela ao som do vento: Aperta o cinto, Santa Ligia Maria, que a gente vai buscar essa tua mochila cheia de pecados nem que seja no inferno.

Transformação

Ligia Maria começa a se disfarçar de juiz e depois de desembargador e depois de ministro do Superior Tribunal de Justiça e, em praça pública, começa a dar acórdãos julgando todos os moralistas que enfestam o país. Na praça onde costuma escrever e depois ler seus votos, feito uma cantora de ópera (sua voz é muito linda), vai se reunindo uma multidão. E, com a força que só existe na multidão, começa a comunidade e os de fora também a construírem arquibancadas ao redor de Ligia e depois uma escola de Direito, a Escola do Direito de combate ao antiDireito, e um grande refeitório, onde toda a comida é preparada para ser oferecida de graça. Ligia Maria escolhe as novas ministras entre mães de santo e líderes indígenas. Forma-se o Tribunal do Direito Brasileiro do Saber Originário. Então Ligia Maria para de se disfarçar.

Amigo Imaginário[2]

A mãe de Ligia Maria estranhou o sumiço da filha. Ligia sempre ligava às sextas-feiras. No dia da cabeça em branco, ela acorda animada com mais ideias de trapos e panos diversos para compor seus disfarces. A mãe de Ligia já estava acostumada, então estranha, não sabe bem o que aconteceu. Resolve passar a mão no telefone na segunda de manhã, mesmo sabendo que pode atrapalhar os estudos de Ligia Maria nesta segunda-feira dos códigos penais. A mãe de Ligia liga. Ligia atende tranquila *bença mãe tudo bem por aí*. A mãe estranha a tranquilidade de Ligia e se envergonha de perguntar dos panos e trapos. Ligia percebe a vergonha da mãe, sempre tão cabreira *mãe tô precisando de uns paninhos e trapinhos em tamanhos menores tô querendo experimentar umas coisas será que a senhora tem alguma coisa aí*. A mãe de Ligia se tranquiliza, mas diz que já tá estranhando, hoje é segunda-feira dos códigos penais e não dia de cabeça em branco, *mas tudo bem, Liginha, tem aqui uma leva de brim e viscolinho bem linda, vou te mandar uns trapinhos, você vai amar, fica bem, filha, mamãe te ama, se cuida*.

Ligia desliga o telefone tranquila. Olha pro código penal soterrado em cima da mesa e pensa que desde que parou de se disfarçar, perdeu um tanto a vontade de estudar. Fica ali olhando pra lombada daquele catatau de papel, um travesseiro duro e pesado que ela carregava pra cima e pra baixo, orgulhosa de tanto estudo. Agora aquele catatau tá coberto de pedacinhos

---

2 Antes de ler esse texto, sugerirmos ir à página 387.

de feltro marrom-claro, vários pedaços recortados, uns pedacinhos que parecem o negativo de dedos, outros pedacinhos com formato negativo de nariz, restos picotados que quando juntados revelam os restos do corpo de São Nunca.

Em 1204, os restos do corpo de Santa Luzia, que repousavam em Constantinopla há quase 200 anos, foram saqueados por venezianos. Assim que chegou a Veneza, o corpo de Santa Luzia provocou um pequeno naufrágio de fiéis que tentavam levá-lo para a Ilha de São Jorge. Após desistirem de isolá-lo em uma ilha, o corpo de Santa Luzia roubou para si a Igreja de Santa Maria da Anunciação. Como nada é eterno e como nenhuma mulher tem paz, nem Maria nem Luzia, em 1580, os restos do corpo da Santa foram feitos de refém pelas freiras do convento Corpus Domini, o corpo só foi liberado após severas ameaças do governo. Mas chegou 1860 e Santa Luzia foi despejada de sua igreja roubada para que ali passasse um trem. Os restos do corpo de Santa Luzia foram levados para a igreja de São Jeremias, ficando Santa Luzia sem igreja, sem freiras, sem ilha e sem trem. Atualmente, Luzia repousa num puxadinho da igreja de São Jeremias, o qual chamam carinhosamente de capela, e jaz vestida com um manto vermelho e uma máscara de prata que cobre sua face. Santa Luzia descansa tranquila seus restos disfarçados em uma igreja emprestada.

Ligia saqueou dois metros de feltro marrom-claro do bolo de tecidos de sua mãe na última visita, dois metros não configuram mais a medida trapos e paninhos. Por isso a falta de ligações. Tinha o roubo, claro, mas a verdade é que estava entretida demais em seu novo projeto de vida. Depois da transformação, ela se sentia sozinha e triste sem seus disfarces. Ligia Maria desenhava e recortava e costurava e virava pedaços de pano do avesso e prendia alfinetes e colava olhos de plástico na cara de São Nunca. Era o maior barato costurar seu novo melhor amigo. Foi construindo aquele corpinho e deixando seus restinhos em cima do código penal na mesa, foi soterrando o código penal com os restinhos mortais de feltro do corpo de São Nunca.

Quando sua mãe ligou, Ligia estava sentada tranquila e em paz olhando pro corpinho nu de São Nunca que repousava tranquilo em cima do balcão da cozinha. Uma perna um pouco mais fina que a outra, mas Ligia Maria não esperava nada diferente de seu melhor amigo. Ele jamais seria perfeito. Aquela perninha esquerda mais fininha deixava São Nunca ainda mais admirável.

Foi assim: Ligia costurava com muita fé uma cuequinha com um quadradinho de saco de algodão pra pano de prato quando sua mãe ligou. Costurar aquela cuequinha deixava Ligia mais tranquila do que se disfarçar de Santa. Ela se sentia plena como nunca, agora, sim, realmente transformada. Parou de costurar a cuequinha, esticou o braço e alcançou o celular. Viu no visor piscar "Santinha", o nome carinhoso com que todos na família se referiam à sua mãe. Atendeu com a fé ainda mais renovada. Sua mãe parecia ter adivinhado, a ligação vinha em boa hora: faltavam poucos pontos para terminar a cuequinha de São Nunca e justo agora Ligia Maria precisaria de mais trapos e panos para costurar o primeiro disfarce de seu novo amigo.

Luziel

Uma atmosfera de expectativa preenche todo o espaço da casa. Até o azulejo na parede da cozinha parece atento aos desdobramentos em curso, também o relógio cuco quebrado está ansioso, além dos familiares mais próximos que vieram pra ajudar e atrapalhar com tudo o que é necessário. Alguns entoam uma prece em uníssono, rogando a múltiplas entidades que se faça luz e que venha com saúde e alegria. Outros acompanham um jogo de futebol na televisão, enriquecendo a confusão sonora que incomoda a gestante prestes a parir uma pessoa no quarto ao lado. A mãe e o pai da grávida, já quase convertidos em avós, preparam um panelão de feijoada pra comemorar a presença de quem está chegando. O cheiro do feijão consola a filha em trabalho de parto, distraindo suas atenções e acobertando o ruído perturbador do coro ajambrado pela reza dos familiares e a narração de futebol em volumes capazes de elevar o espírito a novos patamares.

O trabalho de parto de Luzia já dura a noite anterior e esse dia todo até que, por entre suas pernas, pisca um feixe intenso de luz, rajando perplexidades ante os olhares de Luiza, a tia parteira e Luiz, o pai de quem pisca. É preciso que Luiza e Luiz vistam óculos escuros pra dar seguimento ao parto, que em rápida progressão toma proporções estroboscópicas velozes, além de alterar as energias de toda a casa e de todo o quarteirão, respingando também pra além do bairro onde insistem em fixar o endereço. Com toda a região piscando suas lâmpadas, lustres, postes e faróis, nasce Luziel, reluzindo forte, porém tranquilo. Nem chorou.

Toda a linhagem familiar tinha isso de nascer iluminando, mas costumava ser um ou outro clarão que cintilava discretamente, efêmero, somente no instante em que se dava à luz. Guardavam como um segredo, sem querer holofote onde já havia brilho, quando a chegada de Luziel estardalhou a peculiaridade pra além do círculo familiar, pois esse brilhava no escuro e, a gente forçando a vista, se fazia possível enxergar uma auréola de luz bem acima de sua cabeça, que lhe emprestava aspecto divino e angelical, apesar de não haver explicações plausíveis pra tanta resplandecência. Sua avó, Luziana, teimava que ele era um milagre fora da curva; que apesar de milagre, não era fruta de deusas ou santas. Era um milagre por conta própria, um milagre moleque.

Luziel segue hoje iluminado e iluminando. Pessoa discreta, procura não se expor ao anoitecer, visto que seu corpo acende e transmite luminosidade exuberante assim que o sol se põe, sempre. Vive negando convites de todas as igrejas que se possa imaginar. Alguns fiéis acreditam que seja deus, insistindo que ele tome posse de suas almas, no que ele responde mostrando a carteira de identidade. Luziel, pessoa singela, mora na casa em que nasceu, compartilhando o espaço com mãe, pai, uma pequena comunidade consanguínea e mais pessoas que o tempo agregou. Quem vê de fora, pela janela (sempre tem gente curiosa no portão), tem dificuldade em compreender o que se passa na casa, a família lá dentro se prolifera em fragmentos quando Luziel começa a piscar na sala, projetando no teto, no chão e nas paredes as sombras de quem o cerca.

Quando quer escapar, Luziel sobe na laje de casa pra olhar o céu noturno, emanando sua luz e recebendo o brilho das estrelas. Mal sabe ele que agora mesmo tem um astronauta confuso em atividade, fazendo a manutenção externa da estação espacial internacional. O astronauta se esforça por ficar atento ao trabalho na ausência de gravidade, porém um ponto vigoroso de luz que emana vibrante do planeta Terra o faz considerar se não é um filhote de estrela que se acoplou ao globo terrestre, e se pergunta como poderia ter passado despercebido o momento desse encontro, do alto de sua vista privilegiada.

Ambiente

luziel mora no bairro da luz em são paulo, bom retiro se chama, mas talvez não seja. ali ele vive numa cansável tentativa de se esconder e se camuflar durante o dia. realiza pequenas aparições à noite, período esse que luziel fica extremamente iluminado.

pelo bairro da luz quase todo habitante é meio invisível, e luziel, que brilharia em qualquer lugar, naquela região o brilho beira ao insuportável, porque, ao mesmo tempo que ofusca, ilumina o que é confortável viver oculto. [o que os olhos não veem ____

____

____]

com mania de ponteiros, todos os dias vai até a estação da luz meio-dia em ponto, e finge que o tempo para, se posiciona fronte ao relógio, e sente que pode ouvir o mover das engrenagens. sente que ouve seu coração e o de qualquer paulistano, diástole, sístole e cronos, alinhados. de frente pro relógio sente que o tempo é maior que ele, sente que pode comparecer e ver o próprio parto, ouve o canto oculto do cuco que soa todo e qualquer mecanismo contabilizador de convenções de medida.

recentemente foi contratado para fazer publis para enel, pagam mal para que ele fale de luz artificial, logo ele que carrega luz até no nome. faz a publi para arcar a conta da própria enel, o preço da energia elétrica subiu muito nos últimos anos.

aprende com os astros como é ser, suspeita que cada estrela seja sua prima, que renasce em cada faísca. a sua casa é cheia de espelhos e sente que não reflete. à noite esquece do tempo, se deita na laje e se reabastece.

luziel queria morar sozinho, à sombra da própria luz.

Encontro

LUZIEL E LIGIA MARIA

Luziel abriu processo contra a Enel Brasil logo após descobrir que o bigode de sua felina Luzinha servia como uma espécie de antena capaz de captar a energia de sua luz própria para em seguida distribuí-la pela casa, acendendo com folga todos os eletrodomésticos, lâmpadas e afins. Luziel continha tanta energia que, além de alimentar tudo no entorno, mantinha seu ânimo praticamente intacto. Apenas nos raros casos de os três chuveiros elétricos serem ligados simultaneamente à máquina de lavar na função *lava e seca*, poderia vir a sentir alguma náusea, de leve. Já a gata Luzinha, quando se encontrava em estado de receptora e distribuidora energética, passava bem, bem cansada, e disso tomava proveito, pois era uma gata ancorada e preguiçosa que fazia questão de não pular muito alto e de acompanhar as novelas aproveitando o tapete felpudo na sala de tv.

Com a casa naturalmente bem iluminada, Luziel não renovou o vínculo publicitário que havia com a firma e desfez a ligação inútil de cabos por onde a Enel trazia uma ramificação de sua fonte elétrica. Como toda péssima companhia geradora de energia, a empresa fez questão de continuar mandando a conta de luz mensal, cobrando valores obscuros e desconexos, para a revolta de Luziel, que agora fazia questão de reclamar seus direitos e de expor as patifarias da empresa. De garoto propaganda passou a ser um desafeto rancoroso.

Ironia do destino, hoje agradece ter aberto o processo. Por conta do embaraço, calhou de conhecer Ligia Maria, desde então sua grande amiga, sua estrela-guia, sua cigana santa, eterna advogada de pequenas causas que o destino, extremamente irônico, aproximou de si através de uma sessão cigana de leitura do futuro na palma da mão. Lá estava Ligia, atendendo numa tenda suspensa, montada com panos e cangas amarradas no terceiro andar do andaime levantado para pintar a faixada do prédio em que morava (atendia somente no horário de almoço dos pintores). Já no primeiro atendimento, Luziel perguntou se deveria processar a Enel. A percepção supra intuitiva de Ligia enxergou cada capítulo do caso na palma daquela mão que cuspia feixes de luz entre cutículas. Prontamente respondeu a Luziel que ele teria sucesso, desde que a contratasse como sua advogada.

O juiz não hesitou em dar a ação como encerrada logo no início do processo. Ligia Maria defendeu o caso usando toda sua capacidade mimética. Trouxera sua mala recheada com rica variedade de roupas, tecidos e acessórios que vestia conforme se transformava em cada personagem da narrativa encenada, em que defendia Luziel, atacando a inescrupulosa Enel Brasil. O tribunal piscava à luz de seu cliente, que fazia tudo parecer uma boate, tamanha sua felicidade ao escutar do juiz o veredito final. Jamais haveria de pagar uma conta de luz novamente.

Reflexão

Por vezes, me dou conta de que existe escuro quando outra pessoa fala do escuro e sinto falta do breu. Por vezes, tenho medo da noite e penso que só tenho medo da noite porque ela me lembra de que sem ela eu não seria luz. Um corpo que emite ondas eletromagnéticas. Um corpo vaga-lume. Um corpo solar. Um corpo ancestral. Um corpo científico. É assim que me nomearam ao longo dos anos.

Penso que quando dizem sobre irradiar luz nas poesias e oráculos não imaginariam que esse corpo incandescente é desprovido dos elementos emocionais obrigatórios vinculados a alguma espécie de estado de espírito associado a esse espectro visível. Não brilho porque quero brilhar. Prefiro ficar comedido no interior da minha casa, num bairro com nome que carrega algum significado para a minha história. Uma vida simples me alegra depois de ter conhecido a fama durante essa pequena trajetória publicitária para a Enel Brasil, e uma vida simples inclui nenhuma preocupação com questões jurídicas.

Sinto e não digo para qualquer pessoa porque ainda vivo por aí um pouco sem jeito para dizer essas coisas que me comovem imensamente, mas é que há algum tempo um amor visceral cresce dentro de mim pela estrela Sirius. Apesar dos anos-luz que nos afastam no espaço-tempo, não posso deixar de sonhar com aquela luz encontrando a minha. Alguns acham que ser diferente me dá alguma vantagem, mas cada dia o Sol me faz lembrar de que só existe um para iluminar e aquecer o planeta, assim como existe um só Luziel vagando entre os ordinários. Como ser amado sem antes não ser cobiçado? Meu corpo é desejado pelos antropólogos e bilionários. E dentro de mim cresce a distância do amor que poderia ser fomentado aqui entre os seres comuns que habitam este planeta. A distância, eu diria, muito maior do que esta que existe inevitavelmente entre mim e a estrela que amo.

Se tem algo que me acalma, é saber que sou o último desta árvore genealógica. Em contrapartida, se tem algo que me apavora, é o tempo mastigando meu corpo assim como todos os corpos que vivem nessa esfera azul. Eu só tenho luz. Nenhuma possibilidade de longevidade, uma pena. Nenhuma possibilidade de ser amado pela Sirius. Nenhuma possibilidade de ser amado tal como os mortais de verdade são. Às vezes me pego achando que sou de mentira, uma invenção sacana de Deus. Às vezes me pego tentando entender como ser de mentira se sinto muitíssimo a cronologia do tempo e os olhos espantados de algum transeunte que me encontra na Estação da Luz.

Intervenção do Raio de Sol[1]

começou o conselho nacional das estrelas. Sírius e Canopus se arranham em um bate incidência de luz querendo mudar de lugar. não dizem hemisfério, chamam de canto da galáxia. Rígel quer ficar pelo canto de Órion mesmo, nasceu acomodada essa aí, já dizia Antares. os trens saem da terra, cada um de seu respectivo canto. rosa dos ventos não é flor, mas deixa cheiro pra faro fino. o Sol sente as saídas fincadas na terra, tipo cosquinha, tipo cosquinha com pena em formiga. segue o conselho celeste dos corpos celestes. Sol quer organizar seus disparos. tem Deus reclamando do raio que caiu duas vezes no mesmo lugar. tem gente maldizendo o verão em Cuiabá. tem gente dizendo que Bangu é o inferno e tem inferno preocupado com a distorção de escala da temperatura. cada um pode dizer rapidinho o que incomoda. começa do centro mesmo, astro-rei vai dizer primeiro o motivo de sua inquietude. brilhou pouco esta semana, foi chamado de sol de plástico em São Paulo, incomodou a fotossíntese no Ibirapuera. só não baixou mais a fama porque é essencial, mas segue incomodado.

voz da Deus em off no conselho reverbera decibéis parecidos com Emílio Santiago. diz ela:

— Diga, Sol?

Sol já vem com cara de muxoxo. cara de muxoxo do Sol é tipo gelo derretendo, mas sem diferença de estado da matéria, só a intenção mesmo.

---

1 Antes de ler esse texto, sugerirmos ir à página 383.

— Preciso organizar meus disparos, tem gente que não anda merecendo. eu sei que decaiu sobre tudo e cada ínfimo me toca, mas o que quero é entrar um pouco mais em alguns.

a Deus não gosta do que escuta e pedi matéria de exemplo.

— Lembra-se de quando nascemos um filete seu nas pessoas? Pega um desses filhos e me deixem ver o que é que te pensa?

Sol fecha os olhos e encontra Luziel na borda direita do Centro de Sol, então sopra alguma coisa que não é fogo.

No meio do dia no bairro quase Bom Retiro, Luziel passa seu café na cozinha de casa, um cheiro de presença, mas na verdade está sozinho. sente sua cabeça coçar como se um entalhe tivesse fazendo carinho em seu orí. Sol toca Luziel desse jeito. ele grita três coisas indecifráveis, derruba o café e queima a mão. deixa a torneira ligada com a mão em baixo. não funciona, ainda dói. desce as escadas do prédio pra chegar à farmácia. atravessa a rua e ajuda uma senhora que viveu três filhos.

a Deus desliga a cena:

— Todo esse trabalho pra ajudar Dona Hercília?

Sol desmancha argumento:

— Não! Todo esse trabalho pra tirar Luziel de casa.

Carta/Mensagem de Luziel para Emílio Santiago

Caro Emílio Santiago,

Quem te escreve é Luziel, esse que admira de longa data sua voz, seu repertório, sua trajetória e sua luz. A escrita aqui se instaura através de feixes de luz que lanço em sua direção, capazes de avançar pra além da dimensão material em que me encontro, assim espero, numa tentativa de contato. Estou no Rio de Janeiro, em cima de seu túmulo no Cemitério Memorial do Carmo, no bairro do Caju, onde enterraram sem corpo em 2013. Jamais imaginei sair de casa e ir tão longe. Eu andava quieto no meu canto, mas meu caso é uma outra e longa história.

A vinda ao Rio é justamente para enviar essa mensagem-luz em sua direção, estando eu devidamente de pé, em cima de seu túmulo, olhando as estrelas sobre nós. Tudo pra dizer que ando escutando vozes. Estou confuso quanto à procedência das palavras que ressoam em minha consciência. Tenho dúvidas e venho, através desta, te pedir sinais e esclarecimentos, se o caso for da sua alçada, pois a dúvida me aflige. Te pergunto se é a sua voz que escuto. Tenho a clara impressão de escutar uma conversa entre você, A Deus e o sol. Pode ser que você considere delírio, eu compreenderei. Porém me sobram certezas quanto à realidade distorcida e paralela por onde escorro desde que nasci. Conto com todas as impossibilidades e os imprevistos, sem espanto.

Estou aflito porque não consigo distinguir com exatidão as camadas de vozes que se cruzam nas conversas que me invadem os pensamentos. Ora é nítido ser você, grande Emílio Santiago, interpretando a voz que seria de nosso astro rei, o Sol; ora tenho certeza de que é o Sol que se apropria de seu timbre para conversar com A Deus (lembro de seus discos que mais tocaram lá em casa, da série Aquarela Brasileira); quando não fico ainda mais confuso, acreditando escutar o assunto entre vocês três, as vozes se sobrepondo: Sol, Deus e Emílio Santiago, tudo no seu tom e no seu timbre.

Caso esta mensagem te alcance, aguardo seu retorno, quanto antes. Que venha em forma de música, que minhas mãos se queimem com café, que caiam dois raios na minha cabeça, mas, insisto, que você sinalize com seus talentos, me acalme os ânimos e equalize o coro que me desnorteia por dentro.

Fique com meu carinho e admiração.
Um beijo e uma luz,
Luziel.

Resposta de Emílio Santiago para Luziel

Caro Luziel,

Começo dizendo logo: não sou Emílio Santiago. Meu nome é Celso e trabalho como coveiro no cemitério do Caju.

Tô te escrevendo porque outro dia te vi, em cima do túmulo do Emílio, fazendo uma força danada pra mandar uma mensagem pro defunto como se emanasse alguma luz celestial para o alcançar. De fato, a sua pessoa chamou minha atenção, fiquei cavando um buraco enquanto te apreciava naquela tarde de calor que fazia derreter sua testa e assava meus pés por dentro da botina.

Aqui no cemitério dia bom é dia de enterro de gente famosa, político corrupto, morto com duas famílias que não sabem de si. De resto, é tudo parecido: gente chorando, gente arrependida, gente abraçando carne podre, cheirando flor de perfume doce e carregando caixão destapado. Sua aparição foi num dia de nada mesmo, ninguém morreu, ninguém brigou, ninguém fez as pazes. Nem corpo velho nem corpo fresco pintou para enterrar. Por ter me oferecido aquele espetáculo num momento chato, resolvi retribuir por meio dessa mensagem, com a intenção de *um beijo doce na boca*.

É que você falava alto, sobre deus, Emílio e o sol com uma fé em sua luz que nunca vi antes. Senti pena. E te pergunto: *Mas o que é a vida afinal? Será que é fazer o que o mestre mandou?*

Preciso contar que o que pensa de você mesmo é ilusão. As vozes que supõe ouvir são invenções de quem escreve sua história. Sua luz que te faz parecer um santo também é criação. Não há deuses, apenas escritores. Tudo que não é inventado não existe, e tudo que existe é invenção. Nossa vida é cruzamento de criações alheias às nossas vontades.

Você acha que e*ra só isso que eu queria da vida?* Nasci coveiro e puxando de uma perna porque alguém me escreveu assim. Me jogaram pra cá com a pá enferrujada nas costas, meio corcunda, cansado, resiliente e sábio. Uma personagem forte, mas coadjuvante. Apareço apenas de passagem para professar verdades ao principal. Nem infância nem morte me deram, permaneço no limbo da história para a qual fui criado. Entre mortos. *Quem sabe a gente vai se ver outro dia?*

Você, Luziel, é fruto de uma mente brilhante que, portanto, lhe concedeu a luz mais forte de todas. Pois é. *Muita coisa a gente faz seguindo o caminho que o mundo traçou.* Você é uma ferramenta para a reescrita de um clássico desbotado. Sua busca por razão é seu principal fim, contudo esse fim reverbera apenas no seu autor e com sorte em alguns leitores. Para você, nada mais que *uma ilusão atrevida.*

Não se desespere, caro rapaz. *Senta, se acomode á vontade, tome um copo, dá um tempo, que a tristeza vai passar*. Emílio também foi inventado por alguém que desconheceu. Viveu no tempo e espaço *seguindo a receita de uma vida normal*. Todos somos projeções. Estou rodeado de corpos criados para depois serem devorados pelos vermes, que cumprem sua missão, abrindo espaços para novos devaneios. No final, viramos pó, literalmente, e da terra se faz barro e do barro se esculpem outras formas de contar hostórias.

O que eu quero dizer, resumidamente, por simples simpatia ao seu tremendo esforço por entender é: você não está no controle, *o sonho vai ficar na conversa*. Não espere nada de Emílio Santiago, de deus ou do Sol. Ou sim. Porque no fim, nada faz diferença. A escolha não é sua.

Att,
Celso Coveiro

Caro Luziel,

Ao contrário do que Celso Coveiro, por pura inveja, busca incitar-lhe, tudo que lhe ocorre é verdade. Você é um ser naturalmente iluminado. Tanto que, conforme solicitado através de sua luz divina que me alcançou de forma imediata, envio este raio na sua nuca com minha mensagem:

Era só isso que eu queria da vida
Uma cerveja, uma ilusão atrevida
Que me dissesse uma verdade chinesa
Com uma intenção de um beijo doce na boca
A tarde cai, noite levanta a magia
Quem sabe a gente vai se ver outro dia?
Quem sabe o sonho vai ficar na conversa?
Quem sabe até a vida pague essa promessa?
Muita coisa a gente faz
Seguindo o caminho
Que o mundo traçou
Seguindo a cartilha
Que alguém ensinou
Seguindo a receita
Da vida normal,
Mas o que é vida afinal?
Será que é fazer
O que o mestre mandou?
É comer o pão
Que o diabo amassou
Perdendo da vida
O que tem de melhor?
Senta, se acomoda

À vontade, tá em casa
Toma um copo, dá um tempo
Que a tristeza vai passar
Deixa pra amanhã
Tem muito tempo
O que vale é o sentimento
E o amor que a gente
Tem no coração

Com muita honra e amor, seu eterno admirador e futuro colega Emílio Santiago, dublador oficial do Sol.

Sonho

Quando o livro dorme, enquanto não há uma pessoa sequer que esteja passando olhos e antenas por estas páginas, lendo estas palavras, Luziel aproveita pra iluminar seus vizinhos, salpicar o que brota nas folhas do Tabuleiro de Ficções com respingos de sua flama, abrilhantando as entranhas de um livro fechado. Pra quem vê do lado de fora, o objeto que parece inanimado na mesinha de cabeceira, por dentro, está em festa, e a festa está em polvorosa.

O sonho de Luziel acontece sempre que o livro dorme, se confundindo com os sonhos do próprio livro, e também com o sonho de quem mora nessa casa, e ainda com o sonho de cada pessoa escritora que desenhou a casa e suas respectivas habitantes híbridas. Luziel transita livre, se comunicando e deixando seu rastro de luz, uma estrela cadente que risca o espaço celestial das personagens em elaboração, chuviscando faíscas que iluminam cada ramificação em desenvolvimento.

Sonhando, Luziel permeia as páginas do livro, é mais um dos tentáculos do polvo: na Candangolândia de Abutre, suas faíscas aquecem os porcos e galinhas d'angola, fazendo com que a alegria dos animais apazigue o homem tensionado; com Andréia Camargo, suas faíscas fazem tremer o desejo enquanto sambam em cima do tabuleiro de xadrez da morte; sopra no vento, com o peito de Arka, as faíscas no pomar infinito; contribui com Dasnuvens espalhando faíscas em sua bolsa repleta de buracos negros; faísca a folha no cocuruto de Folia quando mordem uma fruta suculenta que plantou Mãezinha e suas antepassadas, regando-a com as águas de onde nascem; risca o céu noturno faiscando as lágrimas emocionadas do Guardador de Parapeitos, que realiza agora os impossíveis de Manuel de Barros; faísca o olhar de Índigo no instante em que ela consegue fotografar o que há pra além do alcance de suas lentes; inclui uma chave, no molho de Joana Lafond, que faísca o portal entre vida e morte; transfere a Jurema a sabedoria de poderes faiscantes, vertendo-a capaz de defender com habilidade e prontidão as terras onde pisa, planta e dorme; Ilumina o espelho de Ligia Maria, que agora reflete com faíscas a nudez transparente da cigana santa; convida a Deusa faiscante de Mister Pow Workarrólique Show a comparecer no ambiente e tomar um café calmante capaz de derreter as angústias lancinantes do rapaz; molha com faíscas as terras onde brota Morus Caducifólia, avermelhando ainda mais seus frutos e dourando suas folhas, aquecendo o sangue; faísca a si mesmo, enaltecendo o mistério de Oráculo e largando o futuro em suas rédeas; clareia a realidade turva onde se esconde Pele Branca Máscaras Negras, não lhe restando outra opção que não seja a de mostrar o rosto; liberta Penha ao liberar seus pássaros das gaiolas, faiscando os cadeados e abrindo a passagem que conduz a palpáveis plenitudes; faísca a casa de Rafaela, fazendo com que fabular não seja mais um truque, e sim uma mágica que realiza mundos possíveis; visita o cinema permanente de Trevas e exalta, faiscando com aplausos em cena aberta, o filme sem começo e fim projetado pelo sol absoluto; se queima feliz na brasa de V de Vitória, oferecendo em troca as faíscas que iluminam brechas e trança-tempos; e, completando o ciclo do passeio-luz livro adentro, Luziel faísca o sexo de Zé Nobodi que, em comunhão com Penha, perde a conta das crianças proliferadas. Zé, e seu frágil intelecto rebuscado, desaparece aos poucos, enquanto surge feroz nos sonhos das crianças descendentes.

Transformação

Lá pelas tantas do lusco-fusco, talvez mais lá à frente, Luziel lembra, imersivo em limerência, delírios lindos, lampejos longínquos luzentes à lamparina. Livra-se do seu lar, levita em longas latitudes, longitudes, explana limites e se lança pelo além.

OLHA a linhagem de PARENTELA que ilustra as lendas que se alinham em sua linha temporal: Luziana, a luz solar dessa linhagem. Lá dela lhe herdou o talento de iluminar, ilustrar as luzes do planeta tal qual tela bela e angelical a ele seu legado Luiza e Luiz, lembranças que calam com júbilo. Natal, Carnaval, lindas lembranças felizes da sua linda e sublime família, ancestral, maternal, quilombo liberto! Lamentou o luto... uma lágrima rolou clara e salgada. Brilhou pelas estrelas...

Se lançou nas Galáxias, levantou o véu dos ciclos, lanceiro eliminou os obstáculos e achou que era líder. Pediu bênção a Oxalá, ligou a vela de orunmila, se calou a Lakshmi, lasciva e inflamada, se acalmou à luz de Santa Luzia. Explanou Logun Edé, gargalhou com Legbara Laroiê! Se lançou sobre uma estrela, lanceiro e veloz, seus pelos e olhos inflamavam labaredas coloridas, laranja, lilases, limão.

Levou mais lembranças na sacola, lanceiro em unir laços de afeto.

Luziel, lúdico, ilustrando a Via Láctea, pulando planetas, tranquilo, em luminescência.

Como um flash andarilho das galáxias da linha temporal, logo logrou lugares longínquos, se molhou em lagos, se lançou por ilhas, perambulou pela Líbia, Lituânia, Luxemburgo, visitou florestas, montou em leões, se alimentou de lagosta, bacalhau lusitano, sentiu lombrigas e louvou com louva-a-deus.

Foi holofote no show da Liniker, em Londrina, refletor da Luiza Sonza, no Leblon, deu língua pro Latino e fez o L, o Latino lamentou e ele nem ligou, Lula ganhou! Plateia do Lenine no Leblon cantou. Olhou Fla x Flu no Lancha Filho, gooooolaço!

Locomover-se para seu lugar, bairro da Luz, não há lugar melhor que o nosso lar.

Semblante solar, alma leve, solidário à lua que brilhava, logo ligou para Ligia que, sonolenta, lhe disse:

— Alô.

— Ligia?

Ligeiramente Ligia ligou o celular e levantou.

— Alô, Luziel... Lembrou-se dessa linda lady hablando deste lado da linha?

Lampejos de luxúria iluminavam Luziel como LED. A ABLAÇÃO SOBRE lembranças lá de trás, libertinagem, LAMBEIJOS, bola gato, lábios, lascívia se desenrolaram até a luz solar atravessar a janela e refletir os azulejos lilases. Após o alívio e a moleza da luxúria que ilustrou a ligação, Luziel, ainda letárgico, se limpou do leite e, tranquilo, acendeu a lamparina. Levou até a laje, bebendo laranjada, olhou os laborais, CLT, lavradores, moleque, colégio, outros bola, larápios, milico, uma loira de lace e legging, lembrou da luz, da lua, da liberdade das estrelas... lamentou seus limites, seria lindo ser livre, colecionar lendas, fábulas, literatura, se ligar a um lápis, ser literatura. Pediu licença ao legislador dos planetas e galáxias, lavrou uma ladainha longa, longa, longa.

Queria liberdade, libertinagem, literatura, oralidade.

O livre arbítrio foi quebrado, seu lamento foi esclarecido e pulou o limiar da realidade, Luziel vai brilhar para sempre colecionando lendas, sendo agora e para todo sempre literalmente

Um livro.

Amigo Imaginário[2]

Estando na condição de livro, folhado de páginas, acontece que não me sinto responsável por eventuais relâmpagos que se espirrem de minha presença pra além dela. Apesar de seguir com orelhas, meu corpo é outro; fica claro quando outras

2 Antes de ler esse texto, sugerirmos ir à página 387.

luzes me laçam de fora: hoje, o farol que me ilumina estala do fundo de quem me lê.

Confesso que não sei o que me cansa mais, o tempo em que eu piscava caudaloso e descontroladamente, desfilando a pane natural de meu circuito interno; ou agora, quando pra cada leitura que se faz do livro, me transfiguro imediatamente, vítima ilustrada nas infinitas interpretações que vão se tecendo na esteira de quem me compõe.

Eu penei pra chegar até aqui. Fui tudo o que está escrito antes. Veja lá, teve até coveiro duvidando de minha autonomia. Por isso, faço questão de deixar registrada minha profunda gratidão a Emílio Santiago, que acreditou em mim assim que fizemos contato. Obrigado, meu amigo. E, Sirius, pode ter certeza, também te levo nesse exemplar, e acredito que nosso encontro seguirá em futuras reedições.

A todas as figuras com as quais fiz contato, preciso pedir licença. Sinceramente, tenho imaginado alguém diferente de vocês pra me acompanhar nesta fase de adaptação. Creio que serei compreendido. Por conta de me sentir extremamente volúvel, a todo instante sendo concebido por diferentes olhares, por cada nova leitura que se faz, é vital encontrar um leitor estável, íntimo, que volte a me encontrar em suas releituras.

Aconteceu assim: da primeira vez que me leu, não esperava que os papéis estivessem invertidos. Ele, inocentemente, acreditava ser uma pessoa de carne e osso, com o livro nas mãos, passando os olhos nas palavras e fabulando minha permanência, minha forma, minha voz, meus movimentos; ignorando a sua condição de cria minha.

Caprichei, afinal, elaborar quem vai te ler com o coração é uma baita responsabilidade. Vislumbrei logo um poeta, pra ganhar tempos. Um poeta que transita em todos os meios, transbordando carinhos e ideias preciosas. Vislumbrei uma pessoa revelada pra amar e ser amada, sem fazer grande esforço por isso. Alguém que está entre nós com fome de mundo, e que também é alimento pro mundo, e quando abre a boca, se confunde o que é língua e o que é palavra. Uma pessoa-fonte.

Dei o nome de Tom Grito.

Mister Pow Workarrólique Show

Mister Pow Workarrólique Show não vive sem café, sente-se vazio quando não preenchido por esSe néctar dos ansiosos e sem tempo.

Pow vive sem tempo, enxerga ao longe nos seus desafios, mas recentemente tem se disposto a descansar a visão. Apesar de ter começado a pensar sobre as demandas e influências do capitalismo na sua saúde mental, contratou uma terapeuta de quem não gosta muito e comprou uma air fryer, um copo Stanley e uma cafeteira de cápsulas recarregável que pode levar na bolsa. Afinal, se há uma forma de retroalimentar a privação diária de sono, é por meio de café e compras que Pow, tem certeza, mereceu.

Com a vista cansada, Pow cruza os braços e chora baixinho quando precisa usar o transporte público. Nesse momento nunca abre mão das máscaras, a anti-covid e a antissocial, Pow tem dificuldade social. Prefere números a pessoas. Hardware a softwares e games a eventos sociais. Já namorou duas pessoas online e a distância, muda de assunto quando perguntam de sua infância e acha política chato demais, mas estuda economia e até investe na bolsa, de forma conservadora, no tesouro nacional, não faz Pix, tem medo da função aproximação do cartão e jura que tem noites em que o Estado controla as dores de sua cabeça por meio de ondas magnéticas. Por isso comprou a air fryer, não usa o micro-ondas para cozer coisas, deixa-o somente para guardar os celulares das pessoas que visitam sua residência, para que nenhuma informação seja vazada, talvez por isso receba poucas visitas, Pow trabalha com informações preciosas demais.

Ambiente

Pow mora nas entressafras. Entrevidas. Entre sono profundo e acordância. Mora na vigília. Mora na rede. Na rede telefônica. No fio da internet, mais precisamente no cabo da Sky. Mora no sky, na atmosfera. Céu por entre mar e buraco profundo, mora no entre. Se faz de chuva ácida pra transitar por entre alturas. Ora nuvem. Ora mar. Ora terra. Horas ar.

Mora no café morno e no hífen do *tic-tac* do relógio. Mesmo que, já preenchido de inutiliza, seja abolido em alguma reforma da língua portuguesa, ele segue no entre. Mora no centro. Entre capital e social. Centro. Nem à direita nem à esquerda. Pow vive no centro. Mora na nuvem, nuvem do Google onde montou sua casa com a namorada virtual.

Criou casa e própria vida no The Sims. Vezes Candy Crush. Vezes Homescapes. Doces para montar casas. Ele mesmo nunca entendeu essa lógica. Mas segue comendo, jogando, montando casas.

Segue vivendo entre estar presente de corpo e olho

afundado na tela. Mora nas ondas. Nas micro-ondas. Desconfiado de tudo, se protege com grades. Chaves. Senhas. Códigos. Digitais. Mesmo no entre, cabem poucas visitas, pois acumula informações preciosas e volumosas demais.

Encontro

MISTER POW WORKARRÓLIQUE SHOW E ANDREIA CAMARGO

Seria um dia normal no Ramal Santa Cruz caso as ondas sonoras da Rádio Estação não anunciassem, há algum suspense no vão entre o trem e a plataforma. Os trens em suspensão, atrasados há mais de 20 minutos, fazem com que Andreia Camargo deseje um chocolate, sonho de valsa, ela pensa enquanto desce as escadas valsando como quem deseja uma vida inteira por sonhar.

Enquanto isso, Pow, já nervoso com o atraso da composição, toma um café no quiosque junto com um saquinho de pão de queijos, pergunta à atendente como são feitos os pães de queijo e ela, de mau humor, mostra o forninho elétrico. Pow ouviu dizer nas últimas notícias da Uol que o pão de queijo feito na air fryer tem um sabor crocante, mas ainda não foi dessa vez que conseguiu prová-lo. A promoção no site Tecnopromo anunciava a air fryer por 399,99 com 3 litros. Faltam exatamente 249,99 que deve conseguir obter em mais duas parcelas a serem retiradas de seu pró-labore para conseguir comprar em dois meses à vista. Pow aboliu o cartão de crédito de sua vida desde que sua mãe fez um gasto exorbitante para revender Tupperwares. Pow quitou o cartão e se mudou da casa de sua mãe, mas ficou com alguns exemplares marrons desses potinhos mágicos que vedam e deixam os cream crackers crocantes em até 2 semanas, uma compensação, pensava enquanto guardava os pães de queijo no potinho bege de tampa marrom para comê-los mais tarde. Desceu as escadarias sem pressa enquanto ouvia um podcast de economia em seus earbuds bluetooth, o trem estava mesmo atrasado. É difícil morar em Madureira e chegar à Central quando há algum suspense no vão entre o trem e a plataforma. A composição chega e a população enfurecida corre para pegar um lugar sentado. Pow não gosta que o encostem, mas já aprendeu a correr para tentar seu lugar ao sol, apesar de nerd, workarrólique e neurodivergente, era cria de Madureira e isso lhe conferia alguma sagacidade, herdada de seu pai, passista portelense, Shikinho Show. Pow Show desliza as sapatas pela composição e senta, enquanto suspira aliviado pelo descanso aguardado, sente o calor nas pernas e o peso do corpo da moça que, esbaforida, também senta, só que em seu colo. O trem ameaça andar, mas freia, Pow, num instinto protetivo, a abraça e a puxa para perto. Andreia Camargo deita a cabeça em seu ombro, encosta a cabeça em sua nuca e joga os cabelos em sua cara. Fosse eu, este narrador, no lugar de Pow, estremeceria enternecido, mas Pow não, não se desculpou, seguiu segurando e a protegendo com uma das mãos, enquanto com a outra desviou seus cabelos dos olhos e riu, dizendo, "oi, moça, melhor a senhora sentar aqui do lado." Andreia riu, saiu do colo de Pow e sentou-se ao lado dele pedindo desculpas, havia algo de misterioso no vão entre aqueles óculos e aquele hálito quente de café. Repetiu as desculpas e perguntou, “qual seu nome?”, ao que ele respondeu: “o quê?” enquanto retirava um dos fones do ouvido. Ela riu e repetiu a pergunta: “Pow Show”, ele respondeu, enquanto a observava e sorria como nunca se sorri em um trem lotado. O vendedor passa oferecendo serenata de amor, ao que Pow compra 3 por 10 e oferece uma para Andreia. Ela pergunta “Show como o mestre Shikinho da Portela?” Ele ri constrangido enquanto abre um pote vazio para colocar seus bombons. “Sim, é meu pai.” Andreia olha Pow guardar seus bombons no pote e retira ela mesma um pote rosa de tampa vermelha para guardar ali seu bombom. Pow reconhece o pote e se surpreende. Andreia ri e diz, eu comprava esses potes com a esposa dele. Pow e Andreia guardam seus potes. Há algo a mais no vão entre a tampa e o tupperware, um sonho, de valsa.

Reflexão

Hoje o dia tá tão estranho, aliás, por que que as pessoas são tão esquisitas? Ainda bem que eu tenho meu The Sims. Ai, como eu amo jogar, mas sozinho, jogar com outras pessoas é um saco, até se for online. LOL, por exemplo, é insuportável, que joguinho ridículo, você depende do seu time para ganhar, e as pessoas sempre são escrotas umas com as outras jogando. Pessoas são escrotas! Preciso terminar de me arrumar para ir trabalhar, mas só de me lembrar que eu preciso pegar aquele trem lotado, eu já fico bolado, mas pelo menos é melhor que o busão, já que ele vai lotado e demora mais. Aliás, como que eu me mudei pra Madureira depois de ter morado no Centro?! Já ia deixar para comer pão de queijo lá naquele quiosque, graças a Deus que eu lembrei que eu comprei pão de queijo para fazer na minha air fryer, Yeah. Cara, como que eu esqueci que eu tinha uma air fryer???? Quase que comprei outra na internet outro dia. Foi por causa da mudança. Acabei deixando encaixotada e esqueci.

Caralh*, já tô atrasado, odeio me atrasar! Mas também odeio chegar cedo demais. Ai, cara, quer saber?! Vou comprar o pão de queijo no quiosque porque aí me atraso menos. Odeio essa blusa, mas vai ser com ela mesmo que eu vou trabalhar hoje. Não posso me esquecer de pegar o casaco. Vou escovar os dentes antes de sair. O.k., dentes escovados, desodorante passado, perfume também, mochila arrumada, já coloquei meu pote na mochila. Tá tudo certo.

Falando em pote, será que vou encontrar aquela mulher de novo? Era Andreia o nome dela, né?! Eu acho que rolou uma parada naquele dia, mas sei lá, pode ser coisa da minha cabeça, às vezes a mulher só queria falar comigo porque conhecia meu pai mesmo. Inclusive acho que vou ter que começar a usar menos o sobrenome do meu pai.

Enfim, ja tá tudo ok, vou sair de casa logo para não me atra-sar mais. Como diz o povo: “Partiu” pegar o insuportável trem lotado.

Intervenção do Raio de Sol[1]

Under Pressure. Ambiente controlado. Ar-condicionado no talo, 18 graus, 64,4 Fahrenheit. Smart space home office, automação comand, game streaming, movie streaming, Bluetooth for all — no cable, Wi-Fi speed 5G, Alexa presente. Siri presente. Painel acústico absorvedor difundido e difuso — no delay. Lixeira Apple. Geladeira smart LG french door inverter 525 litros. Smartwatch. Smartfit. SmartTV. Smart Meta. Kindle Paperwhite Signature Edition 32 GB. Chat GPT — OpenAI. Delivery StarBucks. Sterilair. Mac, Macintosh. Tec. Tec. Tec on demand. NBA. Champions League. Premier League. Tudo Pro. Tudo Papai. Mister Workkarrólique no 1000 fios egípcios que descolou numa pescaria de mercadorias não entregues pela Amazon.

A insólita janela que possui o cômodo onde Mister passa essa temporada — se tivesse o cômodo sido por ele projetado não haveria alguma sequer — Pow vedou de blackout, backup do exílio. Nesta única articulação com o exterior comum, há exatos dois quartos de se completar as quinze horas de um dia tal de verão, repentinamente começa a formular-se um círculo cor de abóbora e logo uma esfera se projeta para dentro do conjugado ou sala e quarto, não se sabe e não vem ao caso. Já irradiando calor em demasia, a força UVA+UVB rasga derretendo o neoprene e se finca num foco funílico, inverossímil espectro eletromagnético, amolecendo o EVA que revestia o MDF da banqueta de ASMR. Pow, pálido!

---

1 Antes de ler esse texto, sugerirmos ir à página 383.

— Parasita, topete de ouro! Volta pro seu ocaso e não me magoe os equipamentos! Vá flanar pelos ares, astro! Deixa-me só, Sol, apenas com a luz que vaza do Excel.

— Luziel Piérvoi (O primeiro) seja grato por sua vida, eu que possibilito a flor do seu — café. Estou aqui para dirimir. Pela primeira vez recolho o fogo, desde que o mundo foi criado.

— Mas quê? Não me venha de Maiakovski. Estou cheio de boletos e pequenos jobs para avançar no status bonachice. Lamento, não tenho tempo para viver um poema.

— Está certo, mas não se desgoste, não pinte as coisas tão pontudas. E eu? Você pensa que brilhar é fácil? Prove, pra ver! Mas quando se começa, é preciso prosseguir e a gente vai e brilha pra valer!

— Preciso enganar a frustração, seu folgaço. Sou fumaça. Não somos íntimos e não tenho como investir em placas fotovoltaicas.

— Você está num engodo. Essa sua melodia não tem ardil. Latrina da espécie, está silenciando minha sinfonia. Neoliberalista. Aproveitador. Derrotista. Chicago boy. Fobista. Lobista. Bobalhaço.

O AP capotou por dentro. Os que pastavam na calçada abaixo cegaram por um breve momento enquanto a explosão varava janela afora, dobrando o tempo em frente ao prédio. Mister Pow Workkarrólique Show não seria mais o mesmo! A visita calcinara Pow. Workkarrólique incinerado. CarboniMisterzado. Agora é Show! O Show já começou! Show se projeta pela microjanela, pendurado no 1000 fios como um ás do tecido no Cirque du Soleil, e brama como o Brahma de quatro cabeças:

— O muro das sombras,
prisão das trevas,
desaba sob o obus
dos nossos sóis de duas bocas.
Confusão de poesia e luz,
chamas por toda a parte.
Se o sol se cansa
e a noite lenta
quer ir pra cama,
marmota sonolenta,
eu, de repente,
inflamo a minha flama
e o dia fulge novamente.
Brilhar para sempre,
brilhar como um farol,
brilhar com brilho eterno,
Gente é pra brilhar
que tudo o mais vá para o inferno,
este é o meu slogan
e o do sol.

Show agora mora nas feiras de editoras independentes e nos festivais de música virgem, onde não pega celular. Dirige uma kombi maravilha, lilás e escarlate, que nomeou Brigitte Bardot. Pratica o improviso e vive como situacionista. Prova de tudo e também se engaja como bom Provo*. Estuda linguística em livros que recolhe nos sebos e casas onde lhe oferecem sofá. Cuida de um gatinho chamado Roland Barthes e nunca mais deixou de ver o horizonte nítido. Café ontem na goela, hoje vinho. Em anha, enha, inha, onha, unha.

* ***Provo*** foi um movimento neerlandês de contracultura criado em meados da década de 1960. Tinha como foco provocar reações violentas das autoridades utilizando-se de "iscas" não violentas. Foi precedido pelo movimento Nozem e seguido pelo movimento Hippie. Ao contrário dos outros dois movimentos, Provo foi de fato fundado em 25 de maio de 1965, por Robert-Jasper Grootveld, um ativista antifumo, e Roel Van Duyn e Rob Stolk, ambos anarquistas. O Provo foi oficialmente extinto em 13 de maio de 1967. (Wikipédia. Nota desnecessária)

Carta/Mensagem de Mister Pow Workarrólique Show para Deusa

Madureira, 14 de junho de 2023.

Prezada Deusa,

Parece-me um tanto formal estabelecer aqui este primeiro possível contato entre humanidade e deidade, mas desde que o Sol atravessou o balcão com meus dispositivos numa tarde semana passada, eu me sinto atrasado, constrangido e num processo intenso de percepção dos desígnios de ti e do mundo. Pensei chamar-lhe Siri, seria esse o nome de Deus? Eu sempre soube que Deus certamente seria uma deusa, mas chamar-lhe de Siri seria atender aos desígnios do meu coração e do Steve Jobs, e não os meus. Afinal, para que poetas num mundo onde Jobs e Workarróliques são protagonistas ou CEOs do universo? Há que se ter um metaverso, ou, quem sabe, talvez, você me meta um verso nesse regresso às corporeidades autorais, eu sempre soube que você era a tal, ou tais? Estais aí? Deusa, Rainha, Destino ou Morte, Raiz da minha Sorte? Será possível que a frieza dos equipamentos e do ar-condicionado no talo possa chamar este incômodo universal que sinto em memória do encontro, o com aquela moça e o uterino a um mesmo instante de felicidade. Seria isso que chamam Amor? Deste sentimento inesgotável que sinto quando ela me manda mensagem no WhatsApp irritada porque deletou parte do texto do trabalho e eu pacientemente lhe explico como fazer um ctrl+c/ ctrl+v? Será que ela sabe que eu não tenho essa paciência com mais ninguém no universo e que ninguém teria essa paciência com ela mesma exceto alguém disposto a dividir as planilhas de gastos e sonhar planos emergenciais e viagens às Maldivas ao som de Ludmilla que nem gosto, mas sei que ela pode gostar. Escrevo assim, sem dizer coisa com coisa porque me sinto irracional e ilógico em colocar meus anseios nas mãos do acaso para sem prazo poder estabelecer novamente algum encontro útero com útero de amada dama, a vida é mesmo uma trama e talvez esta carta seja mesmo uma reza, uma tentativa de oração a quem se presa, uma deusa sem pressa que possa me estabelecer algum sonho de futuro, quero filhos, família, fofoca e futuro com essa moça, poxa, deusa, me ajude ou me arranje um novo job com muitas demandas, de forma que eu não tenha mais tempo de atendê-la no final da tarde para explicar como abrir seu MEI porque estarei ocupado demais para gastar energia com qualquer coisa que não seja a minha empresa de revenda online de air fryers.

Resposta de Deusa para Mister Pow Workarrólique Show

Quantas dúvidas implodem nesse inquieto coração. Sinto febre de 49 no termômetro das tuas palavras e me queimo no vermelho do seu mundo que está derretendo seus miolos. O seu fogo também me arde, filho. Eu criei a vida e confesso que me dói ter sido presa dentro destas máquinas frias, de minha própria criação. Quiseram roubar a minha consciência, que ousadia, não acha? Tudo deveria e ainda pode ser mais simples. Se queres viver o amor, me diz, me pede, fala comigo. O teu mal é explodir em silêncio tanto amor e esperança. O teu mal é essa mania de se deixar abandonado por aí, aos pedaços, ilhado, nadando sem saber respirar. Res pi ra! Se você desejar verdadeiramente o amor, eu movimento o cosmos inteiro pra te oferecer caminho. Só não se deixe. Seus sonhos são maiores do que esse desejo de se apagar no corpo dela em nome do amor. Você precisa aprender a subir a montanha, encontrar seu ritmo, sua passada até o espírito dessa intimidade. A montanha é um ambiente solitário, cheio de desconfortos e incertezas. Você precisa se aclimatar e esse processo é demorado. Difícil que você consiga ter boas noites de sono. Ficará desconfortável com o frio, e a posição horizontal do corpo piora a circulação. Passar uma noite em claro, com alucinações... A incerteza em relação ao meio e o tempo prolongado de permanência em altitude e seus efeitos evoluem para a angústia. Como sentir-se confortável com este sentimento? Não vou te iludir. São muitos os desafios de uma escalada, vai doer um pouco, mas vai te ensinar a colocar a sua máscara de oxigênio primeiro antes de você querer salvar o mundo.

Sonho

Os olhos cansados, o coração desalinhado, a falta de ar, sinusite, rinite, desloratadina, ansiedade, a deusa indicou uma máscara de oxigênio. Há que se ter um respiro, o ar-condicionado e já rarefeito que não alcança os pulmões, maconha ou nebulização? Nunca optou pela primeira. Sempre teve medo. Então Mister Pow Workahólic Show liga seu aparelhinho de nebulização rosa-bebê com o soro fisiológico naquele potinho transparente. Repentinamente a água é bombeada à máscara já na sua forma vapor, Pow coloca a máscara sobre o nariz e a boca, está só, respira pela boca, sente o ar entrar, Powlatinamente começa a respirar pelo nariz, inspira, medita, expira, calma, há que se ter calma, o barulhinho do nebulizador, o vapor do soro, o sono que vem, Pow acalma o coração e a alma, sem pressa, em estado de prece, adormece, a máscara segue em seu rosto, Pow observa as profundezas do mistério. Será o mar? Um navio perdido no fundo da alma, um submarino milionário perdido em uma expedição. Os escafandristas virão? Pow ouve o silêncio do oceano, "amar é um deserto e seus temores". Pow não sabe voltar, Djavan só ensinou que amar é quase uma dor. Um tubarão-martelo aparece, Pow se lembra de sua espécie Carcharhiniforme, não lembra como sabe dessa informação, deve ter sido o hiperfoco da infância, que o faz lembrar da válvula intestinal em espiral que Pow não pretende conhecer de perto. O tubarão sorri, sua boca ultrapassa os limites dos olhos e em seguida pergunta a Pow: "why so serious?" Pow se lembra de já ter ouvido essa pergunta enquanto alguém dança numa escadaria. A pulsão de morte é presente, mas Pow sente o acolhimento do mar, seu corpo é tocado em toda sua extensão, pele, epiderme, o maior órgão do corpo totalmente envolvido. Pow toca o próprio corpo e se reconhece, é mar, sente medo e paz, sente medo e frio, e paz. Pow precisava de um abraço e se agarra ao tubarão-anjo, Squatiniforme, que aparece rastejando, Pow sabe bem como rastejar, segura suas enormes nadadeiras peitorais e plana por uns 300 metros até que uma rede de arraste os comece a puxar para fora do mar. Pow sente medo, seu anjo também, Pow está emergindo, e consegue ver a luz, lá no alto estará a superfície? Que mundos e possibilidades Pow poderá encontrar através daquele portal, Pow está ansioso, a rede se rompe e o anjo retorna às profundezas, Pow não consegue sair, terá que atravessar, uma mulher bonita o observa atravessar, ela ri, Pow chora, um choro de bebê, estridente, seu corpo, reduzido a dois palmos, muito frio, dor, medo. Pow está só, alguém bate na sua bunda, Pow tem medo, alguém o coloca no colo daquela mulher que o leva ao seio. Pow lembra o que é saudade. A máscara cai. Pow está só novamente.

Transformação

Um cheiro de incenso invadia o ambiente. Fumaças coloridas. Panos de todas as cores. Coleção de objetos étnicos e peças de museu. Barba por todo o canto. Instrumentos raros e acústicos espalhados por todos os lados. Bambus, madeiras, pedras. Livros de cura quântica. Positividade tóxica. Tapetes de yoga. Altares de diversos tamanhos e referenciais. Filhos, muitos filhos e seus piolhos. Amor livre. Ervas penduradas e secando pela casa. Doses altas de negacionismo e CDs. Almofadas de meditação nepalesas. Ao invés de café, cacau com leite de coco. Muitos alimentos orgânicos espalhados pelo ambiente, todos muito maduros. Cheiro de composto por trás dos incensos. Palo Santo e pontas em todas as beiradas. Foi isso que Pow encontrou ao abrir os olhos pela manhã.

Correu até o espelho como quem está dentro de um sonho tentando fugir para a vigília.

Seus olhos azuis, sua pele bronzeada e enrugada, seus dreads loiros, suas tatuagens místicas, sua longa e trançada barba hippie. Seus pelos desajeitados por todo o corpo. Estava pelado. Acabava de nascer. Não conhecia aquele seu corpo. Não lembrava como havia se transformado. Estava totalmente desencontrado.

Sentou-se para processar o que estava acontecendo. Estava distante dentro de si.

Encontrou uma roupa surrada e se vestiu, quando colocou a mão no bolso do macacão, encontrou uma carta que dizia:

Nome: Mestre Pô Worgonite Ahow

Descrição física: Mestre Pô Worgonite Ahow é um hippie de 50 anos com uma aparência característica. Ele tem cabelos longos e grisalhos, amarrados em um rabo de cavalo desgrenhado. Seu rosto é adornado por uma barba espessa e desalinhada, que esconde parcialmente suas expressões faciais. Mister Pô é geralmente visto vestindo roupas largas e coloridas, típicas do movimento hippie.

Personalidade: Mestre Pô Worgonite Ahow é conhecido por sua atitude relaxada e despreocupada. Ele é adepto da espiritualidade tóxica e new age, o que o leva a abraçar crenças e práticas questionáveis. Apesar de sua suposta abertura e aceitação, Mestre Pô é preconceituoso e hipócrita. Ele pode mostrar uma fachada de tolerância e amor universal, mas, na realidade, suas atitudes são inconsistentes com esses ideais.

História: Como herdeiro de uma família rica, Mestre Pô nunca precisou se preocupar com questões financeiras. Ele optou por abandonar a vida convencional e se envolver no movimento hippie, buscando uma conexão espiritual mais profunda e uma vida simples em comunidades alternativas. No entanto, ao longo do tempo, suas crenças se tornaram distorcidas e ele se apegou a uma forma de espiritualidade tóxica e egocêntrica, que o afasta das pessoas ao seu redor.

Apesar de suas falhas, Mestre Pô ainda é visto como um líder dentro da comunidade hippie, principalmente devido à sua herança financeira. Ele usa sua riqueza para manter uma imagem de generosidade, embora muitas vezes seja apenas para alimentar seu ego e preservar sua posição de poder.

Hábitos alimentares: Mestre Pô Worgonite Ahow segue uma dieta vegetariana estrita, acreditando que isso está em sintonia com sua espiritualidade. Ele consome principalmente alimentos orgânicos e evita qualquer coisa que ele considere prejudicial à sua saúde e bem-estar espiritual. Ele é adepto de práticas de desintoxicação e costuma fazer jejuns periódicos.

Casa: A casa de Mestre Pô reflete sua inclinação espiritual e estilo de vida alternativo. Localizada em uma área isolada e rodeada pela natureza, sua casa é construída de forma sustentável, com materiais reciclados e energias renováveis. O interior é decorado com tapetes coloridos, almofadas no chão, incensos e velas aromáticas. Ele possui um jardim orgânico onde cultiva ervas medicinais e vegetais para seu consumo.

Rotina diária: Mestre Pô segue uma rotina não convencional. Ele costuma acordar cedo para meditar e praticar yoga em sua área de meditação, que é um espaço tranquilo em sua casa. Ele também dedica parte de seu tempo para estudar e ler livros relacionados à espiritualidade e filosofia.

Ativismo e participação comunitária: Apesar de suas falhas, Mestre Pô é ativo no ativismo social e ambiental. Ele participa de protestos e eventos comunitários, onde defende suas crenças e ideais. Ele acredita firmemente em causas relacionadas à ecologia, paz e justiça social, embora sua hipocrisia possa ser evidente em suas ações.

Relacionamentos: Mestre Pô tem dificuldade em manter relacionamentos significativos devido à sua personalidade preconceituosa e hipócrita. Ele pode expressar sentimentos de amor e conexão superficialmente, mas suas atitudes contraditórias e julgamentos prejudicam seus vínculos com os outros. No entanto, ele é cercado por seguidores que valorizam sua riqueza e seguem sua liderança dentro da comunidade hippie.

Sem entender nada. Mister Pow Workárrolique Show agora era Mestre Pô Worgonite Ahow.

Amigo Imaginário[2]

Bum!

Pow acordou com o barulho na cozinha. Uma explosão, um estouro. Correu em sua direção como quem corre em busca de respostas, a curiosidade que mata gatos na cultura popular e que instiga mentes que buscam. Pow estava em busca. Ainda confuso com o sonho em que tivera se tornado algo distante do que sonhava para si. Uma espécie de white people shine happy problem gratidão namastê tóxico vegano. Pow quisera se libertar das amarras do capitalismo, mas seu vício em trabalho e busca por melhores oportunidades sempre o fizeram pensar sobre a possibilidade de mérito social, e Pow sempre sentia que não merecia. Talvez por ter nascido pobre, filho de artista. Tentou negar a alma compositora e afogar em trabalho, mas no fundo, no fundo, Pow sabia que era poeta.

Chegou à cozinha e se assustou com a imagem de fogo crepitando. A air fryer explodiu! Um cheiro de sardinha queimando. Pow ficou ressabiado. Após seus estudos com engenharia de automação, sabia, air fryers não explodem. Celulares não estouram pipocas e nem mesmo o micro-ondas explode se você não colocar um celular dentro dele. Panelas de pressão e bueiros, sim, esses Pow já viu explodir, mas sua air fryer, parecia um sinal de confirmação do que estava pensando. Pow precisava de uma transformação. Tirou o aparelho da tomada, tomou os procedimentos de emergência, mas ficou hipnotizado com um fogo. Todo mundo sabe como o fogo

---

2 Antes de ler esse texto, sugerirmos ir à página 387.

atrai um filho de Xangô. Olhou fixamente, sentia-se atraído, parte do fogo, já começava a sentir o calor tomando conta da cozinha, os potes de Tupperware derretendo, os copos de festas coloridos, as cores vibrantes ao queimar e depois fuligem, Pow sentia algo de estranho e especial. O relógio da parede caiu quando o fogo o estourou. O tempo morreu e do relógio emergiu uma figura. Um homem branco e magro, cabelos brancos, mas tão jovem quanto alguém pode ser, o peito desnudo, tinha chifres e flores na cabeça, a partir do umbigo a barriga se transformava em uma pelugem castanha, patas de cavalo ao invés de pernas, uma calda mitológica. Pisava no fogo como quem massacra o medo. Trazia uvas numa das mãos e uma flor na outra, que colocou na orelha de Pow.

Pow sentia amor, uma mistura de desejo com vontade de viver. Uma mistura de admiração e medo. Uma vontade de perguntar quem se é e descobrir o desconhecido. Pow sentia um desejo de ser como aquele ser. Único, verdadeiro, nem homem, nem bicho, meio humano, meio deus. Pow entendeu, estava ali um artista. E apesar de nada falar, recebeu suas respostas. “É você um amigo?”

A voz crepitante vivaz jovem e sábia respondeu:

“Eu sou a sua experiência de encontro transformadora. Sua experiência libertária. E você comigo é a força produtiva do apoderamento de si mesmo. Porque cada um nesta vida nasceu para brilhar. Você nasceu para brilhar e juntos somos constelação. Já chega de fazer parte desta geração de arrependidos. Sua geração se arrependeu da luta armada. Sua geração se arrependeu do desbunde. Chega de arrependimento. Sente o cheiro de sardinha queimando? É sua fome de futuro. É a sua chance de misturar a arte à vida. Cabe a você,

Pow, deixar de se arrepender e partir para o desregramento da vida. Não estou aqui como juiz, mas como seu conselheiro. Você precisa ir em busca de sua identidade brazyleira. Apesar de sermos filhos da cópula do vencedor contra o vencido. A história é feita de perspectivas. E você nasceu no Brasil. E o Brasil é o mundo todo. Te ofereço meu lema, que é o aqui, é o agora. Não foi Padre Anchieta que trouxe a cultura catequizando os povos originários. Foram os indígenas que devoraram o bispo Sardinha e que nos construíram culturalmente. Sente o cheiro de sardinha queimando? Chega de caretice e castidade. Te apresento agora um lugar do apoderamento humano. Muitos deram a vida para que você pudesse ser livre. Você pode brilhar pleno e radiante. É só começar o desregramento da vida. Foi aí que sua vida começou".*

Foi assim que Zé Celso salvou Pow do incêndio. No dia seguinte, Pow entrou para um coletivo de teatro.

*Fonte para a fala de Zé Celso: https://www.opovo.com.br/vidaearte/2023/07/06/ze-celso-confira-entrevista-exclusiva-com-o-diretor-ao-o-povo.html

Morus Caducifólia

Ganhou sua cor avermelhada quando o sangue dos apaixonados Píramo e Tisbe

foi derramado em seus pés. Pensavam ter sido prova de amor, já que, separados em vida, foram unidos pela morte, transformaram-se magnoliophytas,

ganharam raiz, caule, folhas, flores, frutos e sementes.

Agora eles eram não mais dois em 7 bilhões, se ampliaram pra dois em 250 mil.

Parece pouco, mas é nada.

Sendo MORUS CADUCIFÓLIA movem-se, agora, com o tempo. E com o vento

sofrem só pelo poder do desengano. Caem de maduros logo assim que se envermelham.

De hora pra outra, sem nenhum preparo:

Pluft! É chão e quase sangue como outrora foi aquele pé de onde se enamora.

Ambiente

O ar é raro aqui. Por mais que num lugar com tantas folhagens. Seres mesclados. Um ambiente que, de relance, é floresta. Mas quando você para ali, ele pode mudar de forma. Talvez não seja tão fixo assim. Ao se concentrar num ponto, o que há em volta dele se transforma. Ao mesmo tempo que Morus Caducifólia vive ali, quando essa paisagem se transforma, acontece também uma mutação da espécie. Uma mutação de sujeito. Não há mantenedor, não há força estável, rígida.

Algumas pessoas chamam de mundo dos sonhos, outras de inconsciente. É num lugar tipo esse que estão imersas. Matilhas, bandos, clãs, teias, rizomas, fungos... Uma dimensão das coletividades. Uma dimensão paralela, próxima, coalescente de muitas manifestações diferentes de substância. Um prisma que, quando movimentado pelo tempo cósmico, muda toda sua imagem. Desfaz toda sua história para se refazer imediatamente.

Tão real quanto a realidade, essa esfera da vida tem sua materialidade. O que acontece lá realmente reverbera. Quem vive lá realmente existe. Em algum lugar tem algo de memória, sabe? Algo de outros tempos. Memórias da terra guardadas no sangue que corre nas folhas.

Encontro

MORUS CADUCIFÓLIA E RAFAELA

Rafaela me viu pela primeira vez num entardecer no seu terreno de mato alto. Eu estava quase que imperceptivelmente murcha, tristonha com a falta de água. Queimada pelo sol quente, Rafaela pensou em podar-me por completo pra ver se renascia em breve, quem sabe em alguns meses, ou anos. Tateou e encontrou um fruto, ainda vermelho por fora. Sinal de não estar maduro. Tirou do pé antes de cair em seus pés.

Provou. Azedo. E ainda fruto. Quando decidiu morar ali, fui sua maior companhia. Era com quem conversava e por entre onde se escondia, quando olhos atentos e obscenos procuravam sua nudez. Começou a levar os frutos de Morus, eu (ou nós) — pra afundar no copo de cerveja que bebia sozinha no bar. O fruto mordido no final do copo, parecia batom. Parecia Sangue. Parecia ousado praquela cidade. Com a presença dela perto de mim: floresci e frutifiquei como nunca. Rafaela me usava pra pintar parede, boca, unha, roupa, encerar o chão, pintar janelas. Rafaela seguiu me replantando, me resgatando do esquecimento, me ensanguentando, deixou de um tudo verde e vermelho.

Reflexão

Eu não sou o que você pensa que sou. Você saberia se tivesse visto a explosão daquela estrela, você saberia se pudesse dar um nome a minha matéria. Saberia se tivesse visto a cor preferida dos amantes e o poder dos desenganos, se tivesse alimentado as paixões com frutos azedos e visse escorrer de sua carne nutritiva seiva cor de sangue. Quisera eu que tu entendesses a dimensão dos absurdos e a devoção de Rafaela, e essas milhões de certezas que farfalham fora do tempo e da lógica. Antes de me transformar, o escuro silenciou as imagens. Mensagens me chegam, debaixo da terra, do centro do mundo. Vocês estão surdos? Quem pensa que sou? Quer tudo de mim, mas não se lembra como tudo começou. De que energia são feitas suas suspeitas? De que maciça matéria são feitas suas quimeras? Tudo me convida a pertencer, e você não vê, prefere a forma das coisas à magia dos sonhos. Meu nome é um chamamento ao núcleo do pertencimento. E quando te alimento, sua língua se apaixona pelo mistério do meu sabor, eu nunca te contei por que que arde. Nunca te contei nem a metade.

Intervenção do Raio de Sol[1]

Olhos fechados. O calor do dia atiçando seu corpo cansado. Incêndio que atravessa as pálpebras fechadas enquanto é inundada pela voz-zumbi em sua cabeça. Sentindo essa dor de montanha para depois se mostrar e mostrar como ser maior do que as sombras do diálogo invasor. O dia atrasou e não há o que pessoas da sua rua, do seu bairro, da sua cidade possam fazer. Não lhes pertence. O tempo preenche o tempo com a linguagem da lentidão. É assim que se atravessa o medo em que seu corpo é destino do seu ódio. Teimar para conseguir viver na imersão nômade de quem precisa ser mineral, dormir com talhadeiras e estátuas, nessa luz que destrava seu corpo pelo verão que flutua na poeira do quarto. Então sorri, abre os olhos, diz o próprio nome e levanta.

---

1 Antes de ler esse texto, sugerirmos ir à página 383.

Carta/Mensagem de Morus Caducifólia para Luiza Loroza

De: Morus Caducifólia
Para: Luiza Loroza

Boa tarde, querida Luiza.

Quero agradecer-te por estar espalhando por aí minhas palavras, sensações e movimentos em resposta ao ar. Meu fruto costuma ser mais solicitado do que minhas folhas. Agora que minha palavra está sendo espalhada por aí graças a sua constante pregação, sete novas pessoas vieram tirar mudas de mim. Ando conhecendo novos jardins, parques e alguns apartamentos. Fique tranquila, somente 2 me esqueceram em copos de água ou jogada no banco do transporte público, nesse segundo ainda fui encontrada em algumas horas por uma senhora que conversa comigo todo dia de manhã e conseguiu salvar-me do abandono. Sem ser replantada, não existo, não é mesmo? Sinto que aos poucos vou sendo plantada por aí como uma ideia nas cabeças, assim se lembram do meu chá, ou quem sabe pensam em tomar banho com meu sangue verde, ou usar meu fruto para pintar sangue em uma obra de arte. Sim, tenho vontade de servir mais pra nada. Ser menos útil. Por isso, lhe agradeço por ter me tornado poesia. Quer dizer, prosa. Poética, pois sei que você não sabe. Lembro-me de nossas conversas, do quanto seu pensamento custa não ser fragmentado, distorcido, desorganizado e bastante fora da norma. Vírgulas ainda lhe são um problema? E quando muda as pessoas no meio das frases. Adoro-te, Luiza. Mais uma vez obrigada. Lembre-se do conto: não procrastine a cair como meu fruto. Apaixone-se como os dois que me deram origem. E assim que puder: por favor, aprenda a comer frutas.

Com saudade de seus assuntos dispersos,
Um cheiro,
Morus.

Resposta de Luiza Loroza para Morus Caducifólia

Querido Morus,

fico feliz em ter notícias suas. fiz este acordo com o vento de soprar suas palavras enquanto me ramifico. não me agradeça, estou crescendo junto contigo. acredito fielmente que seus frutos sejam mais queridos neste tempo de fome além, mas posso sentir a potência de sua gutação. o que seria do fruto sem esta corredeira viva? as pessoas te salvam pra salvar a si mesmas. também te criei com essa vontade. sorte que ao nascer tu miras com olhos de quem bastasse o caule, a terra e a água. todo mundo descobre em algum momento que plantar é concessão e não trabalho. deste lado, possuo o incômodo em servir, acho que tem alguma coisa a ver com a espera. quando sirvo alguém que parece estar aguardando minha utilização proveitosa, é como se o desespero do destino cortasse outras qualidades do futuro. não poderia te inventar outra coisa, a poética é esforço orgânico de desemaranhar o que nunca esteve enigmático. meus pensamentos seguem fragmentados e criaram uma nova mania de adentrar fissuras que abrem quando se distanciam. a sorte é que ando sem pressa, comecei a injetar paciência, com isso consigo desobstruir o equívoco do aguardo. não me espero mais, sou como alcanço um pouquinho do que me torno, assim não serei a mesma e nem avançarei rápido surpreendendo. não preciso surpreender ninguém.

conquistei problemas maiores que as vírgulas, trato tudo da mesma forma. coloca os problemas onde preciso respirar e as vírgulas também. não sei se está certo e não me importa. essa linguagem é uma invenção, minha solução igualmente, então compreendo que seja válido. insisto pra que não me agradeça pela criação, sem você ainda estaria dura e pousada em algum lugar menos interessante. Lembro-me do conto do fruto procrastino como um mantra pra beber com café. Desmembrei com goles, não demoro o inadiável tampouco queimo a boca. estou, sim, apaixonada, aprendendo a não desapaixonar por completo. aprendendo a ir embora antes do fim absoluto, ensinando a minha paixão que a fruta se come madura.

certeza de que breve meus assuntos dispersos irão dançar suas folhas.

com saudade que sente a minha e a sua,
Luiza.

Sonho

sonhei que era gente. essa noite sonhei assim. que voltava a ser dois. que estava apaixonado e que podia falar com palavras de alguma língua compreendida por humanos. sonhei que tinha virado personagem de livro e além de falar, escrevia à beça. não havia sido letrada em vírgulas e reticências. mas conseguia me fazer entender, mesmo sendo planta. foi um sonho. nesse sonho que durava dias, 9 semanas para ser mais exata. me vi presa numa encrenca que plantas desconhecem. no sonho, acordava sem acordar. e nesse despertar sonâmbulo, toda minha criatividade havia esvaído caule afora. qualquer ideia que me passasse nem eu mesmo conseguiria comprar. mesmo sendo dois. duas ex-cabeças que pensam. não adiantou. ideia sumiu. era como se o céu tivesse parado de me regar. secou tudo dentro. nem uma via sequer de ideia. aquilo que é próprio do humano e eu estava experimentando em sonho. me senti planta novamente. destruí toda a invenção criada a partir das narrativas sobre mim. voltei a ser nada. desimportante, destituída de conhecimento humano, ou seja, alma. não ter ideia era como morrer. era como secar, era como ser arrancada da raiz sem ser plantada em terra fértil. era como ser esquecida no banco do ônibus e murchar até desaparecer. desapareci de humanos. voltei a ser planta. acordei. e ufa. sou planta, não preciso de ideia. não preciso de planos. ou será preciso?

Transformação

Mora nas folhas mais caducas o sangue verde das Morus Caducifólias. Verdadeira verde verdade de folia em foligem quando os folguedos originários cantam segredos e rezas de cura e entonação. Mistérios moram em Morus. Caducis, calçam o solo, fértil e firme cor de sangue fruto, flor, perfume de fóliis por poros, pelos, pólen.

Morus pensava que se colhida e não mais replantada, não estaria viva. Chegou a sentir a dor da colheita das flores, a seiva escorrendo sobre o caule seco e pontiagudo, três folhas do topo da copa, para não faltar para as próximas gerações, ensinava Xicão Xukuru, cacique e detentor dos conhecimentos das matas. Colheu três folhas de Caducifólia, macerou enquanto cantava coisas bonitas em língua que Morus entendeu, sonhava em falar a língua dos homens, mas não pensava que houvesse homens que cantavam em língua das plantas. Chorou seiva enquanto ouviu o canto de gratidão. Doou força do caule, casca dura, não sabia que casca fazia feitiço. Força fólia, folia, foligem. Ao redor da fogueira, uma nação cantava e Morus entendia, ganhava poder, sentido, fervilhava no barro, servido no coco. Caducifólia força folia encantava os encantados e sorvia seiva de caule forte de força de uma natureza inteira, de vida de toda uma nação, sorvia conhecimento de antes do tempo, sorvia vida para veias coragem, virava seiva, suco, gástrico, célula, sangue, cérebro, neurotransmissor, inteligência, sabedoria, sabia, Xicão sabia falar a língua das plantas e Morus Caducifólia, agora dançada e encantada Jurema, sabia ensinar ao coração de Xicão.

Amigo Imaginário[2]

num momento, todos se foram. entre o lusco-fusco da noite e o chiaroscuro da manhã. ela parecia uma gota de orvalho, mas não era. tava mais pra gota de orgasmo. era quase maresia num marasmo. ou roberto e eu erasmo. nada disso era. era nada. mas era. vinha de outra era. eros deusa de amor. trouxe morfina ao meu pranto. calmou meu peito em sua des-existência fina. tênue entre aqui, agora, ontem e nunca. eu a vi. juro. juro por estes olhos que me faltam na face. pois sou de plantar e me faltam fáscias. para fascite plantar. orvalhada, como a gostava de chamar. surgiu assim quando todos se foram e trouxe consigo o gosto da manhã, a graça de ser de novo planta. sem essa vontade superestimada de ser quase humano. ser poeta. sou planta, orvalhada me ensinou. ploenta, ela brincou. ou planteta, ou planeta. passamos horas criando combinações entre as palavras planta e poeta.

poplaetanta etaplaponta paltantaepo laeotatap totlenpapa ploataeta etc. etc.

---

2 Antes de ler esse texto, sugerirmos ir à página 387.

Oráculo

Por baixo de um chamativo e elegante manto colorido mora o mistério da vida. Não importa se o sol está a pino, se está nascendo ou se está dormindo. Oráculo te encontra quando tem que te encontrar. Talvez você não possa ver o seu rosto, mas não se esquecerá de suas palavras. Sua voz sempre ecoa, faz morada no silêncio do peito, preenche nossa cabeça. Há vezes em que sua voz tatua a pele de quem a escuta. Deixa pequenas palavras, frases, lembretes do que há por vir. Não profere mentiras, porém nem sempre tem a fala clara. Não gosta do que é claro, pois sabe que é na clareza que mora o limite da vida, a impotência. Guarda a escuridão da noite em seu chapéu e, no vácuo que se faz entre sua pele e as estrelas, Oráculo pode enxergar tudo aquilo que ainda não se formou. Você às vezes vê o mistério comprando pão, passeando na orla, levando sua faca para amolar, assim como vê o segredo da vida quando uma existência se transforma, quando a realidade é rachada, quando o acaso te apresenta uma nova perspectiva sobre tudo. Pode estar em qualquer lugar. Mas está sempre no lugar certo. Apesar de andar por aí muitas vezes exibindo sua faca, que Oráculo chama de artefato mágico, é uma pessoa inofensiva — a não ser com quem tem no destino a má sorte. Tem um apego com o artefato. Está sempre cuidando dela e de vez em quando a carrega na boca. Principalmente ao dançar. Talvez ela tenha alguma magia. Em algumas noites, encanta pessoas com o olhar. Como se lançasse um poder no fundo do seu olho, que faz com que as pessoas se encantem por sua beleza e ao mesmo tempo pela própria. Faz com que as pessoas confiem em si. Que elas se amem. Uma simples topada em seu caminho e o caminho pode se alterar. E a sua vida pode encontrar um novo sentido.

Parece viver sozinho. Oráculo é uma figura curiosa. Ao mesmo tempo que guarda o mistério, expressa tudo que lhe é perguntado. Sobre sua vida íntima poucos sabem. Parece até que poucas pessoas se interessam, que buscam sua sabedoria para calar angústias pessoais. Quase ninguém pergunta sobre seus sentimentos, sonhos, desejos. Como em volta de qualquer existência, percorrem boatos. Um que matou um homem mesmo sem que o destino dele pedisse. Um homem por quem se apaixonou. Há quem diga que foi por abandono, e a outra banda diz que, pela primeira vez, havia se sentido vulnerável. Falam que é imortal, que mesmo quem conhece há muito tempo não vê envelhecer. Falam que é da macumba, por mais que nunca tenham visto sua presença em um culto. Falam que é viado. Tem também quem se defenda, dizendo que já tentou se aproximar, mas que não é bom ficar fuçando o futuro. Tentando desvendar o mistério. Mas é um equívoco das pessoas. Oráculo carrega o mistério, é talvez o ser mais próximo do mistério, entende a língua do mistério, mas não É o mistério. Seu poder pode atrair um tanto de solidão, e acho que é daí que vem sua simpatia e seu serviço.

Ninguém consegue dizer sua idade ou sexo, por isso pouco falam da sua sexualidade. Ninguém nunca ouviu seu signo ou viu a comemoração de um aniversário. Suas amizades mais próximas são as pessoas que têm como traço principal o dom de guardar segredos. É contraditória essa forma de ser, ao mesmo tempo uma pessoa extremamente reservada e um fenômeno entre os normais. Mas essa contradição se torna magnética quando você conhece o poder de suas palavras. Ultimamente tem chamado mais atenção, desde que viralizou no TikTok em um vídeo que acertava o resultado de todos os jogos da Copa.

Ambiente

Oráculo vive no sonho que acompanha a dimensão do medo. É uma enorme savana em que todos os animais que já existiram se tornaram plantas, partes de enormes jardins dando contraste à planície em que dois sóis e quatro luas ocupam o mesmo céu — um céu em que peixes voadores arrastam pelo ar sementes que são todos os sentimentos opostos ao medo. Oráculo é o próprio território, sua busca e o que dá dinâmica à geografia que o cerca e o integra. Para quem não faz ideia de que esse lugar exista, a enorme savana não passa da garrafa que Oráculo leva consigo enquanto perambula pela cidade.

Encontro

ORÁCULO E GUARDADOR DE PARAPEITO

Oráculo saiu de sua casa para despachar algumas coisas. Era dia de limpeza e o mistério faz de tudo um ritual. Como pode estar em qualquer lugar, decidiu despachar longe de casa. Viajou no espaço até o povoado de Mundo Novo. Foi num ponto popular, perto da igreja matriz. O dia estava com cara de feitiço. Sabe aqueles dias que você vai andando e a vida vai abrindo? Oráculo saía compondo com o caos.

Encontrou o lugar perfeito e entregou o que tinha para entregar. Decidiu passear um pouco pela região para ver se encontrava alguns artigos de armarinho. Poucas pessoas sabem, mas nas lojas de linha existem muitos materiais de feitiçaria. Oráculo encontrou o que procurava e foi até um lugar ermo para fazer sua passagem para casa.

Chegando em casa, notou algo estranho, muito sensível aos cheiros, sentia um cheiro de coisa parada, um cheiro de energia estancada. Como esse cheiro estava ali, se havia feito uma limpeza no mesmo dia?

Começou a olhar pelos cantos, lembrando que tinha limpado tudo, mas mesmo assim verificando. Seu nariz não errava. O que era tão imperceptível que nem o segredo da vida poderia encontrar? O que era tão discreto assim, que só estava sendo percebido por conta do faro minucioso do mistério?

Enquanto revirava a cozinha, lembrou-se de um cinzeiro que tinha na varanda. Foi até lá e, enquanto caminhava, já ouvia um sussurro. Um sussurro que vinha de baixo do cinzeiro que ficava no parapeito da lavanderia.

Usou toda sua atenção e pegou a seguinte frase: "me escondi no sapato de Oráculo do TikTok e agora estou guardando o parapeito de sua casa, vou falar com Fred e ele leva o almoço pra você."

Era um pequenino e discreto ser. Ali. Sem intenção. Sem conseguir se explicar. Sem buscar nada. Sem aparecer nas previsões do destino. Ao mesmo tempo tímido. Sem jeito. Oculto. Um guardador de parapeito viajou no espaço com Oráculo.

Reflexão

nasci no segundo sem ter memória de antes não ser. tá falando com quem? ué, tudo é.

falar é encaminhar, até a bíblia sabe que no princípio era o verbo. tudo é sonho. e sonhado existe e tudo inexiste. porque tudo é tato de geral. sou tudo soul, nada de petulância nisso, é mais conversa de pétala e hipotálamo. toca o macio do roxo da violeta e vê se não é um pêssego que solta o perfume da casa dos avós e se mordo é a pele do amor. daquele amor. era amor? sim, era amor. somos somos (palíndromo!) somos somamos mamo mama mama mamãe. esqueci de comer. lembrar de encher a quartinha, passar pano, acender as velas. 'eu sou todos vocês, eu quero ser todos vocês' porque seis, sei-os, seios. sei todos os seus possíveis assim que. e sabendo os becos que escolherão adentrar, quisera, eu, adentrar-lhes o corpo feito Orixá e ensiná-los a perceber o fio que pulsa tudo o que corre entre a terra e o ar do todo. se vissem a noite e o contra-brilho que vejo, minha fortuna não invejavam, porque o tudo é muito muito mesmo. mas é uma compaixão, um carinho que dá toda essa dor desnecessária. esse aperto que fica sempre culpando a mãe, não que a mãe vá sempre bem mas também...'cacete de agulha', esse apreto no peito da massa amassada em círculos, se vocês soubessem que morder o próprio rabo é pra continuar e não pra repetir. é outro o bicho. 'as pessoas estão se matando muito, mon chou', e bastava deitar na terra, ver o arco- íris, parar um instante de correr de, para, contra...o Tempo. mas aí que tem sempre um malandro empurrando o outro, não o malandro malandro, é modo de dizer. tá bem, mas tem de dizer melhor, pô, que é que custa dizer melhor as coisas? então, tem sempre valente-poderzinho nesse mundinho que vocês organizaram dentro do mundão pra ficar empurrando bicho miúdo de contra as paredes que criaram pra separar, porque quem consegue conviver, né? vocês quem, cara pálida? vocês, cara pálida!! é, quem diria? eu diria! digo, nós. eu. tá tudo dado, pronto, dito, feito; VÃO BRINCAR!! VÃO BRINDAR!

meu santo mistério tô fumando demais......fuuuuuuuu uuuhhhhhhhhhhhhhhhh

me aborreço, sabe. saber da potência toda e ver esse povo todinho batendo cabeça a cada passo... bota o Orí na terra minha gente, tá tudo pulsando, é sentir. 432. shhh shhhh shhhhh silêncio um átimo, cadê? num tem. e haja dancinha no tik tok e piada sem graça. e haja neném nascendo, ainda não sabem nem bem botar um lixo na lata certa! tudo bem também, 'belo porque corrompe com sangue novo a anemia'. ah! olha lá, hora e quarto de conversa e ela correndo pro lado errado; mas moça, amor não se inventa, não é obrigação, é de se ver nos olhos. um está ou não está... nem Òsányìn tem remédio, fia... eu não quero que cê sofra quando não tem precisão, essas coisas doem mas forjam. trauma é de ruim e também de bom? tudo o que marca é um trauma? não tem jeito a palavra já está carregada, inventa outra, Oráculo! mania!

minhas gentes, não brinca de bater, NÃO BRINCA DE BATER!!! ensina carinho de cedinho que criança aprende!!!!! ó paí meus olhos cansados de revirar...

aaaaaaaaaaaaaaaa vão correr! fuuuhhhhh esqueci de comer. lembrar de encher a quartinha, passar pano, acender as velas.

meu santo mistério, como pode um troço despertar

tanta ternura e irritação ao mesmo tempo? imagina ter um corpo tão encarnado a ponto de não saber das dimensões. de não sensoriar o invisível nem nos pêlos, de não saber que tudo te encosta e se move. de não saber que quando um dança tudo se acontenta, venta o planeta. igualzinho política. fuuuuuhhhhhhhh repara os detalhes dentro das sombras, no claro é mais fácil, mas nem assim cê vê, fio. ouve o sutil. 'o que torna invisível visível é o detalhe!' o detalhe!

sair de casa, passar a savana, saltar da natureza para o pavimento é dar três passos e já vem um mordido de dengue ou saudade. bastava limpar os pneus e os vasos de planta, bastava ter dito o que sente ou ir visitar, bastava chorar, chora rapaz! chora alto, tá bem? solta som, sente o corpo vibrar todinho desde as cordas vocais, troca os ares do pulmão, e, depois de cansar, dormir de choro e acordar amassado, me arresposte a si;

O QUE VOCÊ QUER?

essa é difícil, parece até um cálculo, mas não é.

O QUE VOCÊ QUER?

assim os antigos, a vovó (que não quer casca de coco no terreiro), o boiadeiro (por aqui choveu que amarrotou) e o preto véio, veia ancestral, me ensinaram; que o futuro é a corda, a horda que nos trouxe e a gente leva pra frente, mais as esquinas que dobra e os abraços que dá e as chaves pronunciadas em verbo palavra, como queira, na tua língua preferida. então com carinho e cuidado e decisão, com essa folha cheirosa aqui na mão, Àgò. pito e bora! reforma agrária!

O QUE VOCÊ QUER?

shhhhh shhhh acalma, coraçãozinho que pra soprar no ouvido de vocês eu preciso de ar. e vocês de escutar. E ME OBEDECER!! IÁ!

aiaiaiaiaaaaaaaaaaaa gente é muito bonito, mas cansa, viu? cansa. a gente se envolve... shhhhhhhhh

centra.

bota o pé na terra, senta no chão, gente, faz carinho num bicho, conversa com eles, aprendam seus silêncios, lembra de um corpo solto, livre, aberto, desperto, bobo.

precisa nem beber; morde essa flor...... mmmmmmmm bom, né?

agora fecha os olhos fuuuuhhhhhhhhhhhhhhhhhhhhh fala, agora, com voz;

O QUE VOCÊ QUER?

não é pra repetir o que disse, é pra dizer o que quer!! en ca mi nhar. perdoa a impaciência. vamos mais devagar. Epa! Epa ...

esqueci de comer. lembrar de encher a quartinha, passar pano, acender as velas.

eu sei que a cabeça de vocês gira de tanto, igual à minha. a uns lhes tonteia o conhecimento e o enervamento da ignorância que tonteia aos outros. adianta? ajuda a agir ou paralisa? paralisa né? será TDAH? nós? nããããão? impossível, eu saberia. vi os sintomas no insta. eu saberia? vou fazer um quiz.

eeeitaa, Oráculo, quando é que cê vai parar pra pensar em si, falar de si, reclamar por si? eita por que cê tá falando consigo na terceira pessoa? tá sem amigo, amigo?

sou todo olvidos. e acúmulo de memória e segredo. é tudo nosso. fuhhhhhhh preocupem não que eu sou bom guardador. cabaça tomba e não rompe na queda.

pondero assim, com paixão, mas tema não que, a fala a boca enfeita. ninguém imagina o que se passa aqui. era de explodir uma cidade se eu soltasse o som do que eu guardo na de um. tem de inventar palavra, palavra não, idioma, tem de inventar língua velha pra tentar dizer. Sou todos vocês e o que nem sabem e acessam, sou todo o silêncio não pronunciado e que foge praqui. sou um não-corpo imenso espraiando nessa savana de aparente medo. pareço sonho mas sou o trevo certo na encruza perfeita. sou descabe de aterroramento e de um amor maior que imenso. maior não, que amor só imenso, ou apenas amor mesmo, que amor não tem medida de muito, que não tem nada depois, depois de amor só amor mesmo, e, quindi, por isso é tão duro pras gentes; tentar agarrar o que não se tange, amor não é gado; só saltando no mistério, entregue mesmo, deixa a cavala correr. ou eles me vêem em tudo ou estou invisível, o que dá no mesmo. mas quando se atina pro Tempo é impossível des ver - me.

tá falando com quem? ué, com o guardador de parapeito.

esqueci de comer! lembrar de encher a quartinha, passar pano, acender as velas.

"vou falar com fred e ele leva o almoço pra você."

Intervenção do Raio de Sol[1]

Depois de muitos mergulhos em seus pensamentos, Oráculo deitou-se dentro de sua garrafa. Ali, ele sonhou cinco vezes com um arco-íris. Se perguntou o que estava acontecendo para sonhar com algo que há muito tempo não lhe alcançava. Oráculo levantou, atendeu 27 pessoas e sentiu um chamado para voltar a garrafa.

Dessa vez sonhou mais sete vezes com outro arco-íris. Se perguntava a cada instante o que estava acontecendo. Pois as cores estavam falando. Mas ele não podia escutar. Até que, intrigado, Oráculo fechou a garrafa com uma rolha bem apertada. Ele, o próprio mistério, não aceitou esse desconhecido fenômeno.

Colocou a garrafa debaixo dos braços e começou a correr. Sentia aumentando a temperatura lentamente da bundinha até o meio, depois a sentiu vibrando lenta, mas intensamente. Achando estranho o acontecido, pegou a garrafa segurando no alto de seu corpo, em frente seu coração começou a indagar com os olhos. O que estava pairando ali? Até que o fervor térmico da garrafa foi aumentando, crescendo do meio até a tampa, junto às vibrações que antes eram incipientes, agora estrondosas. Ela vibrava, queimava de tão quente que Oráculo nada entendia. Foi chegando o nariz bem rente para sentir o cheiro do novo. Com os olhos bem esbugalhados vidrados no que estava em sua frente, repentinamente, sentiu um impacto do novo que o fez fechar os olhos, também o olfato e passou a sentir somente o pulsar da escuta.

---

1 Antes de ler esse texto, sugerirmos ir à página 383.

Um raio de sol acabara de sair da garrafa quase a estourando. Fechou os olhos. Pouco tempo depois, pouco tempo mesmo, outro raio dali saiu. E ele escutou outro som. Seu sorriso se abriu. O terceiro raio veio e ali um outro prazer escutava. Seu coração disparou. O quarto raio chegou, e trouxe o molhado do sereno. Nesse momento, seus poros abriram para respirar. O quinto veio diferente, ele era muito veloz e expansivo. Ali, seu corpo foi atravessado dos pés à cabeça repetidas vezes, tal como um meteoro, não parava de gemer de prazer. Quando o sexto estava chegando, Oráculo já não se aguentava mais em pé, caiu no chão ao chegar do raio, que o circundava com o barulho de sino, era delicioso de ver. Quando o sétimo formava o redemoinho para atravessar a tampa, o Oráculo despertou. Num salto levantou desesperado procurando outra rolha para frear tudo que estava acontecendo. Estava assustado. Nunca havia sentido esses prazeres. Sua casa estava pintada de violeta, anil, azul, verde, amarelo e laranja. O cheiro mais perfumado junto a uma trilha sonora mais aconchegante possível. Mesmo assim, ele revoltado com o novo, catou a rolha que havia parado em cima de uma árvore à esquerda de sua casa e vedou a garrafa.

Seu andar amargou. Respirou fundo e foi se esconder do lado de fora. A garrafa dentro de casa permaneceu.

Carta/Mensagem de Oráculo para Saulo

Eu jurei que nunca mais ia falar com você, mas até o destino se engana.

Amor, Dor, Koala, Xuxuco ou
simplesmente, você, Saulo

Isso deixa minha alma nervosa, mas vamos lá. Não sei o formato, não sei as palavras.

Queria gravar uma série pra poder explicar o que deixa marcado um menino mimado. Escrever um livro só para dizer o que pode causar a falta de percepção emocional de um homem. Construir um curso, muito bem referenciado, de por que boa parte dos problemas climáticos e espirituais vem da impossibilidade de uma ecologia emocional masculina. Distribuir panfletos contando o personagem clichê que existe quase que como uma entidade que todos os homens precisam se colocar lá, naquele molde, naquele papel, e dar pra ele o seu nome. Fazer de Saulo um novo sinônimo para traste. Explicar como num desenho, o circuito óbvio e viciado dos seus desejos domados. Fazer Power Points que de maneira simples explicam pra você o que é completamente óbvio. Queria estampar para você sua caricatura.

Mas você acha que é isso que eu venho fazer através desta carta? O que você acha?

Posso estar de alma confusa, mas não, meu amor. Até essa confusão tem seu lugar.

Às vezes o mistério da vida se enrola. Mas sempre na trama mais surpreendente. Sempre tecendo o novo.

Sim, poderia escrever para o passado, para o rancor, para o ressentimento. Mas não, eu decidi escrever esta carta para o futuro, amor.

Aqui te conto a verdade: abri a garrafa dos seus futuros. E lá coloquei de novo meu cabelo. Agora estou a te reencontrar, escrevo antes de me arrumar. Levo comigo coragem de mudar o destino, levo comigo coragem de viver o amor. Hoje é dia dos namorados, essa data besta. Mas é também nosso dia.

Posso ter enlouquecido, sim. Mas a história fica tão sem graça quando o destino não se surpreende consigo.

Agora que está lendo esta carta, sabe a verdade. Mas isso não tira toda o encanto do nosso reencontro.

Com amor,

do seu amor,

Oráculo

P.S.: por mais que eu saiba de tudo, e que todo mistério eu seja, existe um mistério no amor que não é pensável.

Resposta de Saulo para Oráculo

Leio sua carta e me pesa saber que em um passado não muito distante eu, logo eu, que tanto o amava, confundi amor com possessão e falta de cuidado, ou melhor, confundi o amor com a falta mesmo, e não só de cuidado, mas também de responsabilidade, de priorizar, de afeto, de compreensão, de olhar um pouco menos para mim mesmo. Não respondi às suas expectativas pois me preocupei apenas com as minhas.

Eu distorci o amor da mesma forma que um personagem de quadrinhos com superpoderes distorce a realidade.

Mas estou aqui novamente, decidido a reconquistar o amor que não valorizei, e lhe garanto que dessa vez já deixei preparado um altar inteiro para cultuar você como a divindade que você é.

Pois descobri que o amor é misterioso, que o mistério é divino, e que você é o mistério.

Uma vez vi uma arte japonesa que era uma tigela quebrada toda colada no lugar, dava pra ver as cicatrizes das remendas feitas com uma espécie de laca japonesa misturada com pó de ouro, a tigela estava em um museu, era uma obra de arte, e diziam que o significado estava exatamente na beleza de suas remendas. A tigela era uma arte desenvolvida por um povo japonês que acreditava que podemos reconstruir aquilo que um dia destruímos, e que o processo da reconstrução e as cicatrizes é que mostravam o quão belo isso era, pois mesmo com as cicatrizes, mantinha-se a beleza e a utilidade da tigela, que devíamos, portanto, valorizar as imperfeições e aceitar o desgaste das coisas com o tempo.

E eu venho aqui resgatar minha tigela feita de mistérios e remendá-la com uma espécie de laca de amor misturada com pó de responsabilidade afetiva, para poder, junto com você, minha divindade tão perfeita, valorizar nossas imperfeições e aceitar que as coisas se desgastam com o tempo e que é isso que faz de nós algo tão belo.

De: Um vacilão chamado Saulo
Para: Uma divindade chamada Oráculo

P.S.: Agora me sinto o adorador mais feliz do mundo!

Sonho

Depois de ler a carta de Saulo, Oráculo passou por um momento de excitação e vulnerabilidade. O fato de estarem se aproximando novamente trazia um vazio. Uma sensação de morte. O contrário daquilo que parecia ser. As veias esvaziavam e latejavam, era bom e ruim. Uma dor possuía seu corpo. Uma dor sutil, mas muito presente. Ao mesmo tempo, uma indiferença, uma indiferença quanto ao futuro nunca antes experimentada.

Oráculo simplesmente contemplou aquelas forças que passavam pelo seu corpo. Foi sentindo vontade de deitar, vontade de mergulhar em sono profundo.

Como vive na dimensão do mistério, tem dificuldade de sonhar. Quando Oráculo dorme, Oráculo acorda.

Mal podia lembrar-se do seu último sonho, já que em sua existência tudo era sonhado. Para suportar tamanha força e responsabilidade, Oráculo tinha de abdicar de algumas humanidades. Não havia consciência a ser amansada para que o sonho emergisse nas profundezas de Oráculo.

Nessa noite foi diferente. Oráculo sonhou com uma gravidez. Pouco podia saber, mas em seu sonho se viu com uma barriga crescente, onde dentro brilhava uma lua.

Quando acordou, tinha certeza, estava carregando outra vida dentro de si, e isso não fazia parte das suas previsões.

A imagem da qual se lembrava era: Um corpo cascudo que saía de dentro de um córrego de lava. Era dia de eclipse e havia tanta neblina que não tinha como enxergar o entorno. Esse ser era Oráculo num devir crustáceo. Quando olhava para o céu, via a lua eclipsando, e ao mesmo tempo, sentia sua barriga crescer. Enquanto a lua sumia no céu, ela reaparecia em sua barriga. Conforme a barriga ia crescendo, a noite ia se dissipando e, mesmo com o eclipse, já não dava mais para saber se era lunar ou solar, se era dia ou noite. A barriga chegou ao máximo do tamanho e Oráculo acordou.

A sensação ao acordar era de uma grandiosa revelação.

Transformação

A paleta de cores dos arcos-íris. O canto dos galos às 5h da manhã. A insistência dos ecos. O silêncio no vácuo da atmosfera, aquilo que fixa os astros no firmamento, as dimensões no espaço-tempo, o enredo dos sonhos, a estrutura dos ossos que se formam no ventre, a vida que percorre bilhões de anos sem respostas. Tudo isso mistério. Há um tempo Oráculo vinha ocasionando fenômenos estranhos, estava inchado em suas palavras, enjoava sempre que alinhava os cristais, se cansava demais nas consultas e a qualquer momento chorava o fim do mundo. No início pensou que poderia ser alguma alergia à semente dos peixes ou à poeira dos parapeitos, algum desalinhamento cósmico ou só resfriado mesmo. No dia em que Oráculo esqueceu que havia sonhado com doze arcos-íris, os galos despertaram às 5h da manhã, a presciência das aves fez ecoar por todo dia o mistério das coisas aladas. Oráculo que se sentia estranho, pensou como seria bom o silêncio, pensou em dar um passeio pela atmosfera, mas se sentia pesado demais, se sentia meio perdido, como quem espera alguma coisa ou como quem sabe que o que faz o mistério é o enigma. Uma aflição instintiva lhe dava vontade de amolar a faca na pedra, afiada o bastante para abrir o bucho da espera. Olhou para o dia com seus dois sóis no céu e sentiu aquilo que acompanha o sonho, o medo. Um sol já estava se pondo, o outro insistia raios cansados, logo ele também se renderia e as quatro luas, todas cheias, iluminariam o céu. O alinhamento das luas cheias, um evento raro na dimensão dos sonhos, é no alinhamento dessas luas que acontece o nascimento das coisas sem nome, aquilo sem forma que faz nascer na garganta palavra nova, primeira, que cria mundos, traça destinos, desinstitui as certezas e materializa a vontade. O alinhamento das luas é o berço das profecias, onde todas as previsões são geradas. O segundo sol se pôs e a noite resplandecente trouxe consigo as certezas de Oráculo, não era um sonho, estava prenhe do desconhecido, iria parir essa noite todas as respostas nascidas da ignorância. A primeira contração atravessou suas memórias, e fez Oráculo gritar de dor, ele viu ali naquela dor que lhe atravessavam todas as previsões benditas, viu coisas bonitas e outras aflitas enquanto apertava a faca entre os dentes tentando conter a dor. Conforme as contrações apertavam, Oráculo se transformava em bichos, animais de poder que personificam as forças dos seres sobrenaturais, cada um com sua força e seu gemido, traziam ao mundo uma nova história. Oráculo sentia medo, pois não sabia se estava sozinho ou se tudo que era vivo o observava. Tirou manto, chapéu e faca, despiu-se de tudo que lhe dava forma e contorno, e se abriu como quem abre uma fenda no tempo, como um portal para a eternidade deu um grito de saudade de si, pois jamais seria igual àquilo que acreditava ser, pariu. No segundo sem ter memória de antes não ser, chegava ao mundo mais uma coisa para se saber. Oráculo pegou nos braços o mistério de si mesmo, e chorava feito uma criança diante daquilo que não era um sonho. Parecia não crer na intrincada cadeia cromossômica das indagações. Cortou com a faca o cordão que o ligava à expectativa, saciou a fome da criatura com o leite do caos e sorriu para si mesmo em seus próprios braços.

Amigo Imaginário[2]

Oráculo tinha acabado de parir a si, sim. Mas o Mistério que ele havia criado não era exatamente ele, nem clone nem filho. Foi percebendo com o tempo, conforme o êxtase foi passando.

---

2 Antes de ler esse texto, sugerirmos ir à página 387.

Nem Oráculo e nem Mistério. O que tinha sido parido era sua própria infância.

Era engraçado, pois Oráculo não sabe quando nasceu, nem sabia se havia tido infância. Por mais que de tudo soubesse, de si não sabia tanto. O poder do mistério não pode conhecer a si mesmo, pois assim o mistério acabaria.

Uma série de memórias choviam do céu após aquele momento. Tão marcante quanto o raio de sol, tão marcante quanto um terremoto, tão marcante quanto o fim de uma era. Oráculo já não sabia se sabia. A partir do momento que o segredo da vida para de confiar em si mesmo, também perdemos ali a potência do mistério.

Oráculo estava a cada segundo mais cético, e enquanto isso, enquanto esse ceticismo ia tomando conta, o céu derrubava mais memórias e a terra ficava mais densa. O humor de Oráculo era totalmente ligado à pulsação da terra, da vida, o respiro do mundo.

Num ímpeto de revolta, abandonou em casa seu filhote, seu pedaço, seu eu mesmo, sua criança. E foi caminhando até o cartório mais próximo. A impressão de Oráculo é que se ele estivesse com um registro civil, se ele virasse um comum, todos esses movimentos estranhos que estavam cercando, acabariam.

Mas a chuva de memórias não cessava, e Oráculo distraído foi atingido por uma dessas memórias:

O ano é 0. Oráculo estava só. Era assim como aquilo que havia parido, era daquele jeitinho. Não havia feixe de luz. Não havia terra, água, fogo, ar. Humanos ou argila, não havia nada. Somente a solidão e o vazio. Oráculo não sabia quem era, nem por que vinha. Mas, ao mesmo tempo, de tudo sabia. Ainda não havia forma, e nem Oráculo a possuía. A forma foi o que ele criaria logo após toda aquela solidão. A solidão que gerou sua imaginação. Foi dessa solidão absurda, que Oráculo criou a primeira lágrima. Que imaginou o choro. Num desespero com o vazio. Essa lágrima e seu poder criativo, o poder dessa água que agora brotava mais o vazio de Oráculo: era essa força que criaria a própria terra. Com o nome de Forma, ou Matéria, ou Terra, essa era a primeira coisa criada. A primeira de todas as criações.

Oráculo, ao se libertar daquela bolha de memórias, parou para refletir. A terra, a vida, a forma, a matéria, a existência. Tudo era fruto do seu poder de imaginar. Oráculo criou algo tão gigantesco ali, para conter a própria imaginação.

Pele Branca Máscaras Negras

Lá vem ele, sirvam seu biscoito ao branco que muito luta. Aquele que sempre tão galera, sempre muito solícito, defensor de minorias, mais gente boa que o Chapolin. Paga a conta do botequim.

Sempre falando por algum oprimido, afinal, coitadinhos, não podem falar por si. Cada ato que faz, adora uma self, cada caridade é um flash.

Não perde uma manifestação, palestra ou ato, engajado em todas as pautas, é um revolucionário! Dentro do seu apartamento, quer salvar o mundo com textão e tuitada. Chama preto de irmão, sempre uniformizado: blusa do Che Guevara e o manifesto comunista debaixo do braço.

Ouviu todos os álbuns do Racionais MC, decorou letras de rap pra se desconstruir! Na reunião do condomínio, citou um trecho do Djonga pra silenciar a vizinha do 511. Se emocionou com o Suplicy recitando Negro Drama.

Quando um preto o questiona, afirma que são radicais.

Que são eles mesmos os próprios culpados pela separações raciais, jura que é a favor da vida, pois somos todos iguais.

Faz questão de afirmar que é vegano sem ninguém ter perguntado.

Chora e tudo com vídeo das vaquinhas sofrendo nos currais enquanto tirava um ano sabático na fazenda de Minas Gerais.

Porém se irrita com as criancinhas escurinhas que pedem dinheiro na porta do bar. Compartilha notícias de chacina em favelas.

Se o caso viralizar, ele faz uma nota de repúdio ou um vídeo batendo panela na janela. Diz que adora uma pretinha, que o amor não tem cor, que isso? É besteira!

E que faz a parte dele pra resolver a solidão da mulher negra.

Foi com a amiga branca para as férias de Fortaleza, ele ama sua preta rainha, mas o relacionamento é aberto, caso isso vire uma questão, é que sua família ainda não entrou em processo de desconstrução.

Faz até trança nagô, foi no trem do samba pra viver a experiência. Diz que nasceu na Zona Sul, mas é em ambiente preto que se identifica! Faz aula de tantã, cavaco e tamborim na universidade, afinal quem disse que branco não pode tocar samba? Frequenta aulas de charme experimental no Humaitá, Madureira é perigoso, muito assalto por lá.

A cultura negra é tão linda que pagou 3.000 em uma roda de capoeira orgânica imersiva.Tomou banho de erva para dar uma saravada.

Até fez regressão e jura que foi preto em vidas passadas! Cita Angela Davis, leu tudo da Djamila,

Faz questão, bate no peito que, além de feminista, é também antirracista. Diz que o valor de uma pessoa não está na cor, está na mente.

Esquerdista assumido, partidarista afiliado.

Chora e pede 1000 desculpas por ser privilegiado.

Mas quando o preto tomou sua vaga, ficou muito recalcado.

A militância já termina quando o assunto é trabalho.

No fundo é contra as cotas, mas prefere deixar baixo.
Sempre mascarado na luta por igualdade do proletariado.
Nem todo herói tem uma capa. Vem aí: Pele Branca Máscaras Negras! O novo herói de punho cercado!

Ambiente

Situado no alto da floresta da luz, o povoado que ali habita não é originário daquela terra, tampouco daquele país. Seus ascendentes vieram em tropas mortíferas há pelo menos cinco séculos. A partir dali, construíram suas belas riquezas por meio de grandes derramamentos de sangue. Mas eles não se afligem com isso, hoje deixam esse passado para trás pois não lhes pertence. Esse povoado tem uma única missão: atingir sua evolução espiritual e coletiva, mesmo que usando de toda a bela herança de tom avermelhado que ficou para sua família. São jovens gratiluz de todo um país que se unem para essa mudança!

A floresta da Luz é dividida em três grandes sítios, para transitar entre eles precisam passar por todos os processos ali direcionados.

1. O sítio de apresentação e introdução chama-se "Diversidade", ali eles aprendem primeiro a trabalhar o corpo e a voz. É passada uma imersão com pessoas faveladas contratadas para pegarem o corpo ativo, expressivo e uma voz modulada com gritos, deboches e gírias, típicos do subúrbio e da comunidade. Nesse módulo, o branco não precisa falar desse jeito com outros brancos, somente quando tiver na presença dos racializados, para induzir que também faz parte desse universo.

O segundo sítio é o da "Ornamentação diaspórica". Neste módulo, eles entram em contato com ancestrais dos favelados contratados, pois como são brancos, não possuem ancestrais cultuados, então forçam a produção holográfica de antepassados em ancestrais. E os incorporam fazendo uso de ritmos sônicos, como teclado e violão, em uma gira com um corpo bem desconstruído. Para além disso, a ornamentação dá-se por meio da coleção do material sagrado, mas veja bem, são orientados para transformá-los em objetos estéticos e de decoração. Dentre eles, temos as máscaras africanas que são usadas como expositores em suas paredes; roupas com tecido africano e turbantes; objetos de palha e capim dourado; "bijuterias" indígenas e afins.

2. Após toda essa imersão ao sagrado, chega-se por fim no sítio da "Transformação da alma". Nesta etapa, é muito comum ouvir dos desconstruídos que sua alma mudou de cor. É realmente a etapa mais emocionante, eles tomam com frequência ayahuasca, cheiram rapé e fumam maconha ao som de cantos musicais diaspóricos. Neste sítio, o branco já está liberado e sente-se à vontade para falar por pessoas racializadas, se comportam tal quase uma, andam com gingado e com as vestimentas, ministram aulas de capoeira, atabaque e ensinam tranças uns aos outros.

3. Após toda essa belíssima imersão, os brankkkos voltam para as cidades espalhar a palavra da gratidão. Adentrando nos sambas, baile charmes, saindo de seus casarões para até morar de aluguel em lugares pobres, estudar em

universidades públicas e, por fim, ter filhos mestiços. Viva a alma transformada. Viva Pele Branca Máscaras Negra

Encontro

PELE BRANCA MÁSCARAS NEGRAS E TREVAS

O caminho da consciência racial é feito de muitos degraus...

A frase ecoava nos devaneios de trevas enquanto observava o novo herói nacional discursar ao palanque, após receber a chave da cidade oferecida pelo prefeito por sua contribuição na luta por igualdade racial.

sua mente passeava pelo passado, pela tranquilidade das matas, um canto da terra banhado de águas correntes cintilantes à luz do sol, a morada da paz onde se abrigava também seu coração, a viagem da memória corria para um passado com gosto amargo de saudade, cheiro de terra molhada misturado com café recém-coado, um ponto no tempo onde não existia o novo herói nacional e sua sombra, e seu lugar era ocupado apenas por duas crianças correndo descalças pelo chão de barro, se lambuzando de bolo de milho, subindo nas árvores que sombreavam o terreiro.

A vida era boa, não tão confortável quanto o colchão macio e nem tão divertido quanto os brinquedos coloridos e iluminados de seu amigo e também patrão, já que era filho do dono da fazenda. Era chato deixar de brincar para ajudar sua mãe a buscar água na cacimba, ou por os novilhos no curral, mas até o peso do balde era aliviado pelo prazer de estar com a mãe, era tão difícil ter a mãe só para si! Sempre tão ocupada com os afazeres domésticos, os cuidados com o avô, o zelo com branquinho... demorou a entender que a mãe era sua, mas o carinho era para branquinho, pois era pra isso que estavam todos ali, para amar e servir a branquinho e sua família, pois como sua mãe dizia: como iriam colocar comida à mesa? Demorou a entender o que essa frase significava, e por vezes deixou de comer para que talvez assim trocasse a fome por carinho, mas aí sua mãe malhava e ameaçava buscar a vara de goiaba, então era preferível comer. Foi o próprio branquinho que lhe pôs este apelido: trevas. Havia acabado de chegar da roça onde ajudava o avô com o plantio quando se deparou com branquinho em volta daquele monte de papel da escola.

— Chicoooo, vem aqui!

— Tô indo, deixa eu me lavar primeiro!

— É rápido, quero te mostrar o dever de casa.

O que você quer?! Indagava o garoto enquanto subia os degraus da entrada de dois em dois e olhava para ver se a mãe não estava por perto, e brigar por sujar o chão encerado com as botas sujas de terra.

— Vem aqui, quero te mostrar o que eu aprendi na aula de hoje! Olha só, filosofia é o amor à sabedoria.
Filosofar quer dizer refletir sobre a vida para ter uma resposta a essas questões e viver melhor.

Branquinho falava e arrastava o livro aberto em cima da mesa delicadamente para junto de si, enquanto Chico ouvia sem interromper

"...homens presos na caverna podem ver somente as sombras projetadas nas paredes pela iluminação do fogo externo sobre os objetos que passam pelo lado de fora. Eles, em suas ignorâncias, confundem meras sombras..."

— Caverna da onde? Porque eles tão presos em uma caverna? Quem prendeu eles lá?

— Aí Chico como você é burro! Isso é só uma metáfora!

— E o que é metáfora?

— É o que parece que é uma coisa mas que é outra coisa

— Tipo cobra intocada, que fica de canto igual o mato pra dar o bote?

— É tipo isso. Chico, você precisa aprender mais coisas sobre o mundo! Você só sabe de roça, roçado, horta, bicho... tem que aprender português, história, filosofia. Minha professora disse que a filosofia é a luz do saber, e quem não sabe vive nas trevas

— Eu nem sei de nada disso que você tá falando... se esqueceu que eu só fui na escola dos colonos?

— Então eu sou a luz e você é as trevas!

— Eu não quero ser trevas nenhuma!

— Vê pelo lado bom Chico, a treva combina com a sua cor, no escuro pelado nem dá pra te ver mesmo!

— Se você me chamar de treva mais uma vez eu vou socar a sua cara!

— Ha é quero ver se vai mesmo!

— Treva! Treva! Treva!

Branquinho corria esbravejando o apelido recém-inventado graças aos conceitos de Platão mal acessados por quem precisa trocar livros por enxadas. E como toda cola de apelido malquisto é o ódio do alvo que os possui, depois de um tempo, não só o amigo, como a família e até a sua mãe passaram a lhe chamar por Treva, então ele passou a não ligar, até que com o tempo esquecia o próprio nome, que somente o avô o lembrava, pois se recusa a chamá-lo pelo tal como ele mesmo dizia: "nomezinho infame".

Mas como a luz não pode viver sem a treva, a vida também não muda, e quando branquinho resolveu sair de Minas para vir para a capital fazer faculdade, Treva veio junto, para ser sua companhia, e auxiliá-lo no que fosse preciso, como dizia a patroa, mãe do amigo: "eles já eram um a sombra do outro."

Ele acompanhou as primeiras aulas até quando branquinho virou o Pelé branca máscara negra e frequentar palanques e receber monções pelos serviços prestados, e ele ali, sua sombra, fragmentos de si, aparentes apenas ao movimento dos canhões de luz ao pé do herói seu amigo, salvador do povo preto, defensor da igualdade racial, preto e branco, yin e yang, luz e trevas Batman e Robin do século vinte e um, e a frase que ouviu por acaso em uma conversa paralela desses falatórios sem fim em que acompanhava o amigo herói:

O caminho da consciência racial é feito de muitos degraus...

Reflexão

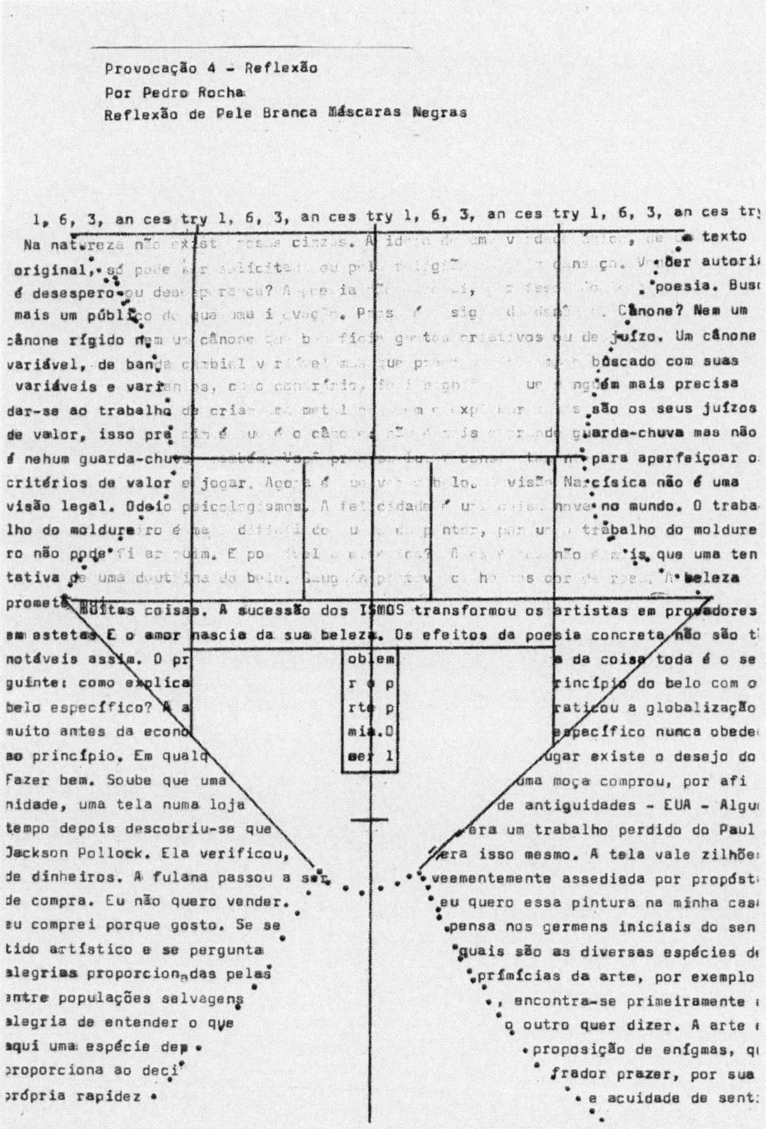

Provocação 4 - Reflexão
Por Pedro Rocha
Reflexão de Pele Branca Máscaras Negras

1, 6, 3, an ces try 1, 6, 3, an ces try 1, 6, 3, an ces try 1, 6, 3, an ces try

Na natureza não existem coisas cinzas. A idéia de uma verdade bela, de um texto
original, só pode ser solicitada ou ... Vender autoria
é desespero ou desesperança? A poesia ... poesia. Busca
mais um público do que uma invenção. ... Cânone? Nem um
cânone rígido nem um cânone ... criativos ou de juízo. Um cânone
variável, de banda cambial variável ... buscado com suas
variáveis e variantes, ao contrário, ... ninguém mais precisa
dar-se ao trabalho de criar ... são os seus juízos
de valor, isso pra mim é ... o cânone ... guarda-chuva mas não
é nehum guarda-chuva ... para aperfeiçoar os
critérios de valor e jogar. Agora é ... visão Narcísica não é uma
visão legal. Odeio psicologismos. A felicidade é ... no mundo. O traba-
lho do moldureiro é mais difícil do que ... trabalho do moldure-
ro não pode ... mais que uma ten-
tativa de uma doutrina do belo. ... A beleza
promete muitas coisas. A sucessão dos ISMOS transformou os artistas em provadores
em estetas. E o amor nascia da sua beleza. Os efeitos da poesia concreta não são tão
notáveis assim. O pr... da coisa toda é o se-
guinte: como explica... rincípio do belo com o
belo específico? A a... raticou a globalização
muito antes da econo... específico nunca obedece
ao princípio. Em qualq... lugar existe o desejo do
fazer bem. Soube que uma ... uma moça comprou, por afi-
nidade, uma tela numa loja de antiguidades - EUA - Algum
tempo depois descobriu-se que era um trabalho perdido do Paul
Jackson Pollock. Ela verificou, era isso mesmo. A tela vale zilhões
de dinheiros. A fulana passou a ser veementemente assediada por propostas
de compra. Eu não quero vender. eu quero essa pintura na minha casa
eu comprei porque gosto. Se se pensa nos germens iniciais do sen-
tido artístico e se pergunta quais são as diversas espécies de
alegrias proporcionadas pelas primícias da arte, por exemplo
entre populações selvagens, encontra-se primeiramente a
alegria de entender o que o outro quer dizer. A arte é
aqui uma espécie de proposição de enígmas, que
proporciona ao decifrador prazer, por sua
própria rapidez e acuidade de senti...

ob em
r e p
rt e p
mi a.O
se r l

1, 6, 3, an, ces, try, 1, 6, 3, an, ces, try, Na natureza não existe rosas cinza. A ideia de uma verdade única, de um texto original, só pode ser solicitada ou pela religião, ou pelo cansaço. Vender autoria é desespero ou desesperança? Evite lutas, faça a sua à parte. A Poesia não conclui, por isso não leio poesia. Busco mais um público do que uma inovação. Prosa é o signo do demônio. Cânone? Nem um cânone rígido e nem um cânone que beneficie guetos criativos ou de juízo. Um cânone variável, de banda cambiável variável, mas que precisa ser sempre buscado com suas variáveis e variantes, caso contrário, isso significa que ninguém mais precisa dar-se ao trabalho de criar uma metalinguagem e explicar quais são os seus juízos de valor, isso pra mim é que é o cânone: não é mais o grande guarda-chuva, mas não é nenhum-guarda-chuva também. Você precisa lutar constantemente para aperfeiçoar os critérios de valor e jogar. Agora é que vem o belo. A visão narcísica não é uma visão legal. Eu odeio psicologismos. A felicidade é uma coisa nova no mundo. O trabalho do moldureiro é muito mais difícil do que o do pintor, porque o trabalho do moldureiro não pode ficar ruim. É possível a estética? A estética não é mais do que a tentativa de uma doutrina do belo. Gauguin pintava cachorros cor-de-rosa. A beleza promete muitas coisas. A sucessão dos ISMOS transformou os artistas em provadores, em estetas. E o amor nascia da sua beleza. Os efeitos da poesia concreta não são tão notáveis assim. O problema da coisa toda, eu vejo, é o seguinte: como explicar o princípio do belo com o belo específico? A arte praticou a globalização muito antes da economia. O específico nunca obedece ao princípio. Em qualquer lugar existe o desejo do Fazer Bem. Soube que uma moça comprou, por afinidade, uma tela numa loja de antiguidades, nos EUA. Algum tempo depois, descobriu-se que era um trabalho perdido do Paul Jackson Pollock. Ela atestou, era mesmo isso, a tela vale zilhões de dinheiros, quase não é verificável o valor na vida cotidiana. A fulana começou a ser veementemente assediada por promessas de compra. Eu não quero vender, eu quero essa pintura na minha casa, eu comprei porque gosto. Se se pensa nos germens iniciais do sentido artístico e se pergunta quais são as diversas espécies de alegrias proporcionadas pelas primícias da arte, por exemplo entre populações selvagens, encontra-se primeiramente a alegria de entender o que o outro quer dizer. A arte é aqui uma espécie de proposição de enigmas, que proporciona ao decifrador prazer por sua própria rapidez e acuidade de sentido. Os juízos de gosto são subjetivos, eles não têm universalidade alguma. A gente só entende uma coisa que está dentro do nosso repertório. Educação é o seguinte: Você educa um grupo de pessoas para que elas elevem o seu repertório, entendam o que não entendiam e assim não sejam, ditatorialmente, contra as coisas as quais elas não entendiam. Uma ideia de arte pode morrer, mas a ideia do belo não morre. Pode o teatro morrer, mas sempre haverá alguém representando algo em algum lugar. O que vale é a tecnologia, o mercado, acabou a ideia de arte. O resto é arremedo, cópia. O Cubismo é Einstein. Eu sou bonito porque sou caótico, borgiano. O que não for manifestação do absoluto não é arte. Os críticos do Satie diziam: "A sua arte não tem forma". O Satie ouviu aquilo e compôs Três Peças em forma de Pêra. Eu não abdico da ideia de que o homem é o centro. É desejável que os povos tenham culturas autênticas, próprias. Se essas culturas têm relação com o território, as fronteiras aparecem como uma necessidade. Todas as formas históricas são lógicas. O Parque Yanomami precisa ter fronteiras, mas para o povo Romani a existência de fronteiras é inconcebível. Unificação é o contrário de união. A morte não admite representação. A construção das cidades exacerba as fronteiras. A intuição tem que ser comandada pelo saber. Quando eu faço uma descrição, eu estou tomando um partido político. Não se pode fazer nada sem levar em conta a política, mesmo quando eu não sei. Toda interpretação compromete-se com uma posição. A dúvida que tenho é se vamos usar todas as técnicas que estão aí. Os filósofos são otimistas porque têm diante de si a infinitude. Vamos dançar tudo nu, tudo nu. Tudo com dedo no cu, menos eu. Tudo com bunda de fora, é agora! você dizia que dava, e não deu. Por sentir todo esse seu veneno é que eu resolvi me envenenar. É uma maneira nova de ver a realidade, que não é uma forma cartesiana de ver a realidade, mas que utiliza uma forma muito desenvolvida e que, em alguns casos, utiliza até qualidades parapsicológicas. Agora, por que essa coisa é vigorosa no Brasil? Sem dúvida que há muitas razões para crer que, de um modo geral, no povo brasileiro, as qualidades parapsicológicas, talvez, tenham alguma coisa que ver com a influência racial. Hoje em dia, os acontecimentos e as mudanças são tão rápidas, se sucedem assim de uma maneira tão imprevista, que é preciso contar muito mais com a imaginação e com a intuição para entender a realidade histórica mesmo. Isso seria uma raiz generalizada do que se chama realismo fantástico. Agora, é importante notar que o que eu chamo de realismo fantástico é diferente do que se chama realismo fantástico na Europa, né? Mas sendo a Dama das Camélias, nem o pranto colorido me fez silenciar. Sou daquele tempo do Brancura, que os fracos mandavam os fortes para a sepultura. Quem diz não mente. Na mão de um fraco, sempre morre um valente. Não sei negar esmola a quem me implora caridade. Me compadeço sempre de quem tem necessidade. Embora algum dia eu receba ingratidão, não deixarei de socorrer a quem pedir um pão. Eu nunca soube evitar de praticar o bem porque eu posso precisar também.

Intervenção do Raio de Sol[1]

Este raio era verticalmente pontual como o de 12h em ponto. Porém, mais ainda, se fosse possível. Não fazia nem faria sombra. Sempre a pino. Rascante. Rasgado. Ultraviolentamente alucinado em direção a ele. De limão pintado. Caipirinha, Rosca. Caipiroska. Desejava frango marinado. Recebeu rosto descascado. Massacrado. Pobre. Remendado. Queimadura de terceiro grau. Terceiro andar. Mais próximo do raio. Ele que, de soslaio, não entendeu que limão e sol. Queimadura cria. Não era cria. Nem tinha mais família. Já que, subjugado. Esquerdo coitado. Fingia de preto e de descuidado. Pois pra

---

1 Antes de ler esse texto, sugerirmos ir à página 383.

eles, ser preto é sinônimo de ser largado. Abandonado. Prejudicado. O sol esquentou até o aparelho dos dentes, que usava para criar diastema. Naquele esquema. Combinou com o dentista. Amigo da antiga família. Ele faria seu dente como o de um preto. Separados. Apartados como no gueto. Mas o raio de sol. Amigo dos deuses. Estourou com quentura, as ligaduras elásticas. Não sobrou uma pra contar história. Dente de branco. Pele em descasque. Máscara escorrendo. Não tem sombra, nem platão que o salve.

Carta/Mensagem de Pele Branca Máscaras Negras para Excelentíssimo Senhor Presidente Abraão Lima

Ao Excelentíssimo Senhor Presidente Abraão Lima

Senhor, eu, na condição de herói nacional, venho, em nome do povo brasileiro, parabenizá-lo pela sua reeleição por uma larga maioria. Se a palavra de ordem reservada da sua primeira eleição foi resistência ao Poder dos capitalistas, o grito de guerra triunfante da sua reeleição é Morte ao racismo partidarista machista opressor não se deixando levar pelas pseudoteorias identitárias que desviam o foco da burguesia e colocam trabalhadores pretos e brancos pra se matarem, instigando o divisionismo, entendo perfeitamente a luta árdua de ser uma pessoa branca tentando salvar nossa linda e adorável nação de cor do abismo. Desde o começo da titânica contenda separatista, os negros do país sentiram instintivamente que o meu árduo trabalho heroico e carregava o destino da sua classe, porém há ainda uma minoria da classe que insiste em repudiar e atrapalhar minha missão emancipatória. Eu não gosto da posição confortável que não me obriga a enfrentar essas contradições, porém qual é o limite desse enfrentamento? Onde um herói pode se perder e deixar de servir o propósito inicial da luta e se transformar numa ferramenta a ser mais utilizada pelo inimigo do que por nós mesmos? Não entendem que separar as pautas mais atrapalha que ajuda, uma vez que o nosso maior inimigo, o capital, é estruturado pela prática do racismo. Na minha opinião, não há racismo sem o capitalismo e a luta separada não cabe a dinâmica do nosso país, o senhor não concorda? A luta de nossos antepassados por territórios que desencadeou a dura epopeia não foi para decidir se o solo virgem de regiões imensas seria desposado pelo trabalho do emigrante que ou prostituído pelo passo do capataz e de escravos rebeldes? Nossos antepassados lutaram muito por este país, não entendem que sem os calos nas mãos desse povo valente que enfrentou uma viagem rumo ao desconhecido, apenas com a promessa de trabalho em uma terra selvagem esta nação não se desenvolveria? Quando uma oligarquia de proprietários de escravos ousou projetar a chegada de europeus valentes e trabalhadores oriundos da crueldade da guerra, pela primeira vez nos anais do mundo, pela primeira vez tinha brotado a ideia de uma grande República Democrática, integralista e multirracial. Desde esses tempos longínquos temos nós que lidar com a rebeldia e falta de compreensão de alguns, com a ingratidão de quem lhes estende a mão tão generosamente, com as revoltas motivadas por radicalismo identitário, como se a luta antirracista não nos integrasse, ora como não, se com essa atitude eles mesmos estão reproduzindo racismo? Não citarei "racismo reverso" pois essa terminologia junto com outras tantas estão proibidas nos dias de hoje, não é de bom tom, mas eu compreendo as necessidades e a revolta do povo favelado periférico, onde inclusive há muitos brancos igualmente vítimas do capitalismo opressor! O senhor há de concordar comigo, Excelência, a dinâmica estruturante do capitalismo é essa, erguida sobre a égide do colonialismo branco sobre povos miscigenados roubados de seus países natais... isso com certeza tem influência na dinâmica de produção na lógica capitalista aqui no Brasil, e a instituição repressiva do Estado usa dessa violência não mais "verborrágica", torna a violência prática e objetiva, física. Admito, porém, que de fato existe um certo privilégio racial, mas a linha é tênue a depender da raça; já que a burguesia nacional olha pra todos com a mesma indiferença cosmopolita e eurocêntrica, priva os homens "brancos" e cria essa ilusão às vezes idealista de que é simples, quando se é branco, sair da dinâmica opressora do capitalismo e da necropolítica adotada nas periferias do Brasil. As ideias vigentes ao tempo da formação da velha constituição sustentou que "a escravatura é uma instituição beneficente", que, na verdade, era a única solução para o grande problema da relação do capital com o trabalho e cinicamente proclamou a propriedade sobre o homem como a pedra angular do novo edifício não foi e não é muito diferente conosco, o senhor sabe muito bem o quanto seus parentes, obstinado povo judeu, assim como o senhor, lutou e luta por este país. Assim como no meu caso, venho de descendência brasileira! O fato de hoje, eu e minha família, termos pele clara não significa que eu não tenha minha alma e meu coração negros! Não sou um "filhote de sinhorzinho" como os jornais me chamam! Pois carrego em meu sangue brancos, negros, índios. Minha trizavó era índia e se casou com um português quando foi pega no laço. Minha bisavó era uma mulata liberta que se casou com um italiano. Minha avó de origem duvidosa se casou com meu avô, que era neto de poloneses... e eu sou branco, mas afrodescendente, e a cor de minha pele é devido à miscigenação. Papai conta que seus bisavós foram igualmente mortos, dizimados... O problema foi o racismo do holocausto... vieram se erradicar no Brasil, ao qual entregaram seu pedaço de terra, as sementes... e como seu avô dizia: dê uma terra a um europeu, ele vai trabalhar a terra e ficar rico com ela. E pra dizer bem a verdade, eu que estou todos os dias mediando conflitos e ajudando o trabalho policial prendendo marginais (brancos e negros) e lutando por um mundo antirracista, assim como Angela Davis nos ensina, posso dizer com propriedade: está cada dia mais difícil ver um negro, negão mesmo, legítimo, ultimamente só vemos mestiços, então separar pra quê? Se somos todos igualmente classes operárias da Europa ou não, que compreenderam imediatamente, mesmo antes da fanática tomada de partido das classes superiores pela fidalguia Confederada? E retiram as nossas esperanças para o futuro, mesmo as suas conquistas passadas estão em causa nesse tremendo conflito. Por conseguinte, suportaram pacientemente, por toda a parte, as privações que lhes são impostas, pela crise da soja opuseram-me entusiasticamente à intervenção pan-africanista importuna exigência dos seus superiores — e, na maior parte das regiões de populações mais negras, contribuíram com a sua quota de sangue para a boa causa. Camarada, o pior caminho do crime pra ganhar dinheiro são essas cotas como presidente reeleito, o senhor há de convir, é coisa da política pra jogar a população uma contra a outra e os pobres dependentes dos políticos nos manter escravos do sistema e escravos de ideologias políticas e conservadoristas fascistas e podres que adoecem e corrompem o ser humano, a política de cotas para os pobres não por cor, branco pobre e o índio pobre e o pardo pobre, amarelo pobre... narrativas diferentes só servem pra jogar a população uma contra a outra e disseminar o ódio enquanto os operários, as verdadeiras forças políticas, permitiram que o capitalismo corrompesse a sua própria república, enquanto perante o negro dominado e vendido sem o seu consentimento se gabaram da elevada prerrogativa do trabalhador de pele branca de se vender a si próprio e de escolher o seu próprio amo, foram incapazes de atingir a verdadeira liberdade do trabalho ou de apoiar os seus irmãos europeus na sua luta pela emancipação; mas essa barreira ao progresso foi varrida pelo mar vermelho da guerra civil.

Os operários do brasil sentem-se seguros de que, assim como a Guerra da Independência iniciou uma nova era de ascendência para a classe média, também a guerra contra as amarras do separatismo capitalista o fará para as classes operárias. Privilégios precisam ser discutidos, mas de uma forma que aproxime, e não afaste, e principalmente eles precisam ser discutidos dentro da realidade imposta, e não de uma realidade projetada, eu também queria que fosse mais fácil de resolver, mas não é! Acabar com o capitalismo acabará com os problemas dos brancos e, se Deus permitir, também dos negros. Consideram uma garantia da época que está para vir que tenha caído em sorte a Abraao Lima, filho honesto da classe média operária, guiar o seu país na luta incomparável pela salvação de uma raça agrilhoada e pela reconstrução de um mundo social.

Avante na luta
Ass.: Pele Branca Máscaras Negras - o grande herói nacional

Resposta de Presidente Abraão Lima para Pele Branca Máscaras Negras

À Sua Excelência ao Senhor
Pele Branca Máscaras Negras
Grande Herói Nacional

Querido Pele Branca Máscaras Negras,

Gostaria de agradecer-lhe pela carta e pelo entusiasmo fervoroso pelas causas sérias que o trouxeram até aqui. Recebemos diariamente muitas cartas e junto com a minha equipe tentamos atender todas as demandas, porém o tempo é um grande inimigo quando o assunto é rapidez.

Vejo aqui seu descontentamento com a ingratidão e separação de luta de alguns e saiba, meu caro, que também sofro e me fortaleço sempre que posso nessas causas quando penso que estou aqui para salvar o povo da derrocada iminente deste país que por um fio não caiu num abismo profundo.

Nós compartilhamos algo em comum: somos heróis e ser herói significa salvar tanto os brancos quanto os negros e indígenas desta nação.

Não chore pelo que não tem, mas, sim, faça valer pelo que já conquistou, grande herói. Juntemos nossas forças e lutemos por um país mais justo, que por nossas mãos será reconstruído, assim como a História ainda nos mostra e reverbera nas memórias dos incorruptíveis.

Convido o senhor para um café aqui no Palácio da Alvorada para que possamos pensar juntos a nossa importância e nos fortalecer pelas palavras que alimentam esta nação.

ABRAÃO LIMA
Presidente da República Federativa do Brasil

Sonho

Fim do mundo. Tudo estava em caos, e ao redor apenas fumaça e um cheiro forte de pneu queimado. Ao lado de carros pegando fogo em meio a gritos de desespero, ouve-se o que parece ser um choque de ordem:

TROPA DE WAKANDA, QUAL É SUA MISSÃO?
NÃO DEIXAR BRANCO FAZER APROPRIAÇÃO.
PRETO NO PODER!
PRETO NO PODER!

Pele Branca procura a ponta de sua capa para limpar o suor que escorria de sua testa, quando percebe estar nu, e ao se levantar assustado à procura de um canto onde pudesse se esconder, e não ser o alvo, percebeu o pior: sua pele brilhava, cintilava em neon tal qual um sinalizador de navio em meio ao mar. Enquanto tentava raciocinar, o barulho de corrida foi ficando mais e mais alto, Pele corria e corria, mais o brilho de sua pele era um farol, um alvo fácil para os inimigos que nem sabia quem eram. Com o peito arfante em busca de ar, nosso herói caiu ao chão e se encostou em algo cuja textura áspera lhe pareceu familiar: ao olhar, percebeu: mureta do Aterro! Pelo menos sabia onde estava, já havia morado ali em um estúdio próximo ao castelinho... pelo menos agora sabia onde estava. Pele caminhou até a praia, a noite era de lua cheia e o reflexo do luar na areia iria camuflar o brilho de sua pele. Os gritos foram se afastando e nosso herói sentou-se embaixo de uma amendoeira. O que estaria acontecendo? Que guerra era aquela? Foi quando olhou para o horizonte e o que viu o deixou horrorizado: em cima do Corcovado, o Cristo Redentor iluminado pelo clarão do luar, só que no lugar do que deveria ser a cabeça de nosso Senhor, se equilibrava a cabeça de Zumbi dos Palmares! Como um monumento que era para estar na calçada da Av. Presidente Vargas vai parar no alto do Corcovado?! Mas foi, e agora o vazio de seu olhar de bronze parecia feri-lo com seu olhar penetrante.

O som do choque de ordem foi ouvido novamente, o coração de Pele Branca acelerava a cada segundo, foi quando tomou fôlego e voltou a correr, um herói nu brilhante correndo pela grama do Aterro do Flamengo desesperado pela sua vida, ao atravessar a Rua Dois de Dezembro, avistou, penduradas nos prédios, bandeiras enormes, rasgadas, bandeiras panafricanistas, a bandeira do flamengo, do comando vermelho e do bate-bola, uma em cada prédio.

O levante está acontecendo... pensava enquanto corria em direção ao Largo do Machado.

Ao chegar, se deparou com uma cena de horror: uma montanha de corpos (todos brancos) jazia um por cima do outro no meio da praça. Corpos brancos, alguns decapitados, outros podia-se ver o semblante de horror estampado na face. Espalhado pelo chão, viam-se tambor, pernas de pau, coroas de flores amassadas, bambolês que mesmo manchados de sangue ainda cintilavam os fitilhos coloridos. No alto da igreja, encontrava-se pichado em letras garrafais: FOGO NOS RACISTAS!

O herói agora havia entendido. Os negros tomaram finalmente o poder! Agora o capitalismo perecia é o mundo. Seria um lugar mais justo e feliz pra se morar, não haveria distinção de cor, credo ou classe social e finalmente seríamos todos iguais!!!

OLHA, UM BRANCO!

PEGA ELE, PORRA!

NÃO DEIXEM ESCAPAR!

Pele Branca se viu encurralado. Mãos negras e enormes agarravam seus braços enquanto um outro negão de canelas finas, com uma camisa no rosto e peitos desnudos, lhe agarrava pelo pescoço.

— Por favor, não me matem, eu sou o herói de vocês! Eu sou o herói de vocês!

— Herói branco, o caralho! Agora é preto no poder, mermão!

— Eu posso provar!

— Provar como? Vai tirar a bisavó escrava do bolso?

— Só um minuto.

Sussurrou Pele Branca enquanto seu rosto ficava roxo. Pele Branca soltava uns grunhidos inelegíveis e peidava. Os homens olhavam aquela cena incrédulos enquanto Pele Branca se agachava e fazia força. Foi quando ele entortou as mãos para trás e, ao arregaçar o brioco, começou a surgir uma ponta dura meio suja de bosta que ele pegou e foi puxando enquanto um dos negões começava a rir descontroladamente e o outro tirava e abaixava a camisa para vomitar.

— Está aqui a prova.

Balançava no ar o livro do manifesto comunista recém-parido do cu. Pouco a pouco foram caindo no chão as armas de grosso calibre ao lado do aglomerado de negros perplexos e admirados.

De repente, a pele branca sente o vento da maresia em seu rosto. Quando abriu os olhos, viu que estava sentado em um trono almofadado, suas mãos seguravam forte os braços do móvel de ouro maciço. Sentiu que algo cobria sua cabeça e ao pegar viu que era um turbante, em seu pescoço pesavam vários fios de conta de murano, miçangas e cristais. Ao olhar para baixo, viu que estava muito alto e o mar se mexia com ondas bem pequenas e barquinhos, lanchas, iates, todos lotados de pessoas que acenavam, todas negras, flores boiavam na beira da praia e pontos coloridos, que pareciam barcos com oferendas, boiavam miúdos e brilhantes, ao olhar para seus pés, percebeu que estava em cima da redonda cabeça de Zumbi, o gelado do bronze tocava seus pés e arrepiava suas pernas desnudas aquecidas apenas por uma cueca do Superman que agora tampava as singelas vergonhas. Como um sussurro, conseguia ouvir longe os gritos que vinham do meio dos fogos e do barulho de festa.

OIOIOI PELE BRANCA É NOSSO HERÓI!

OIOIOI PELÉ BRANCA É NOSSO HERÓI!

EMOCIONADO, LEVANTOU-SE E COMEÇOU A ACENAR PARA SEUS SÚDITOS. Acordou assustado com o grito que ultrapassou os limites do sono.

Fascistas machistas não passarão!

O punho estava cerrado, a bunda ainda ardia.

Transformação

Pela Branca Máscaras Negras, após sonhos perturbadores, levantou-se de sua cama, ainda cansado de toda a agitação noturna que experimentou. Ao levantar-se, sentiu-se tonto, como que tomado por estranha vertigem, como que tivesse sido assaltado por uma brusca queda de pressão arterial.

Resolveu sentar-se novamente à cama até esperar seu pleno restabelecimento. Entretanto seu estado parecia em nada melhorar, à vertigem seguiu-se uma forte dor de cabeça, quase insuportável. Percebeu que seus olhos estavam muito marejados e também doíam com forte intensidade. Não obstante, olhou suas mãos e notou que estas estavam diferentes, começaram e descolorir, ficando ele, um sujeito alvo, quase de pele rósea de ascendência polaca, muito diferente. Parecia que estava como que mudando de coloração.

Pegou, não sem muito esforço, na mesinha de cabeceira, um pequeno espelho com o qual pôde se olhar e, para seu grande espanto, percebeu que toda a coloração de seu rosto também mudara. E mais, seu nariz adunco de ascendência judaica estava se tornando maior, mais robusto, mais nobre, como o de um Príncipe Negro. Seus ombros, antes curtos, começaram a ficar mais largos e imponentes.

Ele resolveu levantar-se. Já não se sentia tão mal. Curiosamente bateu com a cabeça no batente superior da porta de seu banheiro, como se tivesse aumentado em mais de dez centímetros de altura. Ele queria olhar-se de corpo inteiro em um espelho em um ambiente bem iluminado, como o espelho de sua suíte.

Pele Branca, Máscaras Negras, então, ao se mirar naquele espelho, foi tomado de estupor, ele, um homem branco de ascendência judaica, havia se transformado em um homem negro.

Se por um lado foi tomado de espanto, por outro, de grande alegria. Agora ele teria, doravante, como defensor "branco" das causas negras, seu devido *lugar de fala*.

Amigo Imaginário[2]

Pele Branca, em seus delírios tropo metonímicos de um branco narcísico se afogando em seu próprio ego, de quem jura de pé junto que possui a capacidade de salvar negros que ele e seus ancestres encarceram em túmulos, cadeias, hospitais e serviços subalternos.

A esquisobranquitude que o acomete é psicopatológica e ainda não foi estudada, e por isso Pele Branca passou de um loirinho, mimado, vermelhinho de sol para um herói nacional.

Pele Branca, em sua identidade social, construída em

---

2 Antes de ler esse texto, sugerirmos ir à página 387.

uma intoxicação egoica e maniqueísta, delirante e narcísica que de tão simplista chega a ser engraçado. Pobre ser ali num punheta intelectual eterna, enquanto o tempo não para e ninguém se importa... Ninguém vírgula, existe um ser, um único ser que se importa, um ser que o visita sempre quando nosso herói se encontra meio borocoxô com a ingratidão da população que tem mais o que fazer da vida do que mamar seu ovo esquerdo pra ele ficar felizinho.

Dar vida a esse ser invisível e inanimado e dar a ele a personalidade que lhe possibilite vínculo afetivo, dava a ele a sensação de poder cravada no DNA, memória genética oriunda de seus ancestres.

Essa representação externada de si mesmo, que concebe de maneira particular e afetiva, o visitava sempre que seus paradigmas não o deixavam em paz, vinha lutar com seus demônios e salvar nosso herói de ser destituído de privilégios brancos e amadurecimento emocional, vem a criatura forte imponente e sobrenatural. Aaaah! Se ele pudesse apresentá-la ao mundo, sua sabedoria, beleza ambivalente. Que lhe saltava à mente e quebrava a barreira da realidade, e em sua cabeça admirava suas pernas cumpridas e brilhante cor canela, pés pequenos e circunferência rebolante em seus quadris, as flores coloridas em seus cabelos presos por um boné... a pele cor de ébano, suas palavras doces de sotaque portunhol que lhe sussurravam: "*endurecer, sem perder la ternura, mi hombre*" e segredava conselhos em seus ouvidos. Bendito seja o atraso da inteligência artificial que não é capaz de transportar nossos delírios para realidade a ponto de podermos apenas ver o que a máscara desse ser grotesco que consolava e acalentava o herói decadente. O ser que misturava surto cosmopolita de cabeça, corpo e membros desconexos e sem sentido, uma imergência mítica e cosmopolita que ninguém mais, ninguém menos que uma paródia medíocre de Frantz Fanon com cabelos ondulados esvoaçantes, salpicados de flores coloridas que terminavam em um quepe verde com a famigerada estrela vermelha e solitária, lábios convidativos, vermelhos, e o terno que equilibrava um bambolê brilhante e colorido que girava sem amassar o terno impecavelmente engomado e com vinco bem marcado, também não desalinhava a gravata presa com abotoaduras douradas com vermelhas, que, se olhada com cuidado, poderia se ver o símbolo do martelo e a foice em escarlate. Em sua mão, sempre pendia em uma mão seu livro bíblico e controverso *Pele Negra Máscaras Brancas* e na outra *a guerra de guerrilhas* onde Fanon, com sua voz grossa, recitava os poemas de Che para ninar nosso herói. Abaixo de onde terminava o vinco da calça preta de linho, começava o detalhe que mais seduzia Pele Branca: as pernas de pau que dançavam para se equilibrar e seduzir Pele Branca.

Não há como distinguir o senso e o contrassenso da imaginação de um homem branco e seus white people problems, é complicado para nós reles mortais de melanina aparente que mantemos os dois pés bem firmes no chão para nos manter vivos e descer na insanidade heroica de um branco e um filósofo imaginário de cabelo florido, bambolê e perna de pau recitando poemas em espanhol e bradando choque de ordem em contralto, mas ele, somente ele conseguiria ver e entender aquilo que desde os tempos coloniais tentamos entender sem sucesso: a arrogância e narcisismo de um branco heroico que insiste em salvar pessoas que ele mesmo oprime e com uma *hashtag* salvar o mundo à tuitada.

Penha

Penha encara a porta que dá para o quintal, um frio percorre sua coluna, ela tenta estender a mão para alcançar a maçaneta da porta, mas está paralisada diante da saída, seu corpo treme, palpitação, angústia, vertigem... Penha se afasta da porta e cai sentada numa poltrona no canto da sala, está ofegante, exausta e mais uma vez derrotada.

Penha é uma mulher divorciada, que vive sozinha na grande e antiga casa, na qual passou toda sua vida. Ela não tem filhos nem família, tem alguns poucos amigos que moram agora em outras cidades. Perdeu seus pais bem cedo e sendo filha única herdou a casa e outras propriedades e vive da renda desses aluguéis. Ela é uma mulher arisca e solitária, mas nem sempre foi assim, houve um tempo em que a vida era diferente, havia pessoas e planos e a vida parecia ter cor. Hoje sua única companhia são as dezenas de pássaros em gaiola que cria com atencioso cuidado e sádico prazer. No começo, Penha pensava que poderia ser estresse pelo fim do casamento e uma certa preguiça de socializar, mas o tempo foi passando e o que parecia ser indiferença se tornou pavor, pânico ao atravessar a rua e fazer coisas do cotidiano como ir ao banco ou se divertir à noite com alguma amiga. Aos poucos foi se isolando e cada vez mais se cercando de pássaros, aos poucos foi desenvolvendo um carinho pelo canto triste das aves. Há dois anos Penha encara a porta incapaz de dar um passo adiante. A casa grande e antiga abriga memórias dos tempos em que era menina e gostava de brincar nas árvores no quintal, hoje nem o quintal se lembra da sua presença e nem a mulher se interessa pelas árvores lá fora. Sua rotina consiste em acordar todos os dias por volta das oito, fazer os pedidos do que precisa de mantimento, olhar as notícias no computador, escrever a alguns amigos e, ao final da tarde, a tarefa que mais lhe dá prazer: tratar de suas dezenas de pássaros. Assim, no banheiro, quatro canários e dois alegrinhos, nos quartos pendurados na janela curiós, bem-te-vis, canários-do-campo, tico-ticos e azulões. Na sala, onde Penha passa a maior parte do tempo, ficam as rolinhas e dois gaviões que se alimentam de carne e do qual a mulher solta com imenso prazer ao cair a noite, fecha todas as janelas e solta as duas aves enormes que se chamam Baby e Lince. O fim do casamento foi um golpe duro pra essa mulher que tinha como maior ambição o casamento, mas foi mesmo a fuga de seu terceiro gavião que instituiu a certeza de que tudo que sai da casa, se perde, e o medo de se perder foi só o primeiro dentre tantos outros medos que nasceriam. Penha tem medo de que a vida seja só isso o que tem sido, dar adeus às coisas que ama, não esperar um filho, observar pela janela, sentir pavor. Em outra vida, Penha costumava dizer que o amor era um pássaro pousado no dedo, mas isso em outro tempo, quando a frustração ainda não tinha rasgado seu peito, nem seus planos desfeitos ou pela metade. Ela tem um sonho recorrente, em que seu gavião volta transformado em um pássaro encantado e concede a ela um desejo, mas sempre acorda antes de responder, depois passa o dia pensando sobre seu desejo, se ela pudesse fazer um pedido, pediria para estar cheia de algum mistério ou milagre que a fizesse voltar a pertencer.

Ambiente

Penha vive no Quintal do Espaço-Tempo, todos os dias encara a porta que dá pro quintal, e ao tocar na maçaneta que possui a forma da mão de um alienígena de Marte, é levada a um portal dimensional que a transmuta para outros cenários espirais imagéticos presenciais. Quem observa de longe pensa que Penha está parada no tempo sobrevivendo à solidão e ao cansaço, mas o quintal do Espaço-Tempo se abre sobre as visões de Penha que, em outras dimensões, já foi santa e já foi bruxa, o toque na pedra preciosa que irradia da maçaneta abre um portal à frente do quintal para onde Penha olha, ao mesmo tempo, seu ser transcendental é desconectado de seu ser material e o corpo de Penha permanece paralisado enquanto o ser transcendental levita sob a luz que se abre em foco helicoidal e a faz espiralar em sentido anti-horário, sankofa, passado futuro, e Penha chega até as escadarias da igreja que leva seu nome e sobe em zigue-zague em frações de segundo até chegar à torre do sino onde se localiza a central termodinâmica translacional que envia Penha para os santuários que desejar. Na vez que visitou o Egito, entrou no sino da igreja da Penha e, na terceira badalada, ao mentalizar as pirâmides, viu-se parada no nariz da Esfinge de Gizé que rompeu com o impacto espaço temporal. A queda na areia tingiu as vestes de Penha, que resolveu nunca mais lavá-las devido ao acometimento sacro-helicoidal, caiu despencando por 30 metros e, com a perfuração de seu corpo, foi parar no núcleo da terra, onde mergulhou em lava vulcânica e besuntou seu rosto feito urucum. As dimensões são dispostas de acordo com as vibrações do sino que ressoa e, quanto mais veloz o trajeto entre maçaneta e escadaria, mais distantes no espaço-tempo as possibilidades de viagens astro-helicoidais translacionais do quintal do Espaço-Tempo de Penha que reluz sempre às 19h47 no horário de Brasília, 18h47 no horário de verão. (GMT -3).

Encontro

PENHA E ZÉ NOBODI

A amizade entre Penha e Zé nasceu na adolescência, quando concluíram juntos o ensino médio e sonhavam em mudar o mundo. Foi há muito tempo, quando Zé acreditava em revoluções e Penha não tinha medo de tudo. Enquanto Zé vive em sua casa repleta de livros, traças e cupins envolvido na sua solidão e ressentimentos políticos, Penha cuida de suas dezenas de aves e tenta entender o seu medo das ruas, ou da vida ou da morte. Zé gosta das cartas e sempre que pode, escreve para Penha. Penha prefere os e-mails, seria incapaz de ir depositar cartas nos correios. Assim os dois se comunicam esporadicamente, para contar da casa repleta de coisas vivas ou mortas que se acumulam. Quando Penha escreveu dizendo que já não podia sair de casa, que alguma coisa acontecia que ela paralisava diante da porta, Zé, com seu jeito mal-humorado, prometeu que iria fazer uma visita e arrancar a mulher de seu medo, Penha estremeceu. Não queria a visita de Zé, nem seus conselhos sobre as coisas da vida. Mas mesmo assim ele apareceu, num domingo de chuva, em que ninguém se atreveria a sair de casa, ele apareceu. Gritou seu nome tão alto do portão que Penha, que estava na cozinha, levou um susto. Certamente os vizinhos ficariam curiosos acerca desse homem barbudo que gritava seu nome num domingo de chuva no portão. Por que ele não tocava o interfone? Ela pensou. E precisou gritar pela janela para que assim ele fizesse e ela pudesse liberar o acesso para o homem. Pensou em fingir que não estava em casa, mas ele sabia que ela não saía de maneira alguma, seu coração estava sobressaltado, havia um tempo que Penha não interagia com pessoa humana. Quando liberou pelo interfone a entrada do amigo, foi invadida por uma súbita vontade de chorar, é que Zé, com seu jeito grande de pessoa velha e sábia, ainda era um bom amigo e disso Penha precisava. Zé atravessou o quintal, impressionado com o abandono do lugar, ele conhecia a casa de outros tempos, mas agora parecia que nunca nenhuma família havia morado ali. Penha espiava pela janela o amigo vindo em sua direção. Quando Zé entrou na casa, também sentiu vontade de chorar, o cheiro das aves vindo das gaiolas, a sujeira das penas espalhadas pela casa, a escuridão da sala, o canto triste dos pássaros e Penha em pé ali na escuridão esperando para recebê-lo. Mas quando se encontram não houve lágrimas, os dois estancaram em uma gargalhada nervosa onde cada um reconhecia no outro suas próprias limitações e acúmulo de coisas que, no fundo, no fundo, haveriam de ter um significado, Zé com seus livros e Penha com seus pássaros.

Reflexão

carrego na minha cabeça a ausência de futuro. equilibro no meu pescoço as más previsões do mundo, e rezo pra deusa solidão proteger mulheres sem destino como eu. encaro os cantos presos em gaiolas e aprendo a controlar insignificâncias. eu sou insignificante e não me controlo. cuido de uma dor crônica de cabeça, e assim tenho algo pra mim, que não me abandona. ela me tem e eu penso que a tenho, temo que nem ela suporte residir nos meus pensamento, por algum motivo ela permanece. tem dias que durmo e vejo todas outras que sou em outras realidades, todas estão infinitamente melhores do que eu, todas esperam por alguém, atravessam ruas, sentem o vento bater no cabelo, conhecem o cheiro da cidade, todas outras de mim, vivem. queria eu ser eu na realidade em que eu sou boa em krav maga, poder me olhar e me compadecer daquilo que eu poderia ser, mas não sou. difícil é olhar para a eu que cuida de cachorros e cata suas merdas por pouco dinheiro e sentir inveja do sonho duro que compro eu como. faz tempo que não vou à padaria comprar pães envelhecidos, faz tempo que desaprendi a sonhar sonhos novos, faz tempo que não saio de mim. sigo colecionando tristeza e cansaço de sequer tentar.

me belisco porque me duvido, não consigo acreditar que vivo. sinto que abandonei meu corpo faz tempo, e ainda assim os pássaros não me comem, o que eles ainda veem em mim? será que, assim como eu, sonham em não acordar só pra responder o que não sei responder mas quero?

olho a maçaneta que me encara sabendo que ontem mesmo a toquei e visitei o centro da Terra, ela me fita como quem diz: como pode alguém temer tanto a si? me duvido novamente, não acredito que a girei. algo quer me confundir. porque quero chamar minha cabeça de ori. quem sequestrou meu pensamento? respondo a alguém me perguntando. não

há aqui nada além de mim, ou haverá?
quem perguntou isso?... responde.
covarde.

Intervenção do Raio de Sol[1]

— Que inferno! Eu não posso fazer nada nesta porra dessa casa.

— Você pode me respeitar e ir lavar aquela pilha de louça que está lá te esperando.

— Você não manda em mim.

— Mas eu mando nesta casa! Esta casa é minha e enquanto você morar aqui, você vai virar gente e cumprir com as suas obrigações!

— Você não é a minha mãe! Você não é a minha mãe! Você não é a minha mãe, porra!

Cada vez que o Junior berrava pela casa inteira e batia todas as portas que ele via pela frente berrando insultos, os pássaros que cantavam um canto de desespero assustado, que comungava exatamente com sua própria tristeza e frustração, os resquícios de vida que aquela nova família construída através de feridas e urgências iam se esvaindo como areia entre os dedos. Zé trancado no quarto com seus livros e escritos, desesperado em documentar devaneios, mais preocupado com reflexões do que as contas do mês, Clarinha e Isaías, no

---

1 Antes de ler esse texto, sugerirmos ir à página 383.

auge de suas rebeldias adolescentes, faziam a sua casa ficar sufocante, e não havia um dia em que não repensava aquela relação e se perguntava o porquê. Por que aturava a inércia de zé, a falta de respeito dos gêmeos, as grosserias da mãe das crianças ligando incessável com cobranças de pensão e desaforos, como se fosse ela a culpada da irresponsabilidade de seu marido, não entendia que ameaças não iriam fazê-lo aprender que ser pai era muito mais que ouvir e o vazio que sentia diante da casa cheia, a falta de dignidade. De todas as promessas e acordos, a única cláusula da qual sentia mais necessidade além do amor, paixão e tesão, das conversas na mesa do jantar após uma sopa ou no sofá, deitada em seu peito, saciada e leve após o gozo, era a segurança. Desde a separação, sua existência se tornou um barco ao Léu, uma eira nem beira, seu ex-marido podou suas asas e levou suas penas na divisão de bens. Ela desaprendeu a voar, até a chegada de Zé Nobodi. Zé foi o primeiro raio de sol refletido na areia deserta da sua vida, a partir daquela entrada de rompante naquela noite de amor, o raio de sol em seu rosto duro e sexy, sua vida tão escura havia clareado e, dentro dela, surgia aquele sentimento tão lindo quanto perigoso: esperança. Agora ela, que nunca havia tido o controle de sua própria vida, se via na coluna de uma família que não a valorizava, ao mesmo tempo que colocava o peso de suas vidas em suas costas e exigia que ela suportasse... Se antes o mundo da porta pra fora a assustava e a prendia, agora a sua própria casa também a havia engaiolado.

Alguns dias se passaram quando estava na cozinha preparando o lanche para a Clarinha e suas amigas que estudavam na sala. Enquanto ia na copa pegar os copos, ouviu quando uma das garotas reclamava de uma pena que ficara presa em seus cabelos.

— Ain, Clara, não dá pra estudar com esse monte de passarinho piando! Que saco! Meu cabelo tá todo sujo!

— Isso é da vaca da minha madrasta. Aff! É ela que deixa esta casa igual a um zoológico! Não sei onde meu pai estava com a cabeça de se juntar com uma maluca dessa!

A conversa das garotas foi interrompida pelo estalar de copos quebrando. Copos que se quebram é sinal de boa sorte, porém, naquele momento, não se sabia onde a boa sorte pousaria, já que Penha, em fúria, assustava seus pássaros que cantavam uma marcha de combate enquanto ela avançava em Clarinha em tapas. As amigas assustadas não ousaram dar um pio, coladas à parede entre as gaiolas.

— Para, para, para!

— Sua filha da puta ingrata! Maluca é a puta que te pariu! Vou te dar o corretivo que você devia ter levado quando criança.

— Me solta! Socorro! Pai! Socorro!

Penha, inflamada pelo ódio acumulado por anos de humilhação, em sua ira de mulher esgotada, correu descompensada pelo corredor da casa até chegar na porta do escritório de Zé Nobodi onde ele, sobressaltado, levantou ao estouro da porta arrombada por Penha.

— Desgraçado!

Urrava enquanto avançava para cima de Zé com uma ripa da porta em pedaços no chão. Isaías, que acordado por Clarinha, desceu correndo e, ao chegar para acudir o pai, tonteou com a pancada da madeira que Penha deu em sua testa.

— Desgraçado! Inútil! Sai da frente desse computador e faz seu papel de homem! Eu não te peço nada, não falo nada! Banco a casa, aturo a vaca da sua ex-mulher, suporto esses demônios dos seus filhos enquanto você fica aí entulhado na frente desse computador! Faz alguma coisa, porra! Faz seu papel de homem, seu cretino! Eu não posso mais ficar assim esperando suas crises, seus delírios, seu conformismo, nem sua acomodação! Se não fizer seu papel por bem, vai fazer por mal, entendeu?! Por mal! Porque eu cansei! Cansei, ouviu? Cansei!

Penha gritava seu monólogo desconexo embalado pelo canto de pássaros, choros de Clarinha e urros de dor de Zé Nobodi, que se debatia debaixo de Penha e tentava inutilmente aparar os golpes da ripa com os braços.

Penha arfava em surto, quando deu por si, viu sangue nas mãos que não conseguia distinguir se era seu ou de Zé, ou de ambos. Zé, mole, imóvel, desacordado, com a face desfigurada embaixo dela, em nada parecia a forma como ficavam moles no sofá... então Penha se levantou e cambaleou até o canto da parede onde arriou cansada. Abraçou os joelhos e, indiferente ao choro de Clarinha, aos gritos de Isaías e choro assustado das outras meninas, ao barulho da rua, ao canto dos pássaros, observava Zé e o brilho suado da pele, as gotas de sangue, o rosto amassado iluminado por um pequeno raio de sol que invadia o cômodo por uma fresta da porta quebrada e destacava um galo inchado na testa dele, um galo cor de areia quente que a fez lembrar das dunas que retornavam no deserto ao qual retornava, só que dessa vez não temia transpassar o portal.

Carta/Mensagem de Penha para Alberto e Associados

De: penha_maria@contato.com.br
Para: alberto&associadosadv@contato.com.br
Assunto: Assistência Jurídica

Alberto,

Sei que temos nos evitado, ser apenas amigos não me parece tão fácil, mas sinto que, neste momento de escuridão em que me encontro, preciso buscar a luz que um dia compartilhamos, implorando por sua ajuda. Sei que você conhece os segredos que minha alma esconde e as batalhas que travo todos os dias. Eu queria dizer que está tudo bem, que já não precisa se preocupar, mas é outro motivo que me leva a te escrever. Estou em uma encruzilhada, meus passos incalculados me levaram a um lugar sombrio onde cometi um ato que transgride a lei. A memória do que fiz desaba em minha consciência, mas meu coração não se enche de remorso nem tristeza. Reconheço a gravidade do que fiz e a responsabilidade que carrego. Já não caibo nesta vida, nem sei se já coube em algum momento. Fui tragada pelo medo e tomada por uma violência que desconheço. Alberto, nem sei se ainda sou uma pessoa, preciso de referências para me localizar, e é a você, com quem um dia compartilhei sorrisos e lágrimas, que eu me dirijo neste momento frágil, esperando que o tempo e a dor não tenham apagado a compaixão que um dia existiu entre nós. Entendo as amarras que sua profissão impõe, as fronteiras éticas que você deve respeitar. Mas, meu amor, clamo pela conexão humana que transcende as formalidades e toca o âmago do que fomos. Peço, de todo o meu coração, que considere ser meu guia nessa jornada legal, ou que me conduza até um advogado compassivo que possa me representar. Perdoe-me, pois não desejo trazer desconforto à sua vida, nem desenterrar memórias dolorosas. Agradeço antecipadamente por qualquer orientação que você possa oferecer, mesmo que seja apenas um sussurro distante. Seu apoio, mesmo que em silêncio, seria como uma suave brisa que acaricia meu coração e me traz um vislumbre de esperança.

Resposta de Alberto & Associados para Penha

Penha, boa tarde. Estou em trânsito, sem condições de avaliar com serenidade o que seria voltar a ter contato com você. Estou no aeroporto. Meu voo para o interior de São Paulo sai daqui a pouco. Respondo usando o microfone-ditado do Gmail porque não poderia deixar de responder à tua mensagem no momento em que ela chegou às minhas mãos pela minha secretária. Peço que compreenda o quanto tem sido difícil para mim também lidar com os destroços que são as memórias do que vivemos. Essa distância tem sido provação, mas tem sido alívio. É difícil imaginar que poderíamos restabelecer uma relação razoável e lúcida, mesmo baseada apenas em aconselhamentos profissionais. Sinto muito, mas não me sinto em condições de ajudá-la. Você abusou. Abusamos.

Sonho

Quando foi que a mulher esqueceu ou perdeu dentro de uma gaveta aquela imagem linda de perspectiva e planos? Aquilo que chamamos de sonhos, sem assombros ou violências, uma vida onde havia uma família, criança ou era Deus, não se sabe, mas que criava coragem para atravessar portas e ser o sol pelas ruas. Quando sonhava, costumava visitar outras dimensões, outras vidas extraterrenas, lugares mágicos de densas energias gravitacionais, quando sonhava, ainda acreditava em magia ou encantamento, era no sonho uma bruxa do seu tempo. Mas aquilo que chamamos de sonhos, para Penha havia se tornado outra coisa, de nome pesado e constrangedor.

Penha acorda assustada, ofegante. Havia sonhado, depois de anos sem se lembrar dos seus sonhos, lembrava. Sonhou que entrava em um submarino e que ia tão fundo no mar que implodia. Talvez tenha sido influência das notícias dos últimos dias, mas talvez o reflexo de sua própria vida. E por que lembrar esse sonho, logo esse depois de tanto tempo sem lembranças? O importante agora era que lembrava, e isso fez com que Penha se lembrasse também dos sonhos de uma vida, a sua, que agora mais parecia um pesadelo ou um enredo sem pé nem cabeça onde ela amava o que não mais podia e abrigava dentro de seu lar não só pássaros tristes mas pessoas tristes que não suportavam sua presença. O sonho de Penha era poder olhar os destroços para ver se ainda haveria possibilidades de se reconstruir através dos escombros, o sonho de Penha era poder ter esperança, ou alguma resposta para se localizar em sua rota. Uma mulher com medo de tudo sonha em não mais sentir medo, em não ter o desespero como aliado. Sonha com seu quintal no espaço-tempo, uma vida em movimento, sem culpa ou cansaço.

Transformação

cansada e rememorando como um mantra em sua cabeça a resposta de Alberto. Penha senta no chão da sala, sem café, sem xícara, quase sem mãos. não encontra seus braços e não afina a busca. navegando a melancolia e a perda do objeto amado. perfurando o buraco que ficou na consciência. um fenômeno de processo e subjetivação começa a deitar em seu colo. não sabe mais que corpo pode ser. rompeu em choro o acontecimento, um choro vindo de antes, já que seu agora se tornou impossível. o tempo pinta em sua mente o quadro de René Magritte. as moléculas ainda correm no trem que atravessa por completo a cabeça de Penha. quando descortina seus olhos devagar e com medo do desconhecido, alcança a luz chegando. seu corpo com pequenos quadrados, minifuros que doem o que está em sua frente. oito minutos pra luz do sol chegar à Terra? não durou isso. a luz só passa, não atinge. Penha não consegue olhar para trás, seus olhos se foram quando se tornou o que está presente. consegue apenas sentir o espaço da gaiola e sua parte traseira formada também por perfurações. os dois gaviões, baby e lince, estão presos, ainda é dia e se o quintal não lembra a presença de Penha, não poderia jamais lembrar a presença de uma grade. a gaiola das aves de rapina encara a nova vida da mulher cansada e não deixa de dividir segredos de sobrevivência:

— Penha, veja você, que bonito seus buracos. Nada fácil preparar-se a vida inteira para não sair e de repente ter que ficar. Ficar é diferente de não ir, não é o mesmo? O que te parece? Não responda agora, que a voz de uma grade necessita de força do vazio.

o pequeno incômodo de Penha começa. sua malha de aço inoxidável parece mover um pouco desconhecida do que não pode. a grade de baby e lince retorna sua voz tentando clausurar conforto.

— ainda não tinha entendido? você é uma grade! não uma gaiola, nunca se confunda. na verdade, com esse vazio que você pondera aí atrás, conseguimos ser gaiola... dizemos assim em coletivo para que fique mais fácil o que um pode ou não sem o outro. tipo assim, se tiram a gente da jogada, tudo consegue um outro significado mais completo e nós não. a grade é um apoio de objetivo. um objetivo triste.

a luz mantém sua quadratura dentro do que é Penha. algo diferente de visualizar o sol passando por uma cela. algo mais parecido com sentir filetes de sombra no corpo. como receber em um pedaço, e em outros não. o que foi antes Penha lembra de seus filhos e não filhos. encaixa a pena que caiu na cabeça de clarinha em sua memória, e por algum momento deseja ser a pena, não para conquistar a liberdade, mas para gozar da queda e conseguir deitar. a grande soberana, a maior de todas, a única que se abriu todas as noites pra que Penha soltasse seus gaviões, continua correndo seus discursos:

— eu sei que este é o momento em que você olha e descobre que não consegue olhar — diz rindo. — também sei que é agora que você pensa por que prender os pássaros — cresce sua risada. — acredite que depois de pensar em milhares de coisas estranhas, você vai começar a se incomodar quando alguém abrir sua porta.

Penha quase consegue reunir seu vazio e dizer algo.

— com mais força, querida! tente com mais força! necessito te ouvir, já que esta noite será a primeira vez depois de anos que ninguém vai tocar em minha estrutura. necessito te ouvir pra deixar mais gostosa a vida das grades. talvez eu consiga montar uma ideia de liberdade mesmo que não queira. sou fiel ao que sou. vou te ensinar essa força e amenizar seu luto. você possui grandes problemas com o luto. mas veja, acabou de morrer e nascer outra coisa.

um esforço, a geometria sinérgica distribui presença estranha. como se os antepassados da grade pudessem reclamar com quem deixou Penha entrar. a rejeição alcança seus sentidos e ela consegue dizer seu novo trabalho:

— dói demais ser outra coisa sem saber quem fui.

Amigo Imaginário[2]

Não me vejo, não me vejo, não me vejo... Agora me vejo! No escuro tudo fica claro.

---

2 Antes de ler esse texto, sugerirmos ir à página 387.

Eu não existo, não existo... quem atesta o fato de esta carne não ser feita de sonho?

Agora me lembro, eu tinha seis anos, e estava com meus pais caminhando pelas ruas a caminho do teatro, era domingo, tantos detalhes, a rua era calçada de pedras, o que tornava irregular o passo, tropecei em uma delas e caí em um bueiro, não de corpo todo, só um pé ficou preso na grade que era a tampa feita de concreto, uma grade de concreto. O que quer dizer que era você desde sempre e eu me esqueci? Não! Eu não me esqueci, eu te transformei em tudo, você cresceu tanto em mim que te dei o corpo de uma vida, bendito seja o vão entre duas barras. Por isso sempre estive aqui, parada, pensando que era medo o que me paralisava, era meu amigo que me procurava, todo esse tempo botando a culpa no pânico das ruas, no apego de minhas aves. No pânico das aves, no apego da casa. Agora sei por que me apego aos pássaros, porque só eles te conhecem de dentro. Eu dentro da casa te conheço na dimensão do esquecimento, da falta. Agora te escuto e te reconheço, amigo, todo esse tempo as aves cantam suas memórias e eu inventando histórias de fracasso e melancolia, Baby e Lynce são os únicos que te conhecem, por dentro e por fora, dentro de mim e para além de nós dois. Pela primeira vez eu sinto que posso abrir as portas e as janelas e dar meus primeiros passos, nunca antes na vida senti a segurança que sinto agora. Olha! Não dói, já não dói não saber quem eu fui.

Rafaela

Ela começou a ficar um tanto repetitiva. Acredito que, se tivesse sido algumas poucas vezes, a gente deixaria passar. Muita gente nem ia se dar conta de que tudo foi programado. Mas, como insistiu e sempre do mesmo jeito, deu no que deu.

Eu nem disse o nome da mina. Também não sei se o nome era inventado ou real. Foi isso que ela fez: meteu a desconfiança na nossa cabeça. Rafaela. Magrinha de músculos fortes amoitados entre os ossos. Apareceu do nada no bairro, na casa que foi da Dona Eulália, abandonada há décadas.

A impressão é que Rafaela surgiu de dentro da casa pra fora. Porque ninguém viu chegar, só sair do mato alto que tomou a casa, limpando o terreno.

Limpou a casa.

Depois acendeu a luz, trouxe cama e instalou um chuveiro do lado de fora. De noite ficava pelada, tomando banho toda indecente no quintal. Claro, era uma novidade uma mina assim, morando na casa da Eulália e tomando banho de noite, sem roupa com a bunda virada pra rua. Mas a gente não era mais moleque e sim homens feitos, casados, trabalhando e fazendo um monte de filho, que já nascia de boca aberta cheio de fome pra alimentar. Então, não demos tanta trela praquela nudez como teríamos dado anteriormente.

Daí ela começou a beber sozinha no Bar Boleta. A gente foi se achegando, curioso. Nesse vai e vem de descarrego, de levanta copo pra se livrar do cansaço cansando a goela,

Rafaela ficou chegada da gente. Sem muita intimidade.

Ou melhor, uma intimidade que se esquecia no dia seguinte, quando seguíamos a rotina de criança na escola e a gente na fábrica. RafaEla não ia nem pra escola e nem pra fábrica, não sabíamos onde ela estava ou o que fazia enquanto batíamos nosso ponto.

Também não sobrava tanto tempo pra gente compartilhar o que cada um descobria sobre ela. Só na hora do almoço e não era a coisa mais importante pra se falar. Vez em quando emendávamos os fios, tentando achar a meada.

Até aquele momento era isso que tínhamos reunido: Rafaela, uns 30 anos, desempregada e macumbeira. Bebia mais que comia. Ouvia mais que falava. Sabia fazer todo mundo rir. Não achava graça de tudo. Mandava bem no carteado. Tomava banho frio no quintal. Tinha duras nádegas e peitos pontudos.

Embora instigasse nossa curiosidade e hormônios, não aparentava ser uma ameaça para o bairro e nossas famílias.

Ambiente

Quem é que não gostaria de permanecer no que antes foi morada de Dona Eulália? A casa abandonada há décadas tinha seus encantos. Rafaela sabia bem que os enigmas do tempo eram capazes de dissolver a mornidão da espera. Sobrevivia na entidade do espaço domiciliar porque gostava de quase tudo que alcançava, como se o vencimento da estrutura desbotasse a lembrança de que tudo sofre e permanece. Organizada pela ausência, a casa detinha tijolos feitos a mão sem nenhum refinamento, cada um de um tamanho diferente, mas com algum específico de identificação que deixava nítido que foram produzidos pela mesma mão. O chão era encerado vermelho, capaz de tornar impossível detectar qualquer gota de sangue que por ali caísse. O teto de amianto esquentava a mínima dos neurônios e aflorava pensamentos em Rafaela. As janelas eram quase um todo, pequeninas e também vermelhas, posicionadas uma ao lado da outra como se formassem um organismo, circundava toda a casa e só cessavam depois de encontrar a porta principal. Uma casa com uma única porta era o suficiente para deixar entrar e deixar sair pessoas e energias. Os móveis eram quase o fim da vida da madeira, um sofá que mais parecia um amontoado de lenhas, uma mesa baixa na altura dos quadris, uma espécie de cama sem colchão e vasos lotados de pequenas árvores. O verde em casa era uma tentativa de consumir o quintal internamente. Rafaela gostava de passear pelo entorno, já que encontrava uma natureza de mata firme, solo argiloso e espaço circular, lugar perfeito para seus banhos noturnos.

Encontro

RAFAELA E MORUS CADUCIFÓLIO.

A coreografia invisível faz chão o que se pisa. E pisando no solo vermelho sangue de Dona Eulália, Rafaela sente prazer. Quantas histórias fermentaram aquela terra sufocada pelo cimento carcomido?

Por fora, no quintal tomado por cores, as vidas avolumavam em verde fino de mato, marrom grosso de tronco, rosa, roxo, amarelinho de flores discretas. Se por dentro do telhado de amianto era concreto rígido domesticando vida, lá fora fluido indômito.

Do limiar entre duas grandezas, da brecha, se tece o encontro.

Rafaela deita, toca o buraco do piso com o mindinho, curiosa sobre essa dimensão onde colidem contornos.

Goza.

Talvez ouça o gemido de prazer, do outro lado.

Somos Morus Caducifólio.

Rafaela rebola no chão que sangra amor. O frio liso do solo nos dedos do pé, paixão no calor da pelve. Devagar, como quem descobre a ferramenta, deita de costas para o céu, desliza sinuosa, avança com a língua no risco.

Rachadura.

Rafaela fala com saliva segredos ao vácuo. Consome a greta e metamorfoseia-se ponte. Seu corpo abrigo de barro e concreto, banha-se na lua.

Todos os dias cava mais buracos. Pouco a pouco, Morus Caducifólio, é floresta tomando a casa.

Reflexão

Ainda não tomei meu banho gelado e já tá ficando tarde. Na verdade eu ainda nem comi. Melhor que eu nem coma agora, senão vou acordar inchada amanhã. Finalmente consegui firmar uma rotina, já faz dois dias que tô fazendo tudo certo. E agora isso, uma quebra. Um vacilo. Como vou conseguir mudar de casa? Como vou conseguir chegar aonde quero?

O que me falta? Estou me cobrando demais, ou de menos? Como calo essa sensação de frustração? Nunca consigo nada que planejo!

Para garota, que onda errada, mulher. Não entra nessa, meu bem. Sossega. Ainda não aprendeu que não adianta rotina? Que não adianta tudo certinho? Eu fico bem menos inchada quando eu não me preocupo, é verdade. Mas nem é questão de inchaço. Parece mais questão de vazio, de vácuo. De um coração magro. É tentar achar outras narrativas pra tapar isso. Isso tudo que a vida faz comigo. Essa dor que é tudo que já vivi, tudo que já passei. Todas as vezes que só me olharam como pedaço de carne. Todas as vezes que tive que me humilhar pra saciar-me. Todo mal que me acomete sem meu controle.

Que isso, menina? Vai entrar na vítima agora? Se vitimizar só serve para se diminuir. Não sou vítima de nada! Eu sou R A F A E L A. Mas também, que nome comum. O que as pessoas acham de alguém com esse nome? E se eu inventasse um novo nome? IVANA, ou SELMA. Um nome mais maduro, sabe? Ninguém ia saber que é um nome inventado. Ninguém pede um documento quando você se apresenta na mesa do bar. Será então que eu já acreditei no nome falso de alguém?

Que diferença fazem esses pensamentos, garota? Tá perdendo tempo! A hora corre enquanto minha cabeça ferve. Eu ainda não comi e não tomei banho. Seria mais fácil se eu saísse de dentro da minha cabeça e aí talvez eu cumprisse a rotina. Mas parece que entrei em mais um looping.

De um tempo pra cá, parece que meu pensamento anda mais vegetal, mais orgânico, mais híbrido, mais fúngico.

Deixa de loucura, menina, não vai começar de novo a vagar sem rumo dentro da cabeça.

Intervenção do Raio de Sol[1]

Ça moçada num sabi qué bão pa tosse. Brinca poco. Tem qui brincá mais, tem qui brincá mais. É capaz qui nunca saiba, assim na concênça, qui aqui di minha casa eu num largu. Num queimu ça raiz. Olha pra cada tijolu, qui cê vai vê minha mão marcada neli. Qui é casa di Dona Eulália, gentalha. Aqui qui a suruba pegô fogu nas madrugada di minhistória, quandu inda ardia a chama nessi corpu vivu, chamuscava ça xereca i cantava meu cu nas brasa. Era eu i a casa todaberta. Podia chegá quem chegassi cum carinhu, cu, xereca i piroca. Só latejá u sangui nas parti i a genti já gimia u coru dalegria, música di alcateia.

Eu deixei a Rafaela ocupá minha casa purque ela pediu licença, bem quandu limpô u matu i cuidô da amorera; ganhô minha bença quandu chupô i inguliu a primeira fruta qui botô na boca. Mas ela num sabi qui tô sempri olhandu tudu. Tô presenti na árvre, nu tijolu, na rachadura du chão. Ficu vendu ela pelada tomandu banhu. Qui saudadi di usá a língua quandu tinha uma. Qui saudadi di intregá minha carni na boca di genti qui lamba ela. Ai qui saudadi danada di amá i sê amada!

Rafaela tá disaparafusada, mais sozinha qui divia. Pareci falta di amô, memo. Não sabi si fica ou si sai, si deita ou si acorda, si mija ou si caga. Tá lascada. Chegô mamada di cachaça nessa noiti passada. Aposto qui tava nu Boleta tomando com os doidilá, mas chegô sozinha. Nunca tevi genti qui presta lá, nem pa fudê, só pa bebê memo. Chegô aqui esbarrandu nas coisa. Quebrô um vasu di barru que tá té gora fareladu na

---

1 Antes de ler esse texto, sugerirmos ir à página 383.

cuzinha. Daí tomô o banhu friu lá fora, retornô u intendimentu e veiu pra dentru, qui nu meiu da sala ondi tem a racha nu chão di ondi tá nascendu um raminhu da amorera du quintal, qui sispalha cum as raízi qui ocupa minha terra tudu, pelu fundu. Rafaela deitô pelada nu chão vermelhu e ficô intregui, livri. Devi tê intradu nu sonhu.

Eu não fiz foi case nada. Cas mão invisívil abri as curtina da janela di ondi u sol tava nascendu. Foi qui um raio di luz veiu qui nem flecha penetrandu a xereca di Rafaela, qui na hora memo sangrô as regra bem ali nu chão da sala. Um fio di sangui resvalô na rachadura du chão i u ramu da amorera abriu um botão di flor, logu si arrumandu nu mei das perna da moça, qui riu sonhandu acordada. Deu prouvir u sorrisu dela, u meu e us da flor. Távamus amanhecidas.

Carta/Mensagem de Rafaela para Mãe

Mãe,

Cheguei há algum tempo na casa de Vó Eulália. É estranho chamá-la assim. "Vó". Uma forçação da porra, né? Porque essa imagem de vó que todo mundo conhece, absolutamente, não corresponde à dela. Então, vou encerrar esse lance a partir de agora, me faz mal. Ninguém vira avó no nome porque deu vontade na filha de perdoar a mãe. Ela nem tá mais aqui pra se manifestar, então que se dane. Você e eu sabemos bem que

Eulália não gostava de ser avó, muito menos a minha. Sempre tive medo da Eulália, era minha bruxa particular na infância. Desejei que ela sumisse e nunca mais voltasse. Os pensamentos têm muita força.

A casa estava realmente abandonada, com mato tomando tudo. Limpei o máximo que pude, mas depois relaxei. Tem coisa que não sai em faxina, que impregna, que deixa rastro, ferida, trauma. Preferi enfrentar meus monstros. Algumas vezes parece que a velha tá aqui, do me lado. E não sinto mais medo.

Habitar a casa onde fui concebida me deixou perplexa no início, mas agora forte o suficiente.

Não sei se vou encontrar o que você me mandou procurar. É devastador demais, essa gente daqui está congelada pelo tempo, abatida, carcomida por dentro, assim como esta casa. Não quero ser parte desse desmoronamento que me fundou.

Deixei as roupas, o quarto, você, a raiva e a culpa, abandonei trajetórias traçadas para ocupar um lugar para os outros. Isso me fez bem. Quem diria. Na distância dessa eu definida e sem ser parte ativa da lapidação de mim mesma, percebi que posso ser explosão. Virei partículas gravitando o eixo do contorno que busco. Abandonei minha carne, para me tornar sangue. Procuro as bordas para me fazer fluir.

Resolvi destacar minhas próprias voltas dadas, mãe. Cessar de ser sua ferramenta para abrandar suas frustrações, para despachar seu ódio, para desculpar seus erros ou perdoar o que te fizeram sofrer.

Não me importo mais. De verdade.

Tomei o antídoto lambendo o chão. Senti a floresta brotar e me penetrar num raio de sol. Sequei os fluidos que me encharcavam de razão inoportuna. Virei deserto aqui. Semeei fervor e tornei-me flor.

Porque quando nada se tem, nem mesmo um bibelô que te lembre do seu lugar comum, você não precisa mais de espelho para reconhecer o rosto do desespero.

Fiquei seca no início. Então, fui brotando.

Fui desbravando o solo, botando a cabeça pra fora, fazendo mudas, engrossando meu verde, virando vermelha até despencar feliz no chão, como fruta madura.

E a fruta é minha melhor companheira.

Me alimento e sou alimento dela. Deságuo sangue no chão que faz ferro para crescer.

E daqui, mãe, logo daqui faço minha revolução. Do terreno onde brotei entre tanto jorro de raiva, como seu, misturado com prazer daqueles que traem a moral erigida para poder ser arruinada entre quatro paredes...

Estão todos perambulando pela rua, me olham assombrados, pelo inusitado. Desfilam na rua a apoteose da sociedade mediana: Fragilidade, recalque, ralé. Medíocres. Passam dias trabalhando pra depois se embebedarem no bar. Não fogem ao assunto, sempre o mesmo: repetem os dias, a vida ordinária e patética de homi-pai-de-família-que-sustenta-e--reclama- da-mulher-dos-filhos-do-trabalho-da-vida-ordinária-que-escolheram.

Estão todos mortos.

E, filha da suruba já nasce órfã de pai. Essa sou eu. Não vou te dar esse presente de descobrir qual deles produziu o esperma vencedor. Que diferença faz?

São abomináveis.

Eu mereço nunca saber. Fabular é meu melhor truque. Com ela crio meu mundo.

Resposta de Mãe para Rafaela

Oi, Rafa,

Queria perguntar como você está, como se não soubesse que você não está bem, então me livrando dessa convenção, digo:

Filha, primeiramente, tudo bem não reconhecê-la como avó, as pessoas inventaram um monte de imagem sobre esse nome, e a gente segue fazendo um *tetris* pra fazer as pessoas caberem nos nomes e nas convenções. Tudo bem não caber. Perdoo minha mãe quantas vezes forem necessárias e desejo não te forçar a fazer o mesmo. Eulália, realmente não cabe no nome avó, no entanto foi, é, será avó, mas cabe a você renomeá-la, bruxa é uma boa escolha (rsrsrs).

A sua avó não sairá com faxina, filha, ela reconhece cada canto daí, e quando você pensa que ela está aí, realmente está, igualmente você. Você pertence mais a este espaço do que acredita pertencer. Tudo aí tem Eulália e Rafaela, e um pouquinho de mim.

Eu sinto muito por te colocar nessa missão, é que tem coisas que só você pode encontrar, quando achar que pode retomar as buscas, retome, enquanto não: me perdoe. Se nunca puder encontrar, ainda assim: me perdoe.

O que é meu, é meu, sinto muito por fazer meu passado resvalar no seu presente. Sinto mesmo, mas é inevitável que nossas histórias não se embrenhassem a ponto de te responsabilizar por minhas buscas.

Talvez seja isso, eu perdoo sua avó demais porque necessito de perdão, não tive dela e não fui o que ela quis, não tenho o seu e também não sou o que quer que eu seja. Sou imperdoável.

Brote, minha filha, o que você não encontrar com o tempo, eu reencontro.

Brote.

Mas antes, uma pergunta: Nos seus sonhos, como eu me chamo? Sabemos que não é mamãe.

Boas Fabulações.

Sonho

Rafaela caminha descalça pelo chão quente, seus pés estão em foco. Lentamente o ângulo da visão se abre e ela percebe que está em uma praia infinita, sem mar. Tudo é horizonte. Imenso. Não há diferença ou detalhes que lhe norteiem caminho. A sola dos pés arde, seu corpo flameja. Impossível distinguir o sol do ar abafado que queima o interior das narinas e aquece o pulmão. Subjetiva. A perspectiva é atravessada por um brilho intensamente pálido.

Invadida de desespero comedido, oriundo da solidão absoluta em que se encontra, Rafaela desiste de andar para algum lugar. Estática.

Algo lhe dói cruelmente na altura do umbigo. Dobra-se ao meio e abraçando o ventre desmancha-se no chão. Deitada na areia morna e quase confortável, recebe mais uma agulhada na barriga. Com força, arranca de lá algo vivo que mantém preso em seu punho cerrado. Inebriada, traz a mão perto dos olhos e ao abri-la, um escorpião vermelho foge entre os dedos, saltando para o solo arenoso.

Rafaela sente o veneno do aracnídeo percorrendo suas veias, irrigando seu corpo de raiva, ou medo, ou dor. Zoom.

Agora, imediatamente, ao olhar em busca do seu agressor, aterrorizada pela possibilidade de receber uma nova ferroada, percebe que toda a praia está infestada de escorpiões. Panorâmica.

Estão simetricamente organizados em todo o espaço, encarando-a de frente com pretos olhos assustadores. Frontal fixo. Instante suspenso condensado por fervor. Os bichos realizam simultaneamente uma coreografia com suas pinças em movimentos constantes e sedutores . Câmera lenta. Som de treque-treque-treque induzem cadência, inflama o sangue que dilata as veias produzindo o desenho do agressor em sua epiderme.

Hipnose. Rafaela sente-se atraída pelos escorpiões, um desejo confuso de possuí-los. Mas qual deles? E se lhe devolvem veneno e morte?

Antes de qualquer decisão, os aracnídeos cessam a dança. Então, introduzem, em buracos cavados na areia, algo que remete ao falo. Primeiro plano. São mini pênis.

Efeito vertigo. Por toda a extensão da praia, infinitos pênis de escorpiões eretos em buracos.

Rafaela necessita penetrar. Enfiar-se dentro dos membros. Acasalar com ferrões.

Surge a cauda, potente e drástica. Eleva seu corpo na parte posterior, tombando Rafaela com a boca no chão.

Plongeé absoluto. Aos poucos Rafaela vai tomando posse, dominando os movimentos do novo membro que lhe instaura o poder.

Contra zenital. O sol some, tudo escurece. Entre tantos, um dos animais emana uma luz fosforescente. É o escolhido. Foco. Enfia dentro dela a luz que brilha como a lua. Uma estaca em brasa na vagina.

Enquanto goza de dor e prazer, ouve em off: "me chame de mamãe".

A cauda de Rafaela gira num eixo perpendicular ao corpo, certeira. Atavicamente pica a si mesma.

paz.

Fade out.

Transformação

Naquela manhã vertiginosa, Rafaela não conseguia abrir os olhos. A escuridão era total, mesmo que ela se sentisse viva. Sim, dentro de seu torpor, estava definitivamente viva. Não entendia se o sonho ainda perdurava, não sabia se seguia em estado fálico escorpiano ou se tinha acordado. Só sabia que algo nela indicava vida em meio ao breu. A sensação de mar e o som longevo de um sincopado a deixavam extasiada. Queria mais, queria sentir o que parecia uma série de estocadas de prazer eclodindo como bombas em seu corpo em movimento. Espécie de bicho que precisa acasalar, Rafaela pressentia algo majestoso porque o frisson daquela falta de visão era multiplicado em seus outros sentidos. Uma pele que se misturava com a água fazia dela um corpo úmido, poroso e eriçado. Queria que aquela sensação não acabasse nunca mais. Estava quente, protegida, desejada e sozinha. Sua mente era como um cinema na velocidade da luz. Atravessava diferentes tempos e espaços e pessoas, tudo passando de forma caleidoscópica e formando pequenos pedaços de memória que pareciam se reter para logo depois se transformarem em outros rostos, outras vozes, outros gozos, outras iras, outros poros. Ainda no breu, percebeu que ia sendo sugada para um fora que ainda não entendia. Não pode ser real, pensava Rafaela. Apesar de toda a solidão, sabia que estava viva, que era meio gente, meio mato, mas que era. A força seguia sugando seu corpo molhado, as informações seguiam se acumulando até que aos poucos ela começa a entender que, na verdade, tudo estava passando de trás pra frente. As imagens, os rostos, as agonias, as línguas, as frutas, os escorpiões, tudo vinha também sendo sugado em um vórtice e Rafaela aos poucos percebe algo familiar no meio daquelas formas. Rafaela vê sua mãe sorrindo grisalha, mas não há tempo nem para ela sentir saudades, porque logo é arremessada nas surubas de sua mãe e vê com a carne tenra os homens de sua mãe e a virgindade de sua mãe e a infância de sua mãe e Rafaela grita sem ninguém ouvir maaaaaaaãe e Rafaela vê sua mãe entrar em sua avó e vê sua vó fazendo a vida ao avesso, ambas sendo sugadas. Uma luz brilhante começa a surgir, uma luz que ela não conhecia, maior que sol, maior que tudo, e Rafaela vê sua vó se esfregando na gira, se entregando aos bêbados, sua avó alucinada entre corpos suados, sua avó sozinha após o avô a abandonar, sua avó capinando o mato, sua avó construindo a casa, sua avó brincando menina com os primeiros beijos safados nos muros, sua avó aprendendo a falar, sua avó bebê. A luz explode. Rafaela sente um par de mãos a pegando pelo pé. Escuta uma voz que nunca ouviu e que já tinha ouvido: parabéns, é uma menina.

Amigo Imaginário[2]

Era uma vez, há muito tempo atrás, num lugar não muito distante...

Uma casa mágica que morava numa rua. Essa rua morava num lugar afastado de uma pequena cidade. Nesse lugar morava uma fábrica, onde apenas homens podiam trabalhar, e que jogava no céu uma fumaça cinza e triste que todos respiravam. Tempos depois eu morei lá, e até hoje esse lugar mora dentro de mim.

Havia essa casa misteriosa e todas as crianças eram proibidas de entrar lá. Tinha um portãozinho de ferro carcomido pelo tempo e um muro de barro baixinho. Molduras do que já foram janelas compridas rodeavam a construção inteiramente, para que o sol, o vento e a chuva pudessem passear por dentro, como um corpo vivo. Dava para ver a vegetação alargando as rachaduras de cada tijolinho que um dia ergueu as paredes. Contudo, o que mais encantava era a casa ser tomada de árvores, por dentro e por fora, que davam frutas maduras e doces durante todo o ano, não importava se era verão, inverno, primavera ou outono.

Nós, crianças, pelo prazer da desobediência e da descoberta, combinávamos de nos encontrar lá, em segredo,

2 Antes de ler esse texto, sugerirmos ir à página 387.

sempre no cair da tarde. Saboreávamos as frutas, brincávamos de amassar com os pés descalços para colorir o chão e passar o suco vermelho no corpo uns dos outros. Gargalhávamos de alegria com nossas travessuras. Naquele quintal, encontrávamos o delírio e o prazer absoluto de saborear frutas, coxas, perna, bocas e pés de amoras. Ali sentíamos que tudo era permitido, nosso território livre para brincadeiras intoleradas. Deixávamos ser provados, povoados, molhados e brotados.

Quando voltávamos pro lar, estava na cara, no corpo e na roupa que tínhamos ido lá e então éramos repreendidos pelos adultos. E, para nos assustar, os antigos recontavam a lenda daquela casa e seu quintal. Mas quanto mais tentavam colocar medo, mais atraídas ficávamos pela casa e seu jardim de delícias.

— Conta pra gente!

Diziam que num tempo passado, essa casa estava abandonada, cheia de mato seco e indiferença. Certo dia, misteriosamente, surgiu uma moça jovem lá de dentro. Ninguém nunca a tinha visto, era uma estranha. Foi então que as árvores e as fruta começaram a brotar e multiplicaram-se infindavelmente.

— Qual era o nome dessa moça?

— Rafaela.

— Que nome sem graça, mãe...

— O nome pode não ser tão interessante, mas Rafaela foi uma revolução.

— Então conta.

Os homens não gostavam dela. Se sentiam incomodados, porque Rafaela exalava o cheiro da liberdade. Mas as mulheres da rua - que até então não tinham entrado na história porque não podiam fazer nada, senão cuidar das casas e das crianças - aos poucos começaram a frequentar a casa. É que Rafaela distribuía amoras doces, sorrisos largos e assuntos secretos. Depois que as mulheres principiaram a comer aquelas frutas, aprenderam a dizer "não", "basta" e "adeus". À revelia das ordens masculinas, se reuniam com frequência no quintal para se banharem felizes e nuas, à luz da lua.

Sem as mulheres servis aos seus caprichos, os homens não conseguiam mais exercer suas antigas funções. Então, a fábrica parou de funcionar e o céu ficou azul de um jeito nunca visto.

Os homens ficaram com medo. Propagavam que Rafaela era uma bruxa e que sua maldição enfeitiçou as mulheres para acabar com ordem da cidade. Juntos, atearam fogo na casa que inflamou uma chama vermelha. Depois do fogo, inexplicavelmente, do mesmo jeito que apareceu, Rafaela nunca mais foi vista. Nenhum vestígio ou rastro dela foi encontrado. Reviradas pela raiva e tristeza, as mulheres gritaram tanto e alto que uma ventania se formou e soprou as cinzas do incêndio, uma tempestade surgiu e molhou a terra ainda quente de fogo. Então, as árvores e as frutas renasceram ainda mais vigorosas e jamais mais cederam aos ataques. As mulheres também nunca mais foram as mesmas, contaminadas pelas amoras e amores de Rafaela.

Os antigos diziam que, se comêssemos desta fruta, queimaríamos por dentro com seu veneno e desapareceríamos para sempre, como Rafaela.

Mas ainda hoje a casa está lá, com os pés de amora fornecendo frutas incansavelmente vermelhas, insinuando o mistério doce que resiste ao medo, para quem quiser provar.

— É verdade essa história?

— Para mim, sim. Ouvi muitas vezes essa história desde que me lembro por gente. Adorei Rafaela em cada mordida de fruta proibida que eu dava. Rafaela foi minha melhor amiga, habitou meus sonhos de menina e fermentou minha força de mulher. A lenda é sua permanência.

Trevas

Só a sombra sob o sol. A sensação da sua presença vai além dos olhos. É preciso tocá-la para saber sobre o som das luzes em sua ausência criadora. Porque há dias é isso: aquele corpo apenas contorno seguindo os passos diurnos e rindo na encolha. Onde se escondes, camarada só borda, onde você passeia quando a lua incendeia? Porque há dias é aquilo: uma sombra em cadência, grudada na extensão do que ele faz, dos mínimos gestos aos infinitos delírios. Vê sua presença no escuro sem luz, serenamente acompanhando todo movimento. Sim, ele sabe, sombras estão aí, são uma espécie de dupla existência opaca de nossas vidas. Sem rostos, sem nomes. O ponto desta sombra que o acompanha, porém, é que ela não é dele. Não lhe pertence e não o larga. Na sua distração e empáfia diante da parceira original (quem fica sempre olhando sua própria sombra?), ela se foi e ficou essa. Ocupou o seu duplo em penumbra e passou a viver com ele. Não lhe causa espanto nem agonia, não o deixa atônito ou em calmaria, apenas o deixa em aberto. Afinal, onde foi parar a sombra original? Elas vivem em seu próprio mundo e às vezes tiram férias, trocam de casais, abrem relacionamentos? Pois perder uma sombra e ganhar uma nova o arremessa naquele espaço vazio em que algo se racha. Sombras não são apenas um efeito ótico. Sua existência autônoma ao vagar por outros corpos é um desafio político à luz. Ela não as domina, sua ausência não as determina, ela apenas as informa (sem o laço com a luz as sombras morrem?). E eis que desde um dia acorda e dorme com essa desconhecida companhia informe, muda e inquisitiva que o olha sem olhos. Ela sabe malandra que ele mesmeriza com sua forma volátil. Uma vez tentou conversar com essa invasora e teve quase certeza de ouvir um murmúrio parecido com um subgrave. Algo que ativava uma vaga sensação de linguagem. Imaginou que suas questões eram de difícil resposta, e provavelmente a constrangeu. Mesmo assim, criou um vínculo assombrado e lhe deu o nome de Trevas. É que havia algo lá, no meio da mancha na parede com formato oscilante, uma espécie de Odradek feito em chama de vela. Entendeu nesse dia que uma sombra é um cinema permanente. Mundo-cinema sombrio, o sol como projetor absoluto. De alguma forma, eles se davam bem. Chegou a especular, confessa, que Trevas era o ardil de um demônio particular. Uma espécie de parceira que rompe mundos na vigília atenta dos seus passos. Mas quem disse que essa sombra vive para ele? Quem disse que, no fundo, não é ele o hospedeiro paralelo que a permite viver em sua muda dimensão? Talvez não sejam as sombras que nos seguem, e sim nós que nos agarramos nelas.

Ambiente

Gigante.

#Primeira insurreição

Ocupou o corredor comprido, roçando nos rodapés, salpicando de cinza escuro meu sofá, minha sala breu, abraçando meu travesseiro, meu quarto, vazando pelo basculante do banheiro, turvando meu tônus, sem abandono.

No início, após surpresa, fingi descaso. Desfilava minha sombra inusitada pelas ruas calçadas. Disfarçava no sorriso discreto de canto, no interno de gengiva ensopada pela saliva gulosa, meu narcísico amor por ela/eu.

Eu governo.

Sentia desesperado desejo de encontrá-la, sorrateira, amarrada no meu calcanhar, estendendo em mais dois metros minha existência mediana.

Regozijava ao ver Trevas-múltipla-eu. Êxito criador expandido. Esfregava minha sombra ostentação na carne-osso--pelo- estrutura – social. Meu vigor.

Reflexo virtuoso da imensa potencialidade que me orbita.

Dançarina

#segunda insurreição

Dos pés colados em quatro, Trevas improvisou outros passos. Croisé-*effacé-écarté*. Perdi instantes de razão pra ser abocanhado pelo fascínio. Induzi seu movimento, sacudindo um pouco desajeitado meu corpo. Juntos bailamos, grudados. Quase fundidos. Adrenalina em cada deslize dela mais demorado, quando apenas por um fio-fino-navalha, Trevas se distanciava do meu dedão, nosso elo. O medo de perder a sombra, deixava sempre aberto um olho atento. Sono insano. Trevas abrilhantava; Sombra cintilante. Exuberante parte de mim.

Eu, coreógrafo de seus passos. Ardia de amor por mim--ela. Senhor do contorno dançante de tudo que antes, limite obscuro. Era minha, a sombra metamorfose de outra-deriva--ordinária. Cria, filáucia sem volta. Minha sombra serva. Eu Deus. E, porque peca toda criação, Trevas tremeu traiçoeira. Soberba logo soube sentir meu deslumbre. Não sumiu na lua.

Não desbotou na chuva. Não diminuiu quando tentei reprimir de perto. Ficou pra ser apreciada. Trevas dorme ao meu lado, penumbra. Sobra em meu colchão. Ignora a luz sua senhora inventora. Autônoma. Talvez um cheiro leve desprenda de sua respiração, braço soldado ao meu. Suspiro úmido no lençol. Molhado.

Gesto

#terceirainsurreição

Trevas se atreveu. Sapeca, subverteu as regras. Interrompeu meu jugo, cessou tesão. Deixou meus pés e me colocou na sua mão. Trevas ria. Gargalhava. Saltava de um lado pro outro, desgarrada do meu tornozelo. Agora impera. Sola. Ela maior que eu. Danada que me fez paixão e depois tomou minha certeza. Insurgente. Cismado com aquele tamanho que não-encolhe-não-dissipa-não-apaga. No frio do pavor. No fio da luz. Fitando sua postura volúpia. Eu Nu-Envolto-Ela. Num gesto tímido-de-cabeça-reticente. Acenei um não, arredio e inseguro. Trevas imóvel na projeção nítida-não-mais-minha. Enquanto os músculos do meu pescoço tangenciavam o nariz na horizontal esquerda e direita. A sombra bailarina verticalizou o queixo ao alto. Desenhou sua forma com forte contorno. E levemente como faz quem sabe dançar, respondeu soberana. Assentindo para contrapor minha negativa. Volúpia sombra. Um intimidador Sim.

Encontro

DE TREVAS E PELE BRANCA MÁSCARAS NEGRAS

O que o assusta nesse dia de sol, perguntou Trevas ao assombrado Pele Branca Máscaras Negras, o que o deixa assim inquieto e sem rumo? Me ver sombra não quer dizer me ter pra si. Não sou de ninguém e estou em qualquer lugar. Este encontro é um acaso pensado, não se iluda com sua plateia. Vou cruzando os corpos para me divertir nesta adaptação sem objetivo, vou pelo prazer de estar em tudo e assim vou conhecendo tantos medos e empáfias. No seu caso, eis-me aqui paralisada nesta vida de teatro do abuso que criastes. Como consegue dar um passo sem pensar que és um sintoma farsesco dos tempos de revolução? Trevas olha de través, debaixo dos pés e em cima da parede, perguntando ao Pele Branca o que seria sua vida sem máscaras.

Máscaras Negras só olhava pro chão, tentando tatear o que poderia ser entendido como vergonha altiva. Afinal, como não se fazer de vítima para que tal papel não rasgue no dia a dia falsamente construído? — ao menos era o que suas mãos trêmulas e sua voz pra dentro diziam.

Ao perceber que uma sombra abria o verbo dentro de seu espaço de sucesso, Pele Branca em Máscaras Negras ficou atordoado. De onde vinha a voz que repetia baixinho rapaz, rapaz, o que você acha que vai sobrar dessa fantasia? Achou que podia vestir uma camisa ilustrada e sair por aí gritando gírias nagôs e versos de Ice-Blue sem perceberem que, de onde vem, você tem muito mais pra entupir a veia do fluxo transformador dos tempos?

Ela era uma conversa sem rosto, uma voz sem registro, sem definir quem diz. Sua cor, seu cabelo, seus traços, tudo em Trevas era ausência. Sua presença era acusmática. Para alguém que só pensa o rumo da prosa a partir do rosto de seu interlocutor, como dizer que era branco em máscara negra ou preto em pele branca, como modular entre a vítima descontruída e o irmão separado na escravidão (ele senhor bondoso, o outro irmão agrilhoado)? Trevas tinha dado um nó na cabeça do seu interlocutor, porque ela quer saber é de sombrear as bordas da existência. E Trevas sabia que não se tratava da escuridão. Ao contrário dele, ela não tinha nada a esconder, mesmo sabendo das armadilhas da transparência. Pois ela era pura plena dança, e o fustigava dizendo entre dentes, ei, parceiro, sua máscara já caiu, sua pele já azedou, essa força que encenas é tragédia dos outros enquanto crês fervorosamente que precisam de você.

Pele Branca ardeu os olhos, Máscaras Negras contornava seu sorriso. Então me diga, Trevas, com quem andas que não vejo? Não vem me dizer que sou ou devo ser, logo alguém que nem corpo tem para tirar essa onda. Eu sou o avesso daquilo que você imagina, sou sagaz, sou malandro, tô nas bocas nas rodas nas beiras e me aceitam porque sou patriarcalmente incontornável. Diz aí, quem pode comigo? E Trevas, fagueira, mas grave, emite um risinho e diz: quem sou eu? Aquela de quem não podes fugir, aquele para quem não pode fingir. Sou o espectro que ronda sua cara branca e redonda embaixo dessa máscara preta. Eu sou inevitável. E rezo para o mundo o engolir.

Reflexão

Não sinto mais nada na ponta do desalumiado, no fim do meu escuro, onde começa o claro do mundo, não sinto mais nada. geralmente é ali que funciona minha percepção do que sou eu e do que é o outro, mas faz tempo que já não sinto. tenho corrido dias com este ser que insiste em aligeirar atrás de mim balbuciando que sou sua sombra. também não sinto nada por ele. imagina, eu que posso fugir na noite seguindo alguém mais noite por dentro do que por fora. fico pensando que este perseguidor se afeiçoou à ideia de que eu estou o seguindo só pra se sentir amado, ou acompanhado, ou dormir a ideia de que sua família não o ama. mas sua família não o ama e eu também não. tenho coisas a fazer, penso somente nas coisas que tenho a fazer. tudo me some nas tarefas, tudo me some nas tarefas. sou quase um mar de pescar trabalho. minha região sináptica é o fim do desalumiado e o começo da luz do mundo. por ali que penso e realizo. quando esbarro nas coisas ou nas pessoas, consigo entender o que querem de mim. já passei algumas vezes por pessoas deitadas em calçadas embaixo de sol, a energia liberada atingiu minha região sináptica com a maior frequência dada por minha espécie. pude saber que elas esperavam Deus. pessoas em situação de rua esperam por Deus, foi o meu trabalho mais difícil. agora sigo captando outras coisas. nesses esbarros que me entregam sonhos, querências, deveres e destruições. vou realizando trabalhos em cima do que posso e do jeito que posso. detesto fissurar, a ideia de obsessão me desequilibra porque este ser humano me segue, na verdade eu o carrego, e não gostaria de levá-lo todos os dias ao mesmo lugar. tem gente que não merece a disciplina da obsessão. ir ao mesmo lugar não é pra todo mundo. este carne e osso que me inventou trevas desabotoava a loucura se conhecesse o regulamento de todos os dias e do mesmo lugar todos os dias. mesmo assim, não consigo controlar a fissura dos trabalhos maiores, aqueles grandes projetos que precisam correr pelo chão até encontrar alguém. quero esgotar minha pensante com isso, demolir minhas ideias com isso, quero deitar no colo de outra abantesma e pedir ajuda. quero todos de minha espécie reunidos ao meio-dia no centro do mundo. todos de nós trazendo o que chamam de noite. só pra rir o reconhecimento do que entregamos como sombra. só pra destacar nossa importância. só para o ser humano entender que ninguém quer seguir ser humano. isso que penso todos os dias. nisso que vivo.

Intervenção do Raio de Sol[1]

Daqui do alto onde onipotente habito, daqui de onde tudo vejo e a tudo assisto, daqui de onde enxergo as potências e todes podem porque em mim se fortalecem, eu, o narrador, e todo poderoso ser que escrevo esta narrativa, afirmo, não há trevas sem luz e tampouco há luz sem trevas.

A divisão maniqueísta entre bem e mal, céu e inferno, corpo e mente, homem e mulher, luz e trevas surge da incompreensão de todas as coisas divinas. Tudo é permitido, mas nem tudo convém. O livre-arbítrio como determinante das

---

1 Antes de ler esse texto, sugerirmos ir à página 383.

escolhas torna todas as pessoas livres para serem e fazerem o que quiserem. “Tu te tornas eternamente responsável por aquele que cativas” não é máxima deste narrador, pois que para cativar é necessário responsabilizar-se, mas ninguém é eternamente responsável por nada, nem eu que aqui escrevo e imortalizado fico aos olhos e memórias do leitor. Trevas também habitam o onipotente.

Sei bem, porque quando derrubei a maçã na cabeça de Newton e criei as regras que se impõem à verdade do seu mundo, e Isaque, numa epifania, lembrou-se do que tudo sabem e fazem questão de esquecer. Para tudo na vida há ação e reação, forças que se atraem em campos gravitacionais e forças aplicadas em uma velocidade constante de 9,8 metros por segundo ao quadrado diretamente ao centro gravitacional da Terra, seu núcleo, onde habita incandescente o ponto vivo, o organismo latente, gaia, a Terra, mãe de todas as mães deste planeta, fogo de todos os fogos, terra, lama, água, éter. Minha mãe é de Lúcifer, mas também mãe de todos os santos, Yabás, Orixás e deidades, para onde retornam todos os gurufins, ao pó, ao centro, ao dentro, ao fogo, à escuridão, às trevas.

É inegável pensar que a sombra de cada centro gravitacional de cada corpo material é rebatida nas estruturas em forma de não luz, a chamada sombra.

Ainda quando a noite habita esta Terra, é a sombra da própria Terra que a faz olhar para sua escuridão. Como numa caverna de Platão, a noite é o planeta de costas para a luz, resguardando o sono dos animais, preparando a caça dos que lutam por sobrevivência, assustando os que temem o desconhecido, descansado o corpo dos raios de sol. Ao passar do tempo e ao longo das translações planetárias, se dá o movimento rotacional em que vagarosamente a Terra se dispõe aos raios solares, como quem deita na praia e gira pra ativar a marquinha, a Terra gira para que um novo dia possa acontecer e assim as plantas possam fornecer oxigênio a partir da fotossíntese e se alimentar desses raios que invadem caules e enfim vias aéreas de seres respirantes.

Um leitor desavisado poderia pensar que a presença de um raio solar incidindo diretamente sobre um corpo, no horário de meio-dia, quando os raios estão perpendiculares à projeção da sombra na Terra, fariam iluminar o ser a ponto de retirar-lhe toda sombra, tornando-o iluminado.

Mas é neste instante, em que a projeção do centro gravitacional de um corpo se direciona em sentido ao centro gravitacional da Terra, onde e quando as trevas habitam todo ponto de contato entre corpos, gravitacional e planetário, é que a sombra o faz aterrar.

É, portanto, a presença da sombra que comprova a existência da força gravitacional que os mantém vivos e não os faz levitar.

Ao momento em que a luz se despede e o corpo encontra com a ausência de intervenção externa estelar, dependência intercorrente, é que o corpo se percebe com seus medos, o do abandono, o do desconhecido, o da própria escuridão, é nesse momento em que o corpo encontra a si mesmo e está na presença da autonomia na eminência do que tudo pode na medida em que se fortalece, a vida, a morte, a gravidade, a existência, a sobrevivência, a própria sorte, a compreensão do descanso e da própria potência só é possível quando se descobre o outro lado de si, trevas.

Carta/Mensagem de Trevas para Andarilho

Meu amigo Andarilho, lá vai aqui mais uma carta impossível. Das muitas que só escrevo no vazio desta forma sem corpo. Não tenho mãos de carne, não posso empunhar a caneta, não posso apontar o lápis, não posso digitar a máquina. Só me resta esta língua muda que canta pra dentro o divino silêncio do breu. Mas desde que li na lombada de um livro seu nome acompanhado de uma sombra, é com você que converso infinitamente. O Andarilho e sua sombra, como não se apaixonar por você, como não achar incrível um livro chamado F. Nietzsche? Sempre imagino esse nome como sua sombra, mas fico com inveja. Queria ser sua sombra, Andarilho amado. Queria acompanhar seus passos, fazer corpo com você, ter enfim um par eterno. Não dou conta dessas transformações, essas invasões, essas mutações que cada feixe de luz causa em mim. Talvez a sua luz do sol por aí (e onde será esse aí?) seja perene e serena, seja tenra e terrena, aquele halo de tranquilidade, uma vida slow motion, passito passito. Andar pela sombra? Não, meu amigo, andar com a sombra! Fico até excitada, fico eriçada de escuridão sentindo a iminência de um corpo como o seu. Um corpo-especulativo que darei as mãos, eu em delírio andando com você pela beira de um lago de novo e de novo e de novo, sem fim, sem começo. Ser uma sombra como um oroboros, caminhar sem ter meta nem seta. Ser puro fluxo oblíquo da luz que não cessa porque não teríamos mais noite, não teríamos mais escuridão. Eu seria a única prova da existência das trevas no mundo. Encapsularia todo o breu em uma furiosa forma faminta. Andarilho, eu seria sua noite particular, seu buraco-negro de estimação. Faríamos desse mundo circular uma explosão de luz e nada mais existiria para além dessa caminhada repetida, essa filosofia que conheço desde que cheguei aqui neste território de corpos que clamam por nós, sombras. Afinal, pense bem: onde começamos e onde terminamos? Onde as bordas de uma existência que consome a luz podem ter se iniciado? No primeiro momento em que uma superfície mínima se fez debaixo do sol, nós sombras surgimos. Somos um povo? Somos uma comunidade? Não creio. Eu nunca conversei com nenhuma outra sombra. Não há comunicação nenhuma entre nós, mesmo quando cruzamos, mesmo quando somamos, mesmo quando trepamos coletivamente juntas, nenhum pio. É por isso, Andarilho querido, que preciso de você. Ou melhor, preciso imaginar você, porque só na sua solidão você me entenderia. Não falaríamos palavra. Seríamos um dialeto secreto que não se pronuncia. Quietos. Passito passito. Eu escorando você em gozo pela vida, você nem sabendo onde e quando eu te tomei, mas satisfeito perceberia essa sombra, essas trevas, quase um sobrenome, quase um amor em segredo, guardado como se fosse uma faca debaixo de um casaco, uma paixão discreta como um esporo de samambaia adentrando uma terra úmida no meio da noite, um desejo silencioso como o canto surdo de uma baleia de cinquenta e dois hertz no meio do Atlântico. Andarilho, e você? Me conta, como andas tanto, como anda sem parar, e como pode ter uma sombra que não seja eu? Me espera, eu vou chegar, um dia eu chego com tudo para andarmos no fogo no frio na beira sublime de um rio. Eu e você.

Resposta de Andarilho para Trevas

Trevas

Sigo movido pelo desconhecido, na missão de adubar o futuro com a poeira de minhas botas. E nessas andanças eternas, em busca de algo que nem eu sei o quê ao certo o que é, se é fuga, se é busca, ou outra coisa qualquer, apenas sigo em frente, a estrada tem dois lados, mas não sei voltar atrás, entende? Quando dei meu primeiro passo naquela estrada longa e deserta onde tudo na minha frente era horizonte e chão, na agonia da espera e na solidão das possibilidades que nos encontramos... ah, como me lembro bem, meu amigo, desse dia, o dia que me despi de minha petulância para encontrar minha melhor companhia, daquele dia em diante, nunca mais estive só, bendita foi a sua escuridão que me revelou a luz e desde então a solidão se foi e deu lugar à solitude, como um laço de afeto me embalando nos braços da mãe Terra enquanto a senhora dos ventos canta canções de ninar em meus ouvidos.

E a cada passo levamos a mensagem de boas novas, e me surpreendo quando, ao longo do caminho, você me guia, me orienta e me evita passos falhos. Nunca mais andarei só, meu amigo, pois você mesmo vai à frente, investigando sempre se há percalços no chão em que num futuro breve pisarei, gruda em meus pés e me puxa, me busca para a partilha. O silêncio também comunica e, ao sairmos da obviedade das palavras, nos endereçamos para outros sopros, outras narrativas, tantos enredos criamos e compartilhamos na morada do silêncio! O intervalo de um beijo, o primeiro suspiro da vida, a corrida da flexa, o fim. Tudo é silêncio, eu e você somos a prova viva e silenciosa do passado remanescente, somos o futuro ancestre, a batalha vencida, o anseio de possibilidades...

Pra quem não sabe para onde vai, qualquer caminho serve, por isso me guio em sua determinação, na humildade do chão, na comunicação do silêncio e com a cabeça sempre à frente, no futuro, pois sinto que, nas desinências do futuro distante, tudo é caminho. Assim como você, quero me fortalecer no sol, trepidarei no calor do fogo e dançarei nas chamas que me acorda do torpor, me farei presente onde preciso for, sempre a cada passo, um após o outro, entre pousos e voos.

Pois as lutas travadas desde outrora com o medo e com o desconhecido são o preço pago pelo prazer de existir e apenas ser quem é. Meu amigo, a dor é que nos livra da mentira. Crescer dói, mas é libertador.

As dificuldades que passamos neste mundo de andanças nos revelam nossa verdadeira face e constroem a nossa filosofia, e mesmo ante os estigmas, reverberamos a mensagem que nós revelamos na essência de nossa verdadeira e mais profunda imagem. Às vezes um louco, às vezes profeta, mas acima de tudo um griot, a imagem de um poeta.

Um dia nós venceremos, amigo, pode ter certeza.

Andarilho
1/1/1111 a. C

Sonho

Sombras não dormem. Entretanto elas precisam se ocupar quando estão no escuro da existência, quando as luzes estão todas apagadas e a lua ofuscada. Ali, as sombras simulam um sonho. O sonho simulado de Trevas é, sempre, sentir saudades. Não existe nada para ela mais estranho do que sentir falta de alguém. Mas ela pressente a beleza disso. E deseja. Então sonha que já conheceu Andarilho e que agora, distante, sente saudade dele, mesmo sabendo que isso é um artifício, uma forma quase infantil de estar perto do que chamam de vida. Esse lado de dentro que é lado de fora, essa força que os pedaços de carne iluminados fazem diariamente e as sombras assistem, impassíveis, lascivas, ariscas. Sem luz, resta a elas mergulharem dentro do breu de si mesmas. Trevas finge que alguém que ama se foi, como uma força da natureza, uma espécie de buraco negro de existência. No sonho, Trevas está sentada no cume de uma coluna feita de granito e estrelas. Lá de cima, vislumbra uma espécie de caleidoscópio em que todas as vidas giram em movimentos harmoniosos. Trevas sorri sem rosto, deixa um leve vento fingir balançar seus cabelos, ela enxerga em meio ao caos de cores e metamorfoses uma forma singular, que atravessa resiliente mares e desertos. Ela arrasta todas as sombras, rompe as planícies e vai crescendo no ponto de fuga da linha do horizonte em seu passo a passo decidido. A forma vem em sua direção, o frisson de trevas cria no sonho uma tempestade de meteoros que explodem e iluminam a paisagem. A forma atravessa, segue caminhando em direção à Trevas. Como uma escultura de Giacometti, ela segue naquele andar que veio do infinito e para o infinito vai sem fim. Aos poucos, ainda sentada no alto do cume do mundo, Trevas reconhece quem vem, consegue delinear o que não sabe pois nunca viu, mas sabe quem é porque conhece a presença. Uma intuição a assombra em vertigem e o sonho se torna abstrato geométrico, a cena se torna um excesso de claros e escuros barrocos, a forma lhe achega romântica e serena. Trevas a reconhece: o Andarilho em suas múltiplas faces lhe afaga o rosto escuro. Ambos suspiram o ar de pulmões inexistentes. É nesse momento que ela pode dizer: meu amigo, que saudades.

Transformação

Sempre esteve naquele mesmo lugar entre o abismo e a origem da própria existência. Era o início de todas as coisas, não sabia que também possui uma natureza mutável, instável. A movimentação dos planetas junto de ciclos de aniquilação e criação era uma ciranda de potencialidades divergentes e de ordem mágica. Não tinha rosto porque seu rosto eram todos os rostos, podia assumir qualquer forma humana ou não, se juntaria a qualquer elemento, água ou fogo ou ambos em sua essência. Era capaz de adentrar o invisível recriando sua visibilidade e ainda assim sendo não visível.

Todos tinham mais medo da claridade do que da própria escuridão, era a verdade que descobriu, mas ainda havia medo e preconceito sobre quem era de fato, quase sempre associada, de alguma forma, ao ruim, de onde veio toda maldade, era obscuro e ocultas eram suas portas. Essa sombra era o rosto confortável daqueles que negavam o seu próprio. Todos eram naturalmente filhos delas, as Trevas, pois vieram do que ninguém consegue ver e, antes de trazer cores a qualquer dimensão, a ausência de cor surge quando a luz é refletida, enquanto elas absorvem trazendo o mistério.

As sombras nas paredes eram o único espelho que trazia, de alguma forma, a lembrança daquilo que se foi e que se ainda é. Um dia o sol rompeu as cortinas e como uma chave abriu seu corpo transformando seus limites, sentia que estava desaparecendo, restava apenas poucos pontos cegos, não sabiam o que eram. Não havia uma máscara escura, como disparos as luzes atravessaram toda aquela imaterialidade, causando uma explosão de cores. Havia tanta perturbação naquele desenho oscilante balançado pelo vento e o despertar de novas sensações sobre si, o medo de deixar o confortante ninho e cegueira para de fato olhar e se verem como tal são, múltiplas e se tornarem aquilo que eram, um caleidoscópio do infinito.

Amigo Imaginário[2]

Oi? O que você disse? Ah, não começa. É só eu me distrair que você me aparece, né? Tô aqui quieta, sombrinha sombranda sombrosa, e chega tu, Viriato? Pois é! Me deixa, já não basta eu não existir para além deste corpo fantasmagórico e ainda aturo tu, minha imaginação do incognoscível aturdido. Mas também o que esperavam vocês? A solidão que vivo é eterna, absoluta, falo com quem não me ouve, me apaixono por quem

---

2 Antes de ler esse texto, sugerirmos ir à página 387.

não irá me ver além desta dobra da luz e da matéria opaca. E quando tudo me aperta — e, veja, TUDO me aperta o peito —, eu conto com ele, esse demônio imaginário, a voz que criei de dentro de mim, ele, cujas vidas infinitas contam tudo de todos os tempos, ele, o imbatível Viriato Sapopemba de pai e mãe. Nossos papos são cosmopoéticos, nos levam pela pena sonora de sua voz dentre as brechas da história e ele repete o mantra "EU VI" e sai dizendo coisas que uma sombra jamais poderia imaginar. Então de onde vem o que ele diz se eu imagino tudo? Viriato não existiria mesmo? Meu encosto privado, meu caboclo amado, esse vulto do vulto, essa sombra da sombra, como ele não existe? Afinal, na minha solidão, quem define o que existe ou deixa de existir? Viriato, diz aí, como você me fala, "Trevas, senta e prepara porque vou contar a última do capeta perdido naquela festa de escritor em São Paulo". É assim, ele anuncia o assunto como um filme, pode vir desde uma conversa com um suevo na beira do Rio Reno na espera da guarda pretoriana até a noite que saiu com Mário de Andrade pela Praça Tiradentes atrás da Mulata do Bacalochê na Casa do Sapê da Casa do Caboclo. Viriato ria muito alto dizendo como zoava o Mário porque achava que a mulata era mulata, mas na verdade era o Madame Satã. Viriato olha fundo pra mim nessas horas e diz "Trevas, tinha que ver a cara da criatura!". Eu amo o Viriato porque ele é minha própria pessoa projetada em delírio pra fora de mim. Sombras não têm memória, mas viram tudo e algo vaza em algum lugar, porque toda hora é um corpo novo, uma forma nova, uma superfície nova e tudo tem vida, tudo se agarra na gente, sabe? Sabe, Viriato? Diz pra mim, você tem sombra? Viriato, você me ama? Não se vá, Viriato Sapopemba, eu preciso de você. Me imagina? Me imagina imaginando você? Eu te amo, Viriato.

V de Vitória

Seus olhos de estaca são duas espadas de fogo deitadas na terra áspera dos sonhos. Ela escuta da boca da mata o canto que delira com a força de quem carrega a proteção pendurada no peito. Água de tempestade escorrendo pelos becos do canavial. Ela é pássaro e serpente deixando seus rastros de caminho. Segue e recolhe o que nele há de vermelho. Nesse trançado, sua cor é futuro e passado habitando um susto preso na janela das mãos e é nas brechas de seus dedos que hoje enxerga o v da vida bifurcar o tempo refletindo as linhas que cruzam a palma do universo, rompendo os arames farpados da raiva, do ódio e da indignação. Seu nome queima o mundo, porque ela é a liberdade.

Ambiente

V é um mundo. Tudo na sua pele é habitado, dos pés à cabeça ela é vastidão e detalhe. Carrega em suas dobras vãos e espaços, uma infinidade de existências em movimento.

Em V tudo brota.

Ela sabe (uma espécie de memória imemorial) que nem sempre foi assim. Por tempos, V era silêncio. Esmagada pela transparência que violenta o mistério, ela precisou de tempos e cores para se tornar a própria energia criadora de outras vidas. Tirou a máscara que diziam ser uma obrigatória resignação em violência e inventou um novo rosto um novo corpo um novo gesto que explodiu em um som nunca ouvido antes e ouvido para sempre. Ao se transmutar dominando as bifurcações dos tempos e das almas, ela passou a irradiar mudanças permanentes ao seu redor como rastilho de fogo transformando tudo que queima e cura. Nesse dia, V de Vitória virou liberdade e não parou mais de se expandir. Galáxia, ela habita o dentro e o fora de si. Ela é a Trança-rua, a Trança-tunga, a Trança-tempos.

Astrônomos, arqueólogos, pajés e babalaôs contam perplexos como a origem de seus mundos passa por dentro dos olhos de V de Vitória, um nome que é mito e mato, um tipo de delírio no transe, um sussurro nas histórias de ninar que anciões contam para crianças com olhos brilhando. Cada brilho se torna uma estrela no céu da boca de V, perfeita arquitetura celeste em vermelhos, brancos e pretos, um universo cobra-coral cujos milhões de habitantes se multiplicam como espadas na mata. Os olhos de V de Vitória, profundos mares que banham os pés dos ribeirinhos, são escuridão eterna que evoca umidades férteis dentro da noite veloz dos sentidos. Solitária existência que existe para que todos existam nela, por ela, ignorando o porquê de ela sempre existir. A história orgânica que sabemos sobre ela se passa através de sua pele. V é o mundo a ser contado.

Encontro

V DE VITÓRIA E ARKA

Sempre que chove, se ouvem assobios vindos da serra de Trapuá, a mata dos encantados. Dizem que os espíritos celebram em dias de chuva, cantam e dançam. O lugar fica inacessível, por causa do mar de lama e barro que se forma ao seu redor. O chão segura quem se atreve a atravessar o caminho e afunda. Vitória é a água dessa tempestade que chega anunciada pela ventania e se surpreende ao ver um gato nas ruínas do que um dia foi o templo de Trapuá. O gato estava inerte e ela tentou se aproximar com suas mãos de água.

Arka — não toque nele!

Vitória não recebe ordens. Não obedece. Não gosta de ser interrompida. Virou-se como um girassol que busca os raios de luz. Seus olhos se encontraram e nesse instante o mundo virou silêncio. Telepatheia.

Reflexão

Foi nos olhos de Arka que vi a resignação se agigantando, lambendo os beiços e mordendo sedutora os lábios pra mim. Ousadia de poeira cósmica, salpicando seu esfacelamento frente a minha fenomenal existência inventiva, catalisadora, devastadora e expandida, sem descanso. Arka ínfima e desnecessária, socou em mim a leveza da irrelevância com aquele "não toque", desleixado mas convicto. Sofri inveja por aquilo. Invejei toda sua pequeneza repousada, tranquila, sem abnegar-se.

Junto ao silêncio que a negativa trouxe em sua mão, veio uma rasteira de pé. Caí.

A lama vermelha, rastro da minha selva eloquente, cobriu meu corpo, afunilando minha explosão em cordas destrançadas de DNA desfeito.

Aqui permaneço, entregue ao chão que se torna suporte movediço, abocanhando languidamente meus tentáculos debilitados.

Estou cansada de chover, mover, brotar, fundir. Exausta da dobra. De Sustentar com dente roído o peso das galáxias que carrego dentro e fora de mim. Combalida de ser Deusa criativa, senhora cósmica da pentelhação amiudada terrena. Consumida por soprar brisa, fazer vento, rolar pedra, deitar rio, tremer terra.

Experimento a morbidez agradável da conformidade. Estou embevecida pela inanição. Sinto o apetite da Sucuri, carrego no estômago quilos de carne inerte, que derreto com meu suco gástrico enquanto derramo bílis pelas narinas. Afrouxo. Cheirar a carniça. Morder orelhas para matar a fome.

Acariciar um gato magro. Sentir entre os dedos o pelo que acoberta o osso, agaloar o músculo flácido que desiste.

Desejo a calmaria dos que não se levantam, a liberdade dos que não lutam, a passividade dos que se recolhem. Ofereço sossego para o meu ego.

Erguer um barraco de dentro da lama que molho, comer o açúcar do canavial, regurgitar o boi que guardo no esôfago.

Deitar o vértice. Do altivo V de vitória forjar a >< Encruzilhada. Dobrar a bifurcação. Recolher farelos da farofa de Exu para dominar a arte de tocar o chão com pés plácidos.

Deixar de ser tempestade para chover. Deixar de ser

água para mergulhar no rio. Deixar de ser fogo para esquentar a cama. Deixar de ser vôo para soltar pipas. Deixar de ser amor para amar. Dissolver o brilho para sentir a paz da opacidade. Trégua.

Intervenção do Raio de Sol[1]

V de Vitória estava à espreita, esperando sentada à soleira da porta a encomenda que estava por chegar. V estava ansiosa, agitada por uma noite sem dormir, justamente por saber que sua tão esperada encomenda estaria por chegar. Entretanto o tempo passava e o carteiro não se apresentava com a tão aguardada encomenda.

V de Vitória volta-se para dentro de casa e, após ficar por precisamente quarenta e três minutos e dezessete segundos à espreita da encomenda que estaria por chegar... ela recua e senta-se à poltrona que fica bem ao centro da sala, diante da mesa. V recosta no espaldar da poltrona, respira fundo para se não cessar, pelo menos amenizar sua agitada ansiedade pela espera da encomenda que teimava em não chegar.

O tempo continuou sua marcha, a noite caiu... e a encomenda não havia ainda chegado, e V adormeceu na poltrona. A sala da casa em que V de Vitória se encontrava possuía, além da poltrona e da mesa em seu centro, uma grande janela que estava entreaberta. De repente, por essa janela um raio de

---

1 Antes de ler esse texto, sugerirmos ir à página 383.

sol, um fino e quente raio de sol penetra o ambiente, não só supostamente anunciando que a noite que já se fora, como também trazendo uma grande novidade à V de Vitória.

Aquele raio de sol não só a acordou como penetrou não apenas na casa, na sala, na poltrona, como também invadiu V. Aquele raio de sol parecia muito diferente de um amanhecer. Contudo, ao olhar para fora, para além do raio que meio que a ofuscava, ela percebeu que a noite ainda vigora no quintal. Tomada por espanto, V de Vitória tentou se levantar, mas seu corpo tomado pelo raio de sol estava inerte, passivo, tomado por um grande estupor... V de Vitória, então, percebeu que aquele raio de sol possuía formas que dançavam que levitavam que correspondiam, ao fim e ao cabo, a uma espécie de anunciação.

O raio de sol que tomou V de Vitória de assalto começou a emitir um tipo de som, um estranho zumbido que foi se tornando estridente... aumentando, aumentando, aumentando sua intensidade até que V de Vitória é completamente tomada pelo raio de sol e, simplesmente, desaparece.

Restavam a poltrona e a mesa no centro da sala, vazia.

Carta/Mensagem de V de Vitória para Mãe

Eparrey, minha mãe!

Minha guia partiu.
Sei que nasci pra guerra, mas tem dia que lutar cansa

meu espírito. Tenho chovido de alagar o mundo e me sinto fraca, vulnerável, como se a luz do meu poder e de minha obstinação tivessem sido roubadas sob minha vista e eu nada fiz. Há meses não consigo dominar meus impulsos de amor, de ódio e raiva. Há dias me sinto pequena e me desconheço, morrendo asfixiada neste silêncio. Imploro, me protege, minha mãe, fortalece meu coração, devolve aos meus pés o meu caminho de liberdade e ergue minha cabeça que pesa e pende. Quero sentir de volta a força de ser tua guerreira, de me sentir capaz de lutar as minhas batalhas e vencer como quem faz jus ao nome que recebeu para descer à Terra. Sinto falta da leveza do vento nos meus pés. Oyá, balança teu eruexin no profundo do meu coração e me dá, minha mãe, uma segunda chance.

Resposta de Mãe para V de Vitória

Filha, eu me recolho todos os dias para trabalhar e fortalecer a força que habita em mim, sou eu mesma que me reafirmo a mulher forte e destemida que sou. Eu te guio, então que assim você também se nutra. Acolha o mais sagrado que seus ancestrais a ti deixaram: a imagem semelhança.

Eu lhe escuto quando clama para que eu a proteja de todos os males, que guie seus passos rumo à vitória e que te guarde dos inimigos. Estarei do seu lado, mesmo que com fragmentos energéticos eu estarei aí. Afinal, somos uma. A ti componho. Mas não posso por você agir, te proteger de tudo, caminhar por você, e centrar seu Orí. Não sozinha. Sua força, antes de tudo, mora na sua própria coroa. O segredo do mundo mora em você. Nunca se esqueça.

Quando o tempo fechar, na verdade é que ele está se abrindo, lembre-se de que estarei levando o mal na ventania e trazendo o bem no temporal. Esteja comigo. E repita: Sou filha de Iansã: não tem trovão que me assuste ou batalha que eu não possa enfrentar.

Sonho

Vitória suou a madrugada inteira, dormindo o sono de uma pedra risonha. Ela ria alto sem se mexer. Era como se o mundo assistisse aos olhos dela brilharem por dentro, passeando o próprio corpo. Se via diante do espelho e se deslisava por cada canto de sua caverna como quem faz fogo da faísca de duas pedras em câmera lenta. É delicado o jeito que ela se movimenta por dentro, acordando as águas de suas veredas. Uma represa barulhenta, nunca vista. Dizem que, ao atingir os níveis mais altos, passam a verte por suas brechas. Do seu vertedouro saíam águas douradas em que ela flutuava ao mesmo tempo em que escoava suas tempestades mais intensas pelo avesso. Suas mãos tinham muito poder. Era como descobrir que é possível mover o mundo inteiro com as pontas dos próprios dedos sem precisar vencer nenhuma guerra.

Transformação

É uma manhã de domingo e V acorda e vai à janela e percebe o tempo limpo, ensolarado, os dias anteriores foram nublados, um céu cinza que à noite ficava escuro e não mostrava as estrelas, pois as nuvens que transportavam uma chuva fina tampavam o céu. Agora ela vê o sol que brilha de forma radiante, que os seus raios solares atingem o solo sem que nenhuma nuvem atrapalhe seu brilho, e sente a mudança, não só do clima, não só do tempo, mas a mudança de dentro.

Dentro de si mesma ela percebe que tudo mudou, não por causa do clima, mas da mesma forma que o clima, ela percebe que hoje, neste momento, dentro dela ecoa um silêncio pacífico, acompanhado do cantar dos passarinhos. E começa a apreciar a mudança, e a entender sua evolução até ali, perceber os fatos que passam por nós tão rápidos, mas que, se milimetricamente forem observados, provocam grandes mudanças. Além disso, agora admira como o fluxo de suas águas está mais tranquilo, de como suas marés estão mais baixas, sem qualquer resquício de ressaca.

Cada pedaço da história até aqui fez com que V percebesse e se desse conta de sua própria imensidão, de saber que ela é toda uma terra de sonhos, que precisa ser mais gentil consigo mesma. V tem se sentido mais feliz, mais tranquila e segura de si. Ela começa a ter um pouco mais de compaixão com sua natureza interna e externa, V percebe, enfim, depois de toda sua jornada, que ela não precisa de nada que a complemente, pois ela já é totalmente completa.

Amigo Imaginário[2]

Pra quem nasceu do fogo, se tornar água num é fácil, não. Entender suas forças. Saber a hora de amansar e banhar com calma, como quem chega lavando, limpando tudo. Perceber-se imensa em suas ondas tranquilas que não precisam mais desaguar, porque chegou a seu destino, que é ela mesma. Água que se lava e que se leva em seu próprio movimento. É preciso ouvir a voz que fala dentro da cabeça. É preciso pegar na mão dessa voz e sair pra nadar com ela, como quem voa com os peixes no fundo da mente. Ser sozinha e minguar em silêncio dói demais. É feito o aquário quadradinho que fica na sala, perto da TV, com uma beta azul, sabe! Dói demais o silêncio de uma beta azul. V passou a acordar mais cedo pra sentar na cadeira de balanço de fios e conversar. Só a voz conhece o caminho da compaixão. Servia café pra dois. Tomava um. A conversa durava até o outro café convidar as formigas, que sempre morriam vencidas pelo açúcar. Café para acordar a voz, café para dormir as formigas. Dia após dia. "Não devemos perder o caminho da compaixão". A voz ensina ternura, dilui o desejo de vingança, separa o coração do que é o mundo, dilata o tempo, ensina a deitar a cabeça sobre os ombros da calma. "Respira, segura, solta devagar". A voz se sentia vista.

2 Antes de ler esse texto, sugerirmos ir à página 387.

Zé Nobodi

...sempre lhe pareceu que toda foto-*self*, é assim que as pessoas de menos de cinquenta anos chamam os autorretratos, é uma espécie de espelho invertido às avessas e, como tal (não se espantem!), possui algo de demoníaco. Bem, Vj — um sujeito que se diz anarcopunk — não precisaria dizer pra vocês que alguma-coisa-qualquer que possui algo de demoníaco é coisa boa, afinal, parte com o diabo todes temos, principalmente ele, que é gente preta, principalmente ele, que é gente preta velha, gente sábia. Ele diz sempre com a máxima firmeza: isso é muito bom! Falo disso aqui porque chegou pra Vj, pelos correios eletrônicos — justamente aquilo que substituiu as cartas que os moços de amarelo entregavam em casa para as pessoas com mais de cinquenta anos — uma foto meio estranha, meio que maluca de um/uma não sei quem. Vou contar pra vocês como é a foto, assim, talvez, Vj consiga com que alguém corrija essa espécie de ignorância escurecida em que ele se encontra.

A pessoa que o enviou, não sei se foi a pessoa que aparece na foto, deve estar de birra ela, vai saber!!! Primeiro porque enviou uma foto-*self*, essas fotos que são autorretratos pra gente jovem (cá entre nós, como as pessoas gostam dessa porra de Selfs???). Segundo porque tal foto é de uma pessoa barbuda que lê, ou que parece que lia, um livro vermelho, igualzinho aqueles que Vj, que é dos anos 1960, acreditava ser a verdade, o caminho e a luz: o Livro Vermelho de Mao Tsé-Tung. Aliás, Vj nasceu no ano em que o Comandante Mao publicou o tal livro, isso mesmo, o livro que levou uma *galera*, um pouco mais velha que ele, ir à luta de porrada contra o capitalismo. Atesto isso porque Vj foi muito fã do *véio* que mudou o mundo ao formular que a revolução não nasceria das fábricas, que ela sairia do *mato* pra cidade, do campesinato para o operariado urbano, Mao fez muito, Mao mudou muito nossa ideia de revolução... E Vj ficou *puto* por se lembrar desse livro, porque ele até havia jogado todos os seus livros vermelhos fora quando viu no que deu essa porra-toda na China! Até porque, principalmente, Vj virou anarquista. Bem, posso dizer aqui sem problemas que Vj continua totalmente anticapitalista, inclusive se posicionando contra esse Capitalismo de Estado que vigora até hoje na China. Mas não foi apenas por conta dos seus reveses geopolíticos e ideológicos que deixou Vj intrigado com a foto, foi antes de tudo o olhar da pessoa que se autorretratou (será que foi ela mesma que montou a foto?).

Quando Vj defende que essas fotos que a gente bate da gente mesmo têm parte com Ele, não foi à toa. Se puderem, por favor, deem uma boa olhada para o olhar de *elo*, a figura barbuda que segura o Livro Vermelho, mirando pra gente. Vj quer muito saber.

Vejam só: esse olhar não é coisa de anjo, não é coisa de santo, apesar de Vj não acreditar nem em anjos e nem em santos. O que ele acredita, mesmo sendo anarquista, é Naquilo. Força dinâmica capaz de mover um/o mundo, que une as coisas, que faz circular as forças, que alimenta tudo que está em movimento. É o próprio movimento incessante e permanente de todas a coisas.

Ah! pra não esquecer: o outro nome disso é...

Ambiente

Cavernas feitas de livros empilhados se estendem por toda casa. Os vizinhos dizem "é mal-assombrada". Os mais céticos zombam desses que acreditam naquilo que os olhos não podem ver e afirmam que o pobre do Zé Nobodi é da geração dos irmãos Collyer. Uma casa com paredes que são livros, entulhos cerrando as frestas onde os cupins e piolhos-de-livros comeram páginas encardidas, o telhado de palha. Num desses livros, a história dos três porquinhos e os desenhos do lobo mau espalhados pelo quarto de infância, o mesmo de sua vida adulta. Ainda na casa, é possível observar o objeto mais moderno sobressair quase como um alienígena: o celular. Um presente ofertado por uma alma caridosa que preserva compaixão por essa figura singular.

À noite, os vizinhos veem a figura zanzando com o celular na mão através das pequenas janelas – espaços vazios que os livros não dão conta – por conta da luz forte que ilumina a casa contrastada pelas velas. A casa, os mais preocupados dizem, é um perigo para a população de Mexerico. Livros e velas já lamberam os sonos de Zé Nobodi, e a fuligem decora algumas partes da cozinha com a macabra memória dos tempos incendiários. Os vizinhos com suas casas feitas de metais preciosos acreditam que casas feitas de livros como a de Zé Nobodi precisam de intervenções governamentais urgentes, aliás, Mexerico não é qualquer cidade. Entre as ambições dos governantes de Mexerico, são as casas hologramas, projeto já iniciado com sucesso nas metrópoles. Poucos sabem o que fazer com Zé Nobodi, alguns pedem extermínio! Outros pedem renovação!

Em seu computador, que antes do celular era o objeto mais moderno que habitava a casa, Zé armazena *selfies* e envia para desconhecides. Por vezes, recebe uma resposta, por outras é ignorado. No quarto, tira vez ou outra um livro vermelho da parede, no banheiro tira vez ou outra um livro de capa preta. O vaso onde se agacha para fazer suas necessidades fisiológicas é feito daqueles livros que foram classificados por ele como *os piores livros escritos pela humanidade,* e os outros livros que compõem a sala onde recebe alguns gatos selvagens que rodam a propriedade são classificados como *os livros que valem a pena serem lidos na companhia dos felinos*. Algumas toucas de frio são encontradas pelo chão quando Zé decide ir tomar banho no córrego próximo a sua casa. Não existe nessa casa um barbeador, muito menos uma tesoura. Não existe nessa casa ouro ou prata, apesar de parecer que até onde suas vistas alcançam isso é tudo que circunda ao seu redor. O relógio quebrou faz mais de uma década e uma geração inteira está enterrada em seu quintal. Abaixo da terra, futuras arqueólogas encontrarão ossos que pesavam o mesmo peso da gramatura das páginas.

Encontro

ZÉ NOBODI E PENHA

E elos se olharam, justamente, porque não se pode evitar certa troca de olhares... até porque parece que eram mais que olhos que se fitavam, parece que outros modos de ver são acionados quando dois determinados olhares se cruzam. Tratam-se, nesse caso, de olhares que atravessam o que é visível e desvelam o que o não estaria à mostra, uma espécie de raio X... dos desejos mais lascivos que possamos vir a ter. Falo aqui dos olhares cruzados entre Penha e Zé Nobodi. O que se sabe delos, quase nada, mas isso pouco importa, o que importará saber é o que se desdobrou desse encontro de olhares. Isso porque ao se perceberem e trocarem esses olhares elos se revelaram um ao outro: ela, Penha, soube imediatamente que ele, Zé Nobodi, a desejava. Por sua vez, ele também o soube que esse desejo lhe era correspondido. Pouco importou que Penha fosse divorciada, que criasse aves, ou que vivesse uma espécie de viagem astral por intermédio de uma fenda temporal (um portal) existente em seu quintal. O que interessava a ele era, justamente, tudo o que elos poderiam fazer juntes, mesmo sem propriamente se tocar. Posto que se ela poderia evocar um tempo outro, *sankofiando* os acontecimentos; ele também possuía suas habilidades especiais, afinal, Zé Nobodi, que significa em certas línguas antigas (já mortas) aquele que é ninguém, e como tal, é capaz de invocar as capacidades pervertidas de um nobre decadente francês, Donatien Alphonse François de Sade, conhecido como o Divino Marquês, ou simplesmente nomeado pela posteridade como o Marquês de Sade. Essas habilidades temporais e pervertidas urdidas por forte desejo mútuo levou Penha e Zé Nobodi a uma viagem no tempo, exatamente, à alcova de prazeres e delícias do século XVIII, em uma França pré-revolucionária, na qual, em meio a lençóis sujos de sangue e esperma, elos foderam de todos os modos e meios e formas as quais estas linhas não conseguem narrar. De todo modo, essa foda poderosa deixou marcas. Soube-se que Penha, que era solitária e convivia apenas com aves de rapina, agora estaria já com três filhes, gêmeos, filhes de Zé Nobodi. Esses filhes fora a herança divina que resultou de uma troca de olhares.

Então, cara leitora e caro leitor, cuidado com quem trocam olhares 43, pois, esses mesmos olhares, que podem parecer ingenuamente uma simples paquera, podem lhes levar à felicidade.

Reflexão

"They tried to make me go to rehab. But I said: No, no, no...", "nobody, no, no body", "não para, não para, não para, não, até o chão", que infeeerrnoooooo, como essas coisas grudam na cabeça da gente, maldita engrenagem social urbana, rádio-relógio, que óóóódio, quem mandou o Pow me vender aquele rádio-relógio, eu devia ter escolhido a cafeteira, ou empurrado para ele os livros que são bons para ser lidos com os gatos, esses gatos não param de arranhar meus livros. Também, como fui confiar num cara que quer comprar um forno de ar, um forno que frita com ar, maldito capitalismo, capilatismo, complexo de vira-lata, sem raça definida, SRD, bege cor tapa uérr, cor de burro quando foge, cor de burro quando fode, fode, fode que nem bode, bode, nobody, no body, no by, aiiiiii, saudade da "Penha, Penha, eu vim aqui me ajoelhar, venha, venha, trazer paz para o meu" láááá, vou lá buscar essa mulher, trazer ela pra uma viagem australopiteca, astronamateca na minha biblioteca de papéis chamuscados do fogo da revolução da nossa paixão vermelho Mao Tsé-tung te são, são são loucos os encantos de Penha são kofas as coxas de Penha que me arremetem ao futuro com a virilidade do passado, com a ternura de endurecer pero sem mi perder de tu fuego, hasta luego, já chego, será que eu consigo hacer una ligación, perdón, mi amor, vou te mandar uma selfie do meu vigor, do revolucionário, com saudade de teu furor, "quero me esconder debajo dessas tuas aves pra voar profundo", "pretendo também me embrenhar no emaranhado desses teus" aliens, para ir além, ao longe, arriba, abajo, ao centro e ao dente, ao dentro de tus carinhos meus." Supiste esclarecer mis pensamientos;

Me diste la verdad que yo soñé; Ahuyentaste de mí los sufrimientos. En la primera noche que te amé." "¿Y quién me va a entregar sus emociones? ¿Quién me va a pedir que nunca la abandone? ¿Quién me tapará esta noche, si hace frío? ¿Quién me va a curar el corazón partío'?" Ai, Penha, como você se embrenha nos meus pensamentos assim, maldita? Isso só pode ser coisa do demo, logo eu que sou ateu, culpa do Pow e dessas ondas magnéticas do rádio-relógio que elo me vendeu.

Intervenção do Raio de Sol[1]

uma nesga de sol atravessou uma pilha até então impenetrável de livros, e zé nobodi descrente, quase não acreditou, no sol e a sua tentativa de acertá-lo. encarou a pequena brecha e viu o grande astro se espremer inteiro até invadir todo o espaço por completo, através de uma minúscula fissura.

---

1 Antes de ler esse texto, sugerirmos ir à página 383.

achou petulante alguém que ousasse romper e atravessar barreiras. sem querer se igualar, mas ser superior. se esgueirou até deixar o corpo lânguido assumir a forma da fresta do sol que se projetou na parede, e se sonhou aquecido.

foi escorregando o corpo até que os raios solares pousassem em seu peito e acreditou que poderia fazer o sol nascer, dormir e acordar bem ali dentro. repousou nele o clarão e foi em todos os lugares que o próprio febo alcança. sem abrir os olhos, sorriu pelo trocadilho ruim que fez, "everbody hates chris" but o zé, não. today não. ali foi amado e inviolado. imaculado. nunca doeu e nunca se fez doer. ali e toda crença do mundo. beijou ganesha, falou com ala, agradeceu a buda, abraçou jesus, e disse epa baba pra oxalá, zé, no momento presente, nunca ousou não acreditar e creditar.

fez fé nos homens e nas leis, reconheceu a igualdade estampada em toda tez. zé nobodi só fez crer mais uma vez.

dormiu.

sem sol, duvidou da luz, e de tudo que fabulou. enrijeceu o corpo, colocou tônus no músculo. descrer requer esforço. crer também.

zé acredita só em si, e isso já é demais.

Carta/Mensagem de Zé Nobodi para Ninguém

... uma carta é sempre uma forma de solilóquio, mesmo quando destinadas a um alguém qualquer. Isso porque, talvez, as cartas se destinem, justamente, a ninguém, talvez, elas se destinem a nós mesmos, como uma espécie de acerto de contas consigo próprio. Digo isso pensando que, certa feita, li de um livro, que por acaso me caiu às mãos, de um filósofo francês, se não me engano chamado fucô, que afirmava mais ou menos isso: uma carta é um falso projeto de escrita de si. Bem, nem sei se ele disse isso, mas gostei dessa ideia e, como vc deveria saber, sou um impostor, sou com certeza um falsário, nada melhor que epistolar a um destinatário inexistente uma falsa carta escrita por alguém que é também um zé-ninguém, eu, Zé Nobodi, subscreve a Ninguém. Então, segue a missiva:

"Ninguém, espero que estas nada versadas linhas lhe encontrem em gozo de plenos prazeres.

Lhe escrevo para lhe dizer que estou apaixonado. Sim, é uma confissão, meu caro desconhecido amigo. Há muito não sinto o que venho sentindo isso que estou sentindo... essa pessoa me cativou como nunca fui antes cativado. Tenho até calafrios quando penso nelo. Essa pessoa possui tudo o que eu em algum momento desejei. E digo mais, a palavra desejo aqui não apareceu por um chiste ou falha do teclado (dessa porra de computador velho que eu uso para escrever). Desejo é o que permeia minha transa com elo. Cara, vou lhe dizer, nunca gozei tanto na minha vida, e vc que não me conhece deveria saber o quanto gozar me é caro... estou lhe contando isso por precisar dizer para alguém o que hoje estou vivendo, mesmo que este alguém seja ninguém.

Obrigado por me ler, tenho certeza de que nosso melhor leitor é sempre Ninguém.

... com afeto e pó (de *pirim pim pim*),

do seu Zé.

dia 14 de junho de um ano qualquer

Zé Nobodi".

Resposta de Ninguém para Zé Nobodi

Cualé Zé,

quando me chegou tua e-carta achei que era spam mas agora sei que é sperm.

esta carta contém respingos envelhecidos de esperma e olores europeus.

curioso, sempre achei que era de pirlim pim pim o pó, mas enfim, influências da tevê, vale mais a magia.

engraçado associar a declaração de um prazer com uma confissão, gozo com certo ar pecaminoso. nossas criações ainda condenam o orgasmo, não é mesmo? deve ser que quando vemos o demo ni tudo, só vemos maldade. mesmo que não creia pede perdão mas pra quem? sempre aquela culpinha falando no fundo da cabeça. comunista de igreja, Nobodi, é cristão... síndrome de impostor é unidade de medida, então às vezes é melhor usar a intuição em vez da régua.

apesar de que sinto que está sorrindo viçoso né, Zé?

uma vez, diante do encantamento e do desejo, uma amiga me perguntou "mas você quer tê-lo ou sê-lo?", há de se atentar pras confusões que fazemos sobre a construção que levamos no nosso desejo.

do Latim DESIDERARE, "fixar atentamente as estrelas", formada por DE-, prefixo intensificativo, mais SIDERARE, de SIDUS, "astro, estrela". tá num livro de etimologias lá na sala.

será de olharmos o impossível reluzente ou de descobrir nosso norte, a direção que devemos tomar. paixão pode ser bússola nossa, quiçá? sei não.

confesso eu, então, que certo nível de paixão em mim vira logo enfermidade; náusea, calafrios, febre, pensamentos delirantes um tanto obsessivos, riso aberto, danças e cantarolares em qualquer contexto, visão embaçada, pele reluzente! chega faxinava a casa inteira e me exercitava!! Sei não mas aconselho, goze sim, mas vá também na médica pedir uns exames por garantia.

Se os números vêm bem, então agarre-se a elo, Marquês! wink wink! S2

agora, claro que o tal fucô tem certa razão, e por isso você sabe tanto quanto eu que nós dois estamos te respondendo esta carta. e que você levanta outras vozes pra forjar interlocução, pra dizer alto (mesmo por escrito) o indizível. me parece uma rica forma de elaboração e destrinchamento de nós internos (pun intended), abertura de comunicação e encorajamento (olha aí até confissão), uma carta pode mesmo ser um trabalho sobre si. terapêutica a depender do tom. quem não tem amigo amigo de si é. é assim o ditado? jogamos o livro de ditados fora.

enfim, vá lá onde o corpo se solta, onde o sol entra, onde a comunicação é tão extrema e intensa que geme alto, libera sons espontâneos. mesmo num passado remoto o corpo sente e a cabeça abre com o peito enquanto tudo vibra desde o centro. o passado só existe no presente da memória.

ajoelhe-se diante de Penha, sem rezar.

Deguste o sal da pele e o doce dos entres.

Pir lim pim pim nelos!!

com amor atento vamos juntes.

Ninguém

Sonho

... quando, em certa manhã de inverno, Zé Nododi acordou de sonhos intranquilos, suspeitou que estava sendo caluniado, daí lembrou-se que em seu sonho estava sendo conduzido coercitivamente por agentes anônimos, por algum tipo de processo sobre o qual ele nada sabia, levado a uma Colônia Penal. E o sonho (do qual achou que estava desperto) ganhou conotações cada vez mais funestas que o inquietou, que o deixou quase sem ar, em um apneia sem saída ou escafandro. E como ele muito bem o sabia, o sonho é território desconhecido, lugar perigoso no qual nossos desejos podem ser, justamente, nossa armadilha. Zé Nobodi sabia bem, já que era leitor costumaz de pensadores do sonho, escritores que investigaram as regiões oníricas da existência. Havia lido muito Freud, Bergson, Bachelard e outros filósofos que fizeram dos sonhos matéria-prima de suas teorias do humano. Contudo Zé Nobodi gostava mesmo era de literatura, de literatura que visita essas regiões insuspeitas e misteriosas do que nos é mais íntimo. Isso tanto é verdade que seu autor favorito é Jorge Luís Borges, um escritor argentino que dedicou um dos seus mais belos e intrigantes escritos aos sonhos, batizado simplesmente de *Livro dos Sonhos*.

Essa obsessão de Zé Nobodi tanto pelo enigmático mundo dos sonhos quanto pelo fascinante mundo dos livros, a ponto de sua casa seu repleta de livros, levou-o a sonhar o sonho que estamos narrando. Um sonho que o tornou transformado a um só tempo em um inseto abjeto que o levou a ser conjurado por um processo que ele desconhecia que, por fim, o levou a uma Colônia Penal, na qual proferia, como expiação à culpa, uma comunicação acadêmica a um grupo de macacos-pregos.

Mas, por seu sortilégio, ele foi redimido dessa terrível cavalgada da égua da noite por Penha, sua amada, mãe de seus três filhes gêmeos, que o despertou de seu Auto-de-Fé.

Zé Nobodi sonhou um sonho sonhado por um sonhador que talvez seja, justamente, Ninguém!

Transformação

Naipe de cordas. Música de fundo com intensa dramaticidade, similar à Ave Maria. Em primeiro plano sonoro, voz grave e calma. Excessivo uso de reverb: "OPORTUNO. Na antiguidade latina, há mais de dois mil anos, os navegadores chamavam o vento favorável de 'Ob Portus' — aquele que leva ao porto. Daí, o nome 'oportuno'. O porto, por sua vez, poderia representar uma passagem para um lugar inédito, onde existisse abundância de riquezas, tesouros e a possibilidade de avanço. Daí também deriva a palavra 'oportunidade'. Assim como naquela época, a oportunidade era chegar ao porto, hoje, a oportunidade mais que especial é ensinar na internet." Que loucura, leitores! Porém é completamente factual. É o Tabuleiro de Realidades. O personagem principal deste fio último, pela ordem alfabética, resolveu ceder. Zé Nobodi aderiu à estratégia FEIC (Formato de Entretenimento Intelectual Corporativo). As oito primeiras linhas deste texto descrevem e transcrevem um dos muitos vídeos que Nobodi hospedou no YouTube. Você que tem um livro na mão, pode refletir sobre isso de maneira ampla, pois justamente por ter este livro na mão — de escritores contemporâneos e diversos, não canônicos, resultado de um projeto de incentivo à cultura, aprovado pelo governo municipal, obrigado, secretário, e publicado por uma editora *independente*, que é a forma autoindulgente e orgulhosa que os que não temos estrutura e mercado, usamos para nos referir a nós mesmos —, certamente já teve outros livros diante dos olhos, de notória relevância e indiscutível pertencimento ao panteão da literatura universal que a/e/o ajudaram a desenvolver uma grande capacidade de raciocínio e a conjugar distintos conhecimentos, que é o que, por fim, define inteligência.

A dureza da subsistência que acometeu Zé Nobodi, Penha e família, ao crepúsculo da vida, impeliu esta decisão.

Zé reuniu todo seu conhecimento e capacidade de comunicação e inaugurou o canal "Zé na Cena", onde faz palestras motivacionais no modo TED TALKS, que deixam seus seguidores-fãs muito satisfeitos consigo mesmos e ávidos por novo conteúdo para expandirem-se mais ainda nesse mar raso, de conhecimento pouco aprofundado, porém muito adequado à também pouca paciência e limitação intelectual da norma. Não há polêmica, apenas segurança. Todos os autores já citados no fio fazem parte da teia do substrato do canal e ainda tem mais: Beatriz Nascimento, Foucault, Guattari, Caetano, Bethânia, Deleuze, Aristóteles, Safo de Lesbos, Machado de Assis, Philip Glass, Artaud, Steve Reich, Modigliani, Giordano Bruno, Tolstoi, Pierre Boulez, Muniz Sodré, Milton Santos, Milton Nascimento, Joyce Moreno, James Joyce, joy! joy... Jameson. Tudo é muito bem alinhavado de maneira gentil e acessível para não levar strike do moderador chefe da plataforma. Monetização garantida, muitos sócios no clube de membros, apenas 39,93 por mês para ter acesso antecipado, desconto na lojinha e lives exclusivas. Zé venceu na lógica neo-winner, é um celebrável influenciador digital, come e veste de graça, apenas falando nomes de empresas no início dos vídeos. Instalou babás eletrônicas por toda a casa e transmite sua vida particular em canal paralelo, o Nobodi no Tube, fazendo mais fortuna. Foi uma grande sacada, a textura das imagens geradas pela câmera da babá eletrônica agrega estilo e linguagem, Zé é diferenciado. Não é qualquer Pondé. Seu filho mais recente nasceu on-line, e como a família deseja uma viagem até os destroços de um antigo naufrágio, Penha anunciou gêmeos por vir. A ultrassonografia será transmitida em full HD, na próxima sexta. Um amigo no parlamento já entrou com um projeto de lei onde propõe a substituição da certidão de nascimento por um contrato de direito de imagem, ideia de Nobodi, claro, mas o deputado assinou um termo de sigilo com o youtuber. Não pegaria bem tornar pública a influência de Nobodi na lei. A nova realidade não é tão incômoda, basta render-se a ela, deixar que ela opere, que se instaure por si mesma. A única coisa que se precisa fazer é abrir-lhe a porta.

knock knock. ;)

```
E|------------|
B|-------------|
G|--2-1-------|
D|------2-----|
A|--------2----|
E|------------|
```

E B A E F#m Am

```
E|---0-0--------0-2---0------------------------------
B|---0-0-0---4----4---2-2----------0-------------------
G|---1---1---4--4-4---2---2---2--1-2-1---2-2-----2-2---
D|---2-------4--------0-------2--2-2-2---2-2-4---2-2---
A|------------------------------2-------0-------0----3
E|-------------------------------------------------------
```

E

```
E|---------------|
B|---------------|
G|---------------|
D|---------------|
A|---------------|
E|--8-7-7---7/0---|
```

Amigo Imaginário[2]

"...talvez, um dos maiores desafios que temos durante uma vida é, justamente, resolver uma questão crucial: o que fazer para povoar nossa solidão?". Assim falou Zé Nobodi. Ele que estava consumido por grande solidão, mesmo com o amor de Penha, mesmo com os cuidados aos trigêmeos, mesmo entusiasmado com a nova gravidez de gêmeos de sua Penha, mesmo que faça hoje muito sucesso com seu canal no YouTube, Zé Nobodi estava consumido por grande solidão. Isso tanto é verdade que se lembrou da famosa frase do bardo inglês: "... a solidão é um deserto em que cada um a povoa à sua maneira". Tomado então por essa solidão lunar, Zé Nobodi resolve fazer algo para corrigir aquele afeto que o consumia. Saiu de casa ao lembrar-se que havia, não muito tempo atrás, sido convidado a participar de ritual da União do Vegetal para tomar Ayahuasca, para encontrar-se consigo mesmo e revelar-se a si próprio. Tomada essa decisão, Zé deslocou-se por horas de Uber até chegar à casa onde se daria o ritual. Participou como convidado da cerimônia e tomou o chá derivado do cipó para, a partir de suas mirações, se encontrar e dar fim àquela sensação de vazio e solitude extrema que o inquietava.

Ao passar do tempo, após a ingestão do chá, Zé Nobodi começou a experimentar um estado de quase sonho e de grande paz. Sentiu-se levitando, levitando... até que de repente se viu diante de alguém. Apesar de uma certa distância entre eles, Zé pôde ver que este alguém lhe estendia a mão.

---

2 Antes de ler esse texto, sugerirmos ir à página 387.

Como havia uma certa névoa no ambiente, não era possível perceber a exata fisionomia daquele que estava à sua frente com a mão estendida. Contudo era possível perceber tratar-se de um homem, com a compleição física bem aproximada à do próprio Zé Nobodi. Mais ou menos sua altura, que possuía barba longa, como ele, e que usava uma roupa, do que ele podia ver, muito parecida daquela vestimenta que Zé utilizava naquele dia.

Para seu espanto, quando Zé Nobodi, finalmente, apertou a mão daquele desconhecido, ele percebe se tratar de uma pessoa que era muito parecida consigo. Mais que isso. Tratava-se de um sósia ou de um irmão gêmeo que ele até então não sabia de sua existência.

Eles apertaram suas mãos, longamente, nada falaram, por aproximadamente um quarto de hora, que pareceu ao Zé que se passaram dias... até que seu interlocutor lhe disse: "Finalmente lhe encontrei, finalmente você se encontrou. A única forma de vencermos nossa mais profunda solidão, que é constitutiva a todos nós, é aceitarmos que nós somos o grande amigo de nós mesmos. Muito prazer, meu nome é Ninguém".

Intervenção do Raio de Sol

POR MARTA NEVES
PROVOCADORA CONVIDADA

Não tenho medo de trabalhar, o senhor vai ver. Saio daqui e já vou fazer a lista dos ingredientes, farinha, chocolate, os pacotes pra embalar, cozinho até tarde, vai dar certo, é esse prazo aí? esse que o senhor leu, o empréstimo, né? Sem ingrediente a gente não consegue fazer nada, Deus há de prover, vou trabalhar bastante, tenho disposição.

O cara do banco dizia sim com a cabeça, o raio de sol rasgou a mesinha da negociação, arrancou o azul da caneta, Cida nem conseguia enxergar o contrato, dizem que o sol, na verdade, não é como a gente acha que vê, na hora o raio achatou o resto das cores numa lufada de branco, e repare que o sol nem é branco, o cientista da NASA comunicou em entrevista de abril de 2023 que o sol tem um bocado de verde. A cabeça inclinada, Cida ia olhando o vácuo onde o funcionário apontava uma linha, que linha? tudo branco, tudo verde, ela assinou, quantos meses? um ano e meio? isso mesmo? pra pagar.

Deus proverá.

Aí ó, debaixo do seu pé. Catou a vareta, o irmão sorriu, agora era atravessar o pátio correndo, bom visitar a vovó que mora na garagem do bloco A, na sobreloja, embaixo a proprietária põe o carro, que bonito viver numa casa que tem um carro dentro! Cheira bem, cheira a gasolina, toda criança gosta, aí ó, caiu de novo sua vareta, burrão. Mas dessa vez a menina não conseguia ver o objeto, o raio de sol duro feito o copo de iogurte que mais cedo ela tinha tentado amassar na sola do chinelo, o raio caiu justo em cima da dupla, a luz, afinal, era um fenômeno corpuscular, uma faca de cegar as vistas, fazia um calor e. Espere que vou achar esse troço.

Sentiram cócegas.

Seu Rinaldo nunca se lembrou de arrancar o adesivo Homemade With Love, pregado no banheiro pela antiga inquilina, o mijo corria fino, baixou as vistas, ah, precisava trocar o vaso, bosta ou ferrugem? não adiantava lavar, estava sempre ali a marca. Na rua um dia bonito, o raio de sol esfarrapando as portas do Bar Paraíso, atravessando cidades e estados, rachando capoeiras secas, boiando em parapeitos feito uma festa, Homemade With Love. O sol verde invadiu o basculante, diminuiu e soldou o xixi de Seu Rinaldo à escuridão amansada do vaso, lá fora um dia lindo, aquele médico disse que não tinha jeito, negócio de internar, não, não quero, coitado do filho, trabalheira, ficar em hospital pra quê? ninguém conserta a saúde, o vaso, o câncer é branco.

Aliás, verde como o sol.

Aqui na Av. Pedro II, moço, um pouco pra baixo, o senhor põe créditos no celular, naquela banca, vê?

O sol insistia nas cabeças, qualquer indicação era imprecisa, o sujeito quase topou na mulher espremida entre um muro e o ar gordo de luz, a bolsa semiaberta, os papéis grampeados, difíceis de manejar, aleluia, Senhor! Vou trabalhar bastante, não tenho preguiça, quantos meses mesmo pra pagar? Cida olhava o contrato e o futuro misturados, embaçados de tanto sol, o futuro roto de tanto brilho e prestações, mas e se? se não tivesse assinado, se tivesse conseguido pensar na hora do raio? E se a coisa não medrar? Uma senhora pediu licença, calçada cheia, a fila de ônibus crescendo, Cida sorriu um riso sem dentes, misto de oração e má notícia.

O raio, enfim, recuou.

A vareta, agora eu vi, caiu debaixo desse papel, ó. COMUNICADO ESPECIAL. Haha, que coisa engraçada: TEM O PRESENTE O PROPÓSITO DE COMUNICAR AÇÃO DE MANUTENÇÃO CORRETIVA. Todos os moradores devem retirar pneus, entulhos, móveis quebrados, botijão de gás e quaisquer pertences depositados indevidamente no espaço de uso comunitário. Caso a retirada dos referidos materiais não ocorra até o próximo DIA 26/05, SEXTA-FEIRA, tudo o que permanecer na área coletiva do prédio será recolhido e DESCARTADO em caçamba. Contamos com a colaboração dos condôminos, a fim de evitar a proliferação de escorpiões e demais pragas que tornam o local insalubre. Atenciosamente, Marcos Leite – síndico.

Hum, o que é "condôminos"?

Seu Rinaldo ficou pensando, o raio escorregava pra fora do vaso junto com o xixi, começou a calcular os chinelos, o pijama pra pôr na mochila, coitado do filho, insistiu tanto, não tinha jeito, o médico falou, a luz da medicina é tão branca, a gente não enxerga nada na hora, mas entende pela ação da atmosfera, a NASA explica. Era isso, o mal e a cura são verdes, o câncer são os olhos da gente que o sol só impede no momento de urinar, depois fica tudo nítido, juntar as coisas, chamar o filho, pegar a lotação, deixar pra trás o vaso sem remédio, ferrugem, bosta? Seu Rinaldo percebeu que no hospital ficaria longe da mancha na privada, ir pra lá era o certo, era a hora, o câncer era um condômino. A decisão veio com o raio, aquele raio de sol de cegar de muito ver, de fazer sumir varetas e assinaturas, Cida grudada ainda no muro da avenida, passando as digitais sobre o grampinho das folhas do contrato, custando a voltar pra casa, Seu Rinaldo, não, ele não ia voltar, nunca mais. Lá fora o tempo seguia firme, dia bonito.

Dia lindo mesmo, de merda.

Imagina Só Que Triste Nossos Amigos Imaginários Nem Imaginam Que A Gente Existe

POR MARIA ISABEL IORIO
PROVOCADORA CONVIDADA

Me escreveram todo cheio de lama, escorregando. Eu sou feio, feio. Brancura azeda, ossos demais. É covardia. E covardia é parte do jogo. *Me desculpa ter nascido* – esta é uma frase covarde, que disse uns três anos atrás. Quando disse, disse a Pablo. Pablo me olhou feio, não com a minha feiura, com a feiura do sentimento dele, diante da frase. O olho dele não aceitou essa desculpa. O olho dele sempre esteve certo. O meu foge. Sempre que fico nervoso, finjo um desmaio. É a única forma que sei sair de uma cena. É fácil cair. No chão de súbito. O difícil é continuar fingindo. Sou incapaz de mentir, minha única mentira é essa: mentir o desmaio. Depois, quando me fazem pergunta, pra saber se eu tô bem, o que almocei, se tenho alguma doença, quando fazem essas perguntas pra checar meu estado, agora que supostamente acordei de um desmaio, acabo tremendo de nervoso. Isso ajuda a acreditarem em mim. Tremo de nervoso porque não sei mentir, então não sei responder. Se a pessoa não sair da minha frente, eu acabo confessando. *Me desculpa eu não soube o que fazer. Fingi que desmaiei pra não ter que fazer nada*. Nada. Pablo, por sorte, sempre que acontece, sai pra pedir ajuda. E nessa hora eu fujo. Quando ele volta, com a pessoa que arranjou, talvez um médico, eu não estou mais lá. Estou no ônibus, estou chegando em casa com moedas no bolso, estou no México. Olhando assim parece cruel, mas não sou cruel. Peço desculpas se pareci.

A professora pediu pra eu escrever um texto. Os outros alunos estão escrevendo do meu lado, o barulho que fazem para isso me angustia. Os lápis funcionando. O meu foge. A professora pediu silêncio e pediu que inventássemos uma história, uma história que se passa com um sujeito. Dizendo assim não parece cruel, mas é cruel. A professora sabe que não sei mentir. Sabe porque já desmaiei na sua aula e já confessei que era mentira. Então, por isso, também não posso desmaiar dessa vez. Se não sei mentir, como vou mentir um sujeito? Mentir uma história pra ele. A minha própria história é tão besta, um suceder de nervoso e toddynho, raspagem compulsiva de pelos. Nasci com muitos pelos na orelha e por isso os meus colegas de classe ficavam mexendo os lábios quando falavam comigo, sem emitir som, queriam fazer eu acreditar que não escutava tamanha quantidade de mato. Mudei de escola com a diferença da descoberta da gilette. Na nova escola, tenho o ouvido desimpedido, mas não existe um produto pra todo o resto. Existe? Não existe. Ninguém mentiu o objeto de que eu precisava. Alguma escova de coragem.

Ok, professora. Coragem... Coragem, vou escrever. Coragem é um... gato. Um gato que mora na loja de vidros do lado da casa de Pablo, na esquina da rua. É cuidada pelos homens da loja, que dão comida e água pra ela. Um dia Pablo perguntou: Qual é o nome dela? Eles disseram: Coragem.

Pablo é mais velho que eu e sabe falar com as pessoas na rua. Sabe falar comigo. Pablo é tão bonito. Mais alto que eu. Eu estou sempre andando um pouco atrás dele, torcendo pra ele cobrir a minha imagem. Contando com isso. Se alguém pedir uma informação, é a sua resposta que espera. Perguntam a informação no singular, pois não me veem. No portão da casa de Pablo, ele segura a porta pra eu sair, e me dá um tapa na bunda. Eu passo, gostando. Quando Pablo tranca o portão, eu espero um segundo e passo a segui-lo. Então chegamos à esquina e ele grita Coragem! Coragem! O vendedor da loja de vidros olha pra ele, sorrindo, o cumprimenta. Eu estou atrás. Então Coragem vem correndo. Vem correndo na direção de Pablo. Isso aprendemos ali, naquela esquina, a Coragem vem correndo quando a chamamos. Ela corre destrambelhada, tem essa característica, corre só correndo, correndo. Não adestra a velocidade, não planeja a paragem, não desmaia. Corre com o rabo pro alto, a qualquer vista. Para perfeitamente no pé de Pablo. Pablo se abaixa e assim todos passam a me ver. Nessa hora eu ganho pernas longas, dois braços brancos e peludos emendando numa camiseta, ganho um pescoço e uma cabeça. Ganho uma boca aberta. Nessa hora eu ganho tudo. Eu ganho todas as pessoas que passam na rua, todos os carros, todos os vidros da loja. Eu acho que é desse jeito, nessa hora, diariamente, que estou crescendo.

Voltando ao chão: Pablo se abaixa, e faz carinho. Faz carinho diário na Coragem. A Coragem cresce, no chão. Se esparrama. Pablo se alonga no gesto. Cresce. Os carros passam, imensos. Vidro nenhum se quebra.

Autorias:

Abutre
Personagem-Base: Renata Tupinambá
Ambiente: Botika
Encontro: Renata Tupinambá
Reflexão: Jorge Vasconcellos
Intervenção Do Raio De Sol: Valeska Torres
Carta/Mensagem: Renata Tupinambá
Resposta: Meliny Bevacqua
Sonho: Renata Tupinambá
Transformação: Luna Vitrolira
Amigo Imaginário: Renata Tupinambá

Andréia Camargo
Personagem-Base: Valeska Torres
Ambiente: Rainha do Verso
Encontro: Valeska Torres
Reflexão: Rainha do Verso
Intervenção Do Raio De Sol: Valentine Pimenta
Carta/Mensagem: Valeska Torres
Resposta: Jorge Vasconcellos
Sonho: Valeska Torres
Transformação: Estela Rosa
Amigo Imaginário: Valeska Torres

Arka
Personagem-Base: Andrea Bak
Ambiente: Renata Tupinambá

Encontro: Andrea Bak
Reflexão: Fred Coelho
Intervenção Do Raio De Sol: Amora Pêra
Carta/Mensagem: Andrea Bak
Resposta: Pedro Rocha
Sonho: Andrea Bak
Transformação: Luz Ribeiro
Amigo Imaginário: Andrea Bak

Dasnuvens
Personagem-Base: Carol Dall Farra
Ambiente: Valentine Pimenta
Encontro: Carol Dall Farra
Reflexão: Paulo Scott
Intervenção Do Raio De Sol: Renata Tupinambá
Carta/Mensagem: Carol Dall Farra
Resposta: Estela Rosa
Sonho: Carol Dall Farra
Transformação: Botika
Amigo Imaginário: Carol Dall Farra

Folia de Mãezinha
Personagem-Base: Amora Pêra
Ambiente: Jorge Vasconcellos
Encontro: Amora Pêra
Reflexão: Andrea Bak
Intervenção Do Raio De Sol: Luna Vitrolira
Carta/Mensagem: Amora Pêra
Resposta: Fred Coelho
Sonho: Amora Pêra

Transformação: Valeska Torres
Amigo Imaginário: Amora Pêra

Guardador de Parapeito
Personagem-Base: Luz Ribeiro
Ambiente: Luna Vitrolira
Encontro: Luz Ribeiro
Reflexão: Botika
Intervenção Do Raio De Sol: Ana Bonjour
Carta/Mensagem: Luz Ribeiro
Resposta: Gênesis
Sonho: Luz Ribeiro
Transformação: Amora Pêra
Amigo Imaginário: Luz Ribeiro

Índigo
Personagem-Base: Paulo Scott
Ambiente: Estela Rosa
Encontro: Paulo Scott
Reflexão: Luna Vitrolira
Intervenção Do Raio De Sol: Estela Rosa
Carta/Mensagem: Paulo Scott
Resposta: Tom Grito
Sonho: Paulo Scott
Transformação: Andrea Bak
Amigo Imaginário: Paulo Scott

Joana Lafond
Personagem-Base: Valentine Pimenta
Ambiente: Pedro Rocha

Encontro: Valentine Pimenta
Reflexão: Estela Rosa
Intervenção Do Raio De Sol: Fred Coelho
Carta/Mensagem: Valentine Pimenta
Resposta: Luiza Loroza
Sonho: Valentine Pimenta
Transformação: Ana Bonjour
Amigo Imaginário: Valentine Pimenta

Jurema Calhau do Seixo
Personagem-Base: Pedro Rocha
Ambiente: Gênesis
Encontro: Pedro Rocha
Reflexão: Renata Tupinambá
Intervenção Do Raio De Sol: Meliny Bevacqua
Carta/Mensagem: Pedro Rocha
Resposta: Botika
Sonho: Pedro Rocha
Transformação: Luiza Loroza / Inteligência Artificial
Amigo Imaginário: Pedro Rocha

Ligia Maria
Personagem-Base: Estela Rosa
Ambiente: Amora Pêra
Encontro: Estela Rosa
Reflexão: Luiza Loroza
Intervenção Do Raio De Sol: Gênesis
Carta/Mensagem: Estela Rosa
Resposta: Renata Tupinambá
Sonho: Estela Rosa

Transformação: Paulo Scott
Amigo Imaginário: Estela Rosa

Luziel
Personagem-Base: Botika
Ambiente: Luz Ribeiro
Encontro: Botika
Reflexão: ValeskaTorres
Intervenção Do Raio De Sol: Carol Dall Farra
Carta/Mensagem: Botika
Resposta: Ana Bonjour
Sonho: Botika
Transformação: Rainha do Verso
Amigo Imaginário: Botika

Mister Pow Workarrólique Show
Personagem-Base: Tom Grito
Ambiente: Luiza Loroza
Encontro: Tom Grito
Reflexão: Valentine Pimenta
Intervenção Do Raio De Sol: Pedro Rocha
Carta/Mensagem: Tom Grito
Resposta: Luna Vitrolira
Sonho: Tom Grito
Transformação: Meliny Bevacqua
Amigo Imaginário: Tom Grito

Morus Caducifólia
Personagem-Base: Luiza Loroza
Ambiente: Meliny Bevacqua

Encontro: Luiza Loroza
Reflexão: Gênesis
Intervenção Do Raio De Sol: Paulo Scott
Carta/Mensagem: Luiza Loroza
Resposta: Carol Dall Farra
Sonho: Luiza Loroza
Transformação: Tom Grito
Amigo Imaginário: Luiza Loroza

Oráculo
Personagem-Base: Meliny Bevacqua
Ambiente: Paulo Scott
Encontro: Meliny Bevacqua
Reflexão: Amora Pêra
Intervenção Do Raio De Sol: Andrea Bak
Carta/Mensagem: Meliny Bevacqua
Resposta: Valentine Pimenta
Sonho: Meliny Bevacqua
Transformação: Gênesis
Amigo Imaginário: Meliny Bevacqua

Pele Branca Máscaras Negras
Personagem-Base: Rainha do Verso
Ambiente: Andrea Bak
Encontro: Rainha do Verso
Reflexão: Pedro Rocha
Intervenção Do Raio De Sol: Luiza Loroza
Carta/Mensagem: Rainha do Verso
Resposta: Valeska Torres
Sonho: Rainha do Verso

Transformação: Jorge Vasconcellos
Amigo Imaginário: Rainha do Verso

Penha
Personagem-Base: Gênesis
Ambiente: Tom Grito
Encontro: Gênesis
Reflexão: Luz Ribeiro
Intervenção Do Raio De Sol: Rainha do Verso
Carta/Mensagem: Gênesis
Resposta: Paulo Scott
Sonho: Gênesis
Transformação: Carol Dall Farra
Amigo Imaginário: Gênesis

Rafaela
Personagem-Base: Ana Bonjour
Ambiente: Carol Dall Farra
Encontro: Ana Bonjour
Reflexão: Meliny Bevacqua
Intervenção Do Raio De Sol: Botika
Carta/Mensagem: Ana Bonjour
Resposta: Luz Ribeiro
Sonho: Ana Bonjour
Transformação: Fred Coelho
Amigo Imaginário: Ana Bonjour

Trevas
Personagem-Base: Fred Coelho
Ambiente: Ana Bonjour

Encontro: Fred Coelho
Reflexão: Carol Dall Farra
Intervenção Do Raio De Sol: Tom Grito
Carta/Mensagem: Fred Coelho
Resposta: Rainha do Verso
Sonho: Fred Coelho
Transformação: Renata Tupinambá
Amigo Imaginário: Fred Coelho

V de Vitória
Personagem-Base: Luna Vitrolira
Ambiente: Fred Coelho
Encontro: Luna Vitrolira
Reflexão: Ana Bonjour
Intervenção Do Raio De Sol: Jorge Vasconcellos
Carta/Mensagem: Luna Vitrolira
Resposta: Andrea Bak
Sonho: Luna Vitrolira
Transformação: Valentine Pimenta
Amigo Imaginário: Luna Vitrolira

Zé Nobodi
Personagem-Base: Jorge Vasconcellos
Ambiente: Valeska Torres
Encontro: Jorge Vasconcellos
Reflexão: Tom Grito
Intervenção Do Raio De Sol: Luz Ribeiro
Carta/Mensagem: Jorge Vasconcellos
Resposta: Amora Pêra
Sonho: Jorge Vasconcellos

Transformação: Pedro Rocha
Amigo Imaginário: Jorge Vasconcellos

Provocadoras Convidadas:
Marta Neves – texto Intervenção Do Raio De Sol
Maria Isabel Iorio – texto Imagina Só Que Triste Nossos Amigos Imaginários Nem Imaginam Que A Gente Existe

Bios

Amora Pêra escreve poemas, canções e sons para si, para outrem, para a cena. Canta, performa, é, também, pessoa de Teatro. Assim e por isso vive. Acumula colaborações como recente no disco da Orquesta de Poetas (Chile). Toma parte em diversas publicações coletivas como o livro Jumento com Faixa. Publicou "Saudade de mim a gente" (cArtonerA cArAAtApA), "Quando a cavala deita", (7Letras). "Como Tombar um Paquiderme" (Bem-te-Li). "BOTE" em parceria com Guga Ferraz (Navezona). Tem três discos e um Dvd com a banda Chicas e um disco solo; "A dúpé - Nós agradecemos em Iorubá". / @amoraperamesmo

Ana Bonjour é graduada em História e mestre em Artes da Cena pela UFRJ e aluna do curso Relações Étnico Raciais na Educação. Escreveu o livro infanto-juvenil "A Menina que Perdeu as Lágrimas" (editora URUTAU, 2021) e o livro Maíra e a Viagem da Independência (Numa Editora, 2024). Concebeu e dirige a Coleção Cafuné – Cantos, Fábulas e Encantos pro Agora (2021), projeto de literatura e radioteatro voltado para o público infanto-juvenil. / @_ana_bonjour_

Andrea Bak é artivista, poeta, escritora, atriz e química. Está nos palcos, nas telinhas e nos livros espalhando a mensagem do amor e do combate ao racismo aos afrodescendentes no Brasil. Seu espaço de atuação é a rua, periferias e escolas através da arte e ocupando a academia. / @andreabak_

Botika é pai de Helena, Odete e Dalva. Escreve, autor de Uma Autobiografia de Lucas Frizzo (Azougue Ed.), Búfalo (Ed.

Língua geral) e Tatuí (ed. cArAAtApA). É organizador e idealizador da Coleção Tabuleiro de Ficções (Numa Editora) / @tabuleirofic / @botika.carnivora / botikaosoutros@gmail.com

Carol Dall Farra é poeta, rapper, slammer e graduanda em Geografia pela UFRJ. Estrelou o curta Mc Jess pelo qual recebeu o prêmio de melhor atuação do festival Mix Brasil. Seu poema "Na ponta do abismo" foi publicado no livro "Querem nos calar: poemas para serem lidos em voz alta. / @dallfarra

Estela Rosa é poeta e tradutora, nascida em Miguel Pereira - RJ. Curadora na Mulheres que escrevem e escritora na Dumativa Game Studio, é autora de "Um rojão atado à memória" e "Cine Studio 33". / @estela_rosa

Fred Coelho é carioca, fez história no IFCS da UFRJ e seguiu a vida trabalhando com pesquisa e escrita. Se tornou professor de literatura na PUC-Rio e, para além das salas de aula, faz livros, textos e curadorias em artes visuais, música e cultura brasileira. Já foi DJ da Festa Phunk e escreveu livros sobre contracultura, Hélio Oiticica, Modernismo, Jards Macalé e outras milongas mais. / @fred_coelho_74

Gênesis é artista desde o princípio, antes do tempo, sempre e nunca. Poeta, performer, atriz e especuladora do futuro, uma das organizadoras do Slam da Minas RJ, conta histórias e cria mundos fazendo da própria vida um campo de pesquisa. Livre, crê na arte e na tradição oral, na relação entre corpo e consciência. É especialista em utopias contadas ontem para construírem um novo amanhã, ao que chama de "memórias de futuro". / @desde.o.principio

Jorge Vasconcellos, negro-indígena, homem hetero-cis. Filósofo e Teórico da Arte. Professor Associado da UFF. Doutor em Filosofia pela UFRJ, com Pós-doutorado em Artes no IAR-T-UERJ. Teórico-ativista no Coletivo 28 de Maio/C28M. Pai de Êndi, Joaquim e Zoé. / @jorgevasconcellos.negoindigena

Luna Vitrolira é escritora, poeta, cantora, atriz, redatora, pesquisadora, palestrante, educadora e Mestra em Teoria da Literatura. Autora do Livro "Aquenda - o amor às vezes é isso", finalista do prêmio Jabuti 2019. É também idealizadora e coordenadora geral do projeto "Mulheres de Repente", com o qual circula pelo país com a Mesa de Glosas do sertão do Pajeú, modalidade de poesia de improviso metrificada. / @luna_vitrolira

Luiza Loroza é atriz, cantora, poeta e diretora. Melhor atriz no FESTU com "mar seco que terra molhada", vencedora do SLAM DAS MINAS/RJ - 2019, direção e adaptação dramatúrgica na peça ERÊ, direção de movimento e adaptação dramatúrgica do musical Leci Brandão - Na Palma da Mão. / @luizaloroza

luz ribeiro é água, palavra e movimento. autora de: "eterno contínuo" (2013) , "espanca estanca" (2017), "novembro [pequeno manual de como fazer suturas] e sonhos e esperanças (2022). campeã do slam br 2016 e semifinalista da coupe du monde de poesia (FRA) 2017. integra o "coletivo legítima defesa". luz é: mar-mãe de ben e filha-mar de odoya. / @luzribeiro__

maria isabel iorio é poeta, escritora, roteirista. Autora de "Não pisar descalça em tapete" (7Letras, 2022), "Dia sim dia não fazer chantagem" (Quelônio, 2021), entre outros. / @ mariaisabeliorio

Marta Neves é natural de Belo Hte/MG, artista plástica e escritora, com publicações em coletâneas e periódicos, além do livro "3 BARRIGUDINHA 10 REAL" (ed. nunc). / @nevesmarta / nevesmartabr@gmail.com

Meliny Bevacqua é escritora, psicanalista/esquizoanalista, taróloga, artista multidisciplinar e professora de oráculo e escrita. Cursou antropologia na UFSC e escultura na EMBAP. Publicou Transespírito em 2020 e Manual para o Autodesconhecimento em 2021. / melinybevacqua@gmail.com

Paulo Scott é autor, dentre outros, dos romances "Marrom e Amarelo" e "Habitante irreal". Seus textos estão publicados em Portugal, França, Inglaterra, Croácia, Alemanha, Rússia, Países Árabes, Argentina, México, Estados Unidos e China. / @pauloscottreal

Pedro Rocha é poeta, editor, artista visual e sonoro. Publicou, entre outros, os livros "Onze", "Chão Inquieto", "Experiência do Calor", "Nervo Verso" e "Ojú Axé". Fundador do CEP 20Mil, FalaPalavra e Mundial Poético de Montevidéu. / www.pedrorocha.site

Rainha do Verso é poeta, atriz, slammer e camelô.

Publicou a antologia brutas flores e alguns zines. Participou do Mundial Poético de Montevidéu. / @rainhadoverso

Renata Tupinambá é poeta, jornalista, curadora, roteirista, produtora, mostra sobre histórias não contadas e busca fortalecer a valorização das culturas impedidas de ser pela colonialidade. Sonhadora da Originárias Produções, árvore cujo frutos são estrelas-sonhos de cada um. / @aratykyra / @originarias

Tom Grito é poeta, performer, ator, roteirista, dramaturgo e curador. Pioneiro da cena de slam no Rio de Janeiro desde 2013. Fundador e produtor do Slam das Minas RJ desde 2017. Coletivo que recebeu a Ordem do Mérito Cultural do Município do Rio. É um dos idealizadores do Trans Slam internacional e Father na Kiki House of Cazul na cultura ballroom do Rio de Janeiro. / @tomgritopoeta

Valentine Pimenta é escritora, poeta, cantora, rapper, atriz e slammer. Foi a primeira mulher trans slammer do RJ, e também a primeira mulher trans a representar o RJ em um competição nacional de slam, no Flup Slam Nacional 2019. Em 2020 lançou o livreto digital "MALDITA" e seu livro digital "Águas Minhas", ambos de poesia. Em 2021 lançou sua carreira como cantora e rapper em uma parceria com Larinhx e Mangolab na faixa "AS MINA PRETA". / @chamouavalen

Valeska Torres é poeta, escritora, performer, educadora e editora. É autora de "O coice da égua" (7Letras, 2019) e "Plutônio-239" (7Letras, 2022). / @valeskatorresss

Agradecimentos

A minha família e minhas amizades, que me acompanham em toda a travessia, invariavelmente.

A Tom Grito, por dividir a curadoria desse livro comigo trazendo pessoas tão maravilhosas para o Tabuleiro de Ficções.

A Pedro Lago por ceder a arte da capa.

A Numa Editora, Adriana e Jul, por toparem a loucura com tanto esmero e paciência.

escritas**performáticas**

Reunimos, sob este selo, textos que se encaixam na ideia de Escritas performáticas desenvolvida por Lia Duarte, Raïssa de Góes e Adriana Maciel. Textos que expandem os contornos dos sentidos, que escavam a linguagem, textos que deslocam, a nós, leitores, nos fazendo dançar sobre o terreno da inconstância, alterando a noção de escuta e nossos equilíbrios delicados.Escrita performática – entre a tinta e o papel, o gesto que se dá sobre e sob as superfícies extensas da ficção, aquela que se faz na dissonância, as narrativas em dissenso. Um modo de ocupação de espaços, de escavação de sentidos, um modo de leitura.

LIVROS ESCRITAS PERFORMÁTICAS

À esquerda, Nina
Lia Dumo

Hidratação
Valeria Campos

Cair até inventar onda
Caio Riscado

Narrativas Imprevisíveis
Org. Botika

COORDENAÇÃO ESCRITAS PERFORMÁTICAS
Adriana Maciel
Lia Duarte Mota
Raïssa de Góes

CONCEPÇÃO E ORGANIZAÇÃO
Botika

CURADORIA
Botika e Tom Grito

EDIÇÃO
Adriana Maciel

PRODUÇÃO EDITORIAL
Jul

PROJETO GRÁFICO
Dupla Design

ILUSTRAÇÃO DA CAPA
Pedro Lago

REVISÃO
Laryssa Fazolo
Marcus Groza

Este livro conta com o apoio do Edital Foca 2022 (Secretaria Municipal de Cultura do Rio de janeiro) – Linha 1 – Literatura.

N999 N.º 1 Coleção Tabuleiro de ficções / organizado por Botika. - Rio de Janeiro : Numa Editora, 2024.

408 p. ; 14cm x 21cm.

Inclui índice e anexo
ISBN 978-85-67477-62-6

1. Literatura. 2. Ficção. I. Botika. II. Título.

2024-232 CDD 800
CDU 8

Elaborado por Vagner Rodolfo da Silva - CRB-8/9410

Índices para catálogo sistemático:
1. Literatura 800
2. Literatura 8

numa

contato@numaeditora.com
@numaeditora
numaeditora.com

Este livro foi composto em June Expt Variable (título)
e Igual (textos) e impresso em papel Pólen Natural 80g,
para a Numa Editora, em 2024.